JENNIFER WILEY

LIKE ~~SECRETS~~ IN THE DARK

ROMAN

Besuche uns im Internet:
www.droemer-knaur.de

Hat dir dieses Buch gefallen? Lesetipps und vieles mehr rund um unsere romantischen Lieblingsbücher findest du auf Instagram: @knaurromance

Originalausgabe Juli 2025
© 2025 Knaur Verlag
Ein Imprint der Verlagsgruppe Droemer Knaur GmbH & Co. KG
Maria-Luiko-Straße 54, 80636 München
Alle Rechte vorbehalten. Das Werk darf – auch teilweise –
nur mit Genehmigung des Verlags wiedergegeben werden.
Die Nutzung unserer Werke für Text- und Data-Mining
im Sinne von § 44b UrhG behalten wir uns explizit vor.
Dieses Werk wurde vermittelt durch die
Günter Berg Literary Agency GmbH & Co. KG, Hamburg und Berlin.
Redaktion: Michelle Stöger
Covergestaltung: SO YEAH DESIGN, Gabi Braun
Coverabbildung: Collage unter Verwendung von Motiven von Shutterstock.com
Satz und Layout: Adobe InDesign im Verlag
Druck und Bindung: GGP Media GmbH, Pößneck
ISBN 978-3-426-29388-1

Kontaktadresse nach EU-Produktsicherheitsverordnung:
produktsicherheit@droemer-knaur.de

2 4 5 3 1

Bei manchen Menschen lösen bestimmte Themen ungewollte Reaktionen aus. Deshalb findet ihr am Ende des Buches eine Liste mit sensiblen Inhalten.

*Für meine Mama, die kreativste Frau, die ich kenne.
Mit deinen unermüdlichen Projekten und deiner Leidenschaft
für Stoffe und Farben machst du die Welt bunter.*

Rockstar Corey Meester stirbt in Feuer

Es sind erschreckende Bilder, die das Fünfzehn-Millionen-Dollar-Anwesen des ehemaligen Rockstars Corey Meester (Sänger und Gitarrist der Band *Serpent Grave* und Besitzer des berüchtigten Nachtclubs *The Serpent*) zeigen. Die Ursachen für das verheerende Feuer in den Hamptons sind noch unbekannt, aber eine traurige Gewissheit gibt es: Corey Meester ist bei dem Brand ums Leben gekommen. Seine Leiche wurde in den frühen Morgenstunden geborgen.
»Es ist ein schrecklicher Verlust für New York City, die Musikwelt, aber ganz besonders auch für mich persönlich«, sagte sein jahrelanger Manager Scott Bilson.
Fragen zum Zustand von Coreys Sohn, Blake Meester, der Gerüchten zufolge ebenfalls bei dem Brand anwesend war und nun mit Verbrennungen im Southampton Hospital liegt, blieben unbeantwortet. »Die gesamte Familie Meester muss diesen schweren Verlust verarbeiten, bitte sehen Sie vorerst von weiteren Fragen ab«, sprach Scott für die Familie.
Die geplanten Konzerte von Blake, der mit seiner letzten Single *Soft Sensation* direkt auf Platz eins der Charts eingestiegen ist, wurden bereits abgesagt.

**Trauerfeier ohne Sohn.
Was steckt hinter Blakes Abwesenheit?**

Am frühen Sonntagmorgen nahm die Welt Abschied von Rockstar Corey Meester. Die engste Familie, Freunde und Geschäftspartner versammelten sich an diesem verregneten Septembertag in der Carnegie Hall, wo unter Ausschluss der Öffentlichkeit die Trauerfeier stattfand. Coreys ehemalige Band *Serpent Grave* stand dafür ein letztes Mal zusammen auf der Bühne und soll für ihren Gitarristen und Leadsänger dessen Lieblingslied gespielt haben. Hunderte von Fans versammelten sich unterdessen an den Überresten von Coreys Haus in den Hamptons und nahmen auf ihre Weise Abschied, indem sie Blumen und Kerzen niederlegten und zusammen weinten.

Während die ganze Welt sich verabschiedet, fehlte jedoch die wohl wichtigste Person in Coreys Leben bei der Trauerfeier: Sohn Blake Meester war nicht anwesend, dabei erhofften sich viele besorgte Fans endlich ein Lebenszeichen von ihm. Gerüchten zufolge soll er sich nach dem Brand noch immer im Southampton Hospital befinden, doch Manager Scott Bilson verweigerte bislang jede Stellungnahme zu Blakes Gesundheitszustand. Sind seine Verletzungen so schwer, dass er seinem Vater nicht die letzte Ehre erweisen konnte? Oder steckt mehr hinter seiner Abwesenheit?

Ist das das Ende von Blake Meester und seiner Musik?

Fans sind noch immer schockiert über die Bilder, die Blake bei der Entlassung aus dem Southampton Hospital zeigen. Vor drei Monaten wurde der Rockstar endlich an der Seite seines Onkels Roman Meester (Besitzer des *Manhattan Meester Hotels*) aus dem Krankenhaus entlassen. Die Fotos zeigten besorgniserregende Verbrennungen in Blakes Gesicht und an seinem linken Unterarm, die ihn wohl für immer an das Feuer in den Hamptons und damit an seinen schrecklichen Verlust erinnern werden. Fragen zu seinem Gesundheitszustand und zu seinem Vater blieben weiter unkommentiert, die Fans hoffen dennoch auf ein Comeback des Nummer-eins-Stars.

Nun zeigen sich diese Fans im Internet mehr als enttäuscht von ihrem Idol, das früher täglich via Social Media mit seiner Fangemeinde kommuniziert hat. »Wir machen uns solche Sorgen, er soll wenigstens sagen, ob es ihm gut geht«, schrieb eine Userin. »Als alle Konzerte abgesagt wurden, hatte ich Verständnis, aber der Brand ist nun sechs Monate her ... Langsam bin ich einfach nur noch enttäuscht. Bedeuten wir Fans ihm denn gar nichts? Oder geht es Blake so schlecht, dass er sich nicht melden kann?« Berechtigte Fragen, auf die sein Manager Scott Bilson jede Aussage verweigerte. Insidern zufolge soll Blake die Geschäftsführung von Coreys Nachtclub *The Serpent* übernommen haben. »So schlecht kann es ihm dann ja nicht gehen«, meldete sich eine weitere Userin zu Wort. »Ich bin jedenfalls durch mit Blake. Scheiß auf seine Musik. Wir sind ihm ja sowieso egal ...«

Sollte Blake Meester doch noch sein Comeback planen, sollte er sich langsam bei seinen Fans melden und Schadensbegrenzung betreiben.

Wenn es dafür nicht schon zu spät ist.

KAPITEL 1

A SOUL FULL OF ASHES

Blake

Der Klingelton meines iPhones kommt direkt aus der Hölle. Stöhnend versuche ich, meinen Arm auszustrecken und das verdammte Ding zum Schweigen zu bringen, aber ich erwische nur meine Nachttischlampe. Erst ein paar verwirrte Sekunden später registriere ich, dass mein Smartphone gar nicht auf dem Nachttisch, sondern neben mir im Bett liegt.

Blinzelnd öffne ich die Augen und starre auf das Display. Zwölf Uhr Mittag. Ich habe wieder einmal meinen Wecker überhört und drei Stunden länger geschlafen, als ich eigentlich wollte. Typisch.

Scotts verpasster Anruf reiht sich neben eine Nachricht meines Onkels Roman, der mich daran erinnert, dass meine Zusage für die Jubiläumsfeier seines Hotels aussteht. Zudem wartet eine Nachricht meiner To-do-App auf mich, die mich jeden Tag daran erinnert, was ich zu erledigen habe.

15 Uhr: monatlicher Drogentest
17 Uhr: Psychotherapie bei Dr. DuGray
20 Uhr: Besprechung im Serpent

Jeder dieser Termine klingt grässlich. Kein Wunder, dass ich verschlafen habe.

Noch vor einem Jahr hätte ich zu dieser Uhrzeit längst ein ausgedehntes Kardiotraining, ein Interview oder ein Fotoshooting hinter mir gehabt. Der alte Blake ist immer pünktlich aufgestanden, selbst nach den ausschweifendsten Partys. Der Terminkalender war voll, die Motivation hoch.

Der neue Blake hingegen spürt keine Euphorie mehr und nimmt sich jeden Tag aufs Neue vor, es morgen besser zu machen.

Ich quäle mich aus dem Bett und schlurfe ins Wohnzimmer. Die Mittagssonne scheint bereits in die meterhohe Fensterfront meiner Wohnung und lässt die Skyline von Manhattan erstrahlen. Ich habe trotzdem nur einen müden Blick dafür übrig. Stattdessen setze ich Kaffee auf, gehe ins Badezimmer und stelle mich unter die eiskalte Dusche. Mein kleiner verzweifelter Versuch, mich irgendwie für den bevorstehenden Tag zu rüsten, obwohl ein großer Teil von mir sich am liebsten sofort wieder die Decke über den Kopf ziehen würde.

Ich halte mein Gesicht in den Strahl der Wasserfalldusche. Früher habe ich mich danach wie neugeboren gefühlt, heute hilft es mir höchstens dabei, meine Gedanken zu sortieren. Ich werde wohl oder übel Scott zurückrufen müssen. Schon seit Tagen drücke ich mich davor, weil mir im Grunde klar ist, was mir mein Manager sagen will: dass das Label langsam die Geduld mit mir verliert … ich meine Pflichten, die ich vertraglich zugesichert hatte, nicht vollumfänglich erfülle … mir droht, bald alles zu verlieren.

Längst legt sich die Schwere dieser Aussagen wie ein Schraubstock um meinen Hals und brüllt mir zu, dass ich dringend die Kurve kriegen muss.

Nur weiß ich nicht, wie.

Ich drehe das Wasser ab, binde mir ein Handtuch um die Hüfte und steige aus der ebenerdigen Dusche. Der Spiegel ist beschlagen, und ich bin froh darum, denn ich könnte den Anblick meiner Narbe auf der Stirn gerade nicht ertragen. Nur meine Haare können die Rötungen der Haut ein wenig verdecken, aber bevor ich sie entsprechend stylen kann, stehe ich jedes Mal meinem Spiegelbild gegenüber und frage mich, wer der Mann, der mir entgegenblickt, eigentlich ist.

Die Ärzte im Krankenhaus haben mir versichert, ich wäre ein Glückspilz, denn nicht viele Menschen schaffen es aus einem lichterloh brennenden Haus und haben nur eine kleine Verbrennung an der Stirn und eine mittelschwere Verbrennung am Unterarm ohne Funktionseinschränkungen.

Andere kommen gar nicht aus brennenden Häusern.
Wegen einer Zigarette, einer Fehlentscheidung.
Wegen mir.

Im Krankenhaus haben mir alle gesagt, dass ich mir Zeit nehmen soll, um über meinen Verlust und meine Verletzung hinwegzukommen. Das Ironische ist, dass die Leute diesen Satz gar nicht ernst gemeint haben.

Nach zwei Wochen wurde ich gefragt, ob ich ein öffentliches Statement zu Dads Tod abgeben und mich bei meinen Fans melden will – wollte ich nicht. Ich wurde operiert, und mein nekrotisches Gewebe wurde entfernt. Drei Monate später, kurz nach meiner Entlassung aus der Reha, kam zum ersten Mal die Anfrage von meinem Label, ob ich mich wieder fit genug fühle, um Musik zu machen. Immerhin standen noch Konzerte und die Produktion eines zweiten Albums an – ich habe alles abgesagt. Vier Monate nach dem Brand, bei dem mein Vater ums Leben kam, wurden mir allerhand Auflagen erteilt, die ich erfüllen muss, um mein Erbe zu behalten, und seitdem werde ich ständig daran erinnert, dass ich mich endlich wieder in meinen Alltag einfinden muss.

Aber nimm dir ruhig Zeit für deinen Verlust, Blake. Nur eben nicht zu lange.

Man sagt, dass Zeit alle Wunden heilt, aber offenbar gibt die Gesellschaft einem vor, wie viel Zeit genug ist.

Sie denken wohl, wenn mein Körper die Heilung abgeschlossen hat, kann sich wieder *Normalität* einstellen. Aber die Normalität ist eben *nicht* normal, weil jetzt alles anders ist. Weil Dad nicht mehr lebt, weil unser Haus nicht mehr existiert. Weil die Brandwunden an meinem Arm vielleicht zugewachsen, aber die Haut tot ist. Ich spüre kaum noch etwas, wenn ich sie berühre.

Meine Seele ist randvoll mit kalter Asche, nur sieht das niemand.

Ich seufze schwer, dann nehme ich mir mein Aloe-Vera-Gel, das ich mir dreimal am Tag auf meine Narbe schmiere. Die operierte Haut kann nach den Verbrennungen keine Feuchtigkeit mehr speichern, also muss ich sie versorgen.

Danach rubble ich mir die Haare trocken und lege sie wieder über meine Stirn. Der Spiegel ist nicht mehr beschlagen, der Mann hinterm Glas sieht müde aus.

Aber er darf nicht müde sein.

In zwei Stunden muss ich erneut beweisen, dass ich eine meiner Auflagen erfülle und keine Drogen mehr anrühre. Anschließend geht es zum Psychologen, der von mir verlangt, meine seelischen Narben genauso offen darzulegen wie meine körperlichen. Nur damit ich vor Gericht glaubhaft machen kann, dass ich an meiner psychischen Stabilität arbeite. Abends muss ich in dem Nachtclub, der meinem Vater gehört hat, nach dem Rechten sehen und ein Mitarbeitergespräch mit einem neuen Barkeeper führen.

Ich muss irgendwie funktionieren, auch wenn alles in mir nach Ruhe verlangt.

Noch mit dem Handtuch um die Hüfte hole ich mein iPhone und lese Romans Nachricht. Das *Manhattan Meester Hotel* wird einhundert Jahre alt, und der Vorstand der *Meester Group* erwartet mich dort. Ich *muss* dorthin, immerhin sehen die Klauseln in Dads Testament vor, dass ich an öffentlichen Feierlichkeiten teilnehme, auch wenn wir alle wissen, dass ich dort nicht reinpasse. Der Name Meester steht für ein Imperium. Für einen Vater, der mit zwanzig schon Sänger und Gitarrist einer der erfolgreichsten Rockbands der USA war. Für eine Familie, die Luxushotels in New York und Florida besitzt. Wir stehen für Wohlstand, Harmonie und Vertrauen, mich brachte man hingegen schon immer eher mit wilden Partys und Skandalen in Verbindung.

Die Wahrheit ist, dass die Leute im Vorstand weder den alten noch den aktuellen Blake in der Führungsetage des *Serpents* sehen wollen. Eigentlich wollen sie meinen Dad zurück, der sie niemals enttäuscht hat, immer alles im Griff hatte und diesen Nachtclub mit einer Leidenschaft und Qualität geführt hat, die ich wohl niemals erreichen werde.

Es wäre besser gewesen, wenn *er* das Feuer überlebt hätte. Nicht ich.

KAPITEL 2

THE COLORS OF MY LIFE

Lennon

»Denkt an die tupfenden Bewegungen.«
Dreizehn Leute sitzen vor ihren Leinwänden und folgen meinen Anweisungen. Ein Hauch von Knoblauch liegt in der Luft, ausgehend von den Antipastiplatten, die auf den Tischen bereitstehen. Dazu wurden Granetti, ein mittelkräftiger Rotwein und Wasserkaraffen gereicht. Das Licht ist ein wenig gedimmt und unterstreicht die gemütliche Atmosphäre, ohne zu viel der Sicht einzubüßen.

»Genau so«, sage ich in die Runde. »Verschiedene Schwämme können ganz unterschiedliche Effekte zaubern, also seid gerne experimentierfreudig.«

Ein paar Leute greifen zu der Schwammauswahl in der Mitte der Tische und wechseln Struktur und Farbe. Direkt vor mir sitzt eine Frau Namens Stacy, die zu spät zu meinem Malkurs erschienen ist und total gestresst war. Nun liegt ein glückseliges Lächeln auf ihren Lippen. Sie spürt also schon die Magie, die mit dem Malen einhergeht. Dann, wenn der Alltag leiser wird und sich die bunten Farben automatisch auf die Stimmung übertragen. Egal, wie schlecht der Tag bislang auch war.

»Ich werde ein bisschen rumgehen«, kündige ich an. »Wenn ihr Fragen habt, dürft ihr sie mir gerne stellen, aber lasst euch von mir nicht aus der Ruhe bringen. Spürt einfach den Prozess und genießt die Getränke und das Essen.«

Die Besitzerin vom *La Grotta*, dem kleinen italienischen Restaurant in der Bronx, nickt mir lächelnd zu, als ich beginne, durch die Reihen zu gehen.

Es ist meine erste Creative Night im *La Grotta*, und ich hoffe sehr, dass mir Antonella am Ende dieses Abends eine feste Kooperation anbieten wird. Ich brauche sie, wenn meine Selbstständigkeit als Event-Managerin endlich Früchte tragen soll.

Früher hatte ich vor, selbst Künstlerin zu werden. Meine halbe Jugend habe ich mich darauf vorbereitet: Ich habe Mal- und Zeichenkurse besucht, bei Ausstellungen mitgewirkt und mich für zahlreiche Nachwuchsprojekte beworben. Doch ein Praktikum bei Jerome Estelle, einem bekannten Künstler in Brooklyn, hat mir dann vor zwei Jahren die Augen geöffnet. Jeromes Alltag bestand aus Druck und Krisen, weniger aus schöpferischem Schaffen und der Freude an Kunst. Immer wenn eine Ausstellung anstand, fand er alles schrecklich und hat in Wutanfällen seine Werke vernichtet. Ich wollte nicht riskieren, meine Liebe zur Kunst derart zu verlieren, also habe ich mir meinen eigenen Weg gesucht, um mir diese Leidenschaft zum Beruf zu machen. Anfangs hatte ich noch den Plan, Kunstgeschichte zu studieren und später in einer Galerie zu arbeiten. Es wäre wohl der konventionellere Weg gewesen, anstatt mich ohne ein Studium sofort selbstständig zu machen. Aber die Aussicht darauf, nur über Kunst zu sprechen und mit ihr zu handeln, anstatt Kreativität zu leben, erschien mir zu trist. Selbst Kurse zu geben, ist hingegen bunt und bereichernd.

Die nächsten zwei Stunden versinken die Teilnehmenden in ihrer eigenen Welt. Gedankenversunkenes Schweigen liegt im Raum, das nur hier und da von meinen Anmerkungen unterbrochen wird. Sie tunken verschiedene Schwämme in unterschiedliche Acrylfarben und zaubern wundervolle Muster. Der Fantasie sind keine Grenzen gesetzt, und so haben wir am

Kursende ganz unterschiedliche Kunstwerke, die wir in der großen Runde besprechen und bestaunen.

Wir schließen den Abend mit ein paar reflektierenden Worten über den Tag, und dann beginnt der spannendste Teil des Abends: Ich beobachte, wie mein Kurs bei den Teilnehmern angekommen ist. Wenn die Visitenkarten und Flyer, die immer auf den Tischen ausliegen, mitgenommen oder eingescannt werden, war es ein erster Erfolg, der auf eine Wiederholung hoffen darf.

Heute sind es vier von dreizehn Leuten, die sich die entsprechenden Infos aufs Smartphone ziehen und mir sagen, wie sehr ihnen der Abend gefallen hat. Als sie das *La Grotta* verlassen, ist es jedoch nur eine einzige Meinung, auf die ich wirklich zähle. Antonella räumt bereits die leeren Gläser und Teller ab. Sie lächelt, wie sie es schon den ganzen Abend getan hat, aber ich kann absolut nicht sagen, was dieses Lächeln für mich und meine Kooperation bedeutet.

»Was für eine super Gruppe«, sprudelt es aus mir heraus. »Sie waren alle so offen und neugierig und haben meine Anweisungen toll umgesetzt.«

Tatsächlich ist das nicht immer so. Manche Leute an die Kunst heranzuführen, kann leicht sein, dann braucht es nur einen kleinen Schubs. Bei anderen hingegen stößt man auf Mauern und Unsicherheiten – entweder weil sie vorher noch nie etwas Künstlerisches ausprobiert haben und nicht daran glauben, dass sie *gut genug* dafür sind. Oder weil sie nur durch Freunde im Kurs gelandet sind und Kunst eigentlich langweilig finden.

»Ich hoffe, du bist auch zufrieden mit dem Abend?«, frage ich.

Finanziell wird es sich in jedem Fall für Antonella gelohnt haben. Der Kurs fand während des Ruhetags statt, es mussten dafür also keine Gäste weggeschickt werden. Abgesehen von ihrer Anwesenheit brauchte sie auch kein Personal, und sie bekommt trotzdem zwanzig Prozent der Ticketeinnahmen. Es sollte eigentlich danach schreien, mit mir eine feste Vereinbarung zu treffen. Alle zwei Wochen, vielleicht auch nur einmal im Monat. Für neue Gäste, die zeitgleich das Ambiente des Restaurants kennenlernen und einen ersten Eindruck vom Essen bekommen.

»Ich fand den Abend wirklich sehr inspirierend«, antwortet sie. »Du hast eine schöne Atmosphäre erzeugt, die gut ins *La Grotta* passt. Familiär und ungezwungen, einfach gemütlich.«

Mein Magen kribbelt erwartungsvoll.

»Dann könntest du dir vorstellen, das zu wiederholen?«

»Durchaus. Vielleicht könnten wir so etwas noch mal im Herbst anbieten?«

Ich versuche wirklich zu lächeln, obwohl das Kribbeln in meinem Magen gerade von bitterer Enttäuschung weggespült wird. Händeringend versuche ich diese Aussage positiv zu sehen. Immerhin *will* sie eine Wiederholung, das hier ist keine Ablehnung, kein Versagen.

Trotzdem reicht es nicht.

»Das würde mich wirklich sehr freuen«, erwidere ich dennoch. Alles ist besser als nichts.

Antonella und ich verbleiben damit, einen neuen Termin für den Oktober auszumachen, der noch viel zu lange hin ist. Noch sechs Monate, dabei brauche ich dringend feste Kooperationen, um stabile finanzielle Einnahmen zu erzielen. Wöchentliche Kurse, ein monatlicher Rhythmus. Etwas, worauf ich mich verlassen kann.

So wie die Lage gerade ist, müsste ich eigentlich auch meine Ticketpreise erhöhen, um die Materialkosten besser zu decken, aber ich traue mich nicht. Außerdem habe ich unzählige Podcasts über Selbstständigkeit und den Aufzug eines Business gehört, und alle sagen, dass man am Anfang immer erst investieren muss. Ich hoffe, sie haben recht und die Investition zahlt sich irgendwann aus. Nicht nur wegen des Geldes. Hauptsächlich, weil ich das hier unbedingt will.

Etwas niedergeschlagen packe ich meine Utensilien zusammen und verlasse das Restaurant. Mit Blick auf die Uhr entscheide ich mich dazu, noch nicht nach Hause zu fahren. Der Club meines Dads, das *Silverside,* liegt nur ein paar Blocks entfernt, und ich brauche jetzt dringend Ablenkung.

Kurzerhand rufe ich ein Uber und ignoriere mein schlechtes Gewissen, weil ich für die Fahrt Geld ausgebe, anstatt die Subway zu nehmen.

Der Fahrer mustert die getrocknete Farbe an meinen Händen und meinen Utensilien-Koffer etwas skeptisch, sagt aber nichts, als ich mich auf den Ledersitzen niederlasse. Während der zehnminütigen Fahrt murmelt er irgendetwas über das letzte Spiel der Yankees, und ich bin mir nicht sicher, ob er dabei mit sich selbst redet oder seine Erzählungen eigentlich mir gelten. Ich bemühe mich um ein möglichst freundliches Gesicht, auch wenn ich seinem Monolog nicht folge. Stattdessen drehen sich meine Gedanken immerzu im Kreis.

Viele Geschäftsmodelle überleben das erste Jahr nicht. Auch mir wurde schon prophezeit, dass ich die Selbstständigkeit unterschätze. Vor zwei Monaten erst habe ich gehört, wie meine Tante Daphne meinen Dad gefragt hat, wie er es zulassen konnte, dass ich nicht aufs College gehe und mich stattdessen erst mit Praktika und nun mit »einem Hobby« beschäftige. Es war nur ein kleiner Trost, dass Dad mich und meine Events vehement verteidigt hat, aber weder meine Eltern noch meine beste Freundin Ivy, die mich bei meinem Schritt in die Selbstständigkeit unterstützt haben, wissen, dass die letzten fünf Monate viel härter waren, als ich es zugebe.

Das *Silverside* ist wie eine Leuchtreklame für die Erfüllung von Träumen. Früher hat mein Dad in einem angesagten Club in Manhattan hinter der Bar gestanden und sich Jahr für Jahr vorgestellt, irgendwann seinen eigenen Laden zu eröffnen.

Lange Zeit dachte er, sich diesen Traum nie erfüllen zu können, bis der frühere Besitzer dieses kleinen Lokals in der Bronx pleiteging und gezwungen war, günstig zu verkaufen. Mein Dad hat zugeschlagen und mit unendlich viel Arbeit das *Silverside* aufgebaut. Sein ganzes Herzblut steckt in dem ausgewählten Barsortiment, dem Raumkonzept aus silbernen Möbeln und Tischen aus Chrom. Er hat Comedyabende und Open Mic Nights organisiert und versucht, sich einen Namen zu machen. Vor ein paar Monaten habe ich dann meine inzwischen beste Freundin kennengelernt, die mit ihren Gesangsauftritten im *Silverside* gleich zwei Träume auf einmal erfüllen konnte: Sie wurde damit über Nacht zum Star und hat einen Plattendeal mit einem bekannten Label bekommen, und Dad bekam exklusive Konzerte mit Ivy, die ihm nicht nur viel Geld, sondern auch jede Menge Presse eingebracht haben.

Ich höre Ivys raue Stimme bereits, als ich den Sicherungscode am Hintereingang eingebe und durch die Metalltür trete. Vor dem Haus warten Paparazzi und Fans darauf, Ivy nach ihrem Konzert zu treffen, aber sie wird noch einige Stunden beschäftigt sein.

Ich lande im leeren Backstagebereich, der mit einer dunklen Ledercouch und einem Teppich für eine gewisse Gemütlichkeit sorgt. Auf einer kleinen Bar stehen Wasser und Obst bereit, und an den Wänden lehnen Rucksäcke und Taschen von Ivys Bandmitgliedern.

Ich stelle meinen Koffer ab, nehme mir ein paar Weintrauben und setze mich auf die Couch. Mitten im Konzert den Backstagebereich zu verlassen, würde nur für Unruhe sorgen, und das will ich Ivy nicht zumuten. Gerade singt sie *Faithless*, es ist eins der letzten Lieder auf ihrer Setliste, also wird das Konzert ohnehin bald enden.

Innerlich brenne ich darauf, mit Ivy zu sprechen und mich vom Abend zu erholen, aber allein ihre durchdringende Stimme zu hören hat so etwas Vertrautes, dass sich der Kloß in meinem Magen sofort ein wenig löst.

Ich kann die Zusammenarbeit mit dem *La Grotta* nicht erzwingen. Nur weil Ivy auf ihrer Karriereleiter drei Stufen übersprungen hat und sofort ins Ziel eingelaufen ist, muss das nicht auch für mich gelten. Mein Dad und das *Silverside* sind der lebende Beweis dafür: Manche Dinge brauchen einfach Zeit.

In New York leben fast zwanzig Millionen Menschen, hinzu kommen unzählige Touristen, die sich in den Hotels, Restaurants und Bars aufhalten und ein Stück vom Big Apple abbekommen wollen. Die Menschen müssen nur noch erfahren, dass es mich und meine Creative Nights gibt, ich brauche also mehr Werbung. Dann wird New York vielleicht auch *mein* persönlicher Glücksbringer.

Kurzerhand schnappe ich mir mein iPhone, logge mich auf meiner Website ein und lade dort ein paar Fotos meiner letzten Kurse und ein paar positive Bewertungen hoch, die mich über meinen Feedback-QR-Code erreicht haben. Dann gebe ich den Druck von neuen Flyern und Plakaten in Auftrag. Sicher könnte ich einige der Flyer auf dem Chelsea Market verteilen. Dort tummeln sich meistens viele kreative Menschen, die Interesse an meinen Kursen haben könnten. Dann gehe ich in Cafés und Restaurants noch mal von Tür zu Tür und stelle mich vor. Ich mach es viel zu selten, weil es so zeitaufwendig und mitunter auch frustrierend sein kann, aber ich schulde mir und meinen Kursen vollen Einsatz. Jetzt oder nie, aufgeben ist keine Option.

»Vielen Dank!«, ruft Ivy ins Mikrofon und reißt mich damit aus meinen Gedanken.

Die Menge jubelt, Ivy kündigt die letzten zwei Songs des Abends an. Ich bestätige den Druckauftrag und summe dabei Ivys Song mit. Ihre Lieder – so düster die Texte auch sind – verbinde ich immer mit Motivation und Zuversicht.

Zehn Minuten später ist das Konzert vorbei. Die Ersten, die den Backstagebereich betreten, sind Effie, Josh und Gil, die Ivy während ihrer Konzerte instrumental begleiten. Mein Dad, der Gil und Josh schon seit rund vierzig Jahren kennt, hat die drei mit Ivy zusammengebracht. Ein Zusammenschluss, der funktioniert, aber nicht auf Dauer angelegt ist. Ivy wird von ihrem Label als Solokünstlerin vermarktet, und Gil, Josh und Effie haben kein Interesse daran, Vollzeit Musik zu machen, also wird es nach der großen Tour im September einen Wechsel geben, und Ivy wird dann mit anderen Leuten zusammenarbeiten.

Die beiden Männer begrüßen mich mit einem Handschlag, während Effie mich umarmt. Sie ist Joshs Tochter, daher sind wir miteinander groß geworden.

Noch einmal bewegt sich der Vorhang, und diesmal ist es Ivy, die hereinkommt. Sie wird aber gleich schon wieder zurück auf die Bühne gehen, um sich noch um ihre Fans zu kümmern. Die ganzen Konzerte hier rühren kräftig die Werbetrommel für Ivy und ihr Album, das bereits nächste Woche herauskommt. Die Fans können sich für die Konzerttickets bewerben, jeweils zweihundert Menschen haben die Chance, ein kostenloses Ticket zu gewinnen und sich nach den Konzerten ein Foto und ein Autogramm zu holen. Es ist Ivys Dankeschön an die Leute, die sie mit den Videos ihrer Auftritte berühmt und ihre Blitzkarriere möglich gemacht haben.

»Lennon, ich wusste gar nicht, dass du kommst.« Schwungvoll umarmt sie mich, so gut es eben geht, da sie durch ihre meterlangen Beine und die hohen Schuhe fünfzehn Zentimeter größer ist als ich.

»War auch eher spontan. Leider habe ich fast dein ganzes Konzert verpasst.«

»Ist ja nicht so, als kenntest du die Show inzwischen fast auswendig.«

Gil reicht ihr eine Wasserflasche, die sie zügig leert. Dann geht sie zum Spiegel, um ihr Make-up und ihre Haare zu begutachten. Mit den Fingernägeln fährt sie sich ein paar Mal durch die etwas zottligen, blonden Strähnen.

»Wir trinken gleich noch einen Cocktail zusammen, oder?«, schlägt sie vor.

»Da fragst du noch?«

Eigentlich trinkt sie nach ihren Auftritten am liebsten Kräutertee, der Balsam für ihre angestrengten Stimmbänder ist.

Ivy richtet noch mal ihr Oberteil, und dann tritt sie wieder auf die Bühne. Die Fans applaudieren und kreischen und werden nun sicher schon von meiner Mom auf die Bühne geführt, wo Ivy Autogramme verteilt. Jetzt kann auch ich den Backstagebereich verlassen, weil ohnehin alle nur Augen für ihre Lieblingssängerin haben und ich niemanden störe.

Im Club herrscht nach Ivys Show tropisches Klima mit einem Hauch von Nebelgeruch und Schweiß in der Luft. Auf dem Boden liegt Konfetti, und auf der Bühne umarmt Ivy gerade ein Mädchen, das sicher nicht älter als sechzehn ist. Sie hat vor Aufregung ganz rote Wangen und überreicht ihr einen Brief und ein Armband. Heute Abend wird Ivy beides wieder in ihren Karton unterm Bett legen, wo sie all ihre Fangeschenke sammelt.

Meine Mom steht vor der Bühne bei den wartenden Fans. Sie werden immer in Gruppen von zwanzig Leuten aufgereiht, und Mom koordiniert alles. Sie winkt mir zu, als sie mich sieht, aber durch ihre Aufgabe kommen wir nicht dazu, uns zu unterhalten. Stattdessen gehe ich zur Bar, an der nun nicht mehr viel los ist. Milo, einer unserer Barkeeper, spült gerade ein paar Gläser. Er ist erst seit einigen Wochen bei uns, seit eine von Dads Barkeeperinnen wegen ihrer Schwangerschaft ausgefallen ist. Insgeheim ist Milo von allen Aushilfen hinter der Bar mein Liebling, und ich denke, dass Ivy das genauso sieht – auch wenn sie es bislang nicht zugibt. Dabei ist sie im Gegensatz zu mir sicher nicht nur auf eine Freundschaft mit Milo aus.

»Wenn das nicht der beste Cocktailmixer aller Zeiten ist«, begrüße ich ihn überschwänglich.

»Aber hallo.« Er mustert meine mit Farbe beschmierten Hände. »Warst du noch kreativ?«

»Ja, ich hatte hier in der Nähe einen Kurs.«

»Und? Hast du den Leuten wieder deine Spachteltechnik nähergebracht?«

Unwillkürlich muss ich grinsen. Milo kam vor ein paar Wochen zu einer meiner Creative Nights im Café *Flowerstone*, um mich zu unterstützen, was ich ihm sehr hoch anrechne. Allein damit hat er jede Menge Sympathiepunkte gesammelt.

»Heute gab's die Schwammtechnik. Auch sehr zu empfehlen, falls du dir noch mal einen entspannten Abend machen willst.«

»Lust hätte ich. Aber dein Dad bezahlt mir nicht genug, um daraus was Regelmäßiges zu machen.«

Ja, das liebe Geld. Wenn das nicht wäre ...

»Wo ist Dad eigentlich?«

Milo verzieht das Gesicht. »Es wurde uns ein SOS von einer der Toiletten gemeldet.«

»Großartig. Genau das, was man an einem vollen Konzerttag braucht.«

Ich ziehe mir einen Barhocker heran. Milo gießt mir ungefragt eine Cola ein, die ich dankend annehme. Ivy wird nun sicher noch eine Stunde beschäftigt sein.

Milos Blick ruht auf ihr, während er die Gläser weiterspült. Es lässt mich schmunzeln, denn es ist *so* offensichtlich, dass auch er Interesse an ihr hat. Schon bei seiner ersten Schicht hatte er nur Augen für sie.

»Lennon, das ist ja eine Überraschung!« Dad ist von den Toilettenräumen gekommen und drückt mir einen Kuss auf die Wange. Sein langer Ziegenbart ist heute geflochten, und die Ärmel seines silbernen Hemds hat er hochgekrempelt.

»Wie lief der Kurs? Hast du eine feste Kooperation bekommen?«

»Noch nicht ... aber es dauert sicher nicht mehr lange.«

Ich wünschte, meine Worte könnten mein Herz erreichen, das mir gerade in die Hose sackt.

»Sie haben mir schon mal einen zweiten Kurs im Oktober angeboten.«

»Das klingt doch sehr vielversprechend.«

Ich nehme einen Schluck Cola, um meine kleine Lüge zu überspielen. Oft denke ich darüber nach, Mom und Dad zu sagen, wie es wirklich um den Aufbau meines Business steht. Wie kräftezehrend und frustrierend es sein kann, wie viel Druck ich mir mache. Eigentlich gibt es in unserer Familie keine Geheimnisse oder Lügen. Es gab auch nie Verurteilungen. Würde ich Mom und Dad erzählen, dass ich noch zu wenig Kooperationen habe, würden sie mir meine Selbstständigkeit nicht ausreden, sondern alle Hebel in Bewegung setzen, um mir zu helfen. Vermutlich würden sie mir sogar Geld leihen, und manchmal frage ich mich, ob ich es mir leisten kann, ihre Unterstützung auszuschlagen. Es wäre so viel einfacher, ihnen alles zu erzählen. Dad kennt die Schwierigkeiten, die auf einen zukommen, wenn man eine Geschäftsidee etablieren möchte, doch aus erster Hand. Und trotzdem will ich es alleine schaffen. Ich will es mir selbst und allen anderen beweisen.

Vielleicht bin ich aber auch einfach zu stolz, die ganze Wahrheit zu sagen.

KAPITEL 3

ONE DOOR AT A TIME

Lennon

Laut Internet gibt es in New York rund 4000 Cafés und 20 000 Restaurants, was für mich insgesamt fast 25 000 potenzielle Kooperationspartner ergibt. An diesem Morgen habe ich bereits bei dreißig von ihnen vor der Tür gestanden, habe meine Flyer und Plakate gezeigt und meine Arbeit erklärt. Zwölf Mal habe ich sofort eine Absage bekommen. Sechs haben mir etwas genervt gesagt, ich solle einfach mal einen Flyer dalassen, dann würden sie ihn sich mal ansehen. Die restlichen Leute haben sich wenigstens mit etwas Interesse meine Beschreibungen angehört und die Flyer ausgelegt. Immerhin etwas.

Mein Pony klebt mir bereits verschwitzt an der Stirn, was dem professionellen Bild, das ich gerne abgeben würde, ein wenig im Weg steht. Obwohl wir erst Anfang Mai haben, ist der Sommer in Manhattan früh eingezogen, und so grillt mich auf dem Weg von Café zu Restaurant zu Café der Asphalt.

Ich liebe New York zu jeder Jahreszeit, aber die ersten heißen Tage sind meist schwer zu ertragen, weil man sich an die Hitze der Bürgersteige und den leider penetranten Gestank der Mülltonnen erst gewöhnen muss.

Ich spiele mit dem Gedanken, mir einen Iced Matcha Latte zu gönnen, um die nächsten Stopps zu überstehen, aber der Gedanke, Geld auszugeben, obwohl ich mit dieser Mission eigentlich welches verdienen will, kommt mir zu verdreht vor.

Ich kaufe mir in einem Deli nur eine Flasche gekühltes Wasser, die ich in einem Zug leere. Dann steuere ich die nächsten zehn Läden an, bei denen ich heute noch mein Glück versuchen möchte.

Vor einem kleinen Café mit einer großen Fensterfront und urigen Ohrensesseln bleibe ich stehen. An der Tür klebt noch ein Sticker, der eine Neueröffnung ankündigt. *Patricia's Golden Place.*

Ich packe meine Wasserflasche weg und hole neue Flyer aus meinem Rucksack, dann betrete ich den gemütlichen Laden mit Teppichboden und Stehlampen, die mich an einen kunterbunten Flohmarkt erinnern, bei dem es in jeder Ecke etwas zu entdecken gibt. Im Café selbst ist nicht viel los, nur ein paar Frauen sitzen an den runden Tischen und unterhalten sich. Eine Frau mit roten, langen Haaren und einer Schürze kommt lächelnd auf mich zu.

»Willkommen im *Golden Place*. Kann ich dir etwas zu trinken oder zu essen anbieten? Der Kuchen ist zur Feier unseres Eröffnungsmonats im Angebot.«

Sie zeigt auf eine Vitrine mit wundervoll aussehenden Kuchen.

»Ist das Blueberry Cheesecake?«

»Nach meinem Hausrezept.«

»Der sieht richtig gut aus. Aber eigentlich wollte ich mich und meine Arbeit vorstellen«, versuche ich mich von meinem Lieblingskuchen abzulenken. »Mein Name ist Lennon Chambers, und ich bin selbstständige Event-Managerin. Ich arbeite mit einigen Cafés und Restaurants zusammen und biete dort Creative Nights an.«

Ich reiche ihr einen Flyer, den sie interessiert durchsieht.

»Die Teilnehmer genießen das Ambiente, Essen und Getränke, verbringen einen schönen Nachmittag oder Abend zusammen und können dabei ihrer Kreativität nachgehen. Dafür zeige ich ihnen bestimmte Maltechniken, die sie dann vor Ort ausprobieren können. Ich habe bereits einige feste Kooperationen, die meistens an den Schließungstagen stattfinden – so bleiben die Personalkosten niedrig, und der laufende Betrieb wird nicht gestört. Die Cafés und Restaurants bekommen dafür einen Anteil der verkauften Tickets und hoffentlich auch neue Kundschaft.«

»Das klingt wirklich, als würde es zu uns passen«, sagt die Inhaberin zu meiner Freude. »Meine Vision ist es, den Menschen einen Ort zur Verfügung zu stellen, der sich nach zu Hause anfühlt. Eine Begegnungsstätte, in der man einfach entspannen kann. Da würden ein paar kreative Impulse und zusätzliche Werbung nicht schaden. Wie wäre es, wenn wir direkt einen Termin ausmachen, an dem ein erster Kurs stattfinden kann? Dann sehen wir, wie es angenommen wird.«

Ich unterdrücke ein freudiges Quietschen.

»Sehr gerne.«

Ich folge Patricia an den Tresen, und wir einigen uns auf einen Probekurs in vier Wochen. Wir verabreden, dass ich ihr einen einmaligen Kooperationsvertrag per Mail zukommen lasse, und sie hängt eins meiner Plakate aus, auf das wir das Datum meines Kurses schreiben. Bleibt nur zu hoffen, dass jemand anbeißt. Ich jedenfalls tue es, denn angespornt von meinem Erfolg, kaufe ich Patricia doch noch zwei Stück Blueberry Cheesecake ab, um auch Ivy eine Freude zu machen.

Eine Stunde später betrete ich unsere Wohnung. Ivy liegt nach Luft ringend auf einer Yogamatte im Wohnzimmer und wischt sich den Schweiß von der Stirn. Vor der mintgrünen Wand kommt ihre überhitzte Haut richtig zur Geltung. Sie sieht aus wie eine überreife Tomate.

»Dein Work-out erfolgreich beendet?«, frage ich und stelle den Kuchen auf den Tresen unserer offenen Küche.

Ivy wurde von ihrem Label angeraten, jeden Tag ein Kardiotraining zu machen, um für die Konzerte fit zu sein. Auch wenn es notwendig ist, um die vielen Shows körperlich durchzustehen, verflucht sie es ziemlich oft.

»Sag ich dir, wenn ich wieder sprechen kann, ohne nach Luft zu japsen.«

Ich setze mich neben ihre Yogamatte auf den Boden und schiebe ihr die Wasserflasche zu, aus der sie sofort ein paar Schlucke nimmt.

»Besser?«

»Definitiv. Wie lief es bei dir? Hast du deine Flyer verteilt?«

»Und sogar einen ersten Termin mit einem kleinen Café hier um die Ecke ausgemacht.«

»Das ist super! Dann hat sich die Aktion ja schon gelohnt.«

»Ich muss es viel öfter machen«, sage ich nachdenklich. »Vielleicht gehe ich gleich morgen noch mal los.«

»Ein guter Plan.«

»Was steht bei dir noch an?«

»Ich habe nachher dieses Interview bei *Fox News Radio*, um über meine Single zu sprechen. Keyla holt mich um fünfzehn Uhr ab.«

Keyla Jones, Ivys Marketing-Managerin, begleitet sie zurzeit bei fast allen Presseterminen. Sie ist ein absoluter Workaholic und will Ivys derzeitigen Hype unbedingt auskosten, so gut es geht. Interviews, Talkshows, Podcasts. Ein Wunder, dass wir uns überhaupt noch regelmäßig zu Gesicht bekommen.

»Hast du vor deinem Termin noch Lust, etwas zu essen? Ich könnte uns meine berühmten Kokos-Limetten-Nudeln kochen? Und ich habe uns Blueberry Cheesecake zum Nachtisch mitgebracht.«

»Gott, das klingt sehr gut. Ich hüpf nur schnell unter die Dusche.«

Ivy rollt ihre Matte zusammen und eilt ins Badezimmer,

während ich schon mal Nudelwasser aufsetze. Angesichts Ivys fehlender Kochkünste koche ich uns meistens etwas. Wenn wir nicht gerade bei Lieferdiensten bestellen.

Im Badezimmer nebenan singt Ivy einen ihrer aktuellen Songs unter der Dusche. Es ist die perfekte musikalische Untermalung, während ich die Frühlingszwiebeln putze und schneide, eine Limette auspresse und die Schale fein abreibe. Als Ivy zurückkommt, habe ich die Frühlingszwiebeln längst angebraten und mit Kokosmilch, dem Limettensaft, etwas Sojasoße und Wasabi-Nüssen verfeinert. Ivy holt Geschirr heraus, ich vermenge die Pasta mit der Soße, und schon kann das Essen serviert werden. Mit befüllten Tellern gehen wir durchs Fenster, raus auf die Feuerleiter – zu unserem Lieblingsort in der Wohnung.

»Danke fürs Kochen. Das ist nach dem Sport jetzt genau das Richtige.«

Ich verkneife mir einen Kommentar darüber, dass der Trainer, mit dem Ivy ihre Work-outs durchgesprochen hat, sie dazu ermutigt hat, mehr Eiweiß zu essen, und dieses Gericht wohl nicht darunterfällt. Dafür schmeckt es wieder einmal himmlisch. Die Mischung aus Kokos und Limette ist cremig und erfrischend zugleich.

»Bist du aufgeregt wegen des Interviews?«, frage ich zwischen zwei Bissen.

»Irgendwie noch nicht. Vielleicht gewöhne ich mich ja langsam daran.«

»Ist ja auch dein ungefähr fünfzigstes Interview diesen Monat. Wird schon Routine.«

»Wem sagst du das. Ich hätte nie gedacht, wie viel Promo mit der Veröffentlichung eines Albums einhergeht.«

»Spätestens wenn wir den Release endlich feiern, vergisst du die ganze Arbeit.«

»Ich habe gestern noch mit Keyla gesprochen. Sie kann uns

zwar doch nicht begleiten, aber unserer geplanten Party steht nichts im Wege. Sie hat uns einen Fahrer organisiert, der uns von A nach B bringt. Erst zum Times Square, um meine Werbeanzeige zu sehen, und dann geht's ins *Serpent*.«

Allein die Erwähnung des Members-only-Nachtclubs lässt die Gabel, auf die ich gerade Pasta gewickelt habe, erzittern. Das *Serpent* ist einer dieser New Yorker Legenden – niemand weiß so recht, was sich hinter den Türen dieses exklusiven Clubs abspielt, aber es gibt viele Gerüchte. Stars, die dort ein und aus gehen. Die Rede ist von heimlichen Flirts und Affären, die nie an die Öffentlichkeit gelangen. Seit es diesen Club gibt, will ich dort Mäuschen spielen, und ich hätte niemals zu träumen gewagt, dass wir es für Ivys Album-Release-Party auf die Gästeliste schaffen. Ohne die Kontakte von Keyla, besser gesagt von Ivys Musiklabel, würden wir wohl auch niemals draufstehen.

»Wir brauchen auf jeden Fall Champagner«, sage ich. »Damit wir zusammen anstoßen können, wenn dein Albumcover auf dem Times Square erscheint.«

»Ich finde den Gedanken noch etwas befremdlich. Auch wenn ich es mir schon so oft ausgemalt habe …«

»Es wird großartig! Dann hast du es wirklich geschafft, Süße.« Ich beuge mich vor und gebe ihr einen Kuss auf die Wange. »Und ich bin so was von stolz auf dich.«

»Ohne dich hätte ich es nie geschafft. Das weißt du, oder?«

»Stimmt.« Grinsend wickle ich weiter Pasta auf die Gabel. »Deswegen sag ich dir ja auch immer, dass ich eigentlich deine Managerin sein sollte. Ich habe dein Talent sofort erkannt ab dem Moment, in dem ich dich in Manhattan auf der Straße habe spielen sehen.«

»Wer weiß, wo ich heute wäre, wenn du mir keinen Kaffee ausgegeben hättest …«

Oder die Couch zum Schlafen angeboten. Damals habe ich

ja auch nicht gedacht, dass Ivy kurz darauf im Club meines Dads auftritt und es damit nach ganz oben schaffen würde. Das war auch absolut außerhalb meiner Vorstellungskraft, egal, wie sehr ich an sie geglaubt habe.

»Auf jeden Fall würden wir dann nicht auf der Gästeliste vom *Serpent* stehen«, sage ich. »Ich habe Effie wegen ihres Outfits beraten, sie steckt also schon mitten in ihren Vorbereitungen. Ich hoffe, Tweezy ist auch bereit?«

Ivy hat den Rapper über ihr Label kennengelernt und ebenfalls zu ihrer Party eingeladen.

»Auf ihn ist Verlass. Und da Keyla nicht mitkommt, habe ich Milo eingeladen.«

»Na endlich! Ich wusste doch, dass er dir gefällt. Wird auch Zeit, dass ihr euch annähert.«

Werden Ivys Wangen gerade rot?

»Es hat mich überrascht, dass er zugesagt hat. Aber ich freue mich«, murmelt sie.

Dann nimmt sie sich eine viel zu große Gabel Pasta, die sie eindeutig nur daran hindern soll, weiter über Milo zu sprechen, obwohl ich sie wirklich gerne noch etwas mit ihm aufziehen würde. Keine Ahnung, wieso sie nicht einfach zugibt, dass sie unseren Barkeeper toll findet, wenn es doch so offensichtlich ist.

Angesichts des Radiointerviews, in dem sie sich später schon genug aufdringlichen Fragen stellen werden muss, bin ich aber gnädig und löchere sie nicht weiter.

»Wir müssen die Nacht im *Serpent* auf jeden Fall richtig auskosten«, sage ich zu ihr. »Das ist vermutlich meine einzige Chance, jemals dort zu sein. Ich will also die ganze Nacht tanzen und mir irgendeinen heißen Schauspieler angeln.«

Ivy lacht. »Du bist unmöglich, weißt du das?«

»Auf den jüngsten Paparazzi-Bildern vor dem *Serpent* war Jacob Elordi zu sehen. Und ich hoffe, Olivia Rodrigo wird da sein. Sie hat am Abend davor doch ein Konzert in New York.«

»Aber denk daran, dass wir an dem Abend eine von denen sind«, ermahnt mich Ivy. »Ich habe Keyla versprochen, dass wir uns benehmen, sie hat nämlich einige Beziehungen spielen lassen, damit wir alle auf die Gästeliste kommen.«

»Willst du mir unterstellen, ich hätte mich nicht unter Kontrolle?«

Sie gibt mir einen kleinen Schubs. »Genau das, du kleine Promijägerin.«

»Ich habe doch jetzt dich, um mein Interesse an Celebritys voll auszuleben.«

Das Schicksal hat es wirklich gut mit mir gemeint, ausgerechnet meine beste Freundin zum neuen Superstar zu machen. Immerhin habe ich schon mit fünfzehn diese ganzen Klatschzeitungen gelesen und mich immer darüber informiert, was es in der Welt der Stars und Sternchen Neues gibt.

»Das Allerwichtigste ist sowieso, dass wir eine richtig schöne Zeit zusammen haben und der Release deines Albums gebührend gefeiert wird.«

»Da sollten wir jetzt schon drauf anstoßen. Mit Kuchen.«

»O ja!«

Ich schnappe mir direkt unsere leeren Teller und gehe zurück in unseren Wohn-Ess-Bereich, um den Blueberry Cheesecake zu holen. Während ich zwei kleine Gabeln heraussuche, sehe ich noch mal zu Ivy, die von der Feuerleiter aus auf die Lower East Side schaut.

Ich möchte *wirklich*, dass wir dieses Album ordentlich feiern. Nicht wegen irgendwelcher Promis und Nachtclubs, sondern einfach weil Ivy dieses Glück, das sie über Nacht gefunden hat, verdient wie kein anderer.

Und weil es mir Hoffnung gibt.

KAPITEL 4

CALL ME MARIA MARTINEZ

Lennon

Das *Serpent* befindet sich in einem Backsteinhaus mit drei Stockwerken. Ein schwarzer Teppich führt vom Bordstein zur Eingangstür, vor dem ein Türsteher darauf wartet, jeden zu überprüfen, der einen Fuß in den Members-only-Nachtclub setzen will. Paparazzi lauern bereits vor dem Gebäude, weil jede Klatschzeitung scharf darauf ist zu erfahren, wer mit wem gefeiert hat, um dann wilde Spekulationen aufzustellen, was hinter diesen Mauern wohl vor sich gehen mag. Noch immer ist es unwirklich, dass ich gleich selbst Zeugin davon werde, wie die Stars von New York feiern, nachdem ich mich all die Jahre mit diesem Club befasst habe. Fast denke ich, dass es ein Traum ist. Der Champagner, der auf unserer kleinen Feier am Times Square geflossen ist, unterstreicht diese Gedanken nur noch. Als könnte ich jederzeit aufwachen und mir das alles nur eingebildet haben.

Aber als ich aus dem Wagen steige, fühlt sich der Boden unter meinen Füßen genauso echt an wie das blendende Blitzlichtgewitter, das für Ivy und Tweezy bestimmt ist. Effie, Milo und ich sind eher die Schatten, die hinter den beiden hergehen, aber es stört mich nicht im Geringsten. Ich fühle mich trotzdem absolut großartig, während ich in meinem roten schulterfreien Kleid über den Teppich schreite.

Ivy spricht mit dem Türsteher, der mit wachsamem Auge die

Gästeliste durchgeht. Nervös streiche ich mir über meinen Dutt, der eng am Kopf anliegt. Zwei gelockte Haarsträhnen umrahmen mein Gesicht, und ich trage eine goldene Kette, die meine Mom mir zu meiner *Quinceañera,* der Feier zu meinem fünfzehnten Geburtstag, geschenkt hat. Ich fühle mich absolut bereit, endlich das *Serpent* zu betreten.

Der Türsteher kontrolliert unsere Ausweise, dann tritt er endlich zur Seite. »Alles klar. Ihr könnt reingehen.«

Er öffnet die Tür, und wir betreten einen schmalen Gang. Jeder Schritt wird von zunehmendem Bass begleitet. Ivy und ich tauschen aufgeregte Blicke, mein Herz wummert im Rhythmus der Musik, und dann befinden wir uns in einem abgedunkelten Raum ohne Fenster. Fieberhaft sehe ich mich um und versuche, alles zu erfassen: die dunkelrote Inneneinrichtung aus Sitzecken und Separees, die für Privatsphäre sorgen. Dichter Nebel liegt über der Tanzfläche, irgendjemand räkelt sich an einer von zwei Poledance-Stangen. Davor stehen Kylie Simson und Frederic Green, die beide in einer *Amazon-Prime*-Serie mitspielen und immer wieder dementieren, ein Paar zu sein, obwohl sie gerade eng umschlungen tanzen und sich dabei küssen. Ein paar Meter weiter tanzt der neue Star dieser *Netflix*-Serie, über die gerade alle sprechen.

Ich will die anderen auf meine Entdeckung aufmerksam machen, aber Effie und Tweezy sind bereits weiter zur Bar gegangen. Milo und Ivy stehen an einem Motorrad, das im Club ausgestellt wurde. Schon ein flüchtiger Blick auf die Fotowand dahinter reicht, um zu erkennen, dass dieser kleine Schrein ein Andenken an den früheren Besitzer Corey Meester ist. Er hat das *Serpent* gegründet, nachdem sich seine Band *Serpent Grave* aufgelöst hat. Er ist mitunter einer der Gründe, wieso ich unbedingt mal herwollte, weil ich mit ihm und seiner Musik groß geworden bin. Dad war wochenlang traurig, nachdem Corey bei einem Brand in seinem Haus gestorben ist. Es war grausam. Aber dieser Club ist sein Vermächtnis, alles wurde von ihm aufgebaut.

Ich trete hinter Milo und Ivy.

»Leute! Habt ihr gesehen, wer alles hier ist? Da drüben ist Jeremy Stone, der Schauspieler von dieser neuen *Netflix*-Serie. Gott, ist der heiß.«

Am liebsten würde ich zu ihm gehen und nach einem Autogramm fragen, aber es würde wohl gegen alles verstoßen, wofür das *Serpent* steht. Ich werde mich heute wohl oder übel zusammenreißen müssen.

Effie und Tweezy haben bereits eine der Sitzecken eingenommen und winken uns zu. Gerade wird ein Kübel mit Champagner zu ihnen gebracht. Bei der Hitze, die im Club herrscht, kommt das eiskalte Getränk wie gerufen, also gehen wir zu ihnen. Die Sitze sind aus weichem Wildleder. LED-Lichter umrahmen unseren Tisch, auf dem nun der Champagner ausgegossen wird. Industrial Music dominiert den Raum. Eine betörende Mischung aus Rock und Techno, die einen ganz eigenen Sog ausübt. Laut genug, damit der Bass im Körper zu spüren ist, trotzdem sind Gespräche immer noch möglich.

Gemeinsam stoßen wir auf Ivys Album an.

Effie lässt nichts anbrennen, kontrolliert den Sitz ihres Kleides und startet sofort einen Flirtversuch beim Barkeeper. Ivy und Tweezy vertiefen sich in ein Gespräch über die Musikbranche … und ich fühle mich wie ein Kind im Spielzeugladen, das gar nicht weiß, wohin es zuerst gucken soll. Es gibt zu viel zu entdecken, zu viel zu verpassen. Da sind Schauspieler und Models, Influencerinnen und Sänger. Alle, die in New York irgendwie für Aufregung sorgen, sind hier, und ich bin mitten unter ihnen – nur mit dem Unterschied, dass sie keine Ahnung haben, wer ich bin.

»Ich hätte nie gedacht, dass ich mal im *Serpent* landen würde«, spricht Milo meine Gedanken aus.

»Es ist krass, oder? Eine ganz eigene Welt, und wir dürfen mal durchs Schlüsselloch gucken.«

»Findest du es manchmal seltsam, dass Ivy jetzt zu dieser Welt gehört? Als sie deine Mitbewohnerin geworden ist, war sie immerhin noch nicht berühmt.«

»Hm. Ein bisschen komisch ist es noch. Allein der Gedanke, dass sie im September auf Tour geht und dann weg sein wird. Aber ich gönne ihr den Erfolg aus ganzem Herzen.«

Milo sieht nachdenklich zu ihr. Sein Mundwinkel zuckt missbilligend, und ich ahne, wieso. Tweezys Hand liegt ziemlich nah an Ivys Arm.

»Keine Sorge.« Ich stupse ihn sachte an. »Da läuft nichts zwischen den beiden.«

»Wie kommst du darauf, dass mich das beschäftigen würde?«

»Ach bitte.« Ich verdrehe lachend die Augen. »Ich sehe doch, dass du sie magst. Und sie mag dich auch.«

Milo sagt nichts dazu, ertappt nimmt er einen Schluck Champagner. Ich kann nur hoffen, dass einer der beiden heute noch den ersten Schritt macht und sie endlich zueinanderfinden. Vielleicht wenn sie gezwungen sind, miteinander zu reden. Der Champagner drückt eh langsam auf meine Blase, wenn ich aufstehe, kann Ivy sich neben ihn setzen und in ein Gespräch verwickeln.

»Ich fürchte, ich muss dich kurz alleine lassen und zur Toilette gehen«, sage ich zu Milo, der noch immer an meinen Worten festzuhängen scheint. Ich lächle ihm entschuldigend zu, dann stehe ich auf.

Die Schilder führen mich an den Separees vorbei zu einem schmalen Gang, in dem die Musik immer leiser wird. Der Gang führt noch weiter geradeaus, doch die Toiletten liegen links von mir. Ich betrete die Frauentoilette und denke erst, mich doch im Raum geirrt zu haben, denn bei den edlen Steinbecken werde ich überhaupt nicht an die Clubtoiletten erinnert, die ich sonst von New York kenne. Kein Toilettenpapier auf dem Boden, kein Graffiti und keine Schmierereien an den Türen. Dafür gibt es einen Warteraum mit einer roten Ledercouch.

Auf einer Ablage am Waschbecken stehen Parfümflakons von Versace, die ich nach meinem Toilettengang sofort ausprobiere. Einer der Düfte riecht wunderbar herb, also sprühe ich mir einen kleinen Tropfen davon auf mein Handgelenk. Dann richte ich mein Kleid und ziehe meinen Lippenstift nach.

Ich bin gerade fertig geworden, als eine Frau hereingepoltert kommt. Fahrig sieht sie sich um und entdeckt mich. Ich lächle ihr vorsichtig zu.

»Maria«, seufzt sie erleichtert. »Du bist wirklich spät dran, du hast doch gleich das Treffen mit Scott Bilson.«

»Ähm ... ich bin nicht ...«

»Nicht fertig? Doch, du siehst wirklich wunderbar aus. Komm mit, ich bringe dich zu ihm.«

Sie hakt sich bei mir unter und zieht mich mit ... und ich folge ihr etwas überfordert. Zweimal noch versuche ich, ihr zu sagen, dass ich nicht die bin, für die sie mich hält, aber sie redet ununterbrochen von diesem Scott und wie wichtig es ist, nun einen guten Eindruck bei ihm zu machen, wenn ich möchte, dass er mich unter Vertrag nimmt. Dabei gehen wir jedoch nicht zurück in den Club, sondern folgen dem Gang in die entgegengesetzte Richtung. Erst vor einem Absperrseil inklusive Securitymann stoppen wir.

»Maria Martinez«, sagt die Frau und meint damit offenbar mich.

Gerade will ich noch einmal klarstellen, dass ich *nicht* Maria bin, als der Securitymann zur Seite tritt, damit ich in den abgesperrten Bereich gehen kann.

»Na los«, sagt die Frau und nickt mir aufmunternd zu.

Meine Einwände prallen an meiner Neugier ab. Ich spüre das schlechte Gewissen, weil diese Frau gerade alle Karten auf das falsche Pferd setzt, aber gleichzeitig bin ich mir bewusst, dass dies hier so etwas wie ein VIP-Bereich in einem Members-only-Club ist. Wenn im normalen Bereich schon berühmte Schauspieler und Models feiern, wer oder was erwartet mich dann hinter dieser Absperrung?

Es ist *viel* zu verlockend, für einen Augenblick Maria zu sein und es herauszufinden.

Ich richte mich ein wenig auf, um den Anschein zu machen, wirklich hierherzugehören. Dann marschiere ich einfach an dem Securitymann vorbei.

Zu meinem Leidwesen folgt mir die Frau von der Toilette.

Wir betreten zunächst einen Loungebereich. Die Musik aus dem vorderen Bereich ist hier nur Hintergrundmusik, während Ledersessel und kleine Couchtische zum Entspannen einladen. An einer eigenen Bar werden Spirituosen gemixt. Männer in Anzügen, viel zu formell angezogen für einen Club, sitzen in den Sesseln und trinken Whiskey und Scotch. Dabei sehen sie permanent auf die Uhr, als wären sie nur auf dem Sprung oder hätten noch Termine.

Auf einem der Sessel neben der Tür sitzt das Male-Model aus der neuesten Gucci-Werbung.

»Scott erwartet dich«, sagt die Frau von der Toilette und zeigt zu einem dunkelroten Vorhang, der den nächsten Raum verdeckt. »Du kannst dadrin auf ihn warten.«

Kurz kommen mir sämtliche Filme und Serien in den Sinn, bei denen junge Frauen in irgendwelche Hinterzimmer gelockt werden. Aber gerade tritt eine Kellnerin durch den Vorhang und wirkt recht entspannt. Fürs Erste spiele ich also das Spiel weiter mit und bin froh, die Frau hinter mir zu lassen.

Hinter dem Vorhang erwarten mich abgetrennte Sitznischen aus dunklen Ledersitzen und bordeauxroten Wänden.

Die Menschen in den Separees wirken alle furchtbar geschäftig – wenn man die Unmengen an Alkohol ignoriert, der auf den Tischen steht. Whiskey, Wodka, Champagner – überall stehen teure Spirituosen und Eiskübel, während emsig Verhandlungen und Gespräche geführt werden, die angesichts der Tablets und Unterlagen auf den Tischen sicherlich nicht privater Natur sind.

Und das alles mitten in der Nacht.

Seit wann werden in Nachtclubs geschäftliche Treffen abgehalten? Ich dachte, für so etwas sind Golfclubs und Büros da. Oder brauchen bestimmte Geschäfte der Schönen und Reichen die Verlockung von Alkohol und ein paar Stunden auf der Tanzfläche? Ist das hier ein besonderer Service, wie die Zigarre, die ich so oft schon in Filmen gesehen habe, wann immer alte, reiche Männer ihre Zusammenarbeit besiegeln?

Da ist der Schauspieler aus dem neuesten Hollywoodstreifen und ein Sänger, dessen Namen ich vergessen habe. Zander Dee? Zander Dwight? Er war auf jeden Fall mit Ivy zusammen in den Charts. Auch sonst sind echt viele Männer hier ... und jeder von ihnen könnte Scott Bilson sein. Auch wenn mir sein Name als Manager etwas sagt, habe ich kein Bild von ihm vor Augen, aber sicher würde ihm sofort auffallen, dass ich nicht Maria bin. Mein kleiner, aufregender Ausflug in diese andere Welt könnte also ziemlich schnell vorbei sein. Besser, ich genieße ihn noch ein wenig.

Ein paar Meter vor mir, am anderen Ende des Raums, liegt eine einzige Tür – etwas versteckt zwischen zwei Separees. Ein Mann mit dunklem Hemd geht geradewegs darauf zu, er ist der einzige, der keinen Anzug trägt. Der einzige, der eher in meinem Alter ist. Unwillkürlich gehe ich einen Schritt auf ihn zu, um ihn besser zu sehen. Seine fast schwarzen Haare fallen ihm ein wenig in die Stirn.

Sofort rast mein Herz, während ich ihn eingehender mustere. Ich will mir noch einreden, mich zu irren … immerhin habe ich den Sänger, für den ich ihn halte, seit Monaten nicht gesehen. Er zeigt sich nicht, ist abgetaucht. Also kann er es nicht sein, oder?

Aber mein geschultes Auge würde Blake Meester immer und überall erkennen, immerhin habe ich noch vor rund einem Jahr all seine Lieder rauf und runter gehört. In Endlosschleife, bevorzugt mit viel zu lauten, schiefen Gesangseinlagen meinerseits, während ich mir vorgestellt habe, ihn ein einziges Mal live zu treffen. Nur waren das eher Tagträume und unrealistische Wünsche, bei denen ich nie davon ausgegangen bin, dass sie sich einmal erfüllen würden.

Und jetzt sind sie zum Greifen nah?

Natürlich ist es auch absolut logisch, dass er hier ist, immerhin leitet er als Sohn des verstorbenen Corey Meester das *Serpent*. Offenbar selbst dann, wenn er sich vor der restlichen Welt verschließt.

»Vielen Dank, Maria Martinez«, murmle ich grinsend.

In diesem Moment ist es mir egal, wie der Verhaltenskodex im *Serpent* sein mag. Ich *muss* ihn um ein Autogramm bitten. Das ist eine dieser Gelegenheiten, die man nur einmal bekommt, und sie zu verpassen, würde bedeuten, mich mein ganzes restliches Leben darüber zu ärgern.

Kurzerhand richte ich noch mal meine Haare, dann folge ich ihm schnellen Schrittes durch die Tür, die zu einem schmalen Gang führt. Weitere Türen gehen davon ab, aber Blake läuft daran vorbei. Niemand hält mich auf, niemand achtet wirklich auf mich. Wieso sollten sie auch? Die Leute, die in diesen Bereich des Clubs kommen, wurden auserwählt und kontrolliert.

Blake öffnet eine Tür, aber ich komme nicht schnell genug an ihn heran, um mich bemerkbar zu machen. Ich schaffe es gerade noch, mich durch den Spalt zu quetschen, ehe die Tür hinter mir zufällt. Auch in diesem Raum schirmt eine Wand einen Tisch ab. An einem davon scheint Blake Platz zu nehmen, ich höre das Leder ein wenig quietschen. Mein Herz schlägt so laut, dass ich erst nach einigen Sekunden merke, dass hier keine Musik läuft. Ich höre auch keine Gläser, keine Gespräche. Der Bass des Clubs wird zur Hintergrundmelodie, nur ein leichtes Dröhnen in den Wänden.

»Worüber wolltest du mit mir reden?«

Ich erkenne Blakes Stimme sofort. Er klingt genauso dunkel und durchdringend wie in den unzähligen Interviews, die ich von ihm gesehen habe. Mein Herz, irgendwo zwischen Aufregung und Anspannung, macht sofort einen Satz.

»Eigentlich bin ich heute nicht in Stimmung«, brummt Blake. Telefoniert er? »Ich gebe dir fünf Minuten.«

»Das ist das Problem, über das ich reden wollte.« Die zweite männliche Stimme lässt mich zusammenzucken. Definitiv *kein* Telefonat!

Es liegt eine gewisse Spannung im Raum, die mich dazu veranlasst, mich ein wenig zu ducken, auch wenn die beiden mich noch nicht bemerkt haben.

»Weil du nie in der Stimmung bist«, spricht sein Gesprächspartner weiter. »Egal, wann ich versuche, mit dir zu reden.«

»Weil ich mir nicht anhören möchte, wie enttäuscht du von mir bist. Ich weiß selbst, dass ich zurzeit auf ganzer Linie versage.«

Der Schmerz in Blakes Stimme dringt in meine Seele und packt zu. Packt dort zu, wo mein früheres Ich entschieden hat, dass Blakes Musik mir etwas bedeutet. Packt dort zu, wo in meinem Gehirn all die schrecklichen Berichterstattungen über den Brand des Familienanwesens gespeichert sind, von dem nichts weiter als Schutt und Asche übrig geblieben ist.

Ich sollte hier wirklich nicht sein – weder als Maria Martinez noch als Lennon Chambers. So leise wie möglich drehe ich mich um und gehe ein paar Schritte auf die Tür zu, aus der ich gekommen bin.

»Es ist ernst, Blake. Und ich rede nicht mal als Manager mit dir, der dich daran erinnern muss, dass die Verträge mit deinem Musiklabel noch offen sind und sie langsam ungeduldig werden. Ich mache mir Sorgen als Freund. Mir ist bewusst, dass du gerade dabei bist, alles zu verlieren, und das ertrage ich nicht. Ich will dir doch nur helfen, du kannst es dir nicht leisten, mich immer wieder wegzustoßen! Ich bin auf deiner Seite, versteh das doch endlich! Du hast jetzt nur noch vier Monate, um die Anforderungen aus dem Testament zu erfüllen, und es sieht nicht gut aus. So wie du dich gehen lässt …«

»Ich habe ein verdammtes Recht darauf, mich gehen zu lassen. Mein Vater ist gestorben, unser Haus ist weg, und ich habe keine Ahnung, wie ich wieder auf die Füße kommen soll, Scott.«

Der Scott, der mit der echten Maria verabredet ist? Verdammter Mist.

Ich stehe bereits vor der Tür. Jetzt muss ich sie nur noch unauffällig öffnen, dann verschwinde ich, und niemand wird erfahren, dass ich hier war. Niemand wird erfahren, was ich gerade gehört habe. Weder von den Qualen in Blakes Stimme noch von irgendwelchen Anforderungen in Zusammenhang mit einem Testament. Dem seines Vaters, wie ich vermute.

Mit angehaltenem Atem strecke ich meine Hand nach dem Türknauf aus … aber da ist keiner. Kein Hebel, keine Klinke, kein Knopf.

Nein, das kann nicht sein. Irgendwie muss man hier doch rauskommen! Meine Hände beginnen zu schwitzen.

»Natürlich darfst du in den Seilen hängen. Andere wären an dem, was du erlebt hast, längst zugrunde gegangen. Aber du hast mir vor ein paar Monaten gesagt, dass du das *Serpent* unbedingt behalten und die Geschäftsführung übernehmen möchtest. Aber wenn das immer noch dein Wunsch ist, dann musst du langsam wirklich die Kurve bekommen. Du hast nur noch wenige Monate Zeit und hast wichtige Punkte der Anforderungen noch nicht erfüllt.«

»Ich bemühe mich doch!«

Blakes Stimme schneidet meine Euphorie wegen eines möglichen Autogramms in klitzekleine Häppchen.

»Ich mache diese beschissenen Drogentests, gehe zur Psychotherapie, trinke keinen Alkohol, halte meine Termine hier ein. Ich. Versuche. Mein. Bestes. Und jetzt kommst du und machst mir auch noch Druck, obwohl du genau weißt, wie schwer das gerade alles für mich ist!«

»Natürlich weiß ich das, aber ich werde nicht zusehen, wie du das Erbe deines Vaters verlierst! Weil es dich endgültig zerstören würde!«

Nichts von diesem Gespräch ist für meine Ohren bestimmt.

Fieberhaft suche ich nach einer Möglichkeit, diese verdammte Tür aufzubekommen, aber sie scheint durch einen Code gesichert zu sein. Genau wie der Hintereingang im *Silverside*. Das Einzige, was ich finde, ist ein Tastenfeld mit neun Ziffern, rechts neben der Tür. Nur habe ich natürlich keinen blassen Schimmer, wie der Code lauten könnte, und ich wage es nicht, nach einer zweiten Tür zu suchen. Am anderen Ende des Raums hängt ein Notausgangsschild, aber dort würden die beiden mich sofort entdecken, und ich will mir nicht ausmalen, wie sie reagieren würden.

Mein erster Ausflug in den Club, von dem ich die letzten Jahre immer geträumt habe, und er endet innerhalb von nur einer Stunde in einem absoluten Desaster.

Gerade wünschte ich mir, mich beamen zu können – einfach weit weg von diesem privaten Gespräch und zurück zu Ivy und den anderen. Doch statt mich in Luft aufzulösen, stehe ich da, zur Salzsäule erstarrt, und versuche einen Plan aus meinem überfüllten Kopf zu quetschen. Das Einzige, was mir einfällt, ist, mich zu erkennen zu geben, aber den Gedanken finde ich noch beängstigender, als einfach stehen zu bleiben und zu hoffen, doch noch in Atome zu zerfallen.

KAPITEL 5

THE THINGS I HAVE TO DO ...
BUT CAN'T

Blake

Ich kenne Scott schon mein ganzes Leben. Er war nicht nur der Manager meines Dads, sondern auch sein bester Freund. Jemand, auf den er sich, im Gegensatz zu mir, immer verlassen konnte. Die bittere Wahrheit ist, dass Dad nie Vertrauen zu mir hatte und ich ihn immer nur enttäuscht habe, und diese Enttäuschung geht selbst nach seinem Tod weiter. Wieso sonst hätte er eine Klausel in sein Testament einbauen sollen, die fordert, dass ich mich ein Jahr lang beweisen muss, um am Ende das *Serpent* zu erben? Keine Drogen, kein Alkohol, keine Skandale und das Wahrnehmen von Terminen, die unsere Familie repräsentieren, wie es so schön formuliert ist.

Das Jahr, das Dad mir dafür eingeräumt hat, ist fast vorbei, und ich habe nur drei von vier Punkten erreicht. Es ist nicht schwer, Partys und Ausschreitungen zu vermeiden, wenn man sich in seine eigene Wohnung zurückzieht. Damit erfülle ich aber auch nicht die Auflage, öffentliche Termine wahrzunehmen.

»Du hast recht«, sage ich zu Scott. »Ich ertrage den Gedanken nicht, das *Serpent* zu verlieren.«

Jedes Wort kostet mich Überwindung, denn im selben Augenblick frage ich mich sofort wieder, ob ich diesen Club überhaupt verdient habe.

»Wieso zum Teufel kannst du dann nicht über deinen Schatten springen?«, fragt Scott nun etwas versöhnlicher. »Geh auf diese ganzen Events, zu denen du eingeladen wirst. Zeig allen, dass es dir wieder besser geht und du nicht unterzukriegen bist. Bemühe dich, diesen Punkt der Auflage zu erfüllen, und kämpfe um das *Serpent*.«

Kämpfen ... es klingt so leicht aus seinem Mund, obwohl es so unglaublich schwer ist. Kämpfen bedeutet, Kraft zu haben, die ich nicht mehr besitze. Nicht richtig. Nicht wenn ich weiß, was alles zu diesen Terminen gehört und welcher Rattenschwanz dranhängen wird.

»Sie werden sich auf mich stürzen«, erwidere ich dunkel.

Ich weiß nicht mal, wovor ich mehr Angst habe. Vor der *Meester Group*, die den Vorstand in unserem Familienunternehmen innehat und laut Testament ein Mitspracherecht darüber hat, ob ich die Auflagen erfülle, und der ich sowieso nichts recht machen kann. Oder vor dem Medienrummel, der für mich zwar nicht neu ist, dem gegenüber ich mich aber viel verletzlicher fühle als früher.

Er hat mich begleitet, seit der Rockstar Corey Meester einen seiner Fans geschwängert und mich als seinen unehelichen Sohn bekommen hat. Die Presse hat meine Mom verfolgt, als ich noch in ihrem Bauch war, weil alle wissen wollten, wer die Frau ist, die ihn während seines Konzerts in Miami um den Finger gewickelt hat. Mit neun Jahren hatte ich schon ein Sammelalbum voller Paparazzi-Bilder von mir. Mit vierzehn hatte ich meinen ersten öffentlichen Skandal, weil ich auf einer Party getrunken habe, wissentlich, dass die Paparazzi es fotografiert und gefilmt haben. Es war leicht, so Dads Aufmerksamkeit zu bekommen, egal wo auf der Welt er gerade auf Tour war. Es war mein kleines Bat-Signal, durch das er Kontakt zu mir aufgenommen hat. Meistens jedoch, um mich zur Schnecke zu machen, aber es war okay. Besser als nichts.

Die Paparazzi waren meine Bühne, wann immer ich sie brauchte, und ich fühlte mich wie die Spielemacher aus *Tribute von Panem*. Seit dem Feuer bin ich jedoch in der Arena. Gebrandmarkt und verletzt ... und alle wollen ein Stück von diesem Leid abhaben.

Wenn ich mich ihnen zeige, werden sie über mich urteilen, weil ich mich nie zu seinem Tod geäußert habe. Sie werden auf meine Narben starren, vielleicht darüber reden, wie unattraktiv ich dadurch geworden bin. Die Klatschpresse ist unbarmherzig und empathielos, sie wollen den Menschen doch nur etwas geben, worüber sie sprechen können. Alles, was in den letzten Monaten passiert ist, wird dabei ausgeschlachtet werden.

Ein Geräusch durchbricht meine Gedankengänge.

Hat Scotts Sessel geknarzt? Sicher war es so, er kann niemals richtig still sitzen.

»Ich weiß nicht, ob ich bereit dazu bin, wieder in die Öffentlichkeit zu gehen«, gebe ich zu. »Mich all diesen Blicken alleine zu stellen ...«

»Ich kann dich begleiten.«

»Dann brauche ich meinen Manager als Babysitter? Meinst du nicht, das würde noch armseliger wirken?«

»Ich bin auch dein Freund, Blake.«

Es gibt so viel, was ich zu Scott sagen will. Dass er einer der wenigen ist, denen ich zurzeit noch vertraue – mehr als mir selbst, weil ich wie ein Pulverfass kurz vor dem Explodieren bin. Ich will ihm sagen, dass ich so gerne stärker wäre als in den letzten Monaten und ich nicht nur für mich, sondern auch für Dads Traum kämpfen will. Ich will ihm sagen, dass ich es vermisse, Musik zu machen, weil mein Leben immer von Melodien erfüllt war und es jetzt erschreckend still ist.

Aber keinen dieser Sätze spreche ich aus. Ich komme nicht mal dazu, näher darüber nachzudenken, denn erneut höre ich etwas, und diesmal bewegt sich Scott definitiv nicht.

Vorsichtig stehe ich auf und gehe ein paar Schritte Richtung Vorhang. Scott hebt eine Augenbraue, will etwas sagen, aber ich bedeute ihm, still zu sein.

Irgendjemand ist doch ...

Da! Eine Frau mit fast schwarzen Haaren und einem roten Partykleid versucht irgendwie, die verschlossene Tür aufzubekommen.

Mein ganzer Körper ist in Alarmbereitschaft. Ich schnelle nach vorne und packe ihren Arm. Erschrocken dreht sie sich um. Das Erste, was ich sehe, sind rehbraune Augen, die mich ängstlich ansehen. Ein Pony und gelockte Haarsträhnen umrahmen ein olivfarbenes Gesicht mit einer Stupsnase und vollen, roten Lippen, die vor Schreck leicht geöffnet sind. Ich habe sie noch nie hier gesehen, dabei bin ich sicher, warme Augen wie ihre wiederzuerkennen. Wäre sie nicht gerade mit uns in diesem Raum, würde die Farbe ihrer Iriden fast etwas Unschuldiges suggerieren.

»Wer bist du? Was hast du hier zu suchen?«

»Ich ... ich habe mich verlaufen.«

»Ausgerechnet im VIP-Bereich vom *Serpent*? In *diesem* Raum?«

Der Raum, in dem ich gerade über Testamentsklauseln und Ängste gesprochen habe, von denen niemand außerhalb meines inneren Zirkels wissen soll.

Scham will in meine Wangen kriechen, aber die Wut in meinem Bauch ist stärker. Automatisch wird mein Griff um ihr Handgelenk ein wenig fester. Scott ist neben mich getreten, auch in seinem Gesicht spiegelt sich Zorn.

»Wer bist du? Für wen arbeitest du? Bist du eine Journalistin?«, frage ich sie harsch.

»Nein! Es tut mir leid. Da war diese Frau, und die hat mich für jemand anderen gehalten und hat mich mit in diesen Bereich genommen. Plötzlich war sie weg, und da habe ich dich gesehen«, rasselt sie herunter. »Ich wusste ja nicht, dass du hier ein Gespräch unter vier Augen führen willst. Ich bin dir nur gefolgt, weil ich dich um ein Autogramm bitten wollte, aber ich kam nicht mehr raus, weil die Tür zugefallen ist. Ich wollte wirklich nicht …«

»Lauschen?«, falle ich ihr ins Wort.

»Ich habe nicht gelauscht, aber es war auch schwer, ein Gespräch zu ignorieren, wenn es im selben Raum stattfindet.«

Sie hat also wirklich alles mit angehört? Die Scham nimmt nun doch gewaltig an Fahrt auf. Es war ein Fehler, sich hier mit Scott zu treffen. Aber bislang habe ich diesen privaten Bereich des *Serpents* immer für sicher gehalten. Wozu bezahlen wir eigentlich horrende Summen an die Security-Firma, wenn sich jeder hier problemlos hineinschleichen kann?

»Wieso hast du dich nicht zu erkennen gegeben, nachdem du gemerkt hast, dass das Gespräch vertraulich ist?«

Sie blinzelt überfordert.

»Weil es doch zu spannend war zu lauschen. Was?«

»Nein!«

Sie entreißt mir ihren Arm, den ich immer noch festgehalten habe. Ein kleines, trotziges Funkeln erscheint in ihren Augen. Das scheue Reh scheint sich zurückzuziehen und ein wenig von dem Temperament zu zeigen, das ihr rotes Kleid erahnen lässt.

»Tu nicht so, als wäre ich eine Schwerverbrecherin!«

»Du dringst in einen privaten Bereich eines Member-only-Clubs ein, folgst mir in einen gesicherten Raum und willst jetzt Verständnis von mir? Ich könnte auch die Security rufen und dich wegen Hausfriedensbruch anzeigen!«

»Blake, beruhig dich«, ermahnt mich Scott, aber ich will mich nicht beruhigen. Nicht nach allem, was sie gehört hat. Nicht nachdem sie mir nur halb gare Erklärungen geliefert hat.

»Es tut mir leid, Herrgott noch mal! Natürlich wäre es besser gewesen, mich zu erkennen zu geben, aber ich dachte nun mal, es wäre einfacher für alle, einfach unbemerkt zu verschwinden. Hättest du nicht gewusst, dass ich hier war, hättest du dir auch keine Gedanken darüber machen müssen, was ich gehört habe. Dann wären wir alle zufrieden.«

»Und dann hätte ich mich gewundert, wieso ich am Montag plötzlich etwas von Testamentsbedingungen in der Presse lese?«

Sie verschränkt sie Arme vor der Brust. »Ziemlich anmaßend von dir, gleich davon auszugehen, ich wäre jemand, der so etwas an die Presse verkauft.«

»Ich misstraue Menschen eben, die sich anschleichen und lauschen.«

»Ich. Habe. Nicht. Gelauscht! Und ich gehöre vielleicht nicht in diesen etwas seltsamen VIP-Bereich, aber fürs *Serpent* stand ich offiziell auf der Gästeliste. Du kannst also davon ausgehen, dass ich entweder selbst bekannt bin oder mit jemandem hier bin, der die Kriterien des Clubs erfüllt. Außerdem würde mir nie in den Sinn kommen, Informationen an die Presse zu verkaufen, weil ich weiß, was für Schweine das sein können.«

Jetzt bin ich *wirklich* überrascht von ihrem Temperament. Sie hat in solch einer Geschwindigkeit gesprochen, dass sie kaum Luft geholt hat, und trotzdem steht sie da mit geradem Rücken und graziler Haltung und starrt mich herausfordernd an. Als wäre *ich* derjenige, der sich falsch verhält, obwohl *sie* diejenige ist, die sich in einen absoluten VIP-Bereich geschlichen hat.

Scott tritt einen Schritt vor. »Dann können wir davon ausgehen, dass dieses Gespräch unter uns bleibt? Du wirst es für dich behalten?«

»Natürlich. Im Grunde weiß ich doch eh nicht, was genau ich da gehört habe.« Sie funkelt mich noch mal an. »Ich unterschreibe auch eine Verschwiegenheitserklärung, wenn ihr wollt. Alles kein Problem, okay?«

Scott mustert sie erneut, seine Miene ist dabei undurchdringlich. Fast kommt es mir vor, als würden sich in seinem Kopf irgendwelche Zahnrädchen drehen, die ihm nun helfen, einen klareren Durchblick zu haben.

»In Ordnung, ich kläre das«, schlägt er vor und sieht zu mir. »Blake, wir reden morgen weiter, okay? Ich kümmere mich darum, dass …« Er sieht fragend zu der Unbekannten.

»Lennon«, sagt sie.

»Ich kümmere mich darum, dass *Lennon* unverzüglich den VIP-Bereich verlässt und die Gesprächsinhalte an niemanden weitergibt.«

Die Wut in mir will sie eigentlich eigenhändig vor die Tür setzen, einfach um wieder ein wenig an Sicherheit und Kontrolle zu gewinnen, die durch ihre Anwesenheit ins Wanken geraten sind. Aber es würde auch bedeuten, mit ihr durch das *Serpent* zu spazieren, und das schaffe ich gerade nicht. Gerade will ich mich einfach noch ein wenig verkriechen und das Gegenteil von dem tun, was ich eigentlich tun sollte.

»Geht klar«, sage ich müde. »Ich verlass mich auf dich.«

Wieder mustert er Lennon auf diese nachdenkliche Art.

»Das kannst du auch«, murmelt er, dann öffnet er die Tür mit einem Code und geleitet Lennon nach draußen. Kurz darauf bin ich wieder allein.

KAPITEL 6

A SNAKE CAGE FULL OF POSSIBILITIES

Lennon

Der Weg zurück in den belebten Teil des VIP-Bereichs ist mein ganz eigener Walk of Shame. Ich fühle mich absolut grauenvoll. Ein bisschen desillusioniert, weil der Mann, dessen Musik ich so geliebt habe, sich benommen hat wie ein Arsch. Hauptsächlich bin ich jedoch beschämt über mein eigenes Verhalten und ärgere mich über mich selbst, denn egal wie unfreundlich ich Blake auch fand, er hatte nicht ganz unrecht. Es wäre besser gewesen, einfach auf mich aufmerksam zu machen und das Gespräch zu unterbrechen. Besser noch: Ich hätte mich niemals auf diese Maria-Nummer einlassen oder Blake folgen dürfen. Was habe ich mir dabei gedacht, wie eine Autogrammjägerin hinter ihm herzulaufen? Es wundert mich insgeheim jedenfalls nicht, dass er vermutet hat, ich würde seine Story an die Presse verkaufen.

Scott Bilson geht direkt neben mir und ist viel zu schweigsam für meinen Geschmack. Ich will ihn gerade ansprechen, als er unvermittelt stehen bleibt. Wir befinden uns immer noch im Gang.

»Komm mit, lass uns die Einzelheiten dadrin besprechen.«

Er zeigt auf eine Tür und öffnet sie mit einem entsprechenden Code. Ein paar Sekunden später finde ich mich in einem kleinen Büro wieder. Es sieht fast so aus wie das Büro meines

Dads, in dem er im *Silverside* immer seine verhasste Buchhaltung macht.

Scott zeigt auf einen kleinen Tisch, an dem zwei Stühle stehen. Daneben befinden sich einige Aktenordner, die aussehen, als wären sie etwas zu lange nicht mehr bewegt worden. Feiner Staub hat sich darauf gebildet und passt nicht zu der sonst hochwertigen Einrichtung. Vielleicht ein Symbolbild für die Probleme, die Blake offenbar bei der Leitung des Clubs hat. Aber ich sollte diese Information besser aus meinem Kopf kriegen. Für immer und ewig löschen, wie bei einer Festplatte.

»Was ist diese Lounge eigentlich?«, ergreife ich das Wort. »Wozu all diese Räume, und seit wann führt man in Nachtclubs geschäftliche Besprechungen?«

Scott schmunzelt. »Investoren wollen beeindruckt werden, und dazu muss man ihnen etwas bieten.«

»Dann ist Maria Martinez eine Investorin? Waren Sie deswegen mit ihr verabredet?«

»Ah.« Seine Augen funkeln amüsiert. »Dann ist das Ganze hier also auf Victorias Mist gewachsen. Sie sollte Maria abholen, ich schätze, da hat sie die Falsche erwischt.«

»Tut mir leid«, erwidere ich kleinlaut. »Ich hoffe, diese Victoria bekommt deswegen keinen Ärger?«

»Kommt drauf an, ob wir die Wogen mit der echten Maria glätten können. Sie wird sicher nicht gerne ignoriert, wenn ich sie schon herbestelle.«

»Also ist sie wirklich eine Investorin?«

»Eine bekannte Influencerin, die ich gerne als Manager vertreten würde und der ich mit diesem Besuch hier einen Gefallen tun wollte. Aber das ist jetzt nicht wichtig. Jetzt geht es erst mal darum, die Sache zwischen Blake und dir zu klären.«

»Soll ich einen Vertrag unterschreiben, der mich zur Geheimhaltung verpflichtet?«

Scott mustert mich nachdenklich.

»Wie alt bist du, Lennon?«

Verwirrt runzle ich die Stirn. »Zweiundzwanzig.«

Er nickt zufrieden, und mir wird übel. Was sollte das denn? Wollte er herausfinden, ob er sich mit mir in legalen Gefilden befindet? O Gott, bitte nicht. Vielleicht sollte ich besser verschwinden? Unsicher sehe ich zur Tür, aber ich will mir nicht noch mehr Ärger einhandeln.

»Und mit wem bist du hier?«, fragt er unbeirrt weiter.

»Mit Ivy Cohen. Der Sängerin aus der Bronx. Sie ist meine beste Freundin. Und meinem Dad gehört das *Silverside,* in dem sie regelmäßig auftritt.«

»Verstehe.« Wieder dieser Blick von ihm. »Diese ganze Angelegenheit ist ein Desaster. Mit dem Wissen, das du jetzt hast, könntest du Blake wirklich sehr schaden. Mehr, als er sich ohnehin gerade selbst schadet …« Sein Mundwinkel zuckt traurig. »Wenn bekannt wird, dass er das *Serpent* noch gar nicht geerbt hat und er den Club zu verlieren droht, wird das sein Untergang sein. Dann wird er es nie schaffen, über seinen Verlust hinwegzukommen.«

»Ich verspreche, dass ich nichts sagen werde. Wirklich nicht. Zu niemandem.«

»Das ist gut. Aber vielleicht kannst du noch mehr tun als das.«

Irritiert blinzle ich. »Und zwar?«

»Vielleicht ist es ein richtiger Glücksfall, dass du nun über Blakes Probleme Bescheid weißt, denn ich komme nicht mehr weiter. Er lässt mich zurzeit nicht mehr richtig an sich heran. Aber wenn er nicht wieder anfängt, sich in der Öffentlichkeit zu zeigen, dann wird er diesen Club verlieren, und daran wird er endgültig zugrunde gehen. Von seinen noch laufenden Musikverträgen will ich gar nicht erst anfangen. Ich weiß, dass Blake beides nicht egal ist. Ich weiß auch, dass er den tiefen Wunsch hat, weiterzumachen und dieses schreckliche Feuer und den Verlust seines Vaters endlich hinter sich zu lassen, aber der Weg ist zu schwer für ihn. Er braucht Unterstützung dabei, und das schnell. Er hat nur noch vier Monate bis zu dem Termin mit Anwalt und Vorstand. Bis dahin muss er bewiesen haben, dass er es schafft, die Bedingungen, die Corey an ihn gestellt hat, zu erfüllen, um sein Erbe gewissenhaft anzutreten.«

»Wieso erzählen Sie mir das alles? Wenn Sie doch wollen, dass ich alles vergesse, was ich gehört habe, dann ist es nicht gerade die beste Taktik, mir noch mehr Informationen mitzugeben.«

Scott grinst. »Du bist ein sehr direkter Mensch, oder?«

»Ich schätze schon.«

»Und du hast keine Angst davor, jemandem wie Blake die Stirn zu bieten.«

»Wenn Sie das sagen?«

»Und du siehst gut aus.«

Angeekelt kräusle ich meine Lippen. »Wenn das so etwas wie eine Anmache ist, bin ich leider gezwungen, mein Versprechen zu brechen und jedem zu erzählen, was hier gerade passiert.«

Geschockt sieht er mich an, er wird sofort ein wenig blasser. »Was? Nein, das soll keine Anmache sein!« Er hebt beschwichtigend die Hände.

»Okay«, erwidere ich trocken. »Und was sollen dann diese ganzen Feststellungen über mich?«

»Ich möchte, dass du Blakes Freundin spielst.«

»Bitte was?«

»Spiel in den nächsten vier Monaten seine Freundin«, wiederholt er die Worte.

Sie lassen mich etwas überfordert kichern. Vielleicht ist mir mittlerweile auch der Champagner von vorhin zu Kopf gestiegen.

»Das soll wohl ein Scherz sein.«

»Ganz im Gegenteil. Vielmehr halte ich die Idee für genial. Blake wird es nicht schaffen, die ersten Schritte zurück in die Öffentlichkeit allein zu beschreiten, also wirst du einfach an seiner Seite sein und ihm helfen. Wenn alle denken, Blake wäre in einer festen Beziehung, werden sie automatisch glauben, dass er sich zurück in sein Leben gekämpft und alles im Griff hat. Erst die Presse, dann sein Umfeld, dann der Vorstand und der Anwalt und zuletzt der Richter vom *Surrogate's Court*, der ihm das Erbe zuspricht.«

»Dafür könntet ihr einfach jemand anderen nehmen«, sage ich sofort. »Am besten jemand, den Blake kennt und dem er vertraut.«

»Du bist aber die Einzige, die von seiner aktuellen Situation weiß, und Blake wird sicher nicht zulassen, dass wir noch jemand anderen einweihen. Dafür ist er zu stolz.«

Ich spiele mit dem Anhänger meiner Halskette, während ich seine Worte in meinem Kopf wiederhole. Es klingt immer noch wie ein Scherz für mich. Und nach einem total schlechten Plan. Wieso sollte ich so etwas überhaupt machen? Aus Nächstenliebe und Mitgefühl? Weil ich Blake als Musiker früher vergöttert habe?

Zugegeben, ein kleiner Teil von mir will ihm wirklich helfen. Ich möchte diesen Schmerz, den ich eben in seiner Stimme gehört habe, fortwischen. Selbst ich, die nie bei dem niedergebrannten Haus war und nur Fotos und Videos davon kenne, habe mich wochenlang nur mit diesem Thema beschäftigt und hatte das Gefühl, es würde mir jegliche Energie rauben.

Dieser Teil von mir will sich gar nicht vorstellen, wie es sein muss, wirklich alles miterlebt und diese Flammen nicht nur gesehen, sondern auch Verletzungen davongetragen zu haben.

Ich will Blake beistehen. Ich will es wirklich.

Aber ich bin gerade dabei, mein Geschäft aufzubauen, ich kann mich also nicht auf unzähligen Partys blicken lassen, nur um den guten Samariter zu spielen. Ich habe ein Leben, und wenn mich die Leute für die Freundin von Blake Meester halten, dann ist es damit vorbei.

Ich habe doch bei Ivy gesehen, wie schnell es geht, dass Privatsphären plötzlich verletzt werden und die Leute denken, man wäre öffentliches Eigentum, das man fotografieren, filmen und belästigen kann. Blake war in den letzten sechs Monaten von der Bildfläche verschwunden, alle werden sich auf ihn stürzen. Und auf mich dann gleich mit.

Allein der Gedanke daran treibt mir den Schweiß auf die Stirn.

»Ich bin dafür die Falsche. So gerne ich Blake auch helfen will.«

»Was hält dich ab?«, fragt Scott neugierig.

»Es mag Blake vielleicht den Weg zurück in sein Leben erleichtern, aber meins würde dabei einmal auf links gedreht. Ist Ihnen klar, was für eine Aufmerksamkeit wir auf uns ziehen würden, wenn wir als Paar auftreten? Ich habe mich gerade als Event-Managerin selbstständig gemacht, und ich werde meine Kreativ-Kurse nicht mehr durchführen können, wenn halb New York hinter mir her ist.«

»Verstehe. Und was, wenn wir dir eine großzügige Ausfallsumme zahlen? Dann wäre der mögliche Verlust von Kursen finanziell aufgefangen und dein Geschäft nicht gefährdet.«

»Mal abgesehen davon, dass ich dann vermutlich trotzdem den ein oder anderen Kurs ausfallen lassen muss, um zu irgendwelchen Events zu gehen, und mein Business ist nun mal das, wofür ich brenne.«

Ich lehne mich zurück und sehe ihn trotzig an, auch wenn in meinem Magen etwas rumort. Keine Ahnung, ob es schlau ist, so ein Geldangebot auszuschlagen. Damit müsste ich mir von niemandem anhören müssen, dass ich die Selbstständigkeit unterschätzt habe oder dass es sich bei meinen Kursen nur um ein Hobby und nicht um ein lukratives Geschäftsmodell handelt.

»Betrachte es doch von einer anderen Seite«, meldet sich wieder Scott zu Wort. »Vielleicht wirst du einige Kurse ausfallen lassen müssen, aber dafür könnte die mediale Aufmerksamkeit doch auch für Werbung sorgen. Wenn die Leute erst mal herausfinden wollen, wer die Neue an Blakes Seite ist, werden sie schnell auf deine Kurse stoßen. Dann wirst du dich vor neuer Kundschaft kaum noch retten können. Mal abgesehen davon, dass auf den Events, bei denen du Blake begleiten würdest, die prominentesten Gäste sein werden. Überzeuge diese Leute von deinen Visionen, und es wird ein gut gehendes Business.«

Angesichts seiner Argumentationskünste verstehe ich, wieso Scott Manager ist. Gedanklich versuche ich vehement, Gegenargumente zu finden. Die fehlende Privatsphäre ist noch hoch im Kurs, genau wie Ivys Erfahrungen, die ich hautnah mitverfolgt habe. Aber die Stimme, die sich für meine Creative Nights einsetzen und sie nicht aufgeben will, übertönt sie gerade und fährt mit einem Kribbeln durch meinen Körper. In meinem Kopf ploppen plötzlich unzählige Möglichkeiten auf: Prominente, die ich für meine Kurse begeistern kann und die für mich werben. Steigende Klicks auf meinen Social-Media-Kanälen. Buchungen, Geld, Erfolg. Ich müsste niemandem beichten, wie hart die ersten Monate waren und dass ich bei den Zahlen ein wenig geschwindelt habe. Dann wäre ich die, die ihre Leidenschaft zu einem Beruf gemacht hat, von dem man leben kann. Dann hätte ich es allen gezeigt.

Aber noch sind es Wunschvorstellungen, nichts davon muss eintreten. Diese seltsame Idee mit Blake wird mir als Person mehr Aufmerksamkeit einbringen, aber das bedeutet nicht automatisch mehr Buchungen. Es ist nur ein *Vielleicht*.

Und das reicht mir nicht. Wenn ich das hier wirklich mache, dann will ich einen richtigen Deal.

»Blakes Familie besitzt ein Luxushotel in Manhattan, richtig?«

Scott legt die Stirn in Falten. »Ja, sein Onkel ist der Geschäftsführer.«

»Dann will ich eine viermonatige Kooperation mit ihnen. Zwei Kurse im Monat.«

Mein Wissen über das *Manhattan Meester Hotel* hält sich in Grenzen. Im Grunde weiß ich nur, dass dort sehr einflussreiche und wohlhabende Menschen übernachten, was mich angesichts der absurden Preise nicht wundert. Das Hotel steht für Luxus und Entspannung. Dort zweimal im Monat einen Kurs anbieten zu können, wäre wirklich ein guter Deal für mich.

»Das kann ich nicht entscheiden.«

Natürlich kann er das nicht.

»Es wäre die einzige Möglichkeit, die mir garantieren würde, dass mein Business die Aufmerksamkeit bekommt, die es verdient. Und es wäre ein Kompromiss, meine restlichen Kurse etwas zu vernachlässigen und mich auf andere Dinge zu konzentrieren. Blake zu helfen, zum Beispiel.«

Zu meiner Überraschung schleicht sich ein breites Grinsen auf Scotts Gesicht. »Sicher, dass du keine Anwältin bist? Du verhandelst gut.«

»Ich versuche es zumindest.«

»Wie wäre es, wenn du mir deine Nummer gibst, und ich schaue, ob ich das mit dem Hotel regeln kann?«

Kaum zu fassen, dass ich Scott daraufhin wirklich meine Handynummer gebe. Es fühlt sich absolut surreal an.

»Schön, dann schauen wir mal, ob es zu einer Zusammenarbeit kommt. Ich verlasse mich darauf, dass du bis dahin über alles, was hier passiert ist, Stillschweigen bewahrst.«

»Selbstverständlich.«

»Gut.« Scott steht auf, also rücke ich auch meinen Stuhl nach hinten. »Besser, du verschwindest jetzt sofort aus dem *Serpent*. Blake sollte dich heute nicht mehr hier sehen – schon gar nicht, bevor ich mit ihm sprechen konnte.«

Für einen kurzen Moment habe ich doch tatsächlich vergessen, dass wir uns noch immer im Nachtclub befinden.

Scheiße, wie lange war ich eigentlich weg? Ivy und die anderen werden mich sicher schon suchen, und ich kann ihnen nicht mal sagen, wo ich mich so lange aufgehalten und was ich in der Zeit gemacht habe.

»Ich habe nur noch eine Frage.«

Scott hält mir bereits die Tür auf. »Ja bitte?«

»Nach meinem Auftritt eben ist Blake sicher nicht mein größter Fan, und er weiß noch nichts von dem Vorschlag. Wieso sollte er bei dem Ganzen mitmachen?«

Scott lächelt verschwörerisch. »Lass Blake mal meine Sorge sein …«

Ich dachte, mich in einen VIP-Bereich zu mogeln, wäre schon aufregend, aber es stellt sich heraus, dass die größere Zerreißprobe für die Nerven dann kommt, wenn man ihn wieder unauffällig verlassen will, obwohl man gerade Teil eines geheimen Gesprächs gewesen ist. Mit einem Mann, der nicht mehr ist als ein Geist, ein Phantom, weil ihn niemand mehr zu Gesicht bekommt.

Während ich die Lounge durchquere, habe ich Angst, jemand könnte mir irgendetwas von dieser Begegnung im Gesicht ablesen. Doch die Leute sind zu sehr mit sich selbst beschäftigt, um auf mich zu achten. Ich passiere den Vorhang und durchquere den ersten Loungebereich. Aus dem Augenwinkel sehe ich Victoria, die gerade in ein Gespräch mit einer anderen Frau vertieft ist, und ich bete zu Gott, dass sie mich nicht sieht. Soll Scott ihr lieber selber erklären, dass ich nicht die bin, für die sie mich gehalten hat.

Der Securitymann, der den Eingang bewacht, tritt zur Seite, als ich komme. Ich gehe an ihm vorbei und will mich gerade entspannen, weil ich diesen VIP-Bereich und diese ganze Parallelwelt dadrin hinter mir lasse, als ich geradewegs in jemanden hineinlaufe. Jemanden mit langen, platinblonden Haaren und einem schwarzen Kleid.

Scheiße.

»Ivy«, sage ich etwas zu schrill. »Was machst du hier?«

Sie starrt mich irritiert an.

»Was *ich* hier mache?«, erwidert sie. »Wie zum Teufel kommst du …«

Ich würge sie ab, indem ich mich bei ihr unterhake.

»Wir sollten zu den anderen«, sage ich so laut, dass Ivys letzte Worte verschluckt werden.

Ich zerre sie den Gang zurück. In meinem Kopf versuche ich bereits, mir Ausreden einfallen zu lassen, wieso ich so lange weg war, aber dort herrscht erstaunliche Ebbe.

Vor den Toiletten lasse ich Ivy endlich los.

»Was soll denn das?«, fragt sie sofort. »Und wie kamst du in den VIP-Bereich?«

»Da war diese Frau, die dachte, ich wäre jemand anderes. Lange Geschichte.« Ich winke ab.

Sie beugt sich verschwörerisch zu mir. »Wie war es dadrin? Hast du etwas sehen können?«

»Es war nicht so interessant, wie man denken würde.« Verdammt, meine Stimme ist viel lauter als sonst. »Aber mir gefällt es hier irgendwie nicht. Komische Vibes. Können wir nach Hause fahren?«

»*Du?* Du willst das *Serpent* verlassen?«

Ich kann Ivys Unglauben verstehen. Wochenlang habe ich sie angefleht, uns auf die Gästeliste setzen zu lassen, und es passt absolut nicht zu mir, nun schon so früh gehen zu wollen. Vielleicht sollte ich ihr vorschlagen, alleine zu fahren, damit sie weiterfeiern kann. Das schlechte Gewissen, weil wir ihren Release nicht so feiern konnten wie geplant, bereitet mir bereits jetzt Unwohlsein.

»Hast du Ärger gekriegt, weil du in dem VIP-Bereich warst?«
»So was in der Art.«
»Na schön, wir fahren. Ich bin ehrlich gesagt auch nicht mehr in Stimmung. Aber lieg mir nie wieder in den Ohren, dass du unbedingt ins *Serpent* willst.«
»Keine Sorge. Fürs Erste reicht es mir.«

Gemeinsam gehen wir zurück in den Club, wo die Bassmusik sofort wieder lauter wird.

»Aber du bist diejenige, die Effie und Tweezy dazu überredet, schon zu gehen«, erklärt mir Ivy. »Im Gegensatz zu uns scheinen sie in bester Feierlaune zu sein.«

Ich entdecke die beiden genau in diesem Augenblick.

»Oha. Ich glaube, da könntest du recht haben.«

Die Tanzfläche ist voll. Ein feiner Nebel liegt in der Luft, aber ich erkenne Tweezy sofort. Er wird von den Leuten um ihn herum angefeuert, während er einen heißen Tanz an der Polestange hinlegt.

»So feiern also die Stars von New York«, sage ich lachend. »Eigentlich nicht schlecht.«

»Wir könnten doch noch etwas bleiben und mitmachen«, schlägt Ivy vor.

Erneut überkommt mich das schlechte Gewissen. Ich wollte den Abend heute mit ihnen verbringen, vor allem mit Ivy, und es ist einfach beschissen, dass alles so aus dem Ruder gelaufen ist.

Für einen Augenblick finde ich den Gedanken, mich einfach zu Tweezy zu gesellen und selbst an der Stange zu tanzen, sehr verlockend. Dann könnte ich alles, was eben passiert ist und was sich absolut realitätsfern anfühlt, vergessen. Einfach das Album feiern, für das meine beste Freundin so hart gearbeitet hat und das eine gebührende Feier mit allen Ausschreitungen verdient hätte. Aber Scott hat gesagt, dass Blake mich nicht mehr im *Serpent* sehen und ich daher den Club verlassen sollte, und ich bin klug genug, um auf ihn zu hören. Sonst werden nachher noch meine Freunde in meinen Schlamassel hineingezogen.

»Ich bin nicht so in Stimmung«, lüge ich. »Aber du kannst ruhig noch bleiben. Ich rufe mir einfach ein Uber.«

»Ich glaube, ich will auch lieber gehen.«

Ich mustere sie. »Ist alles in Ordnung?«

»Ja, es war nur ein langer Tag ...«

Ob ich ihr diesen Spruch abkaufen soll, weiß ich nicht, aber es spielt mir in die Karten, also belasse ich es dabei.

»Okay. Dann lass uns Tweezy, Effie und Milo einsammeln und verschwinden.«

»Milo ist schon weg«, erwidert sie mit einem leichten Zittern in der Stimme.

»Was? Wieso?«

Als ich zur Toilette aufgebrochen bin, war doch noch alles in Ordnung. Ich dachte, die beiden würden sich endlich mal ihre Gefühle eingestehen.

»Er ist krank.«

Ivy weicht meinem Blick aus.

»Du wirst gerade rot, weißt du das? Also, was war wirklich mit ihm?«

»Er hat gesagt, dass er schlimme Kopfschmerzen hat, deswegen ist er nach Hause gefahren. Aber davor ... habe ich ihn geküsst.«

»Du ihn? Oder er dich auch?«

»Beides?«

»Und wieso höre ich jetzt keine Euphorie in deiner Stimme?

Du stehst doch auf ihn, seit er als Barkeeper im *Silverside* angefangen hat – und leugne es nicht.«

»Du hast recht. Und ich dachte, es würde ihm genauso gehen ... aber wieso haut er dann einfach ab, nachdem wir uns geküsst haben?«

»Migräne oder so ist nicht zu unterschätzen«, versuche ich ihr gut zuzureden. »Erst recht nicht in einem Raum mit dröhnendem Bass und flackernden Lichtern.«

Ivy sieht nicht überzeugt aus, aber ich bin es. Immerhin habe ich gesehen, wie Milo Ivy ansieht. Was immer dazu geführt hat, dass er gegangen ist, hatte nichts damit zu tun, dass er Ivy nicht küssen wollte. Genauso wenig wie meine Flucht aus dem *Serpent* etwas damit zu tun hat, dass ich nicht in Feierlaune bin. Ivys Wunsch zu gehen hat wohl auch eher etwas mit Milos Verschwinden zu tun.

Als wir in den SUV steigen und der Club hinter der nächsten Straßenecke verschwindet, packt mich Wehmut, denn so sollte mein Besuch im berüchtigtsten Nachtclub der Stadt nicht ablaufen ... Ich habe ja nicht mal getanzt. Ich hatte so viele Pläne, wie ich den Abend nutzen wollte, weil es Leute wie ich vermutlich nur einmal im Leben auf die Gästeliste schaffen. Ich habe alles falsch gemacht.

Es sei denn, ich spiele bald Blakes Freundin. Dann war das hier erst der Anfang.

KAPITEL 7

WAS THAT REALLY REAL?

Lennon

Dreizehn Tage sind seit dem Besuch im *Serpent* vergangen, und innerlich frage ich mich langsam, ob mir der Champagner und die stickige Luft im Club vielleicht einen Streich gespielt haben. Mein iPhone hat keine Anrufe oder Nachrichten von Managern oder Rockstars angezeigt. Also ist es vielleicht nie passiert? Die Erinnerungen an den Abend sind aber leider viel zu detailliert für eine alkoholbedingte Halluzination.

Gestern habe ich Maria Martinez im Internet gesucht und verstehe nun immerhin, wie es zu der Verwechslung mit der aufstrebenden Beauty-Influencerin kommen konnte. Hätte ich keinen Pony und sie nicht perfekte Zähne, könnten wir tatsächlich als Schwestern durchgehen. Die gleiche Hautfarbe, die gleichen braunen Augen, eine ähnlich runde Kopfform. Nur dass sie, angesichts ihrer Kooperationspartner, sicher in einem teureren Kleid unterwegs war als ich.

Maria war nicht die Einzige, die ich im Internet gesucht habe. Auch Blake Meester geht mir nicht aus dem Kopf. Weder das Gespräch mit Scott noch sein Blick, als er mich am Arm gepackt und zur Rede gestellt hat. Glaubt man dem Internet, ist der Mann, dessen Musik mein Leben war, nur noch ein Phantom. Es gibt exakt vier Bilder, die nach dem Brand entstanden sind, und alle zeigen nur seine Entlassung aus dem Krankenhaus, als die Presse sich auf ihn und seine Narben gestürzt hat. Danach gab es keine Paparazzi-Bilder mehr. Keine Interviews, keine Postings. Nichts.

Was es noch mal surrealer macht, ihn plötzlich in einem Nachtclub zu treffen ... ganz egal, ob besagter Club nun ihm gehört oder nicht.

Ich finde allerhand Artikel über ihn, die darüber spekulieren, wieso er untergetaucht ist. Da ist die Rede von möglichen gesundheitlichen Folgen, die über die Brandnarben hinausgehen. Manche gehen davon aus, dass Blake seine Trauer nicht verarbeiten konnte, andere glauben, dass er sich nun komplett in Drogen verliert, aber solche Spekulationen über ihn sind nicht neu. Im Wohnzimmer sammle ich einen ganzen Stapel alter Magazine, die ich gerne bei meinen wöchentlichen Schaumbädern lese, und in mindestens der Hälfte findet man Artikel über Blake. Vermutungen über Drogen, neue Beziehungen, über Streit mit seinem Vater und angebliche Aufenthalte in Entzugskliniken. Das meiste davon wurde nie bestätigt und einfach von neuen Artikeln und Themen abgelöst. Danach sind die meisten Gerüchte wieder in Vergessenheit geraten.

Genau das werde ich auch mit dem Abend im *Serpent* tun – ihn einfach vergessen. Zum Glück war Ivy nicht sauer darüber, dass ich ihre Party vorschnell beendet habe, sie selbst war wegen Milo ja auch nicht mehr in Feierstimmung. In den letzten dreizehn Tagen konnten die beiden aber immerhin ihr kleines Missverständnis aus dem Weg räumen. Es stellte sich heraus, dass Milo an diesem Abend wirklich krank geworden ist. Inzwischen haben die beiden über ihren Kuss und ihre Gefühle füreinander gesprochen, der Ausflug in den Nachtclub hatte also zumindest etwas Positives. Auch ohne irgendwelche Deals mit Rockstars.

Ich schüttle den Kopf und versuche, mich auf andere Dinge

zu konzentrieren. Meine Kurse zum Beispiel. In Queens gibt es einen Shop für Künstlerbedarf, in dem ich Mengenrabatt bekomme. Der Transport mit der U-Bahn ist in diesen Mengen nicht möglich, und ein Uber ist zu teuer, daher habe ich mir für die Fahrt Dads Lieferwagen geliehen. Auch wenn ich es hasse, in Manhattan Auto zu fahren, weil es sowieso immer damit endet, im Verkehr stecken zu bleiben und sinnlos Zeit zu verschwenden.

Ich stehe bereits vor dem Wandschrank neben meiner Zimmertür, um eine kleine Inventur zu machen. Früher habe ich hier meine Kleidung aufbewahrt, die inzwischen an einer Kleiderstange neben meinem Bett hängt. Im Wandschrank befinden sich nun alle Materialien, die ich für meine Kurse benötige: Leinwände in verschiedenen Größen, Acrylfarbe, Bleistifte, Schwämme, Pinsel, Spachtel, Wasserbehälter und Mischpaletten. Vieles davon kann mehrfach benutzt werden, aber Leinwände und Farbe brauche ich fast monatlich neue, um immer genug Vorrat zu haben. Erst vor zwei Wochen kam eine kurzfristige Anfrage für einen fünfzigsten Geburtstag, und ich brauchte schnell dreißig passende Leinwände. Seitdem weiß ich einmal mehr, wie wichtig eine gute Vorbereitung ist.

Die nächsten zwanzig Minuten gehe ich also meine anstehenden Termine für die nächsten Wochen durch und gleiche diese mit meinem aktuellen Bestand ab. Dazu kalkuliere ich ein wenig Puffer mit ein, damit ich auch kurzfristige Aufträge annehmen könnte. Insgeheim hoffe ich darauf.

Auch für meine eigenen Kunstprojekte plane ich ein paar Leinwände mehr und Farben ein. Mir kribbelt es in den Fingern, mal wieder meiner Kreativität freien Lauf zu lassen und ein paar neue Techniken auszuprobieren. Airbrush reizt mich zurzeit am meisten, seit ich die Videos von *Stella McDougall* gesehen habe. Sie ist eine richtige Airbrush-Queen mit einem eigenen Atelier in Brooklyn, in dem sie ausgewählten Leuten ihre Techniken präsentiert. Vor drei Wochen habe ich mich auf die Anmeldeliste geschrieben und hoffe, dabei sein zu können. Nicht nur weil ich es liebe, Neues auszuprobieren, sondern weil ich es auch unglaublich genießen würde, mal wieder selbst an einem Kurs teilzunehmen und daraus neue Inspiration zu ziehen.

Fürs Erste arbeite ich jedoch an meinem eigenen Business. Gerade bin ich dabei, meine Notiz-App zu schließen und endlich loszufahren, als ein Anruf eingeht.

Unbekannte Nummer.

Früher wäre ich niemals drangegangen, weil ich es unhöflich finde, wenn Leute mit unterdrückter Nummer anrufen. Doch seit ich die Creative Nights anbiete, gibt es die Option nicht mehr. Meine Nummer steht auf allen Werbematerialien, die ich in der Stadt verteile, und die meisten Interessierten, die mich buchen wollen, haben ihre Nummer unterdrückt. Leider.

»Lennon Chambers«, melde ich mich zu Wort.

»Hallo, Lennon, hier ist Scott Bilson, der Manager von Blake.«

Fast lasse ich mein iPhone fallen. Plötzlich stürzt mein ganzes Konstrukt der letzten dreizehn Tage, in denen ich mir einzureden versucht habe, dass dieses Gespräch mit Blake und Scott nie stattgefunden hat, in sich zusammen.

»Lennon? Bist du noch dran?«

»Ja, Entschuldigung. Ich hatte nur nicht mehr mit Ihrem Anruf gerechnet.«

»Ich brauchte etwas Zeit. Immerhin musste ich erst klären, ob ich deine Bedingungen erfüllen kann.«

Mir wird augenblicklich übel. Wenn er jetzt anruft, dann muss es bedeuten, dass er mir ein Angebot unterbreiten kann, oder?

»Und ... Sie hatten Erfolg?«

»Eine Kooperation mit dem Hotel wäre kein Problem.«

Das kann doch niemals Realität sein, es ist viel zu absurd. Immerhin würde es nicht nur bedeuten, mit einem *der* Luxushotels New Yorks zu kooperieren, es heißt auch, dass ich wirklich Blake Meesters Freundin spielen soll.

Scott teilt mir mit, dass wir uns treffen müssen, um alle Einzelheiten zu besprechen. Ich sage *Ja* und nicke fröhlich vor mich hin, obwohl mindestens eine Hälfte meines Hirns nicht richtig arbeitet, sondern in einer Denkschleife festhängt und immer nur dieselben zwei Sätze abspult: *Ich werde Blakes Freundin spielen. In der Öffentlichkeit.*

Die noch halbwegs funktionierende Hirnhälfte sagt zu, morgen zu diesem ominösen Treffen zu kommen. Scott erwähnt noch, dass ein Fahrer mich abholen wird, und erinnert mich daran, mit niemandem über unsere Abmachung zu sprechen. Dann legt er auf.

Nur eine Minute später schickt er mir per Nachricht die Anweisung, um zehn Uhr vor dem Haus auf einen Fahrer Namens Esteban Baretto zu warten. Die Dauerschleife in meinem Kopf nimmt eine bahnbrechende Geschwindigkeit an.

Ich werde Blakes Freundin spielen. In der Öffentlichkeit.

Keine Ahnung, wie ich mich dabei fühlen soll. Die Überforderung ist einfach zu groß.

* * *

Esteban entpuppt sich nicht als fieser Scherz von Scott. Pünktlich um zehn Uhr morgens hält er mit seinem schwarzen Mercedes-Benz vor meiner Haustür und nickt mir mit seiner schwarzen Schirmmütze zu, als wäre ich eine verdammte Protagonistin in einem Hollywoodstreifen. Fehlt nur noch, dass er mir die Tür öffnet und mich *Mam* nennt.

Er bringt mich sicher durch den dichten Verkehr Manhattans. Wenn mich nicht alles täuscht, dann sind wir Richtung

Upper East Side unterwegs, in die ich sonst höchstens fahre, um mir Ausstellungen im *Metropolitan Museum of Art* anzusehen, und dann bin ich immer mit der U-Bahn unterwegs. Damit wäre ich auch wesentlich schneller gewesen als mit diesem Fahrdienst. Die Third Avenue ist zu jeder Tageszeit verstopft, an jeder Ampel kommen wir zum Stehen, und so bin ich zum zweiten Mal innerhalb von vierundzwanzig Stunden vom Verkehr genervt. Obwohl ich dankbar sein sollte, weil ich dadurch immerhin noch die Möglichkeit bekomme, meine Gedanken zu ordnen, bevor ich Blake wiedersehe.

»Wohin genau fahren wir eigentlich?«, frage ich Esteban.

Er sieht mich über den Rückspiegel an und hebt eine Augenbraue. »Das wissen Sie nicht?«

»Zu einem Treffen mit Blake und Scott ... in der Upper East Side? Ist Scotts Büro dort?«

»Kein Büro. Ich habe die Anweisung, Sie direkt zu Blakes Wohnung zu bringen.«

Scheiße. Gleich Blakes Wohnung zu betreten kommt mir so intim vor, so privat. Darauf bin ich nicht vorbereitet.

Du wirst ja auch seine Freundin spielen, erinnere ich mich selbst. *Das ist privat.*

Wie er wohl lebt? Ivy und Tweezy sind die einzigen Stars, die ich bisher privat kenne, und beide führen noch ein recht bodenständiges Leben. Im Gegensatz zu ihnen ist Blake allerdings in einen gewissen Luxus hineingeboren, also wird er sicher nicht auf fünfzehn Quadratmetern hausen oder wie Ivy eine Mitbewohnerin haben.

»Kennen Sie Blake schon lange?«, frage ich Esteban, um mich von meiner zunehmenden Nervosität abzulenken.

»Seit ungefähr fünfzehn Jahren.«

Dann hat er also alles hautnah mitbekommen: jeden Erfolg, aber auch die ganzen Qualen im vergangenen halben Jahr.

»Und wissen Sie, wieso ich zu ihm fahre?«

»Es steht mir nicht zu, Fragen zu stellen.« Über den Rückspiegel sieht er zu mir, dann verzieht er den Mund. »Und eigentlich habe ich die strikte Anweisung, nicht mit Ihnen zu reden. Entschuldigung.«

»Ist ja nicht Ihre Schuld«, murmle ich.

Ich verstehe, wieso Esteban diese Anweisung bekommen hat. Immerhin habe ich noch nichts unterschrieben, was mich zur Geheimhaltung verpflichtet. Sie müssen sich erst absichern, bevor ich noch mehr erfahre ...

»Wir sind ohnehin bald da«, sagt Esteban und biegt in eine Straße ab.

Wir verfallen in Schweigen, und ich hasse es, weil es bedeutet, wieder allein mit meinen Gedanken zu sein. Allein mit der Aussicht, gleich Blakes Wohnung zu betreten ... ihn zu sehen ... diesmal ohne Alkohol im Blut, bei vollem Verstand.

Aber ich komme nicht dazu, noch weiter nachzugrübeln, denn der Wagen steuert bereits eine Tiefgarage an. Beim Anblick der Säulen aus feinem Granit und der weißen Steinwände bekomme ich einen ersten Eindruck davon, in was für einer Wohnung Blake leben könnte. Ein Pförtner kontrolliert, wer in die Garage fährt. Esteban begrüßt den Mann namens Tom, und wir werden sofort durchgewunken. Lamborghinis stehen neben Mercedes und Porsches.

»Da wären wir.«

Esteban stellt den Motor ab und steigt zusammen mit mir aus. Gemeinsam gehen wir zum Aufzug, der mit einer PIN gesichert ist. Esteban gibt sie ein, die Türen öffnen sich.

»Ich warte hier auf Sie und fahre Sie anschließend wieder nach Hause.«

Ich nicke und lächle, weil mir das Dankeschön, das ich ihm eigentlich sagen will, im Hals stecken bleibt. Dann betrete ich den geräumigen Aufzug.

»Dreißigste Etage«, ergänzt Esteban, während ich etwas überfordert auf die Tastatur im Aufzug starre.

Ich drücke auf die Dreißig von dreißig. Die Penthousewohnung also. Die Aufzugtüren schließen sich, und Estebans zuversichtliches Lächeln verschwindet. Ich habe wirklich keine Ahnung, was mich dreißig Stockwerke über mir erwartet. Ich male mir einen griesgrämigen Blake aus, der mit verschränkten Armen vor einer gigantischen Fensterfront steht. Als die Aufzugtür sich öffnet, erblicke ich jedoch zuerst schwarzen Marmorboden und die Statue eines Löwen. Sie zieht mich mit dem schwarzen Granit sofort in ihren Bann. Ich gehe darauf zu und fahre mit den Fingerspitzen über die glatte Oberfläche. Sicher stammt die Skulptur von irgendeinem geschätzten Bildhauer. Ich kann mir jedenfalls nichts vorstellen, dass es solche edlen Statuen bei *Target* gibt.

Scott nimmt mich in Empfang, ein strahlendes Lächeln im Gesicht. Im Gegensatz zu unserer Begegnung im *Serpent* trägt er heute keinen Anzug, sondern eine locker sitzende Chinohose und ein Poloshirt, das angesichts der immer wärmer werdenden Temperaturen draußen angemessener erscheint als Hemd und Jackett.

»Du siehst dich schon um?« Er deutet grinsend auf den Löwen, von dem ich mich nun ein paar Schritte entfernt habe. Besser, ich fasse nichts mehr an.

»Diese Skulptur ist wunderschön. Ein richtiger Blickfang.«

»Warte, bis du die restliche Wohnung siehst. Da du dich für Kunst interessierst, wirst du sicher einige Schätze bewundern können. Komm mit, Blake wartet schon.«

Ein Satz, der sofort für nasse Handflächen sorgt.

Scott geht vor und bringt mich über einen Flur in einen großen, offenen Wohnbereich. Zwischen dunklem Marmor, einer meterlangen Kücheninsel und einer Wohnlandschaft für mindestens zehn Personen liegen Teppiche in hellem Beige. Der

Anblick der drei weiteren Tierskulpturen nimmt mich sofort gefangen. Dem Stil nach zu urteilen, stammen sie vom selben Künstler wie der Löwe. Ein Elefant, ein Affe und ein Bär. Sie zieren den offenen Wohnbereich und sorgen gemeinsam mit einigen abstrakten Gemälden und verschiedenen Gitarren, die an den Wänden hängen, für Luxus und Gemütlichkeit. Alles wirkt geplant, modern und hochwertig. Trotz des dunklen Marmors wirkt die Wohnung hell und freundlich. Licht fällt durch eine gigantische Fensterfront, die einen atemberaubenden Ausblick auf den East River ermöglicht.

Direkt davor steht Blake, noch griesgrämiger als in meiner Vorstellung.

»*Sie?* Sie ist dein toller Plan, Scott? Du bringst sie ernsthaft hierher?«

Okay, offenbar wusste er nichts von meinem Besuch.

Ganz toll.

»*Sie* hat einen Namen«, erwidere ich knapp.

»Lennon hat sich bereit erklärt, dir zu helfen«, erklärt Scott, und ich wünschte, er hätte es schon im Vorfeld getan, ohne meine Anwesenheit. Stattdessen rattert Scott noch mal seine Idee herunter. Ich stehe dabei blöd daneben und fühle mich absolut fehl am Platz.

Blakes Blick zeugt von dem Wunsch, mir eher die Augen auszukratzen, als sich von mir helfen zu lassen.

»Lass dir das Ganze mal durch den Kopf gehen, bevor du sofort dichtmachst«, versucht Scott, ihn zu beruhigen. »Wir wissen beide, dass es dir noch schwerfällt, dich in der Öffentlichkeit zu zeigen, und du somit Schwierigkeiten haben wirst, alle davon zu überzeugen, dass es dir wieder besser geht. Eine Freundin zu haben würde suggerieren, dass du dich wirklich erholst, und du müsstet dich nicht alleine der Öffentlichkeit stellen.«

»Und du findest wirklich, dass Lennon da die beste Wahl ist?«

Ich versteife mich bei seinem arroganten Blick.

»Absolut. Lennon weiß ohnehin von deinem Problem mit dem Testament, also müssen wir niemand zusätzlich einweihen.«

Blakes Augenbraue schnellt in die Höhe. »Das mag sein, aber sie entspricht nicht gerade meinem Typ, also auch nicht meinem bisherigen Image. Die Leute werden mir niemals abkaufen, dass die Beziehung mit ihr echt ist.«

Mir wird heiß. Richtig verflucht heiß. Aber nicht auf eine Art, bei der ich gleich vor Zuneigung vergehe, sondern eher mit schäumender Wut im Bauch und ein wenig Scham.

Früher fand ich Blake wirklich toll. Vielleicht war ich deswegen umso gewillter, ihm zu helfen – von der versprochenen Kooperation einmal abgesehen. Aber all die kleinen Schwärmereien, denen ich früher bei ihm und seiner Musik nachgehangen bin, werden durch seine ekligen Worte zunichtegemacht.

Scott will etwas erwidern, aber ich trete bereits vor. So weit, dass ich nun direkt vor Blake stehe. Er überragt mich um mindestens zwei Köpfe, aber ich mache mich selbst so groß wie möglich.

»Nun«, sage ich schnippisch. »Wenn du denkst, es würde besser zu deinem Image passen, den Nachtclub deines Dads zu verlieren, dann will ich dich nicht davon abhalten.«

Blake blinzelt überrascht.

»Ich werde die Auswirkungen dann ja noch in der Presse nachlesen können«, setze ich einen drauf. »Das wird sicher spannend.«

Ich drehe mich von Blake weg und sehe zu Scott, der mich mit einer Mischung aus Sorge und Bewunderung anschaut. Ob er es jetzt immer noch toll findet, wie *direkt* ich bin?

»Ich denke, ich lasse euch dann wieder alleine«, sage ich, diesmal zu ihm.

»Warte«, bittet mich Scott. »Wir können doch noch über alles reden.«

Ich bewege mich bereits wieder auf den Flur zu.

»Sorry, aber ich will das Image von *Blake* Meester wirklich nicht beflecken. Das schafft er schon alleine.«

Energisch drücke ich auf den Knopf am Aufzug. Zum Glück brauche ich für die Fahrt nach unten keinen PIN-Code. Ich kann also einfach hier abhauen und mich von Esteban nach Hause fahren lassen, und dann lebe ich mein Leben weiter und vergesse, dass das hier jemals passiert ist. Schade um das Kooperationsangebot, aber ich werde schon noch andere Wege finden, um mein Business zum Erfolg zu bringen.

Die Aufzugtür springt auf, ich mache mich bereit einzutreten.

»Warte!«, hallt es durch das Penthouse.

Diesmal ist es Blake, der gesprochen hat.

»Bleib noch!«

Ich verharre in meiner Bewegung.

»Lass uns noch mal drüber reden, okay?«

Ich drehe mich um. Er ist mir gefolgt und steht nun vor mir mit einem etwas gequälten Lächeln.

»Bitte«, setzt er nach.

KAPITEL 8

NOT AN EASY PLAN.
FOR NONE OF US.

Blake

Lennon mustert mich überrascht, während sie vor dem Aufzug steht, die Arme vor der Brust verschränkt. Sie sagt nichts, steht nur da, und ich höre meinen eigenen Herzschlag viel zu laut. Meine Worte hängen in der Luft wie dichte Wolken, sie wollen nicht verpuffen, und es fühlt sich verdammt seltsam an, diese Bitte ausgesprochen zu haben. Keine Ahnung, wann ich das letzte Mal jemanden um einen Gefallen gebeten habe. Keine Ahnung, wann ich mich das letzte Mal so verletzlich gefühlt habe wie in diesem Augenblick, in dem Lennon vor mir steht und ich mir darüber bewusst bin, dass ihre eigenen sehr wahren Worte auch noch im Raum hängen. Zumindest für mich.

Fakt ist, dass ich den Club meines Dads nicht verlieren will, ich es aber aus eigener Kraft nicht schaffe, alle Auflagen im Testament zu erfüllen. Ich werde wirklich Hilfe dabei brauchen, egal, wie schwer es mir fällt, es zuzugeben.

Die Aufzugtür piept und bringt mich damit zurück ins Hier und Jetzt. Die Türen öffnen sich.

Lennon geht nicht hinein, aber sie reagiert auch nicht auf meine Worte. Vermutlich braucht sie mehr.

»Du hast recht«, versuche ich es erneut. Wieso ist es so schwer, diese drei kleinen Wörter zu bilden? »Das *Serpent* zu verlieren, würde ich weder ertragen, noch würde ich wollen, dass es in der Presse ausgeschlachtet wird. Und wenn diese Fake-Beziehung mit dir etwas bringen würde, sollte ich es nicht unversucht lassen, richtig?«

»Stimmt.« Ihre Lippen werden schmaler, ihre Augenbrauen ziehen sich zusammen. »Aber vielleicht wäre es doch besser, jemanden nach *deinem* Geschmack zu suchen, damit man es dir abkauft.«

Diesen Seitenhieb habe ich verdient. Ich kann echt ein Arschloch sein, wenn ich will.

»Ich fand schon immer, dass Scott einen besonders guten Geschmack hat«, versuche ich, es bei ihr gutzumachen. »Und wenn er denkt, dass das mit uns beiden passt, dann werde ich ihm nicht mehr widersprechen.«

»Das will ich dir geraten haben!«, ruft Scott aus dem Wohnzimmer.

»Also ... gehen wir wieder zu ihm und bereden alles Weitere?«

Ich versuche mich an einem Lächeln, das vermutlich etwas schief gerät.

»Na schön. Aber denk ja nicht, dass ich mir noch mal solche Sprüche gefallen lasse.«

»Du kannst dich doch gut wehren ...«

»Die Energie, die du gerade an den Tag gelegt hast, um mit Scott zu diskutieren und mich erst zum Gehen und dann zum Bleiben zu bringen, hättest du schon längst in deinen Kampf ums *Serpent* stecken können. Hast du nicht in einem Interview vor zwei Jahren gesagt, dass du gut darin bist, Prioritäten zu setzen?«

Neugierig mustere ich sie. »Du bist ein Fan?«

Sie funkelt mich wieder an. »Jetzt nicht mehr.«

»Autsch.«

Ihre Worte sollten mich verletzen, doch eigentlich amüsieren sie mich. Ein Zeichen dafür, wie abgefuckt ich zurzeit bin.

Die Wahrheit ist, dass ich selbst auch nicht mehr mein Fan wäre, nachdem ich sie alle im Stich gelassen habe. Das zweite Album: verschoben. Konzerte: alle abgesagt. Ein Statement nach dem Brand oder ein paar Worte, um ihnen die Sorgen um mich zu nehmen: Fehlanzeige. Gerade schaffe ich es nicht mal mehr, meinen Social-Media-Account zu bespielen, obwohl es früher zu meinem täglichen Leben dazugehört hat, die Fans in meinen Alltag mitzunehmen. So oft wurde ich für meinen zweiten Account gelobt, in dem ich Einblicke in die Entstehung meiner Songtexte oder meine Sportroutine gegeben habe, während es auf dem offiziellen Musik-Account meist steifer zuging und dort eher Konzertausschnitte, Alben und Tourdaten veröffentlicht wurden. Dieser Account liegt nicht ganz brach, das Label hat Zugriff darauf und alte Videos oder Bilder gepostet, aber den Fans ist schnell aufgefallen, dass diese vor dem Brand entstanden sind, und sie erwarten, dass ich mich selbst melde – auf meinem eigentlichen Kanal. Mir hat nur bislang die Kraft dazu gefehlt ... Außerdem weiß ich nicht, wie man nach so einer langen Pause wieder beginnt. Mit welchen Worten, welchen Themen? Die meisten würden wohl etwas über meinen Dad erfahren wollen, und das steht für mich außer Frage, also schiebe ich diese ganze Onlinepräsenz weiter auf. Es würde mich ohnehin wundern, wenn ich überhaupt noch Fans hätte, obwohl ich noch vor einem Jahr Hallen gefüllt und Charts angeführt habe.

»Ich muss zugeben, dass ich das mit den Prioritäten früher mal besser draufhatte«, antworte ich ehrlich.

Da war das Leben auch noch einfacher. Alles schien möglich. Jetzt kommt mir alles trüb-grau-nebelig vor.

Lennon seufzt schwer. »Also, Scott«, ruft sie ins Wohnzimmer, ehe sie sich in Bewegung setzt. »Nachdem du schon versäumt hast, Blake vorzuwarnen, hoffe ich, dass du einen Schlachtplan hast.«

»Glaub mir: Blake ins kalte Wasser zu werfen, war der bessere Plan.«

»Ich kann dich hören«, brumme ich, während ich Lennon zurück ins Wohnzimmer folge.

»Ich weiß«, erwidert Scott vergnügt.

Er sitzt bereits an dem großen Esstisch aus Mahagoni. Früher habe ich ihn oft mit Dad hier sitzen und übers Geschäft reden sehen, vorzugsweise bei einer Flasche Bier. Gerne hätte ich ihm nun auch eins angeboten, aber angesichts der Testamentsklausel, dass ich weder Alkohol noch Drogen konsumieren soll, haben wir alles entsorgt. Jede einzelne Flasche, jede Spirituose, jeden Joint. Es ist wohl Glück im Unglück, dass ich sechs Wochen im Krankenhaus und weitere acht Wochen in der Reha verbringen musste und somit gleich eine Entgiftung gemacht habe. Das hat diesen Part des Testaments zumindest einfacher gemacht, auch wenn Scott trotzdem dachte, dass mir dieser Verzicht am schwersten fallen würde. Doch seit dem Brand habe ich kaum noch Verlangen danach. Es ist zu zerstörerisch … für mich und für andere.

Wir nehmen ebenfalls am Tisch Platz, Lennon sitzt mir nun gegenüber. Scott teilt derweil einen dicken Stapel Papiere aus. Er ist ein Freak, was Verträge angeht. Alles muss immer doppelt abgesichert und festgehalten werden.

»Mit dem Testament von Corey wurde Blake das *Serpent* zugesprochen, dies war allerdings an Bedingungen geknüpft«, erklärt er noch mal meine prekäre Lage. »Da du Blakes Karriere verfolgt hast, wirst du sicher auch mitbekommen haben, dass es die ein oder anderen Skandale um ihn gab.«

»Ich weiß von einem Autounfall unter Alkohol vor ein paar Jahren.« Lennons Blick bohrt sich in mein Seitenprofil. »Und es gab ziemlich eskalierende Partys in Hotelzimmern. Richtig?«

So ziemlich nach jedem Konzert. Das Leben auf Tour war

wie ein Rausch. Zuletzt wortwörtlich. Drogen und Alkohol waren von Anfang an im Spiel, das gehörte einfach zum Feiern dazu. Doch irgendwann wurden sie ein notwendiges Übel, um mit allem klarzukommen: dem Druck, den kurzen Nächten, den Differenzen mit meiner Familie. Viele der Partys haben es in die Presse geschafft … nicht zuletzt, weil ich Fotos davon selbst auf Social Media gepostet habe.

»Um das *Serpent* zu erben, muss ich zwölf Monate auf Alkohol und Drogen verzichten und mich monatlich testen lassen. Die Ergebnisse werden dem Anwalt überstellt, der in meinem Fall über das Erbe entscheidet. Er führt auch Kontrollen im *Serpent* durch, spricht mit mir und meinen Mitarbeitenden. Er muss am Ende begründen können, ob ich stabil genug bin, die Geschäftsführung zu übernehmen. Dafür habe ich auch einmal in der Woche einen Termin bei einer Psychologin, die unsere Gespräche ebenfalls fürs Gericht protokolliert.«

Bei keinem dieser Worte sehe ich Lennon auch nur an, ich starre auf die Tischplatte, auf der der Vertragsentwurf liegt. Es widerstrebt mir, all das einer Fremden zu schildern. Ich fühle mich nackt und verletzlich. Alles aufzuzählen bedeutet, Dads Meinung über mich Raum zu geben. Seinem Missfallen. Es schwingt in jeder dieser Bedingungen mit und schreit mich förmlich an. Aber wenn Lennon mir wirklich helfen soll, muss sie nun mal alle Fakten kennen. Ob ich will oder nicht.

»In vier Monaten findet ein Gerichtstermin statt«, klinkt Scott sich nun ein. Vielleicht ahnt er, dass sich ein Kloß in meinem Hals gebildet hat und mich am Weitersprechen hindert. »Sowohl der Anwalt als auch der Vorstand der *Meester Group* werden bei diesem Termin eine Einschätzung geben, ob Blake in der Lage ist, das *Serpent* zu erben. Sie wollen sichergehen, dass er alle Bedingungen erfüllt.«

»Aber wenn Psychologin und Drogentests aussagen, dass er sich an die Abmachungen hält, sollte das doch kein Problem darstellen, oder?«, fragt Lennon. Ich spüre ihren Blick auf mir. »Wozu braucht es dann mich?«

»Eine der Bedingungen besagt, dass Blake an allen Terminen teilnehmen muss, die notwendig sind, um die Familie und den Club zu repräsentieren. Das sind Vorstandsmeetings, aber auch Familienfeierlichkeiten und Geschäftsessen. Mal ganz abgesehen von einigen Events, zu denen Blake wegen seines Status als Musiker eingeladen wird. Wenn sie wirklich davon ausgehen sollen, dass Blake stabil genug ist, um die Geschäftsführung zu übernehmen, muss er in sämtlichen Bereichen mehr Präsenz zeigen. Und das ist zurzeit ...«

»Ein Problem«, murmle ich. »Bislang habe ich noch keinen Termin wahrgenommen.«

»Aber du hast noch vier Monate Zeit«, erwidert Scott bestimmt. »Du kannst das Ruder rumreißen. Mit Lennon zusammen. Nächste Woche ist die Geburtstagsfeier im Hotel deines Onkels. Der ganze Vorstand wird dort sein, und sie erwarten, dass du kommst. Es ist *wichtig*, dass du dorthin gehst. Da wirst du Lennon zum ersten Mal als deine feste Freundin vorstellen.«

Ich habe keine Ahnung, wie ich es schaffen soll, zwischen all den alten Geschäftsfreunden der Familie zu glänzen. Oder auch nur zu überleben. Allein bei dem Gedanken daran will ich einfach nur abhauen.

»Zum Vorstandsmeeting in zwei Monaten wird Lennon dich natürlich nicht begleiten können, aber ich hoffe, dass du bis dahin wieder sicher genug bist, um allein daran teilzunehmen«, spricht Scott weiter. »Du hast in den nächsten vier Monaten Einladungen für eine Filmpremiere, ein Essen mit den Leuten vom Plattenlabel, um über die Produktion des nächsten Albums zu reden, drei Charity-Events stehen an, du wurdest zu einer Fashion-Show eingeladen, hinzu kommen jeweils Einladungen von *Purebelle* und der *Harper Lounge*.«

Beides Mitgliederclubs, denen meine Familie seit Jahrzehnten angehört und die mit dem *Serpent* kooperieren. Dad hat sich dort immer eingebracht, war auf jeder Party und Veranstaltung, aber ich habe mich bislang noch nie sehen lassen.

»Lennon wird dich bei Terminen dieser Art begleiten. Dann fällt dir der Schritt in die Öffentlichkeit hoffentlich leichter … und mit einer neuen Beziehung werden sie dir deine psychische Stabilität und Genesung besser abkaufen. Mal ganz davon abgesehen, dass es medial von anderen Themen ablenkt.«

Von der Tatsache, dass ich abgetaucht bin, zum Beispiel.

Ich kann nur hoffen, dass Scott recht behält. Jemanden an meiner Seite zu haben, mich nicht allein allen Fragen stellen zu müssen, ist tatsächlich ein beruhigender Gedanke. Trotzdem bin ich nicht überzeugt davon, dass Lennon dafür die Richtige ist. Sie wirkt zu normal … Dabei wissen Fans und Presse, dass ich eigentlich immer nur mit anderen Celebritys engeren Kontakt hatte.

Vergangenheitsform.

Die meisten davon habe ich monatelang nicht mehr gesehen oder gehört.

Scott beginnt, alle Bedingungen herunterzuleiern: Vier Monate soll Lennon meine Freundin spielen und mit mir öffentlich auftreten. Wir halten bereits die Events fest, bei denen sie mitkommen wird: die Feier im Hotel, die Filmpremiere, das Geschäftsessen mit mit dem Label, die Charity-Events und die Feiern in den Privatclubs. Sie soll aber auch einspringen, falls ich spontane Einladungen erhalte. Eventuelle Kosten, auch für Garderobe oder Make-up, trage ich, was ich als sehr fair empfinde, weil bei einigen Events ein gewisser Dresscode vorausgesetzt wird. Lennon bekommt im Gegenzug für ihre Mühen und ihre Verschwiegenheit eine Kooperation mit dem Hotel meines Onkels, die ich tatsächlich bereits mit Roman abgesprochen habe, ohne zu wissen, dass es sich dabei um Lennon handelte.

»Spätestens auf der Hotelfeier wird Roman mich zu Lennon ausfragen«, sage ich zu Scott. »Er ist es nicht von mir gewohnt, dass ich ihn um derartige Gefälligkeiten bitte. Was also soll ich ihm dann sagen?«

»Bei allem Vertrauen in deinen Onkel gehört er immer noch zum Vorstand. Wir sollten Roman also besser in dem Glauben lassen, dass Lennon wirklich deine neue Freundin ist. Wenn dieser Plan aufgehen soll, müssen wir den Kreis derer, die die Wahrheit kennen, so klein wie möglich halten. Nur wir drei und Esteban wissen Bescheid. Ansonsten keine Ausnahmen, für niemanden von euch.«

Lennon schluckt schwer, als würden ihr Personen im Kopf herumspuken, bei denen eine Lüge belastend sein kann. Doch sie nickt Scott zu.

»Sehr gut. Ich habe mir gedacht, dass ihr euch erst mal ein bisschen unterhaltet und euch eine Kennlerngeschichte zurechtlegt«, meint Scott. »Schließlich werden alle daran interessiert sein, wie ihr ein Paar geworden seid, und dann braucht ihr eine Story, die keine Zweifel zulässt. Danach folgen die ersten Schritte in die Öffentlichkeit.«

»Die Jubiläumsfeier des Hotels …«

»Jein. Vorher solltet ihr euch auch schon mal öffentlich zeigen, damit eure Beziehung nicht zu plötzlich kommt. Ich dachte daran, ein paar Pärchenfotos zu shooten, die wir nach und nach auf Social Media veröffentlichen können.«

»Ich soll auch sofort wieder anfangen, etwas zu posten?«, frage ich entsetzt.

»Es wäre glaubwürdiger. Und damit können wir die Leute vom Label ein wenig besänftigen. Du weißt, dass sie wegen des Albums langsam ungeduldig werden. Sie haben Angst, dass du deine Fans vergraulst. Also nähere dich ihnen wieder an. Zeig ihnen, dass zu noch immer an sie denkst.«

Bei der Vorstellung wird mir regelrecht übel.

Mich wieder der Öffentlichkeit auf Partys zu stellen ist das eine ... aber mit meinen Fans zu interagieren wie früher? Mit ihrer Enttäuschung, ihrer Wut, ihrem Mitgefühl konfrontiert zu werden? Was, wenn sie mir nicht verzeihen, dass ich so lange abgetaucht war, oder sie den neuen Blake nicht mehr mögen?

»Der Gedanke gefällt mir nicht. Ich bin noch nicht so weit.«

»Du sollst ja nicht gleich voll zurückkommen und jeden Tag deine Kanäle bespielen. Zwei bis drei Postings, die wir zusammen vorbereiten. Noch keine Storys ... ich kann den Zugriff und das Posting übernehmen, wenn du willst.«

»Und mein erstes Lebenszeichen nach so langer Zeit ist dann ein Pärchenfoto? Das wird nicht gut ankommen.«

Scott schüttelt den Kopf. »Wir sollten mit einem ersten kurzen Post starten. Ein paar Zeilen von dir, die einen Neuanfang ankündigen. Mehr nicht. Nichts zu deinem Dad, nichts zu dem Brand. Erst danach posten wir dann ein Foto von euch beiden.«

»Und ich muss dabei erst mal nichts machen?«, frage ich skeptisch.

»Ich übernehme das. Wir feilen zusammen an einem Text, ich lade ihn hoch. Ob du dann die Reaktionen darauf sehen willst, bleibt dir überlassen«, verspricht Scott.

Es beruhigt mich zumindest ein wenig. Mal abgesehen von der Unsicherheit, wie glaubhaft Lennon und ich ein Paar spielen können. Vor allem, weil ich noch nie so etwas wie eine richtige Beziehung hatte. Die Presse und meine Fans kennen mich immer mit schönen Frauen an meiner Seite, aber da war niemand Langfristiges dabei. Nie etwas Ernstes. Nie Frauen wie Lennon mit warmem Blick, Stupsnase und dem Mut, mir ins Gesicht zu sagen, was sie denkt. Jemand, der sich vermutlich nie mit mir abgeben würde, wenn sie wüsste, wie ich wirklich drauf bin.

Eben habe ich noch gesagt, dass sie nicht meinem Typ entspricht. Die Wahrheit ist wohl auch, dass *ich* niemals ihr Typ sein würde. Ein paar Tage mit mir, in meiner derzeitigen Verfassung, und sie wird ohnehin schreiend davonlaufen, weil sie keine Ahnung hat, wie schwer es ist, mit mir klarzukommen. Scott kann ein Lied davon singen, ich selbst ein ganzes Konzert dazu geben. Vorausgesetzt, ich würde gerade noch Musik machen.

»Bevor wir euch auf Instagram zeigen, sollte man euch noch zusammen in Manhattan sehen«, erklärt Scott seine Strategie. »Fans, Paparazzi und Presse sorgen dann schon dafür, dass eure Beziehung öffentlich gemacht wird und alle schon mal von euch gehört haben. Das erleichtert uns deinen Wiedereinstieg auf Social Media.«

Es klingt plausibel … und viel.

Mich in der City zu zeigen?

Mich fotografieren zu lassen?

Früher war das mein tägliches Geschäft, ich habe sogar oft Tipps an Paparazzi rausgeschickt, wann immer ich wollte, dass etwas in der Presse landet. Meine neueste Errungenschaft, meine jüngste Eskapade, Partys, Alkohol.

Ein ganz anderes Leben.

Eine andere Realität.

»Klingt nach einem Plan«, sagt Lennon.

»Fehlt nur noch, dass wir es amtlich machen.«

Scott holt einen Füllfederhalter hervor, damit wir beide die Verträge unterzeichnen können. In meinem Magen rumort es heftig. Alles in mir schreit danach, dass ich es trotz ihrer Hilfe nicht schaffen werde. Dass ich Hilfe vielleicht ebenso wenig verdiene wie das *Serpent*. Gleichzeitig brüllt alles in mir vor Schmerz, weil ich das *Serpent* trotzdem brauche. Ich brauche einen Erfolg, ich brauche eine Bestätigung, Dad doch noch stolz machen zu können. Und am dringendsten brauche ich eine Chance auf Wiedergutmachung.

Meine Hand zittert, als ich meine Initialen daruntersetze.

KAPITEL 9

NICE TO MEET YOU ... RIGHT?

Lennon

In dunkelblauer Tinte willige ich ein, Blakes Freundin zu spielen. Blake sieht kurz danach aus, als würde er seine Zustimmung sofort widerrufen wollen. Doch die eigentliche Überforderung, die sich in mir breitmacht, rührt daher, was diese Unterschrift in Gang setzt.

Ich selbst bin schon ein paar Mal von Paparazzi abgelichtet worden, während ich mit Ivy unterwegs war. Fotos in unserem Lieblings-Sushi-Restaurant, im Supermarkt, im Central Park. Dabei ging es aber immer nur um Ivy, niemals um mich. Ich wurde höchstens als Tochter von Daniel Chambers, dem Besitzer des *Silversides,* betitelt. Absolut uninteressant für die breite Masse.

Aber nun? Mit Blake Meester durch die Straßen von New York laufen?

Wenn wir wirklich Paparazzi-Bilder inszenieren, bin ich nicht das Beiwerk, sondern im Zentrum der Aufmerksamkeit.

Mein Leben wird eine dieser Rockstar-Romanzen. Nur mit dem Unterschied, dass ich nicht Blake Meester, den coolen, gefeierten Star, bekomme, sondern den Mann, der gerade die Last der ganzen Welt auf seinen Schultern zu tragen scheint.

Scott sammelt die Verträge ein und kündigt an, uns jetzt allein zu lassen, damit wir uns in Ruhe kennenlernen und unsere Geschichte besprechen können. Am liebsten würde ich ihm zurufen, dass er bleiben soll, aber wenn wir wirklich als Paar auftreten wollen, bleibt mir nichts anderes übrig, als mich mit Blake zu unterhalten. Nur habe ich das Gefühl, dass dabei einiges schiefgehen kann, wenn wir keinen Puffer namens Scott dabeihaben.

»Wäre es nicht besser, wenn du dabei wärst?«, scheint Blake meine Gedanken zu teilen. »Damit du uns sagen kannst, wie glaubwürdig die Geschichte ist, die wir uns ausdenken?«

Scott lächelt mild. »Ach, ich bin sicher, das bekommt ihr hin. Denkt immer daran, dass ihr in der Öffentlichkeit auch auf euch allein gestellt sein werdet. Besser, ihr fangt also gleich an, euch ein bisschen zu beschnuppern.«

Er nickt uns aufmunternd zu, bevor er Richtung Aufzug geht. Die Fahrstuhltür springt mit einem Ping auf, dann höre ich die Türen wieder zugehen. Darauf folgt angespannte Stille.

»Scott ist nett«, bringe ich hervor.

Ein dämlicher Einstieg in belanglosen Small Talk, aber es ist gerade das Einzige, was mir einfällt.

»Ja«, erwidert Blake mechanisch. »Er ist klasse.«

»Ihr kennt euch schon lange?«

»Seit ich denken kann.«

Ich warte, ob er diesen Satz noch ergänzen will, aber er verstummt wieder. Blake spielt mit dem Füller, den Scott auf dem Tisch liegen gelassen hat. Er rollt ihn hin und her, hin und her.

Scott scheint sich getäuscht zu haben, denn da ist keinerlei Chemie, auf der man aufbauen kann. Nur wirklich langes Schweigen. Wäre das hier ein erstes Date – ein richtiges, kein gefaktes –, hätte ich wohl schon längst die Rechnung verlangt und wäre auf dem Weg nach Hause. Der Vertrag, der zwischen uns auf dem Tisch liegt, zwingt uns jedoch dazu, sitzen zu bleiben und die unangenehme Situation auszuhalten.

Mein Dad sagt immer, dass ich so kontaktfreudig bin, dass ich Menschen manchmal regelrecht überfalle. Wieso um Himmels willen führe ich mich dann gerade auf wie eine Nonne im Schweigegelübde?

Blake fährt sich durch die Haare und legt dabei kurz seine Brandnarbe auf der Stirn frei, die er sonst immer sorgsam verdeckt. Ich weiß nicht, ob es der Anblick der Narbe oder ob es der etwas zweifelnde Ausdruck in seinen Augen ist, aber ich spüre Mitgefühl. Es bringt mich dazu, mich ein wenig aufzurichten, während ich all meinen Mut zusammennehme. Irgendjemand muss den Anfang machen, und Blake kann es offenbar nicht. Immerhin bin ich hier, um ihn ein wenig aus der Reserve zu locken. Also fange ich gleich damit an.

»Wir müssen also primär den zuständigen Anwalt und den Vorstand der *Meester Group* von deinem Wandel überzeugen?«

Blake nickt.

»Die *Meester Group* ist die Gesellschaft hinter dem Hotel?«, hake ich nach.

»Hinter dem Hotel hier in Manhattan, einem Hotel in Las Vegas und zwei Hotels in Florida sowie dem Club meines Dads und den Immobilien meines Onkels.«

»Wer gehört alles zum Vorstand?«

»Die Familie meines Dads. Sein Bruder Roman und seine Schwester Lucy, die in Las Vegas lebt. Mein Cousin Philip ist seit einem Jahr auch im Vorstand. Dann gibt es noch Herald Cutton, unseren Chairman, und Penelope Wright, unsere CEO in Las Vegas.«

»Aber sie sind deine Familie, richtig? Sie sind auf deiner Seite...«

Er beißt sich auf die Unterlippe. »Auf dem Papier bin ich ein Teil dieser Familie, aber die meisten sind nicht sehr überzeugt von mir. Ich bin immerhin nur ein halber Meester. Der uneheliche Sohn, entstanden aus einem One-Night-Stand.« Seine Worte klingen bitter. »Mein Onkel Roman und unsere Vorstandsleitung Herald stehen auf meiner Seite... vielleicht noch mein Cousin Philip. Aber der Rest will mich scheitern sehen, allen voran meine Tante Lucy und die CEO aus Las Vegas. Ehrlich gesagt weiß ich nicht, ob diese vier Monate überhaupt noch etwas retten können, nachdem ich mich so rargemacht habe.«

»Dann wird es vermutlich auch nicht leicht, ihnen deine neue Freundin vorzustellen, die eigentlich kein bisschen in eure Kreise passt, oder?«

Ob ich will oder nicht: Gerade kann ich Blakes Zweifel an meiner Besetzung in diesem Szenario tatsächlich verstehen. Jemand, der bereits Erfahrung im Umgang mit reichen Leuten gemacht hat, wäre vielleicht besser vorbereitet.

Blake mustert mich. »Na, bereust du es schon?«

»Das könnte dir so passen. Meinst du, ich erkenne nicht, dass du den Vertrag selbst am liebsten wieder platzen lassen würdest?«

Sein Mundwinkel zuckt. »Bin ich so leicht zu durchschauen?«

»Ja, dann bekommst du einen ganz gruseligen Gesichtsausdruck. Als würdest du in dichten Nebel fallen oder so was.«

»Raus aus meinem Kopf …«

Nun bin ich es, die etwas müde den Mund verzieht. Selbst wenn ich ein paar Unsicherheiten in mir trage und Sorge habe, diesem Deal nicht gewachsen zu sein, will ich ihn trotzdem durchziehen. Für mein Business … und für Blake.

»Lass dich einfach drauf ein, und wir bekommen das schon irgendwie hin.«

Forsch sieht er zu mir. »Wieso machst du das? Weil du die Herausforderung liebst? Weil du denkst, ich wäre ein Projekt, an dem du dich austoben kannst?«

»Ich hatte eine Bedingung, schon vergessen?«

»Was denn? Diese Kooperation mit dem Hotel? Dafür machst du das alles? Du hättest viel mehr von Scott und mir verlangen können. Immerhin werfen wir dich den Wölfen zum Fraß vor.«

»Ist mir recht, solange sie da anbeißen, wo ich es will, und das ist nun mal mein Business.«

Kurz erkläre ich ihm mein Geschäftsmodell, während er weiter mit dem Stift spielt. Fragen und Reaktionen sind Mangelware. Sein Desinteresse ist ein wenig verletzend, aber ich versuche, es mir nicht anmerken zu lassen. Immerhin ist es nicht *sein* Interesse, das wichtig ist, sondern das der Hotelgäste. Im besten Fall auch das seines Onkels, denn wenn ich *ihn* von der Idee überzeuge, springen ja vielleicht sogar mehr als die vereinbarten vier Monate für mich heraus.

»Dann sag mir doch mal: Wie hast du mich kennengelernt und dich in mich verliebt?«

Blake sieht aus, als hätte ich ihm keine schlechtere Frage stellen können.

»Komm schon«, sage ich etwas mürrisch. »Ich bin wirklich liebenswert, auch wenn du es vielleicht noch nicht merkst. Dir wird also sicher irgendetwas einfallen, was du an mir gut findest. Aber im Zweifel kannst du ja Gefühle, die du mal für jemand anderen hattest, auf mich projizieren. Ich wäre dir nicht böse. Hauptsache, es funktioniert.«

Er kratzt sich am Kopf. »Ich ... war eigentlich noch nie verliebt.«

Überrascht sehe ich ihn an, obwohl ich eigentlich ganz cool reagieren will. Immerhin ist es keine große Sache, ich kenne genug Leute in meinem Alter, die noch nie verliebt waren oder auch nur jemand anderem nahegekommen sind. Jeder hat sein Tempo. Der einzige Schock bei Blake ist, dass ich ihn schon mit unzähligen Frauen gesehen habe.

»Wie viele Fake-Beziehungen hattest du denn schon?«

»Was? Keine.«

Ich runzle die Stirn. »Was war mit Cameron Gavez? Ihr habt auf den Bildern in der Presse unendlich verliebt ausgesehen.«

»Und ob du ein Fan bist«, erwidert Blake grinsend.

»Ich *war* einer«, betone ich. Er muss ja nicht wissen, dass ich sein Album immer noch gerne höre.

»Cameron und ich waren nicht verliebt. Wir hatten nur beide Langeweile und wollten uns einen schönen Sommer machen. Das war's.«

»Oh.«

Ich war mir so sicher, dass seine Single *Soft Sensation* für Cameron geschrieben wurde. Seine Musik bestand quasi nur aus den Themen Sex und Romantik, was jede Menge Fantasien und einen regelrechten Hype bei seinen Fans ausgelöst hat. Wie oft habe ich in Fanforen von Frauen gelesen, die sich wünschten, er hätte diese Songs für sie geschrieben. Seine Songtexte sind so sanft und sinnlich ... stark und wunderschön.

In the dim light, your silhouette dances. Every breath, a shared secret. A promise in your arms.

Das hat er geschrieben, obwohl er nie verliebt war?

»Stimmt es, dass du deine Songtexte alle selbst schreibst?«, hake ich nach.

Blake runzelt die Stirn, vielleicht wegen des Themenwechsels. Er weiß ja auch nicht, dass mir gerade alle Frauen einfallen, mit denen er fotografiert wurde und bei denen ich dachte, sie wären seine Inspiration gewesen.

»Ja ... ich schreibe Songtexte, seit ich dreizehn bin.«

»Aber wie kannst du ...« Ich stocke.

Über seine Verflossenen zu sprechen und dabei seine Songtexte zu analysieren würde mich *wirklich* wie ein Fangirl dastehen lassen. Also belasse ich es lieber dabei.

»Egal«, schließe ich meinen begonnenen Satz. »Konzentrieren wir uns auf unsere Aufgabe.«

»Ich denke, wir sollten, was unser Kennenlernen betrifft, bei der Wahrheit bleiben, oder?«, schlägt Blake vor. »Du warst im *Serpent*, um dort zu feiern. Sollte dich dort jemand gesehen haben, wäre es immerhin glaubwürdig. Wir haben uns im VIP-Bereich kennengelernt und hatten sofort einen Draht zueinander.«

»Meinst du den Moment, in dem du mich zu Kleinholz verarbeiten wolltest?«

»Erzähl der Presse, wie ich dich festgehalten und dir tief in die Augen gesehen habe, während ich dich fragte, wer du bist, und sie machen eine Szene aus *Fifty Shades of Grey* daraus.«

»Wir sind uns also dort über den Weg gelaufen und haben geredet«, übergehe ich seinen Kommentar. »Wir haben getanzt und geflirtet, und dann haben wir angefangen, uns zu treffen. Erst einmal heimlich, um zu gucken, ob das zwischen uns wirklich etwas sein könnte. Und schließlich haben wir uns unsterblich ineinander verliebt und waren bereit, an die Öffentlichkeit zu gehen.«

»Klingt doch gut.«

Etwas unromantisch für meinen Geschmack, aber zu dick aufzutragen wäre auch ein hohes Risiko. Nah an der Wahrheit zu bleiben ist immer von Vorteil.

»Dann musst du mir jetzt nur noch etwas mehr über dich erzählen, damit die Leute uns auch glauben, dass wir uns wirklich kennen«, werfe ich ein.

Blakes Augen blitzen amüsiert auf. »Du als Fangirl weißt doch eh schon alles.«

»Du bist ziemlich von dir selbst überzeugt, oder?«

Es sollte ein Scherz sein, aber das Blitzen in seinen Augen verschwimmt augenblicklich wieder.

»Früher vielleicht mal«, erwidert er dunkel. »Ich wohne in diesem Apartment, weil alles andere fort ist. Genau wie alles, was mich irgendwie mal ausgemacht hat. Hobbys, Freude, Hoffnungen und Träume – alles in Rauch aufgegangen. Puff.«

Er sagt es, als wäre es nicht so dramatisch, aber er kann den Schmerz, der in seinen Worten mitschwingt, nicht weglächeln.

Ich könnte ihm mein Mitgefühl aussprechen und ihm versichern, wie stark er ist, aber instinktiv weiß ich, dass es genau das Falsche wäre. Er würde nur dichtmachen, also lasse ich seine Worte im Raum stehen und versuche, Leichtigkeit in unser Gespräch zu bringen.

»Machen wir es uns doch einfach und spielen erst mal *This or That*«, schlage ich vor. »Also: Frühstück oder Abendessen?«

»Abendessen«, murmelt Blake. »Und ich mag solche Spielchen nicht.«

»Da könnte dann wohl jemand zu viel von dir erfahren, was?«

»Bei unserem Vorhaben bringt es gar nichts, so etwas voneinander zu wissen.«

»Nicht? Was, wenn du mal in einem Interview erzählt hast, dass du nicht frühstückst, und ich dann irgendetwas von einem Frühstücksdate erzähle?«

»Unwahrscheinlich.«

»Aber auch nicht undenkbar.«

»Dann würde ich einfach sagen, dass sich meine Gewohnheiten geändert haben.«

Ich seufze. »Du machst es mir nicht leicht.«

Blake schielt zu mir. »Erzähl mir doch einfach etwas von dir. Ich werde vermutlich eh derjenige sein, dem am meisten Fragen gestellt werden.«

»Auch wieder wahr. Am besten schreibst du mit.«

Etwas widerwillig holt sich Blake einen Notizblock und beginnt mitzuschreiben, während ich versuche, ihm einen Eindruck von mir und meinem Leben zu geben: von meiner Familie, meiner Liebe zur Kunst, ich erzähle ihm von meinen Praktika in zwei Galerien und bei einem Künstler und erkläre ihm, wieso ich am Ende die Entscheidung getroffen habe, weder selbst Künstlerin zu werden noch zu studieren. Es ist ein bisschen schade, dass er nichts dazu fragt, aber ich rede einfach weiter. Von meinem Faible für Schaumbäder, bei denen ich alte Klatschmagazine lese und das heiße Wasser mindestens zwei Mal nachlaufen lasse, bis meine Finger schrumpelig sind. Von den Picknicks, die ich gerne auf der Feuerleiter meiner Wohnung abhalte, bevorzugt mit meiner besten Freundin Ivy Cohen.

Irgendwann verstumme ich, aber Blake macht sich noch eine zusätzliche Notiz. Neugierig sehe ich darauf.

Redet viel.

»Hey. Das habe ich dir nicht gesagt.«

»War auch gar nicht nötig. Aber wenn du mich fragst, ist es die bisher wichtigste Erkenntnis. Was machen echte Paare in der Öffentlichkeit gerne? Scherze über die vermeintlich nervigen, aber liebenswerten Eigenschaften des Partners. Somit kann ich gleich erzählen, wie schwer es ist, deinen schnellen Sätzen ohne Punkt und Komma zu folgen, und dass du, wenn du einmal angefangen hast zu reden, kaum damit aufhörst.«

»Dann kann ich darüber sprechen, wie wortkarg und verklemmt du sein kannst«, gebe ich zurück. »Und dass du einem jegliche Freude an *This-or-That*-Spielen nimmst.«

»Perfekt. Wir sind das absolute Traumpaar.« Blake streckt sich. »Und ich denke, wir sollten es für heute gut sein lassen.«

»Wir haben uns kein bisschen vorbereitet, Blake.«

Seit Scott gegangen ist, kann gerade einmal eine Stunde rum sein. Eineinhalb höchstens. Und davon haben wir die ersten Minuten in absoluter Stille verbracht.

»Bis wir uns in New York zeigen, machen wir doch noch diese tollen Pärchenfotos, von denen Scott gesprochen hat. Wir werden uns also noch genug unterhalten können.«

Ich unterdrücke ein theatralisches Seufzen. »Wieso denke ich immer noch, dass ich diese Angelegenheit ernster nehme als du? Dabei geht es hier nicht um *mein* Erbe.«

»Pack es auf meine Liste der nervigen Angewohnheiten: wenig Durchhaltevermögen.«

»Sagt der Mann, der durch ganz Amerika getourt ist …«

Mehr noch: Blake hat es geschafft, mit seiner ersten Single direkt durchzustarten. Zugegeben hatte er als Sohn eines Rockstars, der ohnehin in der Öffentlichkeit stand, einen Vorteil. Viele kennen ihn bereits aus einer Zeit, in der er noch keine Musik gemacht hat. Sein Name tauchte andauernd in Zeitschriften auf, er war im Fernsehen zu sehen. Er wurde für Musikmagazine abgelichtet, stand als Sohn von Corey Meester andauernd im Rampenlicht. Als er dann als Solokünstler vermarktet wurde und seine erste Single veröffentlicht hat, waren viele schon Fans. Aber richtig überzeugt hat er dann mit seiner Musik. Es wirkte, als wäre er voll in seinem Element, als wäre die Musik das, wofür er lebt. Die Musik … und seine Fans. Für sie hat er alles gegeben. Konzerte, Singles, Internetauftritte.

Bis zum Brand zumindest.

»Tja«, erwidert er knapp. »Ich schätze, ich bin zurzeit nicht in bester Verfassung.«

So viele Erwiderungen liegen mir auf der Zunge. Sprüche darüber, dass er sein Durchhaltevermögen nicht durch Zauberhand zurückerlangen wird, sondern er sich richtig durchbeißen muss. Ich will ihm sagen, dass ich an ihn glaube, obwohl ich gerade das Gefühl habe, dass diese Abmachung mit ihm eine riesige Herausforderung wird. Nicht mal wegen der Paparazzi und der öffentlichen Aufmerksamkeit, auch nicht, weil wir noch nicht genug voneinander wissen. Allein wegen ihm. Wegen seiner inneren Einstellung.

Langsam verstehe ich, wieso Blake seit dem Feuer nicht mehr in der Öffentlichkeit war.

Dieses Feuer hat uns nicht nur Corey Meester genommen. Der Blake, der von der Welt gefeiert wurde, ist genauso in den Flammen erstickt. Übrig ist nur noch eine Hülle, die wieder mit Leben gefüllt werden muss.

KAPITEL 10

LET'S MAKE IT ROMANTIC

Blake

Früher waren Fotoshootings spielend leicht – ein bisschen die Haare verwuscheln, dann ein wenig edgy gucken und eine lässige Pose. Fertig war das perfekte Bild. Doch inzwischen ist das letzte Shooting über neun Monate her, und damals gefiel mir noch, was die Kamera ablichten wollte.

Heute bin ich mir da nicht mehr so sicher.

Ich spiele mehr als einmal mit dem Gedanken, den Termin für dieses Pärchenshooting abzusagen, aber ich bringe es nicht über mich. Ohnehin ist es zu spät. Scott ist bereits in meiner Wohnung und führt Selbstgespräche, in denen er die Ideen für Fotos durchgeht. Dass ich etwas verloren auf meiner Couch sitze und von Zweifeln zerfressen bin, merkt er gar nicht. Aber es ist besser so. Lieber mache ich es mit mir selbst aus.

Die letzten zwei Tage, die seit der Vertragsunterzeichnung vergangen sind, war es schwer genug, Scotts Enthusiasmus auszuhalten, während in mir selbst ein Sturm tobte. Es war auch nicht gerade hilfreich, Lennon und ihre Familie im Internet zu googeln, um mir ein genaueres Bild davon zu machen, wen ich in mein Boot voller Probleme geholt habe.

Viele Informationen konnte ich über Lennon nicht finden. Ihre Creative Nights werden im Internet beworben. Sie hat eine ziemlich ansprechende Website mit vielen Eindrücken von bereits durchgeführten Kursen. Auf der Homepage vom

Silverside konnte ich zudem ein Foto ihrer Familie sehen. Der kleine Club in der Bronx wurde beim Onlinemagazin *Current Flash* in einigen Artikeln beleuchtet – alle wollen herausfinden, warum die Sängerin Ivy Cohen dort auftritt und so schnell die Herzen ihrer Fans gewinnen konnte.

Selbst ich, der es die letzten Monate vermieden hat, News aus der Musikbranche zu lesen, habe bereits von der Sängerin gehört, die quasi über Nacht ganz New York verzaubert hat.

Genau wie ich damals.

Sofort flackern Bilder vor meinem inneren Auge auf.

Dreißigtausend Menschen, die meine selbst geschriebenen Songs mitsingen – Gänsehautfeeling pur! Scott und Dad warten am Rand der Bühne auf mich und schließen mich in ihre Arme, um mir zu meinem erfolgreichen Auftritt zu gratulieren. Meine After-Show-Party, die in dichtem Kokain-Nebel versinkt. Dad, der mir an den Kopf wirft, dass ich verantwortungslos bin, und die Geduld mit mir verliert.

Mein letztes Gespräch mit ihm. Unser letzter Streit.

Ich blinzle und kehre mental zurück ins Wohnzimmer, aber die Wucht der Erinnerungen scheint Hämatome hinterlassen zu haben, denn mein Kopf und mein Herz pochen schmerzvoll.

»Da kommt Lennon«, sagt Scott.

Er bringt mich dazu, mich automatisch ein wenig aufrechter hinzusetzen, mich zusammenzureißen. Irgendwie.

Lennon gesellt sich nur wenige Sekunden später zu uns. Ihr Blick huscht von mir, der noch immer wie festgeklebt auf dem Sofa verharrt, zu Scott, der ihr gentlemanlike die Reisetasche abnimmt, aus der ein Ärmel herausragt. Auch mir hat Scott gesagt, ich soll mehrere Kleidungsstücke heraussuchen, damit wir verschiedene Pärchenfotos und Dates inszenieren können.

»Da bin ich«, blubbert Lennon los. »Wie lautet der Plan? Welche Fotos sollen wir machen?«

»Ich habe da schon ein paar Ideen«, antwortet Scott sofort. »Zeigt mal eure Outfits.«

Die nächsten zehn Minuten präsentieren wir unsere Kleiderauswahl und überlegen, welche Outfits zusammenpassen und gleichzeitig nicht so sehr matchen, dass die Fotos gestellt aussehen. Ich finde die ganze Aktion schon nach ein paar Minuten anstrengend.

Lennon verschwindet im Bad, um ihr Oberteil zu wechseln, damit wir nicht beide Schwarz tragen, während Scott in der Küche hantiert. Etwas überfordert sehe ich dabei zu, wie er Nudeln mit Tomatensoße aus einer Frischhaltedose holt und sie in zwei Schüsseln gibt. Dann gießt er Wasser in zwei Gläser ein. Rotwein würde sicherlich besser zu der Atmosphäre passen, die er zu erzeugen versucht, aber angesichts meines angeordneten Alkoholverbots würden wir mir damit nur schaden.

Als Lennon aus dem Badezimmer kommt, hat sie nicht nur ihre Haare hochgesteckt, sondern trägt auch eine weiße Bluse mit Rosenmuster, die ihre olivfarbene Haut strahlen lässt. Durch ihr Outfit und den pinken Lippenstift wirke ich in meinem schwarzen Shirt und der dunklen Hose viel zu langweilig.

»Vielleicht sollte ich mir für das erste Foto doch etwas anderes anziehen?«

Kurzerhand wechsle ich mein Shirt gegen ein schwarzes Hemd. Instinktiv will ich die Ärmel hochkrempeln, wie ich es früher immer getragen habe, aber angesichts meiner Narbe am Arm bleibe ich lieber langärmlig. Lennon wurde bereits am Tisch positioniert, ich setze mich ihr gegenüber. Die Stühle stehen näher beieinander, als ich es im Alltag je machen würde. So nehme ich einen Hauch von Macadamia und Honig wahr, der möglicherweise von einer Creme kommt, die Lennon benutzt.

»Und jetzt tut ihr so, als hättet ihr ein tolles Date«, verkündet Scott, der bereits sein Smartphone auf uns richtet.

Lennon und ich wechseln ein paar unsichere Blicke, dann nehmen wir die Gabeln in die Hand und wickeln die Spaghetti auf – Lennon weit geschickter als ich.

Wir sehen uns tief in die Augen. Zu tief für meinen Geschmack. Ihre Augenfarbe erinnert mich an Haselnüsse. Wir sitzen so dicht beieinander, dass unsere Knie sich berühren und ich die drei einzelnen Sommersprossen auf ihrer Nase sehen kann.

»Toll sieht das aus!«, verkündet Scott.

Ich löse den Blickkontakt und schiebe mir, wenig elegant, die Spaghetti in den Mund. Scott seufzt ein wenig unzufrieden, macht aber trotz meiner schlechten Tischmanieren weiter Fotos. Immerhin bekommen sie so etwas Authentizität.

»Meinst du wirklich, dass diese Fotos überzeugen?«, fragt Lennon in Scotts Richtung. »Wenn das hier ein echtes Date wäre, würde doch keine dritte Person die Fotos machen.«

»Da hat sie recht.«

»Aber ihr könntet doch auch ein Stativ aufstellen und dann die Fotos machen, oder?«

»Hm.« Lennon kaut nachdenklich. »Wenn ich von einem Date Fotos machen würde, dann immer als Selfie. Und das gilt für alle Fotos, die du geplant hast.«

»Auch da hat sie recht«, erwidere ich, auch wenn der Gedanke, für ein Selfie noch näher zu Lennon rücken zu müssen, mir einen Schauer über den Rücken jagt. Auch jetzt ist sie mir näher als so ziemlich jeder Mensch seit dem Unfall.

»Finde ich gut«, entscheidet Scott und reicht Lennon das Smartphone.

Sie wickelt neue Spaghetti auf und führt sie zum Mund, ich selbst habe auch ein neues Knäuel aus Nudeln auf der Gabel. Dann grinsen wir in die Kamera, Lennon drückt auf den Auslöser, ehe sie die Position ihrer Hand verändert. Das Ganze wiederholen wir, bis meine Mundwinkel von dem Versuch zu lächeln schmerzen.

Schließlich kommen wir zu dem Entschluss, dass wir genug gute Fotos von der Nudelszene haben, und wechseln unsere Outfits. Lennon trägt nun ein schwarzes, knöchellanges Sommerkleid, kombiniert mit rotem Lippenstift und offenen Haaren. Ich hingegen habe nur das Hemd gewechselt und diesmal die Ärmel hochgekrempelt. Der Arm mit meinen Narben wandert hinter Lennons Rücken, während wir uns vor das Panoramafenster stellen und in die Kamera lächeln. Diesmal geht es ganz schnell, ein passendes Foto zu schießen.

»Jetzt noch Fotos auf der Couch«, schlägt Scott vor. »Dafür braucht ihr aber bequemere Kleidung.«

Lennon holt ein Shirt und eine Jogginghose aus ihrer Tasche und verschwindet wieder im Badezimmer. Auch ich tausche Jeans gegen Sporthose und das Hemd gegen ein T-Shirt von *Serpent Grave*. Dann setze ich mich auf das Sofa und warte darauf, dass Lennon zurückkommt. Scott verdunkelt derweil die Fenster und verteilt Teelichter im Wohnzimmer.

»Du weißt schon, dass man die auf einem Selfie nicht sehen wird, oder?«

Scott zuckt mit den Schultern. »Es wird trotzdem ein gemütlicheres Licht bringen. Außerdem hilft es euch vielleicht, in die richtige Stimmung zu kommen. Wenn du mich fragst, wird es das wichtigste Bild. Fernsehabende auf der Couch sind immerhin der Alltag von Pärchen.«

Ich widerspreche ihm nicht, sondern lasse ihn machen.

Fünf Minuten später ist mein Wohnzimmer in Kerzenschein getaucht, und eine Wolldecke liegt auf meinem Schoß. Lennon braucht ein wenig länger im Badezimmer. Als sie zurückkommt, hat sie sich abgeschminkt und ihre Haare zu einem Zopf geflochten. Dabei trägt sie ein Oversized-Shirt und eine

Jogginghose. Sie setzt sich zu mir und schnappt sich einen Zipfel der Decke, um sich damit zuzudecken.

Erst jetzt wird mir bewusst, dass wir gerade eine Alltagssituation nachstellen, die für mich gar nicht alltäglich ist.

Wie lange hatte ich keinen Besuch mehr?

Ganz früher habe ich oft Freunde zu Besuch gehabt, um Filme zu gucken oder Playstation zu spielen. Später war meine Bude immer voll, um Partys zu feiern. Aber bei Kerzenschein auf dem Sofa sitzen und die Nähe eines anderen Menschen spüren? Gemeinsam zu Hause entspannen – nicht in Hotels, nicht im Tourbus?

Es muss *wirklich* Jahre her sein.

»Bereit?«, fragt Lennon.

Sie rückt noch etwas näher. Ihren Kopf legt sie auf meiner Brust ab, und sie hält das Smartphone nach oben, sodass wir beide das Kinn anheben müssen, um in die Kamera zu schauen. Ich sehe nur den kleinen Ausschnitt auf dem Screen, aber es wirkt unfassbar vertraut, wie sie an meiner Brust lehnt und ihre Haarsträhnen meinen Arm kitzeln.

Wärme breitet sich aus. In diesem Raum voller Kerzen, unter der Decke, zwischen unseren Körpern. Ein Teil von mir will sich hineinfallen lassen, weil es in mir schon viel zu lange kalt war, um diesen Moment nicht genießen zu wollen. Der andere Teil würde am liebsten wegrücken und Platz zwischen uns bringen.

Ob Lennon es auch seltsam findet, sich so nah zu sein?

Sie überlegt einen Augenblick, dann steht sie auf und holt eines der Gläser aus der Küche. Sie positioniert eine der Kerzen so, dass das flackernde Licht uns mehr ins Gesicht fällt. Dann kommt sie zurück in meine Arme, diesmal aber ohne den Kopf auf der Brust abzulegen. Sie gibt mir das Smartphone und sagt, dass ich ein Selfie von oben machen soll, derweil rückt sie noch ein wenig zu mir. Ihre Fingerspitzen, zart und warm, legen sich auf meinen Handrücken. Mit der anderen Hand hält sie das Glas, ihr Kopf sinkt ein wenig auf meine Schulter.

Mir ist durchaus klar, dass ich mich kaum rühre. Dass ich dasitze wie eine Statue. Früher war ich mal besser im Umgang mit Frauen, allerdings ging es dabei auch nie um Dates, nie um Kuscheln auf dem Sofa. Auf Polstermöbeln habe ich bisher eher andere Dinge angestellt.

»Na los, mach das Foto«, sagt Lennon lachend.

Ich drücke auf den Auslöser, schieße ein paar Bilder nacheinander. Dann verändert Lennon ein wenig ihre Pose.

Ihre Haare streifen meinen Hals, und eine Gänsehaut schießt über meinen ganzen Körper.

»Du kitzelst mich«, murmle ich.

»Sorry.«

Lennon bewegt sich. Dabei rutscht ihre Hand ein wenig höher. Nur ein paar Zentimeter, vielleicht drei oder vier. Es reicht, um meine Narben am Arm zu berühren, die ich gerade nicht durch Stoff bedeckt habe. Die ich für einen fatalen Augenblick tatsächlich nicht bedacht habe, obwohl sie sonst den Großteil meiner Gedanken dominieren.

Wo ihre Finger sich vorher noch warm angefühlt haben, spüre ich nun viel weniger. Weniger Wärme, weniger Berührung. Acht Zentimeter verbranntes Fleisch, das sich mehr tot als lebendig anfühlt. Das mich an den Tod erinnert.

»Ich denke, das reicht an Fotos«, presse ich hervor.

Als ich aufspringe, schwappt beinahe Wasser aus Lennons Glas.

»Was ist?« Überrascht sieht sie zu mir, dann wandert ihr Blick genau zu der Stelle, an der eben noch ihre Finger lagen.

Hat sie meine Narben unter ihren Fingerspitzen gefühlt?

»Ich ziehe mir schnell etwas anderes über«, murmle ich und eile in mein Schlafzimmer.

Aus meinem begehbaren Kleiderschrank hole ich mir eine Sweatshirtjacke. Als ich sie gerade aus dem Stapel Kleidung ziehe, kommt Lennon herein und stellt sich zu mir. Sie streicht sich ihren Pony zurecht, während sie mich mit großen, glasigen Augen ansieht.

»Ist alles in Ordnung?« Noch nie habe ich sie so leise sprechen hören. Als wäre ich ein scheues Waldtier, dem sie sich ganz behutsam nähern will.

»Klar. Ich denke nur, dass wir genug Bilder haben. Meinst du nicht?«

Sie sieht wieder zu der Narbe auf meinem Arm. Ich beeile mich und ziehe die Jacke darüber.

»Tut mir leid«, sagt sie, und ich hasse es, dass wir jetzt darüber sprechen. Wieso können wir nicht einfach so tun, als wäre nie etwas gewesen?

»Es war nichts«, spiele ich den Coolen, obwohl wir beide wissen, dass ich lüge.

Lennon beißt sich auf die Lippe. »Tut es noch weh?«

Ihre braunen Haselnussaugen schreien mir zu, ehrlich mit ihr zu sein.

»Nicht körperlich«, erwidere ich dunkel.

KAPITEL 11

IT'S GONNA BE WILD

Lennon

Mein liebstes Abendritual besteht aus Ivy, der Feuerleiter unserer Wohnung und etwas zu essen. Der Juni beschert uns vierundzwanzig Grad, die es uns ermöglichen, lange draußen zu sitzen, auch wenn Ivy und ich auch bei kühleren Temperaturen hier sind. Mit ein paar Decken und Kissen sorgen wir für Gemütlichkeit. Kalte Getränke und die allerbesten Inside-out-Cheesys von *Momotaro Sushi* runden heute das Ambiente ab. Normalerweise löst das Sushi immer pures Glücksgefühl in mir aus, heute ist dieses Glück jedoch getrübt.

»Du willst also wirklich ausziehen?«

Es kostet mich alle Kraft, nicht zu weinen.

Die letzten zwei Wochen waren bei Ivy so turbulent, dass ich insgeheim damit gerechnet habe. Nachdem ihr missbräuchlicher Stiefvater extra von Montana nach New York gekommen ist, um sie zu erpressen, und dabei klargemacht hat, dass er weiß, wo wir wohnen, hat Ivy kaum geschlafen. Auch wenn sie seine Taten inzwischen öffentlich gemacht hat und gestern eine Pressekonferenz zu ihm abgehalten hat, fühlt sie sich in unserer Wohnung nicht mehr sicher. Ich verstehe absolut, wieso sie nicht hierbleiben möchte, und doch hatte ich gehofft, dass wir eine andere Lösung finden.

»Ich kann einfach nicht mehr hier wohnen, wenn ich jederzeit Angst haben muss, dass er vor der Tür steht.« Ivys Stimme klingt brüchig, obwohl diese Frau in den letzten zwei Wochen gezeigt hat, wie stark sie ist. Hätte ich doch nur früher gewusst, was ihr Stiefvater ihr angetan hat, dann hätte ich ihr noch besser beistehen können.

»Wir könnten uns auch zusammen etwas Neues suchen«, schlage ich vor.

»Und die Wohnung deiner Grandma aufgeben, für die du kaum etwas zahlst?«, wirft Ivy ein. »Du musst auch an dein Business denken. Je höher die Miete ist, umso mehr musst du mit deinen Kursen verdienen, und du weißt, was Wohnungen in Manhattan kosten können.«

Leider ist das Argument nicht von der Hand zu weisen. Grandma hat mir ihre Eigentumswohnung zur Miete überlassen, und sollte sie sterben, wird mein Dad sie erben und sie mir weitervermieten. Zu einem Preis, der in Manhattan unschlagbar ist. Die günstige Miete ist ein Baustein für die Erfüllung meines großen Traums. Höhere Fixkosten könnten den Turm, den ich gerade baue, schnell zum Einsturz bringen.

»Mir gefällt der Gedanke nicht, bald wieder alleine hier zu wohnen«, erwidere ich. »Mit wem soll ich denn dann meine Sushi Nights veranstalten?«

»Die werden wir natürlich fortführen. Und wir sehen uns weiterhin, so oft es geht.«

Ivy und ich werden immer Freundinnen sein, das weiß ich ganz tief in meinem Herzen. Aber es wird trotzdem anders werden, wenn sie nicht mehr nur eine Tür weiter lebt.

»Versprochen?«, frage ich traurig.

»Hoch und heilig. Ich werde dich schließlich total vermissen, Lennon.«

»Und ich dich erst.«

»Dafür kannst du mein Zimmer wieder als Arbeitsraum nutzen«, versucht sie, mich aufzumuntern.

Es klappt nicht.

»Du wärst mir trotzdem lieber.«

Ivy lehnt ihren Hinterkopf gegen die Wand und sieht raus in die Nacht. Diese Feuerleiter war immer unser Platz mit seiner ganz eigenen Magie. Hier können wir stundenlang reden und das Nachtleben New Yorks in uns aufnehmen. Hier ist die Idee zu den Creative Nights entstanden, und Ivy hat von ihrer Musikkarriere geträumt. Hier haben wir zusammengefunden, Stück für Stück.

»Wie ist denn der Zeitplan?«, frage ich.

»Morgen sehe ich mir ein Apartment in einer gesicherten Wohnanlage an. Die liegt nur ein paar Blocks entfernt.«

Ich schlucke schwer. »Morgen schon?«

»Der Umzug sollte im besten Fall noch vor der Tour stattfinden.«

Spätestens im September wird sie also nicht mehr hier wohnen. Ein befremdlicher Gedanke.

Voller Wehmut sehe ich zu ihr. Nicht nur weil wir bald keine Mitbewohnerinnen mehr sein werden, sondern auch weil ich ihr noch nicht erzählt habe, was bald schon in der Presse stehen wird. Sie weiß noch nichts von Blake, nichts von meinem Arrangement, und ich habe einen Vertrag, der mir verbietet, ihr die volle Wahrheit zu sagen.

Ich wünschte in diesem Moment, ich hätte mit Scott und Blake ausgehandelt, Ivy einweihen zu dürfen. Sie ist jemand, der Geheimnisse für sich behalten kann.

Ich wage es nicht, den Vertrag zu brechen, aber sie muss das mit Blake trotzdem von *mir* erfahren, weil sie es nicht verdient hat, es erst in der Zeitung zu lesen. Gestern hat Scott das erste Lebenszeichen von Blake gepostet und sein altes Social-Media-Profil bespielt – nicht den offiziellen Account, sondern den, dem ich auch jahrelang gefolgt bin. Früher hat Blake seine Follower mit durch seinen Tag genommen: Brainstorming für neue Songtexte, Studioaufnahmen, Konzerte, Feiern mit

Freunden, Urlaube. Wir Fans waren hautnah dabei, als würden wir ihn wirklich kennen. Als würde er uns vertrauen. Nun gibt es zum ersten Mal seit neun Monaten wieder einen Post. Ich weiß natürlich, dass er von Scott und nicht von Blake kommt, aber darin schreibt Blake, dass er Zeit brauchte, um sich zu erholen, und nun Schritt für Schritt in die Öffentlichkeit zurückkehren will. Die Resonanz war groß, der mediale Rummel so hoch wie nie. Und ich werde ab morgen mittendrin sein. Morgen, wenn Blake und ich uns zusammen in New York zeigen. Dann wird unsere Beziehung öffentlich, danach folgt eins unserer geshooteten Pärchenfotos.

»Ich muss dir auch noch etwas erzählen«, beginne ich. Jetzt oder nie. »Etwas, was längst überfällig ist …«

Ivy sieht mich überrascht an. »Du klingst so ernst.«

Kurzerhand beginne ich, ihr von dem Treffen mit Blake im *Serpent* zu berichten – nicht die wahre Geschichte, sondern unsere offizielle Version. Da Ivy mich erwischt hat, wie ich den VIP-Bereich des *Serpents* verlassen habe, passt die Geschichte zum Glück perfekt.

Am Ende meiner Erzählungen starrt sie mich an. Das Sushi, das gerade auf dem Weg zu ihrem Mund war, klemmt vergessen zwischen ihren Stäbchen.

»Ist das dein Ernst?«, fragt sie schrill. »Du datest Blake Meester?«

»Leiser. Sonst hören uns noch die Nachbarn.«

»Sorry. Aber das erklärt jetzt endlich, wieso du dich seit dem Abend im *Serpent* so seltsam benimmst. Ich wusste doch, dass du mir irgendetwas verheimlichst. Ich verstehe nur nicht, wieso du nicht früher was gesagt hast.«

Mein schlechtes Gewissen nimmt Dimensionen an, die gut zur Skyline von New York passen. Wenn sie wüsste, dass das alles nur die halbe Wahrheit ist.

»Es war am Anfang sein Wunsch, es niemandem zu erzählen«, versuche ich mich zu erklären. »*Wirklich* niemandem. Auch wenn ich es dir natürlich sofort sagen wollte.«

»Ich hätte es niemandem verraten.«

»Das weiß ich doch! Aber ich wollte Blakes Vertrauen nicht missbrauchen. Du weißt ja, was er in den letzten Monaten durchgemacht hat.«

Ihre Lippen werden schmaler. »Wie geht es ihm nach dem Tod seines Dads?«

»Es ist verdammt hart für ihn, aber er versucht gerade, zurück ins Leben zu finden. Das ist auch der Grund, wieso ich es dir jetzt erzähle. Wir ... wir wollen es öffentlich machen.«

»Wirklich? So schnell?«

»Er ist sein Versteckspiel der letzten Monate leid und will einen Neuanfang: ausgehen, Spaß haben, leben. Das geht nun mal nicht, ohne dass die Öffentlichkeit davon Wind bekommt.«

Vor allem nicht, nachdem er so lange von der Bildfläche verschwunden war. Das wird zu einem Bumerang.

»Das stimmt allerdings.« Ivy seufzt. »Die Paparazzi werden sich unerbittlich auf ihn stürzen.«

Und ich werde ein entscheidender Teil davon sein.

Ich schätze, ich bekomme erst morgen einen wirklichen Einblick, wie sich das tatsächlich auf mein Leben auswirken wird.

Ivy scheint gerade denselben Gedanken zu haben, denn sie sieht nun sorgenvoll zu mir.

»Sie werden sich auch auf *dich* stürzen. Das weißt du, oder?«

Nun ist es Ivy, die vollkommen ernst wirkt. Angesichts der teils schlechten Erfahrungen, die sie mit aufdringlichen Paparazzi sammeln musste, kann ich es ihr nicht verübeln.

»Ich rechne zumindest damit. Aber ich will das mit Blake, also werde ich versuchen müssen, damit umzugehen.« Ich lächle vorsichtig. »Und auch wenn du bald nicht mehr meine Mitbewohnerin bist, hoffe ich doch sehr, dass du mir im Umgang mit den Paparazzi zur Seite stehen wirst, wann immer es mich ein wenig überfordert?«

»Klar.« Sie rückt näher und legt ihren Kopf auf meine Schulter. »Du kannst dich auf mich verlassen.«

Eine Weile sitzen wir so da. Ich versuche mich derweil an den Gedanken zu gewöhnen, dass Ivy bald nicht mehr hier wohnen wird, aber es gelingt mir nicht. Die Zeiten, in denen diese drei Zimmer in der Lower East Side mein eigenes Reich waren, sind mittlerweile in weite Ferne gerückt. Schon lustig, wie das Leben manchmal spielt. Als es darum ging, dass ich von zu Hause ausziehen wollte, kam eine WG für mich nie infrage. Ich wollte meine eigene Wohnung: meine Leinwände dort ausbreiten, wo ich will, und sie stundenlang trocknen lassen, ohne dass sich jemand daran stört. Ganz lange ein Schaumbad nehmen, ohne dass jemand an die Tür klopft, weil ich das Bad blockiere. Um ein Uhr nachts Serien gucken und Theme Songs mitsingen, ohne jemanden vom Schlafen abzuhalten.

Ich wollte die Wohnung meiner Grandma immer alleine bewohnen und war so aufgeregt deswegen. Und dann kam Ivy in mein Leben gestolpert, mit einer Gitarre und einem Seesack, und hat all diese Pläne durchkreuzt. Und doch hat es die Szenarien, die ich mir ausgemalt habe, mit ihr nie gegeben. Wenn meine Leinwände in der Wohnung herumstehen, sagt sie mir immer nur, wie wunderschön sie die Bilder findet. Wenn ich zu lange bade, bleibt die Tür einfach offen, und Ivy kommt herein, ohne dass es eine von uns stören würde. Wenn ich nachts noch Serien gucke, dann meistens mit ihr neben mir auf der Couch.

»Gott, werde ich dich vermissen«, murmle ich.

»Mach es mir nicht schwerer, als es ist. Ich hasse den Gedanken doch auch ...« Sie seufzt tief. »Aber dafür habt Blake und du dann die Wohnung ganz für euch allein.«

Der Gedanke wäre tröstlich, wenn das mit Blake keine Fake-Nummer wäre.

Ivy hebt ihren Kopf, holt ihr Smartphone aus der Tasche ihres Hoodies und scrollt sich durch Apple Music.

»Dann könnt ihr den ganzen Tag so etwas machen.«

Sie drückt Play.

Blakes Stimme dringt aus den Boxen.

Time bends and stretches,
We lose ourselves in the intensity.
There's only the now,
An endless rhythm, deep and true.

Hitze schießt mir sofort in die Wangen, während ich mir den Songtext von *Tingling Senses* bildlich vorstelle.

Ganz. Dumme. Idee.

And when it's over, we lie in silence.
Our bodies still connected, a quiet aftermath.
Until the need returns again.

Mir liegt auf der Zunge, dass solche Szenen sich in meiner Wohnung definitiv nicht abspielen werden. Vor allem nicht mit Blake. Aber ich verkneife mir jedes einzelne Wort.

Ich hasse es, ihr nicht die volle Wahrheit sagen zu können.

Ein bisschen hasse ich es, dass sich ein kleiner Teil von mir wünschte, jetzt mit meiner besten Freundin hier zu sitzen, Blakes Songs zu hören und wirklich von ihm und unserer Beziehung zu schwärmen. Nicht primär wegen Blake … sondern weil es so lange her ist, dass ich verliebt war. Ich vermisse das Gefühl, und gleichzeitig bin ich froh, es nicht zu erleben, weil Verliebtsein in der Vergangenheit immer mit Schmerz verbunden war. Mit Liebeskummer. Selbstzweifeln.

»Ich hatte ganz vergessen, wie heiß dieser Text ist«, lenke ich ab, weil ich mich lieber einen Moment dem Gefühl hingebe, angeblich einen Freund zu haben, als mich so verletzlich zu fühlen.

Ivy hat ein Foto von Blake aufgerufen.

»Nicht nur der Text ist heiß«, murmelt sie.

Damals, auf einem seiner letzten Konzerte in New York, hatte er noch keine Narben und ein wenig mehr Armmuskeln, die durch sein enges Bühnenoutfit betont wurden. Eine schwarze Lederhose, ein schwarzes Netzshirt, die Haare sind ihm damals schon ein wenig in die Stirn gefallen, und die Augen wurden mit etwas dunklem Kajal betont. Das mochten seine Fans – und ich – wohl immer am liebsten an ihm: Blake ist männlich genug, um sich nicht um gesellschaftliche Normen zu scheren und das zu tragen, was er wollte. So zu leben, wie er es wollte. Dazu dann die sinnliche Art, Gitarre zu spielen. Wenn er auf der Bühne stand, gab es nur ihn. Ähnlich wie bei Ivy rückte seine Band in den Hintergrund. Sie waren nur Beiwerk, Blake der Mittelpunkt des Interesses. Er war der Grund, wieso die vorwiegend weiblichen Fans ausgerastet sind. Er und seine Lieder über Liebe und Leidenschaft … seine dunkle Stimme … die verwegenen Bewegungen an den richtigen Stellen.

»Diesen Kajal sollte er mal wieder tragen«, sage ich grinsend. »Der steht ihm echt gut.«

»Und sonst? Hat er sich verändert?«

Ich mustere noch mal das Bild.

Mal abgesehen von den Narben ist das schelmische Funkeln in seinen Augen nicht mehr da. Das Lächeln nun unechter. Verbitterter. Ich mache mir nichts vor: Der Mann, für den ich geschwärmt habe, ist nun wie ein verblasstes Abziehbild. Kaum noch zu erkennen.

»Er ist ruhiger geworden«, fasse ich meine Gedanken vage zusammen.

»Scheint nicht schwer zu sein.« Ivy scrollt sich durch ein paar Schlagzeilen, die Blake noch letztes Jahr gemacht hat. »Trunkenheit am Steuer, Fahrverbot«, liest sie vor. »Blake mit Joint im Central Park gesichtet. Nimmt Blake Meester Kokain?« Sie sieht erschrocken zu mir. »Das stimmt doch nicht, oder? Nimmt er wirklich Drogen?«

»Hat er«, sage ich ehrlich. Ich will nicht noch eine Lüge zwischen uns aufbauen. »Aber seit dem Brand hat er nichts mehr angerührt. Auch keinen Alkohol.«

»Und da bist du sicher? Er führt schließlich einen Nachtclub. Du hast gesehen, was da jede Nacht über die Theke geht.«

»Ich bin sicher. Er macht regelmäßig Alkohol- und Drogentests. Um sich und dem Label zu beweisen, dass er es ohne diesen Mist schafft.«

»Da bin ich froh.«

Der nächste Song von Blake erklingt. *Find My Peace* – eins meiner Lieblingslieder von ihm.

Every touch, every glance, they tell me I'm not alone.
With you, I've found a place where I can just be.

Kurzerhand singe ich mit, lasse mich fallen in das Lied, bei dem ich früher immer dachte, er habe es für eine seiner Verflossenen geschrieben. Es ist doch seltsam, dass all seine Texte von der Liebe gehandelt haben und er diese nie erfahren hat ... Ich habe ihn immer für absolut romantisch gehalten. Gefühlvoll, authentisch.

Ivy stimmt mit ein, Sekunden später hallt unser Gesang über die Straßen von New York. Er vermischt sich mit der leisen Musik und dem Gelächter, das aus dem *Amber*, einer Bar drei Häuser weiter, kommen muss. Wir singen gegen die vertraute Geräuschkulisse an, gehen voll in Blakes Musik auf – fast wie früher. Es ist mein kleiner Fangirl-Moment, meine kleine Erinnerung daran, an diesem Deal mit einem Rockstar Spaß haben zu dürfen. Ihn zu genießen. Egal, wie herausfordernd die nächste Zeit auch sein wird, wenn die ganze Welt von mir und ihm erfährt.

KAPITEL 12

THE STRANGE IN THE FAMILIAR

Blake

Wenn ich in den letzten Monaten das Haus verlassen habe, dann war ich immer inkognito unterwegs, stets hinter den getönten Scheiben eines Wagens verborgen. Esteban hatte Anweisungen, Tiefgaragen, Hintereingänge und Parkhäuser anzufahren. Wenn ich doch mal direkt durch die Vordertür gehen musste, hatte ich mich mit Sonnenbrille und Kapuze getarnt.

Am Anfang dachte ich, diese Strategien wären nur notwendig, um Fotos meiner Narben zu vermeiden, aber das ist nur die halbe Wahrheit. Es wäre wesentlich einfacher, wenn die Fotojäger wirklich nur stumm ihre Bilder machen würden. Doch die Realität besteht aus Videos, die dann im Internet landen und auf denen die Paparazzi Fragen stellen, als wären wir alte Kumpels.

Blake, wie geht es dir?

Blake, wieso bist du abgetaucht?

Blake, warum hast du dich nach dem Tod deines Dads nie an deine Fans gewandt?

Und ich werde darauf nicht antworten können.

Auch heute nicht.

Die Narbe an meinem Arm ist durch einen Pulli verdeckt, und auf meinem Kopf trage ich eine Cap, die mich im besten Fall von Blicken abschirmen kann. Ich verzichte jedoch auf die

Sonnenbrille, damit mich die Leute trotzdem erkennen. Anders als die letzten Monate will ich diesmal gesehen werden. Auch wenn *wollen* ein sehr dehnbarer Begriff ist.

Lennon sitzt neben mir im Wagen und ist ungewöhnlich still. Sie knibbelt an ihren Fingernägeln, an denen nur noch ein paar pinke Nagellackreste kleben. Am Daumen entdecke ich einen Klecks gelbe Farbe, als habe sie eben noch versucht, ihre Gedanken in einem Gemälde zu verewigen.

»Bist du nervös?«, versuche ich es mit einem Gespräch.

Mein Leben lang waren die Paparazzi Teil meines Lebens, ich habe gar nicht darüber nachgedacht, wie es sich für Lennon anfühlen muss, gleich das erste Mal mit ihnen konfrontiert zu werden.

»Viel mehr, als ich dachte«, murmelt sie.

Sofort schießt mir durch den Kopf, dass dies hier ein Grund mehr ist, wieso Lennon nicht die Richtige für den Job ist. Sie hat keine Ahnung, worauf sie sich eingelassen hat. Sie kann mir vielleicht dabei helfen, die Fragen der Medien auf meine neue Freundin zu lenken und somit Themen wie meinen Dad zu umgehen, aber die Angst, die mich die ganze Nacht lang wach gehalten hat, kann sie mir nicht nehmen, weil sie selber voller Furcht ist.

Da *ich* immerhin weiß, was uns gleich erwartet, muss ich dann wohl für sie da sein – nicht umgekehrt. Zumindest für den Anfang, die erste Zurschaustellung unserer vermeintlichen Beziehung. Denn wenn Lennon jetzt die Nerven verliert, können wir es gleich sein lassen. Kurz ein verlockender Gedanke. Es fühlt sich einfacher an, es gar nicht erst zu versuchen. Aber ich weiß, dass dieses Gefühl nicht anhalten würde. Irgendwann würde ich es bereuen.

»Das wird schon«, versuche ich es mit Motivationssprüchen, die ich selbst eigentlich hasse.

Lennon nickt, aber es wirkt nicht ganz aufrichtig.

»Danach wird es nie mehr, wie es mal war«, flüstert sie fast. »Danach werden alle wissen, wer ich bin. Oder sie werden es zumindest herausfinden. Dann bin ich eine Person des öffentlichen Lebens.«

Reale Ängste, die ich ihr nicht nehmen kann.

»Ich fürchte, das wird passieren. Wenn du das hier alles doch nicht willst und einen Rückzieher machen möchtest, dann wäre es noch nicht zu spät. Dann wäre jetzt ein geeigneter Augenblick.«

»Das könnte dir so passen.« Ihr Lächeln wirkt ein wenig zittrig. »Dann hättest du schließlich auch die perfekte Ausrede, um dich wieder zu Hause zu verkriechen.«

»Erwischt.«

Lennon schüttelt energisch den Kopf. »Wir ziehen das zusammen durch. Egal wie beängstigend der Gedanke auch ist. Ich bin nämlich niemand, der aufgibt.«

Das war ich früher auch nicht …

»Sollen wir dann?«, frage ich.

»Los geht's«, erwidert Lennon.

Ich öffne die Wagentür, meine Turnschuhe berühren den Asphalt. Es fühlt sich bedeutend an. Dann reiche ich Lennon meine Hand und helfe ihr aus dem Wagen. Sie schließt die Tür. Esteban reiht sich wieder in den Verkehr ein, und Lennon und ich stehen da, Hand in Hand, mitten in der Upper East Side. Jetzt sind wir auf uns gestellt. Jetzt geht das Spiel los.

Wir stehen vor dem Schaufenster eines Schuhgeschäfts. Der neueste Sneaker wird mit einem großen Plakat in Szene gesetzt. Im Spiegelbild sehe ich mich selbst, der Anblick macht mir Angst. Es ist so verflucht lange her, dass ich ohne Schutz durch die Straßen New Yorks gegangen bin. Noch achtet niemand auf uns, die meisten Leute blicken auf ihre Smartphones oder telefonieren. Selbst die Schaufenster bekommen nur flüchtige Beachtung. Die Menschen, die unseren Weg kreuzen, sind nicht zum Shoppen in der Upper East Side, sondern verbringen dort nur eine schnelle Mittagspause, in der sie von Termin zu Termin oder zu einem der vielen Cafés und Restaurants huschen. Aber das Desinteresse an Lennon und mir wird sich ein paar Straßen weiter ändern. Scott sollte vor einer halben Stunde einen Tipp an die Presse abgegeben haben, dass Blake Meester mit Begleitung in der Upper East Side an der Ecke 3rd Ave unterwegs ist – anonym, versteht sich. Wir sind eine Straße entfernt, immerhin ist der Tipp dreißig Minuten alt, aber sie werden in der Nähe sein und nach uns Ausschau halten.

Lennon sieht sich unsicher um, als würde ihr gerade der gleiche Gedanke durch den Kopf gehen. Hat uns einmal jemand entdeckt, Paparazzi oder Fans, sind die anderen auch nicht weit.

»Wir sind einfach zwei Leute, die durch die Straßen New Yorks spazieren«, sage ich leise. »Wir verhalten uns ganz natürlich, egal, was uns gleich erwartet.«

»Okay.« Sie strafft ihre Schultern und richtet ihre Haare, die sie heute offen trägt.

Wir haben uns für einen Alltagslook entschieden, also umspielt ein langer, olivfarbener Rock ihre Hüften. Dazu trägt sie ein schwarzes, langärmliges Shirt mit Blumenmuster, das den Blick auf ihr Schlüsselbein freigibt.

Hand in Hand schlendern wir durch die Straßen. Unser Ziel ist ein Laden auf der 3rd Ave. Ein paar Mal habe ich das Gefühl, dass Leute uns mustern, aber ob sie mich erkennen, kann ich nicht sagen. Eigentlich ist es ein ungeschriebenes Gesetz, dass die Stars, die in New York gesichtet werden, von ihren Fans verschont bleiben, aber nicht jeder hält sich daran. Gerade die jüngeren Fans können sich nur schwer zurückhalten.

Mein Glück ist nicht nur meine Cap, die ein wenig von meinem Gesicht verdeckt, sondern auch die Tatsache, dass ich so lange nicht mehr in der Öffentlichkeit unterwegs war. Die Menschen, die glauben mich zu erkennen, denken wohl doch eher an eine Verwechslung. Spätestens morgen werde ich diesen Bonus nicht mehr haben. Dann werden alle die Fotos sehen und die Gewissheit haben, dass ich mich wieder zeige, und dann werden sie viel bewusster durch die Straßen laufen und darauf spekulieren, mich irgendwo zu entdecken.

Wir biegen nach rechts und steuern einen Cookie Store an. Erst achtet niemand darauf, dass sich zwei neue Kunden in die lange Warteschlange vor dem Laden stellen. Diese Cookie Stores sind der totale Hype, zeitweise steht man bis zu zwei Stunden an, um einen der Kekse zu ergattern. Der Laden ist das perfekte Beispiel für gute Marketingstrategien: Zaubere wöchentlich wechselnde Special Editions, damit die Leute Angst haben, neue Kreationen zu verpassen, und sie werden motiviert sein, sie während Mukbangs und ASMR-Videos im Internet zu präsentieren.

Würde ich den Mitarbeitenden sagen, dass Lennon und ich dort etwas kaufen wollen, könnten wir sicher die Schlange umgehen und kämen sofort dran, aber das Warten spielt unserem Plan in die Karten. Je länger wir hier stehen, desto eher werden wir entdeckt.

»Weißt du schon, welche Cookies du willst?«, fragt Lennon.

Ich bin froh, dass sie die Stille zwischen uns durchbricht. Unsere Finger sind ineinander verhakt und erinnern daran, dass wir hier gerade dabei sind, eine Show abzuziehen, die bald von der ganzen Welt gesehen wird.

»Ich hoffe, sie haben diese Pistazien-Cookies da. Scott hat mir schon mal einen davon mitgebracht, der war unglaublich gut.«

»Blake Meester steht also auf Pistazien?«

Im selben Moment höre ich ein Raunen, direkt hinter uns.

»O mein Gott«, murmelt ein Mädchen in der Schlange.

Ich weiß sofort, dass sie meinen Namen aus Lennons Mund gehört hat, denn sie starrt mich mit großen Augen an.

»Du bist es«, murmelt sie, dann gibt sie plötzlich ein Kreischen von sich. »Du bist wirklich hier!«

Sie spricht so laut, dass nun auch andere zu uns sehen. Manche haben nur einen genervten Blick für uns übrig, aber in einigen anderen Gesichtern gibt es Zeichen des Erkennens.

»Darf ich ein Foto machen?«, fragt das Mädchen. Sie ist sicher noch nicht volljährig. »Oder machst du keine Fotos mehr?«

Innerlich versteife ich mich kurz, denn ihre Frage katapultiert mich in Lichtgeschwindigkeit zurück zu meinen Problemen und der Tatsache, dass ich gerade wirklich dabei bin, mich wieder zu zeigen. Mein Magen fühlt sich schwer an, während ihre Frage in meinem Kopf echot und ich beginne, dieses ganze Unterfangen wieder infrage zu stellen.

»Wir können gerne ein Foto machen«, erwidere ich trotzdem, weil für Zweifel kein Platz ist.

Lennon lässt meine Hand los, damit das Mädchen neben mich treten und ein Selfie mit mir machen kann. Ich bin jetzt wohl wirklich offiziell aus meinem Kellerloch gekrochen und wieder ins Licht getreten. Es ist noch ein wenig grell.

Für die nächsten Minuten bin ich auf mich allein gestellt, während mehrere Leute mich um Fotos bitten. Sollte auch nur ein Bruchteil dieser Menschen die Bilder im Internet posten, wäre mir zumindest schon mal die Aufmerksamkeit meiner Community sicher. Im besten Fall würde das auch einen positiven Eindruck beim Vorstand hinterlassen.

»Danke euch«, sage ich in die Runde. »Aber ich denke, das reicht für heute an Fotos. Ich bin eigentlich nur hier, um meiner Freundin die Cookies schmackhaft zu machen.«

Ich habe es gesagt. *Meine Freundin.*

Lennon lächelt unsicher, alle Blicke richten sich auf sie.

»Kann ich noch ein Foto zu dritt haben?«, fragt das Mädchen, das mich erkannt hat.

»Lennon?«, frage ich und halte ihr meine Hand hin, damit sie sie wieder nimmt. »Was meinst du?«

»Ja, das wäre in Ordnung.«

Das Mädchen tritt wieder neben mich, erneut posen wir für die Kamera. Vorher habe ich mich zu ihr gewandt, nun gilt meine volle Aufmerksamkeit Lennon. Mein Arm liegt um ihre Hüfte, ich spüre das sanfte Zittern ihres Körpers, aber nach außen lässt sie sich nichts anmerken.

Als wir uns wieder lösen, ist ein Mitarbeiter des Ladens auf die Straße getreten und kommt auf uns zu.

»Blake Meester?«, spricht er mich an. Alles an ihm strotzt vor Ernsthaftigkeit, fehlt nur noch ein Knicks. »Wir haben gehört, dass Sie hier draußen warten.«

»Wir hatten gehofft, ein paar Cookies probieren zu können?«

»Selbstverständlich. Sie und Ihre Begleitung können gerne hereinkommen und sich von unserer Auswahl inspirieren lassen.«

»Das ist sehr freundlich.«

Hand in Hand folgen wir dem Mitarbeiter hinein in den Laden. Niemand beschwert sich, obwohl wir eindeutig bevorzugt werden. Dafür sehe ich einige Smartphones, die auf uns gerichtet sind.

Im Store riecht es ganz wundervoll nach warmen Cookies. Die letzten Kunden haben gerade den Laden verlassen, und so sind Lennon und ich die einzigen, die vor der Vitrine stehen. Jeder Cookie, der diese Woche angeboten wird, liegt hier zur Ansicht bereit. Angerichtet wird er dann frisch vor Ort.

Die Mitarbeitenden stehen alle bereit und tippeln aufgeregt hin und her, während Lennon und ich uns umsehen.

»Meinen Sie, wir dürfen für Social Media mitfilmen?«, fragt der Mann, der uns eben aus der Schlange gezogen hat.

Ich sage nur zu, weil es unserem Plan dienlich ist.

Die Kamera hält also drauf, während wir uns für eine große Box entscheiden. Im Wechsel bestimmen Lennon und ich, welche Cookies wir gerne hätten. Zu guter Letzt folgen wir einer Empfehlung der Verkäuferin, und die Box ist voll.

Lennon schielt einmal unauffällig zu der Kamera, aber ich lächle ihr verhalten zu und versuche, ihr ein wenig Ruhe zu vermitteln. Wir machen das hier gut, wir können uns also entspannen. Selbst wenn die Paparazzi nicht mehr kommen sollten, haben wir genug Spuren hinterlassen, die es definitiv ins Internet und damit automatisch in die Presse schaffen werden. Vielleicht ist es auch angenehmer, den ersten Schritt nur mit Fans zu machen, denn die stellen mir wenigstens keine grenzwertigen Fragen, bei denen ich die Fassung verlieren könnte.

Doch meine Gedankenkonstrukte fallen in sich zusammen, als wir aus dem Laden treten. Kameras klicken, sobald die Tür aufschwingt.

Lennon drückt nervös meine Hand, ich übernehme das Ruder, einfach weil wir keine andere Wahl haben. Ich muss mich nun in den Funken Vertrautheit, der von dem Klicken der Kameras ausgeht, hineinfallen lassen.

»Blake! Wie geht es dir?«, fragt einer der Männer, genau wie ich es erwartet habe. »Wir haben dich vermisst.«

»Wie geht es dir nach dem Brand?«, fragt nun ein anderer.

»Du hast auf Social Media gepostet und bist nun hier – heißt das, du bereitest ein Comeback vor?«

Jede Frage, ob erwartet oder nicht, ist ein Stich in mein Herz, und auf keine dieser Fragen werde ich antworten. Dafür sind wir nicht hier.

»Ist das deine Freundin?«

Endlich eine Frage, die mir gefällt.

»Für Lennon ist das alles neu«, lasse ich ihren Namen fallen. »Also haltet ein bisschen Abstand, okay?«

Ich weiß sofort, dass sie meiner Bitte nicht nachkommen werden. Nicht alle zumindest. Das hier ist die Jagd nach *dem* Bild, und jeder will dabei in der ersten Reihe stehen, um möglichst viel Geld damit zu machen. Sie dürfen nichts verpassen – keinen Blick, keine Geste, kein Wort.

Mein Daumen streicht über Lennons Handrücken. Eine willkürlich wirkende Geste, in diesem Moment aber reine Kalkulation für die Videos.

Alles verlernt man eben doch nicht.

»Hat Lennon dir geholfen, über den Verlust deines Vaters hinwegzukommen?«, fragt nun jemand.

Ich will darüber triumphieren, dass sie sich Lennons Namen bereits eingeprägt haben, aber die Frage bohrt Eiszapfen durch mein Herz. Die Cookie-Box unter meinem Arm zittert.

»Lass uns von hier verschwinden«, flüstere ich Lennon zu. »Ich kenne da einen guten Platz, um die Cookies zu essen.«

Wir gehen an dem Strom von Paparazzi vorbei. Einige davon werden zufrieden nach Hause gehen und dafür sorgen, dass sie ihre Fotos und Videos als Erstes anbieten, um den bestmöglichen Preis herauszuschlagen. Andere werden sich wie Schatten an uns heften und hoffen, noch ein Foto zu ergattern, das die Konkurrenz nicht bekommen hat, damit auch dort die Kasse klingelt.

Wie kann sich etwas so alltäglich und doch absolut überfordernd anfühlen?

KAPITEL 13

THE SMELL OF WARM COOKIES

Lennon

Mein Dad sagt immer, dass es ihn nicht wundert, dass ich Künstlerin geworden bin, weil ich eine ganz eigene Art habe, die Welt wahrzunehmen. Meine Gedanken sind immer voll. Von der Buntheit des Lebens, von Farben und Formen, von Eindrücken und Erlebnissen. Erst wenn ich male, komme ich wieder zur Ruhe und finde ein Ventil für all die Reize, die in New York schnell mal überhandnehmen. Gerade deswegen könnte ich mir wohl nie vorstellen, die Großstadt zu verlassen, denn diese Stadt atmet regelrecht, und somit bleibt auch meine Kunst lebendig.

Seltsamerweise ist mein Kopf zum ersten Mal seit Jahren leer, während Blake und ich mit unserem Karton voller Cookies den Central Park betreten und wir immer noch von einer Handvoll Paparazzi verfolgt werden.

»Sollen wir uns dahinten auf die Bank setzen?« Blake deutet auf einen freien Platz unter einem der Bäume.

Mein Körper entspannt sich in dem Moment, in dem ich das Holz unter mir spüre. Ich kann nur hoffen, dass nun auch meine restlichen Systeme wieder hochfahren und ich mich gleich wieder mehr wie ich selbst fühle.

Die Paparazzi haben sich um uns herum versammelt und machen weitere Fotos, aber diesmal halten sie immerhin einen gewissen Abstand. Es führt jedoch dazu, dass auch andere Parkbesucher sich neugierig zu uns umdrehen. Einige davon zücken ihre Smartphones. Alle Augen sind auf uns gerichtet.

Das alles überfordert mich. Ich spüre es tief in meinem rumorenden Magen. Einerseits will ich schleunigst von hier verschwinden, andererseits freue ich mich auf die Cookies. Es ist nur ganz anders als die Situationen, in denen ich schon mit Ivy abgelichtet wurde. Vielleicht, weil es da weniger Kameras waren, die uns gefolgt sind. Vielleicht auch einfach nur, weil nicht ich im Fokus stand, sondern Ivy. Nun kann ich nur noch daran denken, dass Blake und ich verliebt aussehen müssen, um zu überzeugen, und mein vermutlich verschreckter Gesichtsausdruck hilft sicher nicht dabei.

Plötzlich beugt sich Blake dicht zu mir. Sein Atem kitzelt mich und löst eine Gänsehaut aus.

»Entspann dich. Du machst das gut.«

»Nicht so gut wie du«, gebe ich leise zurück.

»Jahrelange Übung. Ich dachte, ich hätte es verlernt, aber es ist wohl wie Fahrrad fahren.«

Trotzdem höre ich den dunklen Unterton.

»Dann hast du so was wirklich schon als Kind erlebt?«

Schwer vorzustellen, wie eine zarte Kinderseele solch eine Aufmerksamkeit verarbeiten soll.

»Ich würde dir ja gerne sagen, dass sie bei Kindern weniger aufdringlich sein können ... aber das wäre gelogen.«

Ich verziehe das Gesicht.

»Lass uns die Cookies probieren«, sage ich, hauptsächlich um mich abzulenken.

Blake holt den Karton, den er neben sich auf der Bank abgestellt hatte. Der Duft der warmen Kekse weht zu mir hinüber. Es hat etwas sehr Tröstendes.

»Welchen zuerst?«, frage ich.

»Pistazie natürlich.«

Er holt den entsprechenden Cookie aus der Box und teilt ihn in zwei Hälften, dann nehmen wir beide einen Bissen davon.

Blake hatte recht damit, diesen Keks zu hypen. Die Pistaziencreme darauf ist ein absoluter Traum.

Genüsslich schließe ich die Augen und versuche für einen Augenblick, alles andere um mich herum zu vergessen. Da sind nur die raschelnden Blätter des Central Parks, die Geräusche und Gespräche der Menschen und der Duft von Pistazie und warmer Butter.

Und Blakes Hand, die lässig auf meinem Bein liegt.

Wir sind uns viel zu nah, geben vermutlich das perfekte Fotomotiv ab. Unsere Körper berühren sich an den Schultern, den Beinen, sein Daumen streift über den dünnen Stoff meines Rocks. Immer wieder muss ich meinen Herzschlag daran erinnern, dass das alles hier nur Show ist. Das Klicken der Kameras hilft mir dabei.

»Hier, probiere mal den.«

Blake reicht mir einen Cookie mit Blueberry-Cream-Cheese-Füllung. Etwas davon bleibt an meiner Oberlippe haften. Blake handelt instinktiv und wischt es mir mit dem Daumen fort. Sein Blick ist wie Honig und verursacht mir so weiche Knie, dass ich froh um die Sitzgelegenheit bin. Zu gerne würde ich in diesem Blick vergehen. Blicke, die ich von früher kenne. Aus Interviews, auf Bildern mit anderen Frauen. *Beziehungen, die nie echt waren*, erinnere ich mich. *Genau wie diese.*

Er ist also wirklich ein guter Schauspieler. Selbst ich könnte glatt darauf reinfallen. Vor allem, als er seine Hand an mein Kinn legt und mich so dazu bringt, ihn anzusehen. Sein Gesichtsausdruck ist wärmer, als ich es gewohnt bin. Intensiv und einnehmend. Mein Herz rast, während mein restlicher Körper in eine Schockstarre verfällt. In meinem Kopf geistert einer von Blakes Songtexten herum.

Your eyes, a reflection of dreams and desires. A fleeting moment to show who you are.

»Ich denke, sie haben langsam genug Fotos«, flüstert er. Seine Worte sind weich, trotzdem treffen sie mich mit voller Härte und bringen mich zurück in die Gegenwart. Die Menge der Paparazzi hat sich reduziert, nur noch vereinzelte Kameras sind auf uns gerichtet. Blake lässt mein Kinn los und greift nach dem letzten Cookie in der Box.

Keine Ahnung, wie ich mich kurz in diesem Augenblick verlieren konnte, wenn ich doch weiß, dass das hier nur Show ist. Nichts weiter.

Wir teilen uns auch diesen Cookie. Diesmal kommen wir uns dabei nicht näher, auch wenn wir trotzdem dicht beieinander sitzen bleiben. Danach räumen wir zusammen und rufen Esteban an. Auf dem Weg zum Wagen halten wir wieder Händchen, die letzten Paparazzi folgen uns.

»Blake«, spricht ihn einer davon an. »Wieso hast du dich nach dem Brand nicht bei deinen Fans gemeldet? Und hast du ihnen jetzt etwas zu sagen?«

Blake antwortet nicht.

»Wieso warst du nicht auf der Beerdigung deines Vaters?«

Blakes Blick ist stur geradeaus gerichtet, aber er zerquetscht mir fast die Hand.

Der Mercedes-Benz steht bereit und rettet ihn aus der Situation. Die Paparazzi verschwinden hinter den getönten Scheiben, und wir lassen alles zurück: die Kameras, den Druck, die gespielte Zweisamkeit.

Die erste Bewährungsprobe ist geschafft, aber statt Siegesstimmung herrscht nachdenkliches Schweigen. Blake sagt keinen Ton, sein Kiefer mahlt.

»Geht es dir gut?«, frage ich vorsichtig.

Die letzte Frage zu der Beerdigung seines Vaters scheint mit uns im Auto zu schweben und die Luft zu verdicken.

Ich überlege kurz, dann lege ich meine Hand auf seine. Nachdem wir uns eben so nah waren, scheint es mir eine passende Geste zu sein, aber Blake entzieht sich mir.

»Nicht«, zischt er. »Ich … ich brauche einen Moment.«

Ich erstarre innerlich, beiße mir auf die Unterlippe. Das ist der Blake, den ich nicht mag. Der, der herablassend über mich und mein Hilfsangebot geredet hat und es scheinbar nicht zu schätzen weiß. Aber ich darf mir diese Abfuhr trotzdem nicht zu Herzen nehmen. Immerhin ist mir nicht entgangen, wie kraftlos seine Stimme wieder klingt. Da ist keine Wärme mehr, keine Zuversicht. Das alles hier ist schwer für ihn. Vielleicht schwerer, als ich vermutet hatte. Gerade wirkt er, als habe es ihn sämtliche Energie gekostet, sich für diese zwei Stunden unseres Ausflugs zusammenzureißen.

Ich lege meine Hände in den Schoß und starre auf die Rückseite des Vordersitzes. Keiner von uns sagt etwas, aber Spannung liegt in der Luft. Der Moment hallt nach, ob wir wollen oder nicht.

»Entschuldigung«, murmelt er irgendwann.

»Es ist okay. Es war ein aufregender Vormittag.«

Für uns beide.

Blake sucht meinen Blick und nickt mir dankend zu. Dann sieht er wieder aus dem Fenster. Zu den Wolkenkratzern und Autos, zu Menschen in Anzügen und Touristen, die für Fotos posieren.

»Hoffen wir, dass es sich gelohnt hat und die Presse uns diese Beziehung abkauft«, sagt er schläfrig. »Dann können wir am Wochenende im Hotel den nächsten Schritt machen.«

Das Hotel.

Der Gedanke daran, offiziell Blakes Familie kennenzulernen und damit die Kooperation mit dem *Manhattan Meester Hotel* eingehen zu können, schlägt sich wie wärmende Sonnenstrahlen durch die düstere, müde Stimmung im Wagen. Es ist die

Erinnerung daran, wieso ich dieses Theaterstück spiele, dessen Text mich zwischenzeitlich durcheinandergebracht hat.

Blake sinkt tiefer in seinen Sitz und schließt die Augen.

Mir entgeht nicht Estebans besorgter Blick über den Rückspiegel, aber er sagt nichts. Niemand sagt etwas. Wir fahren einfach durch den dichten Verkehr New Yorks.

Als der Wagen endlich vor meiner Haustür hält, ist Blake eingeschlafen. Esteban ist ausgestiegen und hält mir die Tür auf.

»Danke, dass Sie das für ihn machen«, flüstert er mir zu.

Die mitschwingende Wärme erinnert mich an meinen Dad, wenn er das Gefühl hat, ich würde mich mit meinen Kursen übernehmen.

»Ich hoffe, er vergrault Sie nicht. Denn er braucht Sie wirklich. Mehr, als Sie sich vorstellen können.«

Ein letztes Mal sehe ich zu Blake. Sein Kopf ist zur Seite gekippt, sodass seine Haare nun nicht mehr an der Stirn anliegen und seine Narbe durchschimmert. Er wirkt gerade so klein und verletzlich. Ganz anders als der Star, dem früher die ganze Welt zu Füßen lag.

»Keine Sorge, so schnell lasse ich mich nicht verschrecken.«

Blake Meester ist zurück und schwer verliebt

Fast neun Monate ist es her, seit Rockstar Blake Meester nach einem Brand im Haus seines Vaters abgetaucht ist. Nach abgesagten Konzerten, einem stillgelegten zweiten Album und einem fehlenden Statement zum tragischen Tod von Corey Meester hatten viele Fans bereits die Hoffnung aufgegeben, etwas von ihrem Lieblingssänger zu hören.
Doch nun zeigte sich Blake das erste Mal wieder in der Öffentlichkeit – und er war nicht allein. Während seine Fans sich monatelang Sorgen um ihn gemacht haben, hat er sich offenbar verliebt. Lennon Chambers (22) wurde mit ihm in Manhattan gesehen. Zwischen der Tochter von Daniel Chambers, dem Besitzer des *Silverside*, und dem Sänger ging es heiß her: tiefe Blicke, zärtliche Berührungen, ein Prickeln in der Luft. Seinen Fans gegenüber, mit denen er sofort ein paar Fotos machte, sprach Blake von »seiner Freundin«, es scheint also ernst mit den beiden zu sein.
Bedeutet das nun endlich ein Comeback? Meesters Label äußerte sich auf unsere Nachfrage hin noch nicht zu Plänen, seine Musikkarriere wiederaufleben zu lassen. Vermutlich ist es kein Zufall, dass er sich auch wieder auf seinem Social-Media-Profil gezeigt hat. Doch während einige Fans ungeduldig auf neue Musik von ihrem Lieblingsstar warten, sind sich andere sicher, dass er nicht an die alten Erfolge anknüpfen kann.
Sollte Blake ein Comeback planen, wird er sich erklären müssen – denn sonst verzeihen ihm die Fans vielleicht nicht, dass er offenbar Zeit für die Liebe, aber nicht für ein paar beruhigende Worte an seine treuen Anhänger hat.

KAPITEL 14

THE SCREAM INSIDE ME

Blake

Das erste abgedruckte Bild von mir gab es kurz nach meiner Geburt. Damals hat man sich noch wenig Gedanken um Persönlichkeitsrechte gemacht, also wurde meine Mom belagert. Die Paparazzi filmten in den Kinderwagen, zoomten in den Kindersitz im Auto. Alle wollten wissen, wie das Kind aussieht, das aus einem One-Night-Stand zwischen Fan und Rockstar entstanden ist, um sich zu vergewissern, dass Corey *wirklich* mein Dad ist. Es gab Internetforen, die mein Gesicht mit dem meines Dads verglichen haben. Betrügerinnen gab es in der Promiwelt immerhin zuhauf, die Leute waren skeptisch. Dad hingegen war es nie. Er hat mir immer gesagt, dass dieser One-Night-Stand etwas Magisches hatte, und ich war das Produkt davon. Kitschig ... und schmerzvoll, wenn ich daran denke, wie sich später alles zwischen uns entwickelt hat.

Er hat meiner Mom damals versprochen, für mich da zu sein, und in den entscheidenden Minuten, als ich zwischen den lodernden Flammen eingepfercht war und vor lauter Rauch die Tür nicht gefunden habe, hat er dieses Versprechen gehalten. Aber als Teenager hat sich sein Versprechen noch wie eine Lüge angefühlt, denn einen Rockstar als Vater zu haben, bringt Geld, Ruhm, Privilegien ... und Einsamkeit.

Wenn Mom mich in den Schlaf gesungen hat, stand Dad auf der Bühne. Wenn ich zur Schule gegangen bin, hat er noch seinen Rausch ausgeschlafen oder war auf einem anderen Kontinent. Einige der Paparazzi habe ich in meiner Kindheit öfter gesehen als ihn.

Mom mochte diesen Rummel nie und hat händeringend versucht, ihn von mir fernzuhalten. Erst wegen der aufdringlichen Presse, später, weil ich von dieser Aufmerksamkeit angezogen war wie die Motte vom Licht. Als ich beschloss, es meinem Vater gleichzutun und Musiker zu werden, hat das einen Keil zwischen Mom und mich getrieben. Sie konnte nicht verstehen, wieso mich Dads Leben so faszinierte, wohingegen sie sich Normalität für mich wünschte. Dabei gab es diese Normalität nie.

Ich bin damit groß geworden, immer wieder neue Artikel über mich und mein Leben in der Zeitung zu finden, wurde in allen Höhen und Tiefen meines Lebens abgelichtet. Mom, die New York eher meidet und stattdessen ein ruhigeres Leben in Florida bevorzugt, hatte es leichter, dem öffentlichen Interesse zu entkommen, weil sie nicht schon als Kind davon verfolgt wurde. Wie oft habe ich mir als Jugendlicher die Schlagzeilen über mich und Dad durchgelesen ... ich war regelrecht süchtig danach.

Aber noch nie war ich deswegen so nervös wie heute.

Ich nehme einen Schluck Kaffee, um meine Nerven zu beruhigen, dann schalte ich mein iPhone endlich aus dem Flugmodus, um zu sehen, was unser gestriger Auftritt für Auswirkungen hat.

Sofort prasseln Hunderte Benachrichtigungen auf mich ein. Private Nachrichten von meiner Mom, Onkel Roman und meiner Tante Lucy, die mich zu Lennon und mir befragen. Seit Dads Tod schreibt meine Mom mir ab und zu wieder. Zur Beerdigung kam sie nach New York und hat mich im Krankenhaus besucht. Sie hat sich gewünscht, unsere Streitigkeiten hinter uns zu lassen, und mir angeboten, zu ihr zu ziehen. Aber der Gedanke, New York zu verlassen, schien mir nicht nur unmöglich, sondern kam einer Niederlage gleich. In Bezug auf mein Erbe wie auch auf meine Musikkarriere, die nun mal hier ihren Ursprung hat. Hier ist mein Management, hier sind mein Label und alle Menschen, mit denen ich in den Jahren zuvor so eng zusammengearbeitet und meine Erfolge gefeiert habe. Aber selbst wenn das alles mich nicht in Manhattan halten würde, weiß ich nicht, ob ich nach Florida ziehen würde, denn Mom und ich sind uns zu fremd geworden ... Sie hat mich nie richtig verstanden. Sie kann nicht nachvollziehen, welchen Sog die Musik auf mich ausübt. Und ihr in die Augen zu schauen, fällt mir schwer. Sie weiß nicht viel von dem Abend des Feuers, und ich fürchte mich vor dem Moment, in dem sie erfährt, dass ich schuld daran bin.

Mom hat mir immer gesagt, dass Dad nur ein Flirt für sie war, aber ich weiß es besser, denn es gab nie jemand anderen in ihrem Leben. Sie hatte nie Dates, keinen festen Partner an ihrer Seite. Ich denke, insgeheim hatte sie immer die Vorstellung, wir würden doch eine richtige Familie werden – mit einem Mann, der nur ab und zu auf Reisen ist, glücklich bis an unser Lebensende. Aber Dads große Liebe war die Arbeit. Die Musik und der Club. Für mehr war kein Platz.

Fürs Erste drücke ich alle Nachrichten weg, auch wenn ich sie bald beantworten muss. Wenn ich wirklich in einer glücklichen Beziehung mit Lennon wäre, würde ich es allen erzählen wollen, richtig? Ich würde allen sagen, wie toll sie ist und wie vollkommen ich mich fühle.

Ich verschiebe es jedoch auf später, weil ich erst wissen muss, was die Presse aus unserem Ausflug gemacht hat.

Es gibt bereits einige Mails zu Interviewanfragen. Scott hat mir geschrieben, dass sein Telefon heißläuft. Was auch immer abgedruckt wurde, erzielt zumindest schon mal den gewünschten Effekt. Er wird jedoch noch alle Interviewanfragen abschmettern. Unsere Geschichte sparen wir uns für die offiziellen Veranstaltungen auf, wenn die Presse anwesend sein wird.

Die ersten Bilder, die mir entgegenspringen, sind Fotos aus dem Park. Lennon und ich sehen uns an, wirken vertraut. Waren wir uns wirklich so nah? Es scheint ein gewisser Zauber zwischen uns zu liegen. Auf einigen Fotos streiche ich ihr Creme von der Lippe, auf anderen lächeln wir uns an. Würde ich die Bilder nicht schwarz auf weiß vor mir sehen, hätte ich sie nicht geglaubt, denn all diese Momente sind in meinem Kopf verschwommen. Da sind nur unendliche Müdigkeit und das Wissen, es überstanden zu haben.

Blake Meester ist mit einer Frau an seiner Seite zurück. Bricht er nun endlich sein Schweigen?

Ich ertrage es nicht, den ganzen Artikel zu lesen, also scrolle ich mich weiter durch die Fotos und Schlagzeilen. Bilder, auf denen wir den Laden verlassen. Auf der Bank sitzen, uns mit Cookies füttern, reden und lachen.

Ich erkenne den Mann auf den Fotos nicht wieder. Er muss ein besserer Schauspieler sein, als ich dachte.

Sänger Blake Meester zeigt öffentlich seine Narben.

Ich kann nicht atmen, während ich den kurzen Artikel überfliege. Mir war gar nicht klar, dass der Ärmel meines Sweatshirts etwas nach oben gerutscht ist. Hitze schießt durch meine Adern, gleichzeitig fröstle ich. Meine harte Schale, die ich mir in all den Jahren antrainiert habe, ist mit den Flammen geschmolzen.

Mein Wohnzimmer verschwimmt vor meinen Augen und wird zu übermannender Hitze, zu panischen Schreien.

Sie haben sich in meine Seele gefressen und können nun beliebig oft dort abgespielt werden.

Die Schreie meines Dads sind jetzt ein Teil von mir, genau wie unser Streit ein paar Stunden zuvor. Unsere hasserfüllten Worte sind das Einzige, was die Schreie manchmal noch übertönen kann. Sie zwingen mich in die Knie.

»*Ich hasse dich, Dad. Ist es das, was du hören willst? Ich. Hasse. Dich! Und jetzt hau ab und lass mich in Ruhe!*«

Worte sind Waffen, einmal eingesetzt, lassen sie sich nicht mehr zurücknehmen. Ein Schuss, ein Treffer, Tod.

Könnte ich nur die Zeit zurückdrehen. Ein paar Jahre, um ein besserer Sohn zu sein. Ein paar Stunden, um diesen Streit mit Dad aufzuhalten und ihm stattdessen zu sagen, dass er immer mein Idol war. Mein unerreichbarer Held, dem ich doch einfach nur gefallen wollte.

Mein Blick sucht das einzige Bild von Dad, das sich in dieser Wohnung befindet. Die meisten Fotos hängen im *Serpent*, viele nicht digitalisierte Bilder sind verbrannt, aber dieses eine Bild von meinem achten Geburtstag stand immer hier in dieser Wohnung, in Sicherheit. Ich bin auf Dads Arm, während wir in Miami, Florida auf der Bühne des *Hard Rock Stadium* stehen. Er und ich gemeinsam. Das einzige Konzert, auf dem ich ihn damals begleiten durfte.

Spätestens ab dem Moment auf der Bühne, vor 65 000 jubelnden Fans, wusste ich, dass ich auch Musiker werden will. Ich habe angefangen, Gitarre zu lernen und eigene Songtexte zu schreiben. Mehrfach habe ich Dad angefleht, mir bei meiner Karriere zu helfen. Aber ich war ihm damals noch zu jung, zu unreif für das harte Showbusiness. Er war aber zu dem Zeitpunkt selbst noch viel auf Tour, sodass er wohl auch keine Möglichkeit hatte, es wirklich mit mir anzugehen. Erst als seine Band sich aufgelöst hat, hat er mich mit mit meinem Label zusammengebracht. Vorher habe ich alles getan, um bis dahin an meiner Karriere zu feilen: Ich habe bis in die Nacht an Songs gearbeitet, habe meine Gitarrenskills verbessert und sogar Bass gelernt – auch wenn ich Bass für meine Solokarriere nie gebraucht habe. Mit achtzehn war ich sowieso schon bekannt, damals allerdings noch nicht wegen meiner Musik. Mit dreizehn stand ich wegen meiner kleinen Eskapaden ständig in der Zeitung. Mit fünfzehn habe ich gemodelt und damit viel Aufmerksamkeit von weiblichen Fans bekommen. Mit sechzehn habe ich erste Interviews gegeben, in denen ich gesungen habe. Mit neunzehn kam dann sofort der zweifache Albumdeal, zwei Touren, vier Nummer-eins-Hits, kreischende Fans, ausverkaufte Hallen.

Damals schien alles möglich.

Jetzt ist alles zerstört.

Die Karriere, für die ich so lange gebettelt und so hart gearbeitet habe, hängt am seidenen Faden. Sobald ich versuche, Musik zu machen, bin ich blockiert. Voller Angst, voller Schuld. Was früher das einzig Leichte in meinem Leben war, will mir jetzt nicht mehr gelingen. Genau wie die Aussichten in Bezug auf mein Erbe.

»Es tut mir leid, Dad«, flüstere ich und komme mir gleichzeitig seltsam vor, mit einem Foto zu sprechen.

Trotzdem ist es alles, was mir bleibt. Ein Grab gab es nie, nur eine Gedenkfeier, für die ich das Krankenhaus nicht verlassen durfte. Seine Asche wurde in den Hamptons, in der Nähe unseres Hauses, verstreut.

»Ich mache alles wieder gut«, verspreche ich. »Ich reiße mich zusammen und behalte das *Serpent*. Für dich.«

Das ist der Gedanke, an den ich mich klammern will. An den ich mich klammern *muss*.

Immerhin scheint die Presse an die Beziehung mit Lennon zu glauben. Vielleicht kann ich es ja doch schaffen, wieder klarzukommen. Wieder mein Leben zu leben.

Vielleicht wird alles gut, auch wenn der Streit mit meinem Dad noch immer in meinem Kopf herumspukt. Gleich neben den schrecklichen Erinnerungen an das, was nach dem Streit folgte.

***

Voller Entschlossenheit gehe ich zum dritten Mal in dieser Woche ins *Serpent*. Anders als in den Abendstunden ist es vormittags ruhig in den Räumen, auch wenn durchaus einige Mitarbeitende hier sind. Unser Chef-Barkeeper Joey macht gerade eine Bestandsaufnahme der aktuellen Vorräte, als ich komme. Eine Reinigungsfirma wischt über die Tanzfläche und Tische. Ich begrüße alle, erkundige mich nach ihrem Befinden, erst danach gehe ich ins Büro, um mich um den Papierkram zu kümmern. Neben aktuellen Rechnungen und einer Änderung des Schichtplans findet nächste Woche auch eine Inspektion der aktuellen Sicherheitsprotokolle statt. Notausgänge und deren Beschilderung werden dabei ebenso unter die Lupe genommen wie die Feuerlöscher und die Sprinkleranlage. Da ich selbst weiß, wie wichtig es ist, ein zuverlässiges Frühwarnsystem zu haben, habe ich letzte Woche bereits einen Mitarbeiter losgeschickt, um erste Mängel zu beheben. Die Beleuchtung an einem der Notausgänge wurde erneuert, die Rechnung für die Ausbesserung liegt auf meinem Schreibtisch. Ich kann nur hoffen, dass wir die Inspektion damit überstehen.

Was mir jedoch mehr Sorgen bereitet, sind die Einnahmen des Vormonats. Der VIP-Bereich wurde nicht so viel genutzt wie in den Monaten zuvor. Wegen der steigenden Temperaturen draußen? Sind alle wichtigen Geschäftsleute in die Hamptons geflüchtet, wie es mein Dad auch zu gerne gemacht hat? Sind Geschäftsabschlüsse auf Jachten und in Golfclubs gerade attraktiver als in angesagten Clubs?

Vielleicht.

Doch mich überkommt das Gefühl, dass es mehr ist als das. Seit ich das *Serpent* übernommen habe, nehmen wir weniger ein als in all den Jahren zuvor, und der Gedanke beunruhigt mich. Wie soll ich also beweisen können, dass ich gute Arbeit leiste, wenn die Einnahmen und die Zahl der Gäste zurückgehen?

Meine Entschlossenheit wankt unter den Fragen in meinem Kopf. Meine Energie schrumpelt schon wieder zusammen wie eine Rosine, vor allem mit dem Wissen um die morgige Feier im Hotel, bei der ich mich genau solcher Kritik, genau solchen Fragen stellen werden muss, wenn ich auf den Vorstand treffe. Und gerade habe ich keine Antworten. Ich weiß nicht, was ich tun kann, damit die Zahlen des Clubs wieder steigen. Mir fehlt das Fachwissen, um den Rückgang einschätzen zu können … Ich bin eben kein Geschäftsmann.

Ich bin nicht Dad.

Er wusste immer, was die Leute brauchen und wollen, und hatte nie Probleme damit, es ihnen zu liefern. Weder in der Musik noch hier im Club. Er war der absolute Macher.

Ich nehme mir meinen Laptop und schreibe ein paar meiner Fragen auf, einfach um sie für den Moment aus meinem Kopf zu verbannen. Um mich nicht davon herunterziehen zu lassen.

Wie schaffe ich es, das Serpent *erfolgreich zu führen?*

Eine simple Frage, aber gähnende Leere in meinem Kopf.

KAPITEL 15

WE'RE IN THIS TOGETHER

Lennon

Vierzigtausend Aufrufe innerhalb von drei Tagen. Zurechtgemacht für die Feier im Hotel, kontrolliere ich erneut die Zahlen meiner Website und halte sie trotzdem noch für eine Fehlermeldung, dabei haben in den letzten Tagen Hunderte Fotos von Blake und mir das Internet geflutet. Bilder von der Parkbank, auf denen Blake mich so intensiv ansieht, dass ich Gefahr gelaufen bin, wie Wachs in der Sonne zu schmelzen. All meine Bekannten und Freunde haben mir daraufhin Nachrichten geschrieben ... Leider hatte ich es auch versäumt, meine Eltern vorzuwarnen, die mir sehr viele Fragen gestellt haben und unbedingt Einzelheiten zu der Beziehung mit Blake wissen wollten.

Es klingelt an der Tür, der Wagen ist also vorgefahren.

Ivy hat mir einen knöchellangen Rock von Chanel geliehen, den ich mit einem Oberteil aus bordeauxroter Spitze kombiniert habe. Meine Haare sind aufwendig hochgesteckt, und mein Pony betont in perfekten Wellen mein Gesicht, das durch dunkelroten Lippenstift und dunkles Augen-Make-up in Szene gesetzt ist. Ivy hat mir versprochen, dass dies der perfekte Look für ein Luxushotel sei. Hoffen wir mal, dass sie recht hat.

Ich schnappe mir meine Clutch, stopfe mein iPhone und meinen Lippenstift hinein, dann verlasse ich die Wohnung.

Der Mercedes parkt vor meiner Haustür, Esteban und Blake stehen davor und warten auf mich. Ich winke den beiden zu, als ich aus dem Haus trete. Mein Rock schwingt bei jedem Schritt mit, und fast komme ich mir vor wie eine Protagonistin in einem Film, die zu einem Date abgeholt wird. Pure Romantik. Der Gedanke verfestigt sich, als Blake mich ansieht. Mich so ansieht, dass ich fast ins Straucheln gerate. Sein Blick wandert über mein Outfit, über mein Gesicht und schließlich zu meinen Haaren. Ich hingegen versuche, Blake nicht allzu unverhohlen anzustarren, aber er sieht heute unverschämt gut aus. Zu einer schwarzen Stoffhose trägt er ein dunkelgraues Hemd, dessen oberen beiden Knöpfe geöffnet sind.

»Entschuldigt die Verspätung«, sage ich ein wenig zu atemlos.

»Das Warten hat sich gelohnt«, erwidert Esteban. »Ich bin sicher, dass Sie auf der Feier alle verzaubern werden, Miss Lennon.«

Blake wirkt, als wolle er auch etwas sagen, ich sehe die Worte in seinen Augen tanzen. Noch mal mustert er mein Outfit mit diesem kleinen Funkeln in seinen Iriden.

»Wir sollten los«, sagt er schließlich nur.

Ich lasse mich auf der Rückbank nieder und streiche meinen Rock zurecht. Blake setzt sich neben mich und schließt die Tür, während Esteban den Motor startet. Musik dringt aus dem Radio und erfüllt den Innenraum des Wagens.

»Wie geht es dir?«, frage ich Blake.

»Das weiß ich noch nicht«, gibt er brummend zurück.

»Ich habe gestern Abend fast meinen ganzen Kleiderschrank anprobiert. Der Rock ist letztendlich eine Leihgabe von Ivy, weil ich alles, was ich so im Schrank hatte, zu unpassend fand. Die meisten werden mich trotzdem noch für underdressed halten, oder? Ich habe mir ein Foto von einer früheren Feier im Hotel angesehen, und das sah alles sehr förmlich aus. Elegante Cocktailkleider und Anzüge. Allerdings hast du auch keinen Anzug an ...«

»Du redest echt viel, wenn du aufgeregt bist.«

»Nur wenn mein Gesprächspartner sich in Schweigen hüllt, obwohl das meine Nervosität noch verstärkt.«

Er hebt eine Augenbraue. »Ach ja?«

»Gerade schon. Es wirkt wie die Ruhe vor dem Sturm.«

»Vor einem Orkan trifft es besser«, murmelt er so leise, dass die Worte wohl nicht an mich gerichtet sind.

»Klingt ja düster.«

»Ich gebe zu, dass ich auch ziemlich nervös bin.«

Ich schmunzle. »Das zuzugeben ist keine Schande.«

»Verrate es trotzdem keinem.«

»Versprochen«, erwidere ich lächelnd.

Blake nickt, dann sinkt er in seinen Sitz und guckt aus dem Fenster. Die Tage werden immer länger, so scheint noch die untergehende Sonne über Manhattan und taucht den Himmel in ein orangerosa Farbspektakel. Schon bald wird der Sommer New York fest im Griff haben, dann beginnt endlich wieder meine Lieblingsjahreszeit.

Ich lasse mich von der Aussicht aus dem Fenster einnehmen, bis der Moderator im Radio von Ivys bevorstehender Tour spricht.

»Esteban, könntest du das Radio kurz lauter drehen?«

»Natürlich.« Er drückt auf einen Knopf am Lenkrad.

»Ich hoffe, alle *Cohearts* aus New York haben sich bereits eine Karte für Ivys Tourauftakt besorgt«, sagt der Moderator. »Das Konzert im *Forster Hill Stadium* im September ist nämlich offiziell ausverkauft. Aber keine Sorge: Ein paar Resttickets bekommt ihr exklusiv über uns. Was ihr dafür tun müsst, sagen wir euch gleich nach der ersten Single der Sängerin. *Riveting Humility,* nur für euch.«

Ivys raue Stimme dringt durch den Wagen und legt sich beruhigend auf meine angespannten Nerven. Ein Hauch von zu Hause.

»Das ist deine Freundin, oder?«, fragt Blake. »Sie hat eine verdammt gute Stimme.«

»Und eine unglaubliche Bühnenpräsenz«, ergänze ich. »Sie live zu sehen hat eine ganz eigene Magie.«

»Wie habt ihr euch kennengelernt?«

Es ist das erste Mal, dass Blake von sich aus eine Frage zu meinem Leben stellt. Insgeheim freue ich mich über sein Interesse.

»Sie war Straßenmusikerin und brauchte eine Bleibe, also habe ich sie zu mir auf die Couch geholt«, gebe ich ihm eine Kurzzusammenfassung.

Blake sieht mich nachdenklich an. »Du hilfst also gerne anderen Menschen. Ich dachte, bei mir würdest du es wegen der Gegenleistung tun, aber jetzt bin ich mir nicht mehr sicher.«

»Die Gegenleistung hat in deinem Fall schon viel Zugkraft.«

Blake wartet vielleicht auf mehr als das, aber alles, was mir sonst dazu einfällt, würde ihn verschrecken. Wie die Tatsache, dass seine Musik mir etwas bedeutet. Gerade nach der Trennung von meinem ersten Freund hat sie mir dabei geholfen, wieder an die Liebe zu glauben. Mich ein wenig in meinen Tagträumen und Wünschen zu verlieren und dabei neue Kraft und Inspiration zu schöpfen. Aber das kann ich ihm genauso wenig sagen wie die Tatsache, dass ich den Schmerz in seinen Augen kaum ertrage. Diese Gedanken klingen zu privat, um sie zu teilen. Also lauschen wir weiter dem Radio, das inzwischen zu einem anderen Song übergegangen ist. Auch wenn ich damit vielleicht eine Chance verstreichen lasse, mich ihm anzunähern.

Der Wagen biegt ab, aber es dauert sicher noch zwanzig Minuten, bis wir am Hotel sind. Mit jedem Meter, mit jeder Minute versinkt Blake tiefer und tiefer im Sitz. Wird noch schweigsamer, verfällt in Stille, die nur von dem Knacken seiner Fingerknöchel durchbrochen wird.

Ich wage es nicht mehr, irgendetwas zu sagen, weil alles gerade danach schreit, dass er alleine mit seinen Gedanken sein will. Mir ist der kleine Ausbruch, als ich beim letzten Mal seine Hand nehmen und ihm beistehen wollte, noch zu gut im Gedächtnis.

»In fünf Minuten sind wir da«, sagt Esteban.

Ich habe das Gefühl, dass sich unsichtbarer Nebel im Wagen ausbreitet. Die Luft wird stickiger, mir fällt es schwerer zu atmen. Aber dieser Nebel kommt nicht von mir. Es ist Blake, der ihn verströmt.

»Halt an!«, stößt er panisch aus.

Esteban setzt sofort den Blinker und fährt an den Straßenrand, ein Wagen hinter uns hupt verärgert.

»Was ist los?«, frage ich.

»Ich ... ich weiß nicht, ob ich das schaffe.«

»Was?«

Esteban und ich tauschen vielsagende Blicke.

»Ich dachte, ich könnte mich den Leuten im Hotel stellen, aber ich habe das Gefühl, kaum Luft zu bekommen.« Seine Stimme ist nur mehr ein Krächzen.

»Aber deswegen bin ich doch dabei«, sage ich, auch wenn ein Risiko besteht, etwas falsch zu machen. »Ich helfe dir durchzuhalten.«

Diesmal weiß ich, dass meine eigene Nervosität mich nicht so übermannen darf wie bei unserem ersten öffentlichen Auftritt. Da war Blake für uns beide stark und hat die Führung übernommen, diesmal ist das meine Aufgabe. Diesmal muss *ich* die Starke sein.

»Du weißt nicht, worauf du dich einlässt«, erwidert Blake dunkel.

»Dann weih mich ein. Woran denkst du gerade? Wovor genau hast du Angst?«

»Niemand dort glaubt an mich. Das haben sie nie, auch nicht, als mein Dad noch gelebt hat. Ich war für die Leute dadrin immer ein hoffnungsloser Fall, und sie haben es mich seit meiner frühesten Kindheit spüren lassen. Ich habe nie zu ihnen gepasst. Deswegen habe ich diese Familienfeste immer schon gemieden, und wenn ich dort mal aufgetaucht bin, dann habe ich getrunken, um es zu ertragen – was auch nicht gerade dazu beigetragen hat, ihre Meinung über mich zu verbessern. Wenn sie das damals schon von mir gedacht haben, werden sie nun, nachdem ich mich monatelang nicht gemeldet und zu Hause verkrochen habe, erst recht nichts mehr von mir halten.«

»Aber genau dafür gehen wir doch dorthin. Um allen zu zeigen, dass es dir besser geht.«

Blake kaut auf seiner Lippe herum.

»Mein Onkel Roman ist toll, aber meine Tante Lucy ist eine Schlange. Sie macht gerne Druck und ist allem gegenüber skeptisch – zumindest, was mich betrifft. Und ich weiß nicht, wie wir sie von uns überzeugen sollen.«

»Aber nun nicht hinzugehen, obwohl wir unser Kommen angekündigt haben, würde Scotts Plan zunichtemachen. Dann wäre unser Schritt in die Öffentlichkeit komplett umsonst gewesen. Wenn wir aber dort auftauchen, können wir es wenigstens versuchen.«

»Das ist wahr«, flüstert Blake matt.

»Scheiße, ich habe auch Angst. Wir reden hier von den einflussreichsten New Yorkern, die auf diese Feier kommen, oder? Ganz abgesehen davon, dass ich deinen Onkel kennenlerne, der die Zukunft meines gesamten Business beeinflussen kann. Aber ich habe mich entschieden, es durchzuziehen.« Ich fixiere Blake mit meinem Blick. »Und du hast dich dazu entschieden, für das *Serpent* zu kämpfen, und ich werde nicht zusehen, wie du jetzt aus Angst einen Rückzieher machst. Wir gehen also gleich zusammen in dieses Hotel, und dann stellen wir uns der Angst.«

Blake schluckt schwer.

»Du hast eben gefragt, wieso ich dir helfe«, spreche ich weiter, weil ich das Gefühl habe, dass ihn das ein wenig ablenkt. »Ich mache das nicht nur wegen der Kooperation mit dem Hotel.«

»Sondern?«, fragt er forsch.

Ich denke, er hält die Wahrheit aus.

»Weil ich möchte, dass du den Club behältst«, sage ich nachdrücklich. »Wäre es das *Silverside*, das Andenken meines Vaters, dann könnte ich nicht ertragen, wenn man es mir wegnehmen würde. Schon gar nicht kampflos.«

Er nickt vorsichtig, aber ich bin noch nicht fertig.

»Ich kannte deinen Dad nicht persönlich, aber ich bin mit seiner Musik groß geworden. Mein Vater war so ziemlich sein größter Fan, er hat *Serpent Grave* mindestens zehn Mal live gesehen und hat immer voller Bewunderung von deinem Vater gesprochen. Das *Serpent* ist sein Vermächtnis, und ich werde dir verdammt noch mal helfen, das zu ehren.«

Tränen schimmern in Blakes Augen. Er hört mir wirklich zu. Es fühlt sich an wie ein erster Sieg in unserer Zusammenarbeit.

»Wir versuchen es wenigstens, okay?«, frage ich etwas sanfter. »Ich habe mich schließlich nicht in Schale geworfen, um mit dir in einem Auto zu hocken – egal, was für schicke Ledersitze es auch haben mag.«

Drei Sekunden lang erwidert er nichts auf meinen Monolog. Esteban nickt mir unauffällig über den Rückspiegel zu, sein Mundwinkel zuckt. Blake bekommt nichts davon mit, sein Blick ist starr auf seine Hände gerichtet. Mit Daumen und Zeigefinger spielt er mit seinem Ring.

»Wir können weiterfahren«, murmelt er schließlich.

Erleichterung presst mich tiefer in den Sitz. Das haben wir

schon mal geschafft. Der Wagen reiht sich wieder in den Verkehr ein.

»Dann ... dann war dein Dad also ein Fan von meinem ... und du von mir?«

»Der Gedanke, ich könnte ein Fan gewesen sein, lässt dich nicht mehr los, was?«

Ich bin fast schon froh, dass er wieder seine Sprüche klopft, weil es weniger beängstigend ist, als die Zweifel und Qualen in seinen Augen zu sehen.

»Ich ziehe dich nur gerne damit auf. Ist lange her, dass ich jemanden meinen Fan genannt oder auch nur mit einem gesprochen habe. Dabei mochte ich das früher immer gerne. Es hat mir Kraft gegeben.«

»Verstehe ich gut. Ivy sagt auch immer, dass es ihr Motor ist. Sie sammelt sogar alle Fangeschenke in einem Karton unter ihrem Bett.«

»Spätestens nach ihrer Tour wird sie einen ganzen Wandschrank brauchen.«

»Das habe ich ihr auch schon prophezeit. Sie hat nur geantwortet, dass sie sich immer noch eine Lagerhalle anmieten kann.« Ich lache leise.

»Es ist lange her, dass ich von so einer reinen Freundschaft wie eurer gehört habe. Das ist schön.«

Das Kompliment wärmt mich von innen. Weil die Freundschaft mit Ivy wirklich etwas Besonderes ist – von der ersten Minute unseres Kennenlernens an. Auf eine Art, wie ich es vorher noch nie erlebt habe.

»Sie hat dir also diesen Rock geliehen?«, fragt Blake und mustert ihn auf ähnliche Weise wie vorhin. Irgendwie einnehmend. Schwer zu sagen, was er denkt, aber sein Blick fühlt sich warm an.

Unsicher streiche ich über den Stoff. »Wir dachten, Chanel wäre ganz passend.«

Zwei Sekunden Pause.

»Definitiv«, murmelt er. »Esteban hat recht: Du siehst wunderschön aus«, ergänzt er etwas leiser.

Mein Herz rast.

Er lehnt sich etwas weiter zu mir. »Das hätte ich eben schon sagen sollen«, entschuldigt er sich.

Wieso nur wird mir bei diesen Worten so heiß?

Seine Nähe hält nicht lange an, er fällt zurück in seinen Sitz. Schweigen legt sich wieder über den Wagen, und diesmal ist es mir recht, denn ich kann kaum atmen oder einen klaren Gedanken fassen. Seine Worte echoen in meinem Kopf und vermischen sich mit den Bildern aus der Presse – diesem Blick, dieser Vertrautheit.

Nichts davon ist echt.

Konzentriere dich auf dein Ziel: die Kooperation.

Esteban steuert bereits das Hotel an und befeuert damit mein Mantra. Ich kann nur hoffen, dass der Abend besser verläuft, als Blake es befürchtet.

Für uns beide.

KAPITEL 16

INTO THE LION'S DEN

Blake

Während das *Serpent* für wilde Partys, geschäftiges Treiben, Exklusivität und Privatsphäre steht, strahlt das *Manhattan Meester Hotel* puren Luxus und Eleganz aus. Schon seit Onkel Roman es vor rund zwanzig Jahren übernommen hat, strebte er danach, es zu einer High-Class-Adresse zu machen. Insgeheim weiß ich, dass mein Grandpa das Hotel lieber meinem Dad, als Erstgeborenem, zugeschrieben hätte, aber Dad hatte nie etwas für die Hotelbranche übrig. Er wollte Musik machen und später einen Ort schaffen, an dem die Party weitergehen konnte. *Das* war seine Mission, keine Fünfsterneküche und Entspannung. Wobei es ihm gutgetan hätte.

Esteban parkt direkt vor dem prunkvollen Eingang aus Gold, auf dem das obligatorische MMH abgedruckt ist. *Manhattan Meester Hotel: Wo Luxus auf Perfektion trifft.*

Seit dem Feuer war ich nicht mehr hier. Nicht weil ich nicht eingeladen wurde ... ich konnte es nur einfach nicht.

Onkel Roman ist der einzige Mensch, der die volle Wahrheit über das Feuer kennt, und auch wenn er mich seitdem, so gut er kann, unterstützt, fällt es mir schwer, ihm unter die Augen zu treten und seinen Schmerz darüber zu sehen, dass sein Bruder gestorben ist.

Wegen mir.

Hinzu kommen die anderen Menschen, die dort auf mich

warten. Meine strenge Tante Lucy, der ich es nie recht machen kann. Der restliche Vorstand, der mich sicher scheitern sehen will. Vermutlich Gäste, die meinen Vater kannten und mir gleich ihr Beileid bekunden werden.

Lennons rührende Worte über meinen Dad treten bereits wieder in den Hintergrund. Am liebsten würde ich Esteban bitten, uns zurück nach Hause zu fahren.

Diese Konfrontation mit meiner Familie und deren Freunden und Geschäftspartnern kann auf zwei unterschiedliche Arten enden: Entweder alle meine Sorgen sind berechtigt, und ich werde nach diesem Abend ein noch größeres Wrack sein, als ich es ohnehin schon bin, und somit das *Serpent* ein für alle Mal verlieren. Oder ich rüste mich für den Kampf der kommenden Monate.

Ich kann nur hoffen, dass es die zweite Option sein wird.

Lennon sitzt neben mir im Wagen und starrt mit offenem Mund die beeindruckende Fassade des Hotels an. Zwei Adler aus Marmor flankieren den Flügeleingang aus Gold, der durch Hunderte kleine Glühbirnen beleuchtet wird. Zwanzig Stockwerke ragen in den Himmel, allesamt mit Balkonen ausgestattet, auf denen die Gäste verweilen können.

»Das ist es?«, fragt Lennon. »Ich kenne es bisher nur aus dem Internet, aber da wirkte es irgendwie viel kleiner. In Realität ist es …«

»Imposant?«, rate ich.

»Eher ein bisschen einschüchternd.«

»Ja, diese Wirkung hatte es auf mich auch schon immer.«

Ich sehe hoch zu den Giebeln. Dort sitzen Wasserspeier in Form von Greifen und Löwen, wie man es sonst eher aus Kathedralen kennt.

»Früher hatte ich immer Angst vor dem Haus. Ich dachte, die Greifen würden mich beobachten und jedes Gespräch belauschen.«

»Der Gedanke ist naheliegend. Mir sind sie auch nicht ganz geheuer.«

Jetzt würden die Statuen mit den grimmigen Gesichtern den immer noch parkenden Wagen betrachten und sich vielleicht fragen, wieso zum Teufel wir nicht aussteigen.

»Dieser Abend wird vermutlich ziemlich grauenvoll«, murmle ich. »Alle werden mich mitleidig ansehen und sich nach meinem Befinden erkundigen – aber nicht aufrichtig, sondern in so einer Stimmlage, in der meine Schwäche mitschwingt. Vermutlich gepaart mit einem bedauernden Blick auf meine Narben, weil ich *armer* Junge nun entstellt bin. Dann werden sie mich alle fragen, wieso ich mich nicht habe blicken lassen, und mir sagen, dass meine *Ruhepause* nun vorbei sei und ich abliefern müsse. Sicher werde ich auch mehr als ein Mal mit Dad verglichen, der alles sehr viel besser hinbekommen hat als ich. Und das wäre nicht mal eine Lüge, sondern die volle Wahrheit. Er hat schließlich nicht umsonst diese Erbbedingungen in seinem Testament festgesetzt.«

Lennon betrachtet nun nicht mehr das Hotel, sondern mich. Unmöglich herauszufinden, was sie gerade denkt. Vielleicht, dass auch ich viel rede, wenn ich nervös bin. Diese Eigenheit scheint auf mich abzufärben.

Lennon wirkt nun nachdenklicher. Seine Gedanken ungefiltert auszusprechen ist wohl nicht immer das Beste. Aber immerhin kann ich sie so darauf vorbereiten, wie der Abend ablaufen wird, weil ich solche Veranstaltungen zur Genüge kenne. Es wird unweigerlich so passieren. Mitleidige Blicke, blöde Sprüche, Druck. Die drei Grundpfeiler, die nun mein Leben bestimmen.

»Gegen die Blicke anderer kann ich nichts ausrichten«, sagt Lennon nun. »Aber wir können zumindest versuchen, sie so sehr von unserer *Liebe* zu überzeugen, dass sie nur darüber reden wollen.«

»Auch nicht gerade aussichtsreich, wenn man bedenkt, dass wir dabei schnell auffliegen können.«

»Werden wir aber nicht.«

Erneut starre ich zum Hotel. Dort gibt es einen großen Festsaal, der nun sicher schon vollgestopft ist mit Gästen. Lennon und ich sind spät dran, allein das wird Tante Lucy nicht gefallen. Ihr würde es aber noch mehr widerstreben, wenn ich gar nicht erscheinen würde.

»Dann gehen wir da jetzt wirklich rein, oder?«

Lennon nickt entschlossen. »Jetzt oder nie.«

Meine Beine zittern vor Nervosität, als ich aus dem Wagen aussteige und einen Schritt auf den Eingang zugehe. Die Wasserspeier scheinen mich mit ihren steinernen Blicken zu verfolgen.

Lennon tritt neben mich und streicht ihren Rock glatt.

»Du schaffst das«, flüstert sie fast und nimmt meine Hand.

Ich klammere mich regelrecht daran, während wir auf den Eingang zusteuern.

Es ist das erste Mal, dass ich Scott für diese Idee *wirklich* dankbar bin. Das erste Mal, dass ich wirklich glaube, dass Lennon doch die Richtige für diesen Job sein könnte. Immerhin hat sie es geschafft, mich zum Bleiben zu bringen, anstatt umzudrehen und mich zu Hause zu verkriechen.

Zwei Pagen öffnen für uns die Flügeltür, wir treten auf den Marmorboden, mit dem der Eingangsbereich ausgelegt ist. So weit, so gut.

Der Concierge Gilbert sieht auf, erkennt mich und läuft mit ausgebreiteten Armen auf mich zu.

»Mister Blake. Ich dachte schon, ich würde Sie nicht mehr sehen.«

»Es waren harte Monate, Gilbert.«

Bedauern liegt auf seinen Zügen, während er traurig nickt. »Natürlich. Wir waren alle so erschüttert. Er-schüt-tert. Ich habe kaum etwas heruntergekriegt, so schlecht war mir, als ich davon erfahren habe. Mister Corey gestorben, Sie verletzt. Schlimm, schlimm, schlimm.«

Jedes seiner Worte ist ein kleiner Stich ins Herz, dabei ist das hier nur Gilbert. Im Vergleich zu dem, was mich gleich erwarten wird, ist sein Mitgefühl nur ein Stich mit einem stumpfen Buttermesser. Mit Plüschüberzug.

»Danke, Gilbert«, erwidere ich nur, weil mir sonst nichts einfällt.

Er klopft mir aufmunternd auf die Schulter, dann sieht er zu Lennon, als würde er sie jetzt erst wahrnehmen.

»Verzeihen Sie die Unhöflichkeit, ich wollte Sie nicht übergehen.«

»Für ein Wiedersehen nach langer Zeit habe ich immer Verständnis.«

»Das ist Lennon Chambers, meine Freundin.«

Mein Herz rast bei dieser kleinen Lüge. Die Euphorie in Gilberts Gesicht macht es nur noch schlimmer.

»Ihre Freundin?«, fragt er erstaunt. Dann zieht er Lennon ebenfalls in seine Arme. »Es freut mich aufrichtig, Sie kennenzulernen. Wissen Sie, ich arbeite schon seit dreißig Jahren hier im Hotel, ich kenne Mister Blake also schon sein ganzes Leben. Und ich freue mich, dass er nun eine so entzückende Dame an seiner Seite hat.«

Er zwinkert Lennon zu, die daraufhin kichert.

Die zwei passen perfekt zusammen, beide haben etwas von Bubblegum an sich.

»Nun, Sie sind natürlich nicht hier, um mit mir zu plaudern.« Gilbert rückt sein Jackett zurecht. »Die Feierlichkeiten haben bereits begonnen, Sie sollten sich also beeilen.«

Ich lasse mich noch mal von ihm in den Arm nehmen, dann greife ich wieder Lennons Hand, und gemeinsam durchqueren wir die Lobby, biegen einen Gang ab und nehmen eine Treppe nach oben. Musik und Gespräche werden mit jedem Schritt lauter.

»Du zerquetschst meine Hand«, beschwert sich Lennon, aber es schwingt ein Lachen mit.

»Entschuldige.«

»Alles gut. Der Anfang lief doch schon sehr vielversprechend.«

»Gilbert ist ja auch ein Schatz. Mit ihm ist es leicht. Aber die dadrin«, ich deute auf die Flügeltüren, die zum Festsaal gehören, »können echt gnadenlos sein.«

»Das bekommen wir trotzdem hin.«

Lennon richtet sich automatisch etwas auf, strafft die Schultern, wirkt größer.

»Wird schon«, sagt sie.

Ich kann nur hoffen, dass sie recht hat, aber meine Gedärme sind nicht davon überzeugt. Sie scheinen in meinem Körper zu rotieren.

Erneut öffnet ein Page uns die Tür. Flirrende Luft, Klaviermusik und eine laute Gesprächskulisse begrüßen uns. Und dazu die Blicke der anwesenden Gäste. Sie unterbrechen ihre Gespräche nicht, aber sie alle sehen zu uns. Ob aus Empörung, weil wir zu spät kommen, oder aus Neugier, kann ich nicht sagen.

Die meisten Gesichter kenne ich. Auf solchen Veranstaltungen trifft man Jahr für Jahr dieselben Leute. Geschäftspartner und Kunden des Hotels, Stammgäste, Celebritys und natürlich den Vorstand.

Penelope Wright, unsere CEO in Las Vegas, steht der Tür am nächsten und kommt auf uns zu.

»Blake, du bist ja doch gekommen.«

Sie schüttelt mir die Hand, aber ihr Lächeln wirkt nicht aufrichtig. Als hätte sie gehofft, ich würde es vermasseln. Glaubt sie genauso wenig an meine Führungsqualitäten wie meine Tante? Ihren Blick spüre ich auch schon … Sie steht bei meinem Cousin Philip und nippt an ihrem Champagner, aber ihre mausgrauen Augen ruhen missbilligend auf mir. Sie hat etwas von einer Frau, die nur zu gerne einem Kind die Süßigkeiten klauen würde, um ihm eine Lektion zu erteilen. Mir war es schon immer schleierhaft, wie sie die Schwester von Roman und meinem Dad sein kann. Beide hatten immer eine warme Ausstrahlung – selbst zu Zeiten, in denen ich mich mit Dad gestritten habe.

»Da du nun hier bist, kann ich davon ausgehen, dass dein *Urlaub* vorbei ist?«, fragt Penelope.

Welch zynische Beschreibung für Aufenthalte im Krankenhaus und auf Reha.

»Können wir dich dann auch beim nächsten Vorstandsmeeting erwarten?«

Diesmal ist es Lennon, die mir fast die Hand zerquetscht.

Lenk die Aufmerksamkeit auf uns, schreit mir diese Geste zu.

»Selbstverständlich werde ich da sein«, antworte ich kurz angebunden. »Aber jetzt will ich dir erst mal meine Begleitung vorstellen. Lennon Chambers, meine Freundin.«

»Freundin, hm?« Sie mustert Lennon ein wenig zu abfällig. Lennon verzieht keine Miene, ihr Lächeln bleibt standhaft. »Ja, ich habe schon davon gehört«, erwidert Penelope.

Es hat also wirklich schon die Runde gemacht, das spielt uns in die Karten.

»Freut mich sehr«, sagt Lennon und reicht ihr die Hand.

Penelope will gerade etwas erwidern, als Onkel Roman sich neben sie stellt und sie davon abhält. Sein Timing war nie besser.

»Blake, du bist meiner Einladung doch gefolgt. Wie schön, dich zu sehen.«

Er zieht mich in seine Arme. »Aber du weißt, dass ich dich gedeckt hätte, wenn du es nicht geschafft hättest«, flüstert er mir väterlich ins Ohr.

Obwohl ich um jedes Wort dankbar bin, habe ich das Gefühl, an seinem Wohlwollen zu ersticken. Es katapultiert mich sofort in die Vergangenheit. Zu dem Gedanken, dass ich diese Wärme nicht verdiene.

»Blake, ich habe mir solche Sorgen gemacht.« Onkel Roman sieht noch blasser aus, als es unter dem schrecklichen Neonlicht des Krankenhauses normal wäre. Seine Augen sind blutunterlaufen.
Ich nehme meine Sauerstoffmaske ab, nur ein paar Zentimeter rutscht sie nach unten, damit ich sprechen kann.
»Dad ... Dad hat es nicht ... geschafft, oder?«
Jedes Wort schießt Schmerz in meine Kehle. Rauchvergiftung, haben die Ärzte gesagt. Verbrennungen zweiten Grades. Mehr nicht. Kein Wort über das Haus oder meinen Vater. Ich denke, ich kenne die Antwort sowieso schon, aber da ist noch immer Hoffnung in mir. Auch wenn die angesichts von Romans Verfassung bröckelt.
»Corey hat es nicht geschafft, mein Junge«, bestätigt er.
Der Schmerz in seinen Augen zerreißt mich.

Das grelle Licht im Festsaal treibt mir die Tränen in die Augen. Oder sind es die Erinnerungen, die ungehindert auf mich einprasseln und mich zu Boden ringen?

Ich klammere mich an Lennons Hand. Diesmal beschwert sie sich nicht, ihr Daumen streichelt nur einmal kurz über meinen Handrücken, als würde sie mir versprechen, dass ich es durchstehe.

Sie übernimmt das Reden und stellt sich Roman vor. Einfach so übernimmt sie das Ruder. Lennon und ihre Bubblegum-Art wickeln ihn bereits ein, während sie davon schwärmt, in diesem Hotel zu sein und heute mit mir und ihm die Historie dieses Ortes zu feiern.

»Das Hotel wurde 1924 gegründet und ist seitdem in Familienbesitz«, höre ich Roman erzählen.

Er erzählt irgendetwas davon, dass er schon als Kind durch diesen Saal geschritten ist und sich vorgestellt hat, hier einmal Gäste zu empfangen und Feiern auszurichten. Währenddessen schaffe ich es, die Erinnerungen sicher in meiner Seele zu verstauen – in ein Kästchen mit Schloss, das heute hoffentlich nicht mehr versagt, denn sonst hilft mir selbst Lennons quirlige, kommunikative Art nicht mehr.

»Ich kann es kaum erwarten, mit Ihnen und dem Hotel zusammenzuarbeiten«, sagt Lennon überschwänglich. »Hier meine Kurse abhalten zu dürfen, in so einem edlen, altehrwürdigen Gebäude, hat, glaube ich, eine ganz besondere Atmosphäre, die den Gästen sicher auch gut gefallen wird.«

»Ich bin sehr gespannt darauf.« Roman lächelt. »Es hat mich gewundert, dass Blake mich um einen Gefallen bittet. Das macht er sonst nicht gerne.«

»Lennon hat mich einfach umgehauen«, schaffe ich es, mich ins Gespräch einzubringen. »Sie hat diese offene, lebendige Art, die es einem leicht macht, das Leben wieder etwas positiver zu sehen, egal, wie düster es sonst auch sein mag.«

Wieso fühlen sich diese Worte gar nicht so sehr nach einer Lüge an, obwohl *alles* hier eine Lüge ist?

»Ich finde, die Hotelgäste sollten in den Genuss davon kommen«, führe ich weiter aus.

Roman mustert mich nachdenklich, als würde er abschätzen wollen, wann und wie diese Wandlung vom Häufchen Elend zum verliebten Partner vonstattengegangen ist.

»Wer meinen Blake so glücklich macht, ist im Hotel immer willkommen.«

Er will mit uns anstoßen, bemerkt dann jedoch, dass wir noch gar nichts zu trinken haben, also führt er uns durch die Menschenmenge, rein in das Meer von Blicken. Personal des

Hotels geht herum und serviert Getränke und Häppchen. Lennon nimmt sich einen Champagner, der meinen angespannten Nerven gerade auch guttun würde. Stattdessen greife ich jedoch nach einem Wasserglas und stoße mit Lennon und Roman an. Ein paar Leute kommen dazu, und ich ertrage das, was ich bereits prophezeit habe. Mitleid, kritische Fragen, wo ich gewesen bin. Worte über meinen Dad.

Lennon ist wundervoll und übernimmt die Gesprächsführung, wann immer ich nichts sagen kann. Im Minutentakt trinke ich Wasser, um den Kloß im Hals zu lösen, der mit jedem Gast, der mein Gesicht nach Narben absucht, und mit jeder Beileidsbekundung dicker wird. Roman scheint dies zu bemerken und schiebt mich regelrecht von den Leuten weg.

»Wäre es in Ordnung, wenn ich meinen Neffen mal einen Moment entführe?«, fragt er in die Runde.

Als ich mich noch einmal umdrehe, wird Lennon gerade von meinem Cousin Philip angesprochen.

Roman und ich gehen in sein Büro. Es befindet sich im Erdgeschoss, weil er so den Angestellten vermitteln will, dass er alles mitbekommt. Der Stuhl vor seinem schweren Holzschreibtisch erinnert an einen Königsthron. Roman deutet jedoch auf das kleine Sofa, das auf der rechten Seite des Raums steht. Es ist, neben dem karminroten Teppich, das einzige Möbelstück, das etwas Gemütlichkeit ausstrahlt.

Ich nehme Platz und versinke in dem weichen Polster. Roman setzt sich in den Sessel mir gegenüber.

»Du hast auf meine letzten Nachrichten nicht geantwortet. Wegen heute Abend habe ich dir doch sicher drei oder vier Mal geschrieben … Langsam habe ich mir schon Sorgen gemacht.«

»Tut mir leid«, sage ich kleinlaut. Gerade Roman zu enttäuschen fühlt sich beschissen an, wo er doch immer zu mir hält. Selbst nach allem, was war.

»Es ist okay. Schön zu sehen, dass alles in Ordnung ist.«

»Ja. Ich habe ein wenig gebraucht, um mit allem klarzukommen, aber jetzt geht es mir besser. Ich bin froh, dass ich Lennon habe.«

»Sie ist aufgeweckt. Ich freue mich schon darauf, sie besser kennenzulernen.«

»Danke, dass du diese Kooperation mit ihr eingehst. Sie hat mir in den letzten Wochen sehr geholfen, und ich würde ihr gerne etwas zurückgeben.«

»Für dich doch immer.« Er tätschelt mir den Arm. »Lennon ist also Künstlerin?«

»Genau. Und sie hat es sich zur Mission gemacht, Menschen an die Kunst heranzuführen. Ich finde, das verdient Aufmerksamkeit.«

»Das ist definitiv ein sehr begrüßenswertes Ziel. Ich bin gespannt, wie meine Gäste dieses Angebot annehmen werden. In den nächsten Tagen werde ich Kontakt zu Lennon aufnehmen und die Einzelheiten mit ihr klären, damit sie schon in den kommenden Wochen einen ersten Kurs geben kann.«

»Vielen Dank. Ich weiß das wirklich zu schätzen.«

Roman nickt nachdenklich.

»Du hast das mit ihr ja auch ziemlich schnell offiziell gemacht ...«

»Der Schritt zurück in die Öffentlichkeit war doch eh schon lange überfällig. Der Vorstand und das Label sitzen mir im Nacken, richtig? Und mit Lennon an meiner Seite fiel mir der Schritt leichter.«

»Das verstehe ich gut. Aber ich will nicht, dass du etwas überstürzt, okay? Ich habe dir versprochen, dass ich den Vorstand davon überzeuge, dass du der Richtige fürs *Serpent* bist, und so meine ich es auch. Ich halte sie dir schon vom Hals, wenn du noch Zeit brauchst.«

Wie gerne würde ich dieses Angebot annehmen. Doch wir wissen beide, dass sein Einfluss auf den Vorstand auch nichts nützt, wenn ich die Bedingungen im Testament nicht vollständig erfülle. Leute wie Lucy oder Penelope könnten trotzdem noch gegen meine Kompetenzen als Geschäftsführer stimmen. Und der Anwalt wird sich auch danach erkundigen, bei welchen Veranstaltungen und Meetings ich war. Sollte ich weiterhin untertauchen, wird es mir so oder so um die Ohren fliegen – selbst mit Romans Unterstützung.

»Ich will mich nicht mehr verstecken. Deswegen habe ich auch vor, zum nächsten Vorstandsmeeting zu kommen. Es wird Zeit.«

»Hm.« Roman mustert mich eingehend. »Wenn du dir sicher bist, freut mich das natürlich. Wie läuft es denn im *Serpent*? Sind die Zahlen immer noch rückläufig?«

»Beim Meeting werde ich meine aktuellen Zahlen präsentieren müssen, richtig?«, frage ich zurück.

Romans Lippen werden schmaler.

»Wie schlimm ist es?«

»Kann ich nicht genau sagen. Nach Dads Tod sind die Zahlen erst nach oben gegangen, alle wollten ihm so die letzte Ehre erweisen. Inzwischen sind die Besucherzahlen am Sinken ... und auch die Einnahmen aus dem VIP-Bereich sind nicht mehr so gut.«

Ich weiche Romans Blick aus. Selbst bei ihm fühlt es sich nach Versagen an, diese Fakten laut auszusprechen, obwohl ich das beim Vorstandsmeeting ohnehin machen muss.

»Es wäre gut zu wissen, ob das normale Schwankungen sind oder ob du grundsätzlich etwas ändern musst«, überlegt mein Onkel. »Ich kann gerne in den Club kommen und einen Blick auf die Buchhaltung werfen. Ist die aktuell?«

»Ja, da ist alles auf neuestem Stand. Es wäre toll, wenn du es dir mal angucken könntest. Deine Einschätzung wäre hilfreich.«

Roman nickt entschlossen. »Ich sehe zu, dass ich im Laufe der nächsten Woche hinfahre. Wie oft bist du denn vor Ort?«

»So dreimal in der Woche.«

Zumindest in letzter Zeit.

»Sieht aus, als wärst du auf einem guten Weg. Wir werden Lucy und Penelope trotzdem bearbeiten müssen. Sie glauben noch nicht genug an dich. Sie sind skeptisch, weil du dich so selten blicken lässt.«

»Ich habe getrauert«, bringe ich hervor.

»Ich weiß das ... mehr als jeder andere.«

Die Kiste wackelt und wackelt, die Erinnerungen wollen mit aller Kraft daraus befreit werden.

Er tätschelt mir den Arm.

»Du hast eine Schuld zu tragen, die ich dir nicht nehmen kann, Blake.«

Er soll aufhören zu reden. Bitte.

Tränen brennen in meinen Augen, aber sie würden nur meine Behauptung, es würde mir besser gehen, zunichtemachen. Doch auch wenn ich die Tränen hinunterschlucke, steigt dafür Selbsthass in mir hoch. Die Kiste ist aufgesprungen.

»Roman?«, frage ich leise. »Hast du mir eigentlich verziehen?«

Vielleicht ist es unklug, diese Frage zu stellen, aber sie beschäftigt mich insgeheim schon seit Monaten.

Roman schluckt hörbar. »Ich versuche es, Blake. Und ich werde immer zu dir halten. Aber manchmal ... da bin ich auch wütend auf dich.«

Da sind sie: die vernichtenden Worte, die ich besser nicht gehört hätte.

Ich bin der, der ihm seinen großen Bruder genommen hat, und egal, wie sehr ich mich anstrenge, egal, wie viel Theater ich mit Lennon spiele: Ich bin gebrandmarkt auf so vielen Ebenen.

»Aber Vorwürfe bringen uns nicht weiter, und sie bringen Corey nicht zurück. Sosehr ich es mir auch wünschen würde.«

Roman seufzt schwer. »Ich will an dich glauben, und ich will dir helfen. Mach etwas aus der Chance, die dein Vater dir ermöglicht hat und für die er gestorben ist. Das ist das Einzige, was ich mir wünsche. Für dich ... und für unsere Familie.«

Ich habe das Gefühl, mein Innerstes wird einmal durch den Fleischwolf gedreht. Ich bin tief in meinen Schmerz versunken, während ich mit Onkel Roman zurück in den Festsaal gehe. Gleich folgt der offizielle Teil der Feier, den es bei solchen Veranstaltungen immer gibt. Dann wird Roman eine Rede halten und die Familie an seine Seite bitten. Alle werden mich anstarren. Gerade will ich einfach nur weg, weg von diesen Leuten, dem Beileid und weg von Romans Worten, die in meinem Kopf echoen.

Wieso musste ich unbedingt wissen, ob er mir verzeiht? Wieso gerade hier und heute, wenn ich doch alle davon überzeugen muss, dass mein Leben wieder in normalen Bahnen verläuft.

Es ist ein Lichtblick, Lennon zu sehen. Sie redet gerade auf meine Tante Lucy ein, die sie in einer Mischung aus Überforderung und Erheiterung ansieht. Erstaunlich, dass sie es schafft, meine sonst eher verbissene Tante ein wenig aus der Reserve zu locken. Es lenkt meine Gedanken sofort auf Lennon und unseren Deal. Für sie ist der Abend genauso relevant wie für mich. Immerhin ist ihr diese Kooperation mit dem Hotel so wichtig, dass sie sogar meine Freundin dafür spielt und ihr Leben auf den Kopf stellt. Wenn ich mich also zusammenreiße, dann nicht nur für mich selbst.

»Da bist du ja.«

Ich gebe Lennon vor meiner Tante einen Kuss auf die Wange. Wenn Lennon überrascht von dieser Geste ist, dann überspielt sie es gekonnt. Ihr Lächeln verrutscht kein bisschen, als sie meine Hand nimmt.

»Wusstest du, dass deine Tante als Jugendliche gemalt hat?«

»Wirklich? Das hast du nie erzählt, Lucy.«

»Es war nichts Ernsthaftes. Nur ein kleines Hobby.«

»Ich habe versucht, sie zu überreden, noch etwas länger in Manhattan zu bleiben, um an meinem Kurs teilzunehmen, aber ich hatte leider keine Chance.«

»Die Geschäfte führen sich schließlich nicht von allein, auch wenn das ein verlockender Gedanke ist.«

Lennon will gerade etwas erwidern, als Roman sich mit seinem Glas und einer Kuchengabel Gehör verschafft. Gespräche verstummen, die Musik pausiert, und die Leute ordnen sich so an, dass jeder ihn sehen kann.

»Ich denke, es wird Zeit, ein paar Worte zu sagen«, beginnt er seine Rede. »Aber zunächst bitte ich die Menschen zu mir, deren Geschichte fast genauso eng mit diesem Hotel verknüpft ist wie meine. Darleen, Philip, Lucy, Blake.«

Darleen, seine Frau, und ihr Sohn Philip stellen sich an Romans rechte Seite. Lucy stellt sich links von ihm. Ich trenne mich etwas widerwillig von Lennon und platziere mich neben meinen Cousin, der mir anerkennend zunickt. Roman lächelt stolz, ich hingegen fühle nur Leere, die durch meine Adern kriecht. Es ist so falsch, hier zu stehen. Hier, neben einer Familie, der ich ein Mitglied genommen habe. Wenn ich mich mal auf Feiern dieser Art eingelassen habe, stand immer Dad zwischen Philip und mir. Und nun? Nun ist da niemand.

Innerlich zerreißt es mich, aber ich richte meine Aufmerksamkeit auf Lennon, weil sie mich nicht bemitleidet, mir keine Vorhaltungen und Vorwürfe macht. Sie nimmt mich so, wie ich bin. Also stehe ich da, halte es aus und versuche, nicht über Romans Worte nachzudenken. Irgendwie muss ich versuchen, alle davon zu überzeugen, wie gut es mir geht – selbst wenn es die größte Lüge meines Lebens ist.

Roman spricht davon, wie mein Großvater dieses Hotel aufgebaut hat. Sein erstes, bevor die weiteren Hotels dazukamen. Er betont, was für eine Ehre es sei, heute diese Feier zum 100-jährigen Jubiläum abzuhalten.

»Ich bin sicher, mein Vater und mein Bruder sind heute bei uns.«

Ich spüre die Blicke der anderen Gäste nun überdeutlich, konzentriere mich aber weiterhin auf Lennon. Auf ihre Stupsnase mit den drei Sommersprossen, die braunen Augen, das dunkle Haar.

Bleib stark, Blake. Du schaffst das.

Die Leute applaudieren, und ich blinzle verwirrt, als die Musik wieder zu spielen beginnt und Philip sich in Bewegung setzt. Die Rede ist überstanden. Bleibt noch der restliche Abend. Wie lange ich wohl bleiben muss, um einen normalen Eindruck zu hinterlassen? Noch Minimum zwei Stunden? Nachdem ich zu spät kam, wohl eher drei …

Lennon kommt auf mich zu, kommt mir ganz nah.

»Hast du gut gemacht«, flüstert sie mir zu.

»Ich bin trotzdem froh, wenn dieser Abend vorbei ist.«

»Wenn du gehen willst, musst du es nur sagen.«

Wie gerne würde ich mich jetzt einfach in meiner Wohnung verkriechen.

»Keine Chance«, antworte ich. »Wir müssen uns noch etwas unters Volk mischen, auch wenn ich echt keine Lust habe, mit diesen Leuten Gespräche zu führen, die eh nur wieder bei meinem Dad enden.«

»Dann lass einfach mich reden. Du weißt, ich bin kaum zu stoppen, wenn ich einmal angefangen habe. Du machst den Anfang, begrüßt die Leute, stellst mich vor, und ab dem Moment übernehme ich. Ich rede einfach drauflos, stelle ihnen Fragen oder führe Monologe. Sie werden dann sicher irgendwann genug haben und unter einem Vorwand weitergehen, während wir uns die nächsten vorknöpfen. Am besten streue ich noch ein paar Details über unsere Beziehung ein. Kennenlernstorys hören doch alle gerne. Und ehe du dich's versiehst, sind ein paar Stunden um, und wir können nach Hause. Wie klingt das für dich?«

»War dieser Monolog schon mal zum Warmlaufen?«, ziehe ich sie auf und fange mir einen kleinen Klaps auf den Oberarm ein. »Aber der Plan ist gut, sehr vielversprechend.«

Ich kenne dafür zumindest niemand Besseren als Bubblegum-Lennon.

»Dann los.«

Die nächsten zweieinhalb Stunden folgen wir unserem Plan, der nicht nur grandios funktioniert, sondern auch sehr unterhaltsam ist. Ich genieße es regelrecht, Lennon in ihrem Element zu sehen. Sie kennt keine Scheu … und keine Gnade. Die einen Gesprächspartner wirken regelrecht überfahren von ihrer kommunikativen Art und suchen bald das Weite, aber es gibt auch die ein oder anderen, die sehr angetan wirken und sich länger mit ihr unterhalten: über Kunst, unsere Beziehung, New York, die Historie des Hotels. Erstaunlicherweise gehen ihr die Themen nicht aus.

Ich bin anwesend, begrüße alle, ertrage ein paar Kommentare dazu, wie es mir geht, aber danach überlasse ich Lennon das Feld und werde zum Beiwerk. Lennon nimmt die Menschen so sehr ein, dass sie gar keine Gelegenheit haben, mich nach meinen Narben abzuscannen oder lange über meinen Vater zu reden. Statt Beileidsbekundungen wird mir plötzlich zu meiner Beziehung gratuliert und gesagt, dass man sich über meine Genesung freue. Und ich? Ich genieße es.

Dann und wann sehe ich, wie Lucy und Penelope uns beobachten, vielleicht sogar über mich reden, aber ich versuche es positiv zu sehen, immerhin liefern wir ihnen gerade die perfekte Show, um beim anstehenden Gerichtstermin gute Karten zu haben.

Nach weiteren vier Stunden verlassen wir schließlich die Feier. Draußen trifft uns kühle, wohltuende Luft. Ich atme sie tief ein und bin schrecklich erleichtert über unsere bestandene Bewährungsprobe.

»Wieso gehen wir nicht weiter?«, fragt Lennon irritiert.

Ich stehe direkt neben dem Eingang mit Blick auf die unheimlichen Wasserspeier.

»Ich brauche noch einen kurzen Moment. Ohne dich hätte ich das heute nicht geschafft.«

Wärme breitet sich in mir aus, während Lennon überrascht die Lippen öffnet.

»Danke, dass du mitgekommen bist.«

Kurz denke ich darüber nach, ihr noch mal einen Kuss auf die Wange zu geben. Aber eben war es für die anderen. Nun bin ich unsicher, was Lennon davon halten würde, wenn ich sie derart überrumple. Noch dazu weiß ich nicht, was *ich* davon halten würde. Also ziehe ich sie stattdessen in meine Arme. Nur ganz kurz, eine kleine Umarmung, in die ich all meine Dankbarkeit lege. Ihr Duft nach Macadamia und Honig hüllt mich ein.

»Danke«, flüstere ich noch einmal. »Ich hoffe, die Kooperation mit dem Hotel wird ein Erfolg, damit sich das alles für dich auszahlt.«

KAPITEL 17

GOLDEN BUSINESS

Lennon

Die Törtchen mit Goldblattverzierung, die das *Manhattan Meester Hotel* für meinen Kurs bereitgestellt hat, sehen absolut köstlich aus. Unter der goldenen Hülle versteckt sich ein Boden aus Lavendel-Honig-Biskuit, geschichtet mit einer Mango-Ingwer-Mousse. Insgeheim kann ich es kaum erwarten, eins davon zu probieren, aber ich muss mich wohl noch gedulden, bis meine Kursteilnehmer eingetroffen sind.

Dreißig Leute haben sich angemeldet, und ich kann nur hoffen, dass meine Aufregung bald verfliegt. Sie verleitet mich dazu, immer wieder Kleinigkeiten zurechtzurücken – einen Pinsel hier, eine Farbtube dort –, obwohl es eigentlich gar keinen Unterschied im Gesamtbild macht. Ich musste ohnehin lernen, dass selbst die akribischsten Vorbereitungen nahezu überflüssig sind, weil der perfekte Ablauf eines jeden Events immer von der Energie der Menschen abhängt.

Heute werde ich den Teilnehmenden die Tupftechnik näherbringen und sie damit Blätterwälder malen lassen. Die meisten Farbtuben habe ich in Naturtönen wie Ocker, Olivgrün, Mokka und Haselnussbraun gehalten, aber sie werden durch einige buntere Farben abgerundet, damit die Teilnehmenden ihrer Fantasie freien Lauf lassen können. In einem Kurs vor ein paar Monaten, in dem mit dem gleichen Motiv gearbeitet wurde, hat sich eine Teilnehmerin für einen Blätterwald in Rosatönen entschieden, passend zu ihrer rosa eingerichteten Küche zu Hause.

Eine halbe Stunde lang habe ich nun schon den klimatisierten Festsaal hergerichtet und meine Materialien bereitgestellt, und langsam bin ich zufrieden. Ein letztes Mal rücke ich ein paar der Leinwände zurecht, während das Küchenpersonal, das Teetassen aufgetischt hat, wieder den Saal verlässt. Dafür kommt nun Roman Meester durch die Flügeltür und sieht sich euphorisch um.

»Lennon, das sieht ja fabelhaft aus. Da bekommt man gleich selbst Lust, kreativ zu werden.«

»Nur ein Wort, und ich sichere Ihnen eine Leinwand.«

Er lacht brummend. »Nun, ich fürchte, dass das Tagesgeschäft es nicht zulässt. So verlockend es auch ist.«

»Vielleicht ein anderes Mal. Ein paar Gelegenheiten wird es ja noch geben.«

»Das stimmt. Ein kleiner Hotelrundgang würde aber noch in meinen Tagesplan passen. Sie haben doch noch Zeit, bis die Gäste kommen?«

Ich sehe auf die Uhr. »Exakt dreißig Minuten.«

»Das reicht für eine kleine Einführung.«

Zusammen verlassen wir den Saal und nehmen die Treppe nach unten. Als Erstes zeigt Roman mir die Küche und den Speisesaal, der mit pompösen Kronleuchtern und einem Flügel 20er-Jahre-Charme versprüht. Er erzählt dabei im Schnelldurchlauf, dass hier früher die Feiern stattgefunden haben, ehe man sich dazu entschieden hat, einen extra Saal dafür zu schaffen. Danach zeigt er mir noch die Bibliothek und den Rauchersalon, in dem die Gäste entspannt bei einem Drink den Tag ausklingen lassen können. Im unteren Stockwerk gibt es einen Spa inklusive Fitnessstudio, Massageräumen und einer Sauna, die wir aber zwecks Privatsphäre der Gäste auslassen. Stattdessen führt Roman mich vorbei an einem kleinen Konferenzraum hin zu seinem Büro.

»Hier ist mein Reich.«

Das Fenster hinter seinem Schreibtisch geht auf einen kleinen, bepflanzten Innenhof. Die Möbel aus dunklem schwerem Holz wirken edel und imposant.

»Ich finde das ganze Hotel sehr beeindruckend. Und unglaublich stilvoll.«

»Vielen Dank. Ich habe mich bemüht, den früheren historischen Charme zu wahren und dennoch eine Modernisierung vorzunehmen.«

»Das ist definitiv gelungen.«

»Ich hoffe, Ihre Kurse sorgen für etwas frischen Wind.« Er deutet auf ein Sofa, auf dem wir Platz nehmen. »Tatsächlich habe ich mir schon länger überlegt, meinen Gästen tagsüber mehr Programm zu bieten, da kam die Idee von Blake wie gerufen. Auch wenn mich so viel Eigeninitiative überrascht hat. Vielleicht Ihr guter Einfluss?«

»Ich glaube, in Blake schlummert so einiges an guten Ideen und Motivation. Ich jedenfalls habe vollstes Vertrauen in ihn.«

Sein Onkel nickt zustimmend, aber sein Blick verdunkelt sich etwas, als habe er Sorge, Blake könnte dieses Vertrauen missbrauchen.

»Er ist ein guter Junge. Aber er macht gerade viel durch ...«

Ich nicke. Mehr als das steht mir nicht zu. Vor allem, weil sein Onkel sicher besser einschätzen kann, womit Blake zu kämpfen hat, als ich.

»Ihr Zuspruch gibt ihm viel Kraft. Das spüre ich, Mr Meester«, sage ich dennoch.

»Du gehörst jetzt zu ihm, also nenn mich Roman, okay?«

Er lächelt und reicht mir die Hand, die ich überrascht schüttle.

»Danke. Auch für die Chance, hier meine Kurse abzuhalten.«

Er nickt energisch. »Wenn Blake mich um etwas bittet, kann ich wirklich nicht Nein sagen. Wie habt ihr zwei euch eigentlich kennengelernt?«

Sofort werden meine Hände feucht, aber ich versuche, mir nichts anmerken zu lassen.

»Hat Blake es nicht erzählt? Ich war Gast im *Serpent*, dort haben wir uns zum ersten Mal getroffen und sind ins Gespräch gekommen. Dann führte eins zum anderen.«

Seine Stirn legt sich in Falten. »Hat Blake dort gefeiert?«

»Was? Nein, er hat gearbeitet.«

Erleichtert atmet er aus.

»Natürlich hat er das. Ich weiß ja, dass er nichts mehr trinkt. Und doch mache ich mir manchmal Sorgen. Jemanden, der früher seine Probleme mit Alkohol und Drogen bekämpft hat, einen Club führen zu lassen, birgt ein gewisses Risiko. Ich bete jeden Tag, dass er nicht wieder schwach wird.«

Sein Blick wird kurz glasig, dann schüttelt er den Kopf und sieht auf die Uhr. »Sosehr ich es auch genieße, dich besser kennenzulernen, fürchte ich, wir müssen ein anderes Mal weiterreden. Wir wollen ja nicht, dass dein erster Kurs verspätet stattfindet, nicht wahr?«

Nur noch zehn Minuten, bis es losgehen soll, ich muss ihm also recht geben.

»Ich bin immer im Hotel«, sagt er noch, als wir uns erheben. »Wenn es also irgendetwas gibt, womit ich dir helfen kann – Probleme oder Sorgen –, dann scheu dich nicht davor, mich anzusprechen. Bei organisatorischen Fragen wendest du dich jedoch besser an Gilbert. Er wird dir gerne alles besorgen, was du brauchst. Du findest ihn am Empfang.«

Er wünscht mir noch viel Erfolg, dann verabschiede ich mich und gehe zurück in den Saal, um dort auf meine Teilnehmenden zu warten. Noch ist niemand da, aber ich lasse eine der Flügeltüren offen, damit ich leichter gefunden werde. Bis dahin mache ich ein paar letzte Handgriffe.

Es widerstrebt mir, meine verschmierte Schürze anzuziehen und damit meine Cargohosen-Blusen-Kombi zu verdecken, die ich mir extra für heute herausgesucht habe. Aber die beige Bluse mit Farbe zu bekleckern würde mich nur noch mehr ärgern, und wo Farbe im Spiel ist, bleiben Kleckser nicht aus.

Mein iPhone vibriert. Ein guter Hinweis, gleich den Flugmodus anzuschalten, um mich voll auf den Kurs zu konzentrieren. Ich werfe jedoch einen kurzen Blick auf die eingegangene Nachricht. Sie ist von Blake.

Seit der Jubiläumsfeier vor acht Tagen hatten wir nur sporadischen Kontakt. Blake – oder besser gesagt Scott – hat das Spaghetti-Pärchenfoto hochgeladen. Danach gab es einige organisatorische Dinge für die anstehende Filmpremiere zu klären, zu der ich Blake begleiten soll.

Diesmal ist es keine Information zu der Premiere. Nur eine nette Geste, die ich ihm gar nicht zugetraut hätte.

> **Blake**
> Viel Erfolg bei deinem Kurs!

Ich spiele mit dem Gedanken, ihm noch schnell zu berichten, wie nett sein Onkel mich empfangen und rumgeführt hat, aber dann höre ich erste Stimmen, die näher zu kommen scheinen. Also doch der Flugmodus.

Das iPhone verschwindet wieder, diesmal nicht in meiner Hosen-, sondern in meiner Handtasche. Dann straffe ich die Schultern, richte noch mal meinen Pony und lächle Richtung Tür, an der meine ersten Teilnehmenden auftauchen.

Meine leichte Grundanspannung verfliegt irgendwo zwischen den köstlichen Törtchen und angenehmer Stille, die sich immer dann breitmacht, wenn die Teilnehmenden in ihren Gemälden versinken. Das Tupfen von Bildern, insbesondere von Blättern, hat etwas sehr Meditatives. Das, was mich aber *wirklich* beruhigt, ist die Tatsache, dass dies hier ein ganz normaler Kurs ist. Die Gäste mögen in diesem teuren Hotel übernachten und vermutlich mehr Geld haben als meine gesamte Familie und engsten Freunde zusammen, aber sie sind total locker. Eine von ihnen, Diana Hayes, Inhaberin einer Kosmetikfirma, ist so konzentriert bei der Sache, dass ihre Zunge ein wenig aus ihrem Mund hängt und sie immer wieder verträumt auf den Herbstwald blickt, den sie gerade auf der Leinwand zum Leben erweckt. Zwei der Teilnehmenden haben sich anstatt der Herbstfarben für einen Frühlingswald mit verschiedenen Grüntönen und ein paar Blüten entschieden. Romy Tucker, eine Anwältin aus Chicago, malt einen Fantasiewald in Regenbogenfarben, den ich besonders kreativ finde.

Es läuft gut. Viel besser, als ich es mir erhofft hatte.

Der Duft von frisch gebrühtem Kaffee rundet das künstlerische Ambiente ab und sorgt für eine wohlige Atmosphäre.

Die Zeit vergeht rasend schnell, und schon beende ich den Kurs nach zwei Stunden. Die Bilder sind fertig und müssen nun trocknen. Wir hängen Zettel hintendran und lassen sie im Saal stehen, wo sie später von den Mitarbeitenden auf die Zimmer der Gäste gebracht werden.

»Heute wurden Kunstwerke erschaffen«, sage ich stolz. »Und ich danke allen, die sich auf diese kleine Reise in die Welt der Blätter mit mir eingelassen haben. Es hat mir wirklich viel Spaß gemacht.«

»Uns auch«, erwidert Diana und beginnt zu klatschen. Die anderen stimmen mit ein.

»Ich lade Sie noch dazu ein, Ihren Kaffee auszutrinken und die letzten Törtchen zu verspeisen, die die Küche so wundervoll angerichtet hat. Und denken Sie gerne an mich, wenn Sie mal wieder kreativ werden wollen. Meine Kontaktdaten finden Sie auf den Visitenkarten auf den Tischen.«

Zu meiner Freude sehe ich einige ihr Smartphone zücken, um den QR-Code darauf einzuscannen und meine Kontaktdaten zu speichern. Die wenigsten bleiben jedoch noch in Ruhe sitzen. Sie sehen auf die Uhr, verabschieden sich aus der Runde und eilen davon – ganz die Geschäftsleute, die sie sind. Als habe es diese kleine Auszeit, in der sie sich gerade befunden haben, nie gegeben.

Am Ende ist nur noch Diana mit mir im Raum. Sie isst genüsslich eins der Törtchen und betrachtet die Bilder.

Ich trete neben sie.

»Das liebe ich so an diesen Kursen«, sage ich träumerisch. »Selbst wenn alle dieselben Vorgaben haben und dieselbe Technik anwenden, hat am Ende jedes Bild eine eigene Persönlichkeit.«

Diana lächelt. »Wirklich schön gesagt. Und es hat mir gefallen, mal wieder kreativ zu werden.«

»Dann war das nicht Ihr erster Ausflug in die Kunst?«

»Früher habe ich gerne gemalt. Nie mit Acryl, sondern mit Aquarellfarben. Es war immer ein schöner Ausgleich zum Stress im Alltag, der mit zwei Kindern und der Leitung einer Firma oft überhandnimmt.«

»Warum malen Sie dann nicht mehr?«

Hoffentlich ist die Frage nicht zu persönlich.

»Wegen des Stresses im Alltag. Ironisch, oder?«

»Menschlich, würde ich sagen. Zwischen To-dos und Terminen können Leidenschaften schon mal verloren gehen. Aber manchmal kann man sie auch wiederfinden.«

»Ich versuche das heute als kleine Erinnerung daran mitzunehmen.«

Noch mal sieht sie zu den Gemälden, deren Farbe langsam trocknet. Danach erst richtet sie ihre Aufmerksamkeit wieder auf mich.

»Dann geben Sie jetzt also feste Kurse hier im Hotel?«

»Glücklicherweise schon, zumindest für die nächsten vier Monate. Ich habe aber auch noch einige andere Kooperationen mit Cafés und Restaurants in der Stadt und versuche, mein Angebot weiter auszubauen.«

Ihre Augen blitzen auf. »Und man kann diese Kurse auch privat buchen?«

Allein diese Frage klingt so vielversprechend, dass mein Magen einen Purzelbaum schlägt.

»Ja, so etwas biete ich auch an.«

»Hm.« Wieder dieses Leuchten in ihren Augen. »Einmal im Jahr bin ich Gastgeberin eines kleinen Ausflugs in die Hamptons. Sechs Mütter, die ohne Mann, Kind und Geschäftstelefon verreisen und sieben Tage lang die Seele baumeln lassen. Ein paar Gläser Wein, ein bisschen Yoga am Strand … Es würde mir gut gefallen, an diesem Wochenende auch künstlerisch aktiv zu werden. Sofern Sie es sich vorstellen könnten, dafür in die Hamptons zu kommen. Mit entsprechender Vergütung natürlich.«

Innerlich feiere ich bereits eine fette Party zu Ehren dieser Frau.

»Das klingt nach einem ganz besonderen Wochenende, das ich sicher auch sehr inspirierend finden würde«, versuche ich meine Euphorie etwas zu zügeln. So sympathisch und locker Diana auch wirken mag, ist sie immer noch eine Geschäftsfrau, der ich nicht einfach so vor Freude um den Hals fallen kann. Auch wenn ich es gerne würde.

»Wunderbar.« Diana strahlt, als sie sich eine der Karten nimmt und meine Kontaktdaten speichert. »Wir sind gerade noch in der Planung für das Wochenende, es wird vermutlich irgendwann im August oder September stattfinden. Ich melde mich dann nächste Woche bei Ihnen, und dann klären wir die Details, in Ordnung?«

»Sehr gerne, ich freue mich darauf.«

Diana nimmt den letzten Bissen ihres Törtchens, macht noch ein Foto von ihrem Gemälde, und dann winkt sie mir zum Abschied zu. Erst als sie den Saal verlässt und hinter ihr die Tür zufällt, wage ich es, wieder zu atmen. Mir entfährt ein Quietschen, während ich einen kleinen Siegestanz aufführe und wünschte, Mom, Dad und Ivy könnten mich gerade sehen. Ich wünschte auch, Blake wäre jetzt hier, denn ich habe das dringende Bedürfnis, ihm um den Hals zu fallen, um ihm für diesen Deal mit dem Hotel zu danken, weil er mir genau das ermöglicht, wovon ich immer geträumt habe.

***

Wenn ich in New York shoppen gehe, dann meistens secondhand oder in Outletstores, um besonders günstige Schnäppchen abzugreifen. Es macht mir Spaß, durch das Sortiment zu stöbern und Schätze zu finden, auch wenn diese manchmal noch durch kleine Handgriffe geändert werden müssen. Im Gegensatz zu Pinsel und Farbe sind mir Nadel und Faden nicht ganz so vertraut, aber leichte Änderungen an Kleidungsstücken, wie das Umnähen eines Saums oder einer Knopfleiste, gelingen mir meistens ganz gut. Trotzdem stand ich ab und zu vor den Schaufenstern in der Fifth Avenue und habe mir vorgestellt, wie es wohl wäre, mir die dort ausgestellten Kleidungsstücke kaufen zu können. Seit ich mit Ivy befreundet bin – besser gesagt seit ihrem Durchbruch als Sängerin –, hat sie einige solcher teuren Kleidungsstücke gestellt bekommen, und so kam ich immerhin schon in den Genuss, ein paar Sachen anzuprobieren und die edlen Stoffe auf meiner Haut zu spüren. Trotzdem hatte ich noch nie einen Termin in einem dieser Bekleidungsläden. Da war ich aber auch noch nicht die Fake-Freundin eines Rockstars.

Als Blake mir gesagt hat, dass er einen persönlichen Termin für mich vereinbart hat, damit ich ein Kleid für die Filmpremiere kaufen kann, habe ich das Ganze noch für einen Scherz gehalten. Selbst wenn im Vertrag steht, dass Blake für meine

Garderobe für öffentliche Auftritte aufkommt, habe ich dabei nicht an Designerkleidung gedacht. Nicht mal in meinen kühnsten Träumen.

Juliet Setton, eine der Stylistinnen, begrüßt uns mit Küsschen auf die Wange, wobei Ivy ein Extraküsschen bekommt.

»Ich dachte, du hättest beim letzten Mal schon alle Kleider anprobiert?«, fragt Juliet.

Erst letzte Woche hatte Ivy einen Termin mit ihr, weil sie für ihre Tour durch die Staaten mit mit einer ihrer Marken zusammenarbeitet und einige dieser Kleidungsstücke auf der Bühne tragen wird. Mehr als Fotos durfte ich von den ausgewählten Kleidern aber noch nicht sehen. Ivy bekommt sie erst kurz vor Beginn der Tour im September.

»Heute bin ich nur die Begleitung«, erklärt Ivy. »Shoppen mit Freundinnen ist schließlich immer noch am schönsten.«

»Allerdings.« Juliet dreht sich begeistert zu mir. »Du bist also Lennon?«

»Lennon Chambers«, stelle ich mich vor.

»Und du gehst zur Filmpremiere von *Fracture* und brauchst dafür ein Kleid?«

»Genau. Mein erster roter Teppich.«

Sie klatscht vergnügt in die Hände.

»Da werden wir definitiv etwas finden. Das Gute ist, dass wir Cameron Gavez auch schon dafür eingekleidet haben. Wir können dich also vom Star des Abends ein wenig abheben.«

Die Erwähnung von Camerons Namen löst sofort ein Kribbeln in mir aus. Immerhin ist es *die* Cameron, die noch vor ein paar Monaten mit Blake in der Karibik geknutscht hat und die ich immer für seine Freundin gehalten habe. Und nun werde ich ihr bei der Premiere ihres neuen Films gegenüberstehen – was bereits surreal genug ist –, und sie wird denken, dass *ich* jetzt seine Freundin bin. Keine Ahnung, wie ich mich dabei fühlen soll. Ich will nicht zwischen irgendwelche Fronten geraten, denn selbst wenn das mit den beiden nichts Ernstes war, war es *etwas*. Richtig?

Eine Mitarbeiterin von Juliet reicht uns Champagner, während Juliet eine Auswahl an Kleidern zusammenstellt. Ivy und ich sitzen auf einer roten Couch direkt an der Garderobe. Ein Hauch von Seide liegt in der Luft – ein wenig süßlich, gepaart mit dem Duft von frischer Natur. Gleich daneben nehme ich Leder wahr und vielleicht einen Spritzer von frisch-herbem Parfüm, das möglicherweise versprüht wurde, um die luxuriöse Atmosphäre zu unterstreichen.

»Es ist krass, dass so was hier inzwischen zu deinem Leben gehört«, flüstere ich Ivy zu. »Ich rechne fast schon damit, gleich doch noch vor die Tür gesetzt zu werden, weil ich nicht diese klassische Eleganz habe, die man zum Tragen dieser Kleider braucht.«

»Dafür hast du deine ganz eigene Art, solche Kleider zu präsentieren«, flüstert Ivy zurück. »Du wirst auf dem roten Teppich aussehen wie eine Göttin.«

»Dem kann ich nur zustimmen.«

Juliet kommt mit einer rollbaren Kleiderstange zurück und hat Ivys letzten Satz offenbar gehört. Ich versuche, durch diesen Umstand nicht peinlich berührt zu sein. Ihr Lächeln wirkt aufrichtig, als sie mir die elf Kleider präsentiert, die sie mir ausgesucht hat. Alle sind wunderschön. Sexy und feminin. Die Stoffe sind glatt und seidig, die Nähte so sauber verarbeitet, wie ich es niemals zuvor gesehen habe.

Jedes dieser Kleider wirkt wie ein wahr gewordener Traum, der sich definitiv für eine Premiere eignet. Kurzerhand entschließe ich mich dazu, gleich fünf davon anzuprobieren, um die beste Wahl treffen zu können.

Schon das erste Kleid ist eine Wucht. Der schwarze Samt schmiegt sich angenehm an meine Haut. Der Mermaid-Schnitt betont elegant meine Hüfte und meinen Po, während der tiefe

Ausschnitt mein Dekolleté in Szene setzt. Juliet hilft mir beim Reißverschluss, dann trete ich aus der Kabine, wo Ivy auf mich wartet.

»Das Kleid ist wie für dich gemacht«, schwärmt Juliet. »Es sitzt wie angegossen.«

»Dazu vielleicht eine Kette«, überlegt Ivy begeistert. »Und hochgesteckte Haare?«

»Und roter Lippenstift«, steigt Juliet mit ein.

Noch mal drehe ich mich vorm Spiegel und versuche mir die Vorschläge vorzustellen. In diesem Kleid würde ich mich zwischen Stars und Fotografen auf jeden Fall wohlfühlen. Der schwarze Stoff unterstreicht meine dunklen Haare und schmeichelt dadurch meinem Teint. Roter Lippenstift würde das Ganze tatsächlich abrunden.

»Ich würde ja sagen, wir haben einen Gewinner, aber ohne die anderen Kleider anprobiert zu haben, will ich das eigentlich noch nicht entscheiden.«

»Da bin ich ganz bei dir«, trällert Juliet und greift zu einem mintgrünen Kleid mit klassischer A-Linie.

Die nächste halbe Stunde probiere ich vier weitere Kleider an, die alle wundervoll sind, aber in keinem fühle ich mich so sinnlich und selbstbewusst wie in dem ersten Kleid, also verlassen Ivy und ich schließlich damit den Laden. Bei dem Preis, den Blake dafür bezahlt, ist mir kurz schwindelig geworden, aber Ivy hat mir gesagt, dass ich das ausblenden soll. Sie muss es wissen: Innerhalb des letzten halben Jahres hat sie so viele Kleidungsstücke von Designern geschenkt bekommen und musste sich auch erst mal an den Gedanken gewöhnen, von jetzt an nicht mehr auf Schnäppchen vom Flohmarkt angewiesen zu sein.

Ivy und ich holen uns noch einen Kaffee to go, um damit das schöne Wetter im Central Park zu genießen. Mit der Tüte des Designerlabels fühle ich mich irgendwie anders, ein bisschen beobachtet, aber vermutlich liegt es daran, dass wir tatsächlich angestarrt werden. Eigentlich nichts Neues in Ivys Gegenwart, aber es ist das erste Mal, dass ich von den vorbeigehenden Menschen nicht nur das Flüstern *ihres* Namens höre.

»Das ist Lennon – Blake Meesters Freundin, oder?«

Ich versuche, nicht auf die Worte zu reagieren. Ivy und ich gehen einfach weiter durch den Park, trinken unseren Kaffee und erfreuen uns an den sommerlichen Temperaturen. Der Juni ist immer einer meiner Lieblingsmonate in New York. Wenn der Central Park nach gemähtem Gras riecht, der Himmel klar ist und es alle Menschen nach draußen lockt. Jogger, Radfahrer, Familien mit Picknicktaschen und Football spielende Jugendliche. Frisch bepflanzte Blumenbeete, die in voller Blüte stehen. Das alles ist pure Lebensenergie, die ich später unbedingt auf einem Gemälde festhalten möchte.

Wir schlendern durch die Menge, vorbei am Conservatory Water. Rund um den Teich hocken Kinder, die auf dem Wasser ihre Segelboote fahren lassen. Wir gehen an ihnen vorbei, während Ivy erzählt, dass sie den Vertrag für ihre neue Wohnung unterzeichnet hat. Ab sofort wird sie in der Lower East Side in einem gesicherten Apartmentkomplex wohnen. Immerhin bei mir um die Ecke, aber trotzdem nicht mehr nur eine Zimmertür entfernt.

»Wann ist der Umzug geplant?«, frage ich schweren Herzens. Selbst wenn ich nun einige Wochen Zeit hatte, mich an den Gedanken ihres Umzugs zu gewöhnen, schmerzt er dennoch.

»Schon nächste Woche. Bevor die heiße Phase der Tourvorbereitung losgeht.«

Angesichts der vielen Proben, die für die Tour anstehen, ist ein zeitnaher Umzug sicher sinnvoll. Aber es geht mir trotzdem zu schnell. Ich bin noch nicht bereit.

»Nächste Woche schon …«, murmle ich. Plötzlich kommen mir die grünen Parkflächen gar nicht mehr so lebendig vor.

Eher unpassend für den grauen Schleier, der sich über meine Stimmung legt.

»Ein seltsamer Gedanke, oder?«, erwidert Ivy nachdenklich. »Aber weißt du, was gut ist? Wir haben jetzt nicht nur eine Feuerleiter, sondern auch einen kleinen Balkon, um uns zu treffen. Und ich bestehe darauf, dass wir uns trotzdem so oft wie möglich sehen.«

»Auf jeden Fall.«

Ich versuche mich an diesen Gedanken zu klammern. Ivy und ich werden uns immer nahestehen, werden uns immer Zeit füreinander nehmen. Daran wird auch ihr Auszug nichts ändern. Das weiß ich ganz tief in meinem Herzen. Eigentlich sogar in jeder Faser meines Seins. Dafür ist die Freundschaft mit ihr viel zu stark.

An der Bronzestatue von *Alice in Wonderland* machen wir halt und setzen uns auf eine der umliegenden Bänke. Es ist ein Wunder, dass wir hier überhaupt Platz finden, denn an sonnigen Tagen wie heute sind die schattigen Bänke unter den Bäumen so beliebt wie die Statue selbst. Kinder klettern auf der Skulptur aus Bronze herum und erfreuen sich an den Charakteren von Lewis Carrolls Roman *Alice im Wunderland*. Als Kind bin ich auch oft auf die Statue geklettert, die aus Alice, einem Pilz, dem verrückten Hutmacher und der Haselmaus besteht. Dann habe ich mich neben Alice auf den Pilzhut gesetzt und mich groß und unbesiegbar gefühlt. Irgendwo, in den Tiefen des Dachbodens meiner Eltern, muss noch eine Kiste mit Zeichnungen aus meiner Kindheit stehen, in denen ich exakt diese Statue gemalt habe. In mindestens zwanzig verschiedenen Ausführungen.

Wir lassen unseren Blick über die Familien schweifen. Ein Teenie auf einer der anderen Bänke macht heimlich Fotos von uns. Schwer zu sagen, ob sie damit bevorzugt mich oder Ivy ablichtet.

»An diese Aufmerksamkeit muss man sich echt erst mal gewöhnen«, murmle ich zwischen einem Schluck Kaffee. Er ist nur noch lauwarm.

»Bereust du es, so schnell mit Blake an die Öffentlichkeit gegangen zu sein?«

»Nein. Für Blake war es wichtig. Er beginnt, sich endlich wieder der Außenwelt zu stellen und das, was er erlebt hat, zu verarbeiten.«

Ivy schmunzelt. »Schon lustig, dass du jetzt gleich zwei Menschen aus der Musikbranche in deinem Leben hast.«

»Bei Blake fühlt es sich noch nicht danach an«, erwidere ich ehrlich.

Auch wenn ich mir seiner Musik mehr als bewusst bin, spielt sie bisher keine Rolle. Er redet nicht mal darüber. Dabei würde ich gerne mit ihm darüber sprechen. Ich hätte so viele Fragen an ihn. Schon lange wollte ich wissen, was ihn zu seinen Songs inspiriert hat. Das ist doch immer das Spannendste an der Kunst: die Gedanken der Künstler mit seinen eigenen Interpretationen und Empfindungen abzugleichen.

»Er hat noch nicht wieder begonnen, Musik zu machen«, sage ich nachdenklich.

Scott hat zwar gesagt, dass wir diesen Schritt in die Öffentlichkeit auch machen, damit das Label wegen des ausstehenden Albums besänftigt wird … aber Blake hat in meiner Gegenwart noch nicht gesagt, ob er überhaupt noch vorhat, dieses Album zu produzieren. Vielleicht sollte ich ihn mal danach fragen, nur will ich auch kein schwieriges Thema anschneiden, wo es gerade besser zwischen uns läuft. Immerhin hat er mich nach dem Abend im Hotel umarmt … mir gedankt … mir vor meinem Kurs geschrieben. Der Blake, der mir noch vor Kurzem gesagt hat, dass ich die Falsche für den Job bin, hätte sicher nichts davon getan.

»Aber *will* er denn wieder Musik machen?«, fragt Ivy.

»Ich denke schon«, erwidere ich, ohne zu wissen, ob es der Wahrheit entspricht. »Aber du weißt ja selbst, wie sehr Musik an Gefühle geknüpft ist … Ich bin mir also nicht sicher, ob er schon bereit dazu wäre.«

»Und sie ist auch mit seinem Vater verknüpft, oder?«

Ich nicke. »Er stand mit ihm das erste Mal auf der Bühne, Corey hat ihm den Start seiner Musikkarriere ermöglicht. Nun ohne ihn weiterzumachen, wird sicher Überwindung kosten.« Und schmerzvoll sein.

»Es ist gut, dass er jetzt dich hat.« Sie stupst mich mit der Schulter an. »Ich weiß immerhin, wie viel Kraft und Energie du den Menschen schenkst. Wenn es jemand schafft, ihm beizustehen, dann du.«

»Ich hoffe es.« Es überrascht mich selbst, mit wie viel Nachdruck ich diesen Satz sage. Wie wichtig er mir ist.

Der Wunsch, ihm zu helfen, war zwar schon von der ersten Sekunde an da, schon seit ich seine Not gespürt habe … aber nun ist dieser Wunsch tief in mir verwurzelt. Irgendwo zwischen anfänglichen Kommunikationsproblemen und fehlender Chemie ist Blakes Schicksal mir wirklich wichtig geworden. Auch unabhängig davon, wie sehr seine Musik mich in der Vergangenheit geprägt hat.

»Wie ist er denn sonst so? Was magst du an ihm?«, fragt Ivy.

»Er sagt offen, was er denkt und wie er sich fühlt«, erwidere ich sofort. Es ist das Erste, was mir einfällt. »Und bei ihm habe ich nicht das Gefühl, zu viel zu sein. Du weißt, dass das meine Schwäche ist. Ich habe schon zu oft Typen kennengelernt, die mit meiner Energie nicht umgehen konnten, aber Blake scheint es zu amüsieren. Auf der Party vom Hotel hatten wir so ein Spiel: Er stellt mich den Leuten vor, und ich rede so viel auf sie ein, wie es nur geht, damit sie nicht dazu kommen, Blake ihr Beileid auszusprechen.«

Ivy lacht leise. »Ich kann es mir bildlich vorstellen.«

»Das hat wirklich Spaß gemacht. Und war schön nach der Sache mit Tyler …« Sofort verschwindet mein Lächeln.

Die erste Liebe bleibt wohl immer schmerzhaft, egal wie viel Zeit auch vergeht. Selbst wenn es zwei Jahre und vier Monate sind.

»Tyler wusste dich ja auch gar nicht zu schätzen«, erwidert Ivy sofort, obwohl sie ihn nie persönlich getroffen hat.

Sie kennt ihn nur aus Erzählungen, in denen er vielleicht sogar noch besser weggekommen ist als in der Realität. Denn selbst wenn ich manchmal noch an ihn denke, hatte das mit uns nie eine Zukunft. Er fand meine Energie ermüdend, mich zu anstrengend. Für ihn war ich auf Dauer viel zu viel, weshalb das mit uns auch nur ein Jahr gehalten hat.

»Dafür hast du ja jetzt Blake«, erinnert mich Ivy.

Sie will mich damit aufmuntern, aber sie erreicht damit eher das Gegenteil. Denn selbst wenn es stimmt, was ich über Blake gesagt habe, war es ja trotzdem nicht die Wahrheit. Es wäre so viel einfacher, wenn Ivy von meinem Deal mit ihm wüsste. Dann könnte ich ihr sagen, dass meine Begeisterung eher daher rührt, dass Blake mich nicht mehr ansieht, als würde er mich aus der Wohnung schmeißen wollen. Ich könnte ihr sagen, dass mein Deal mit ihm bereits Wirkung zeigt, weil die Anfragen für meine Events steigen und auch Diana mir bereits eine Nachricht wegen der Hamptons geschickt hat. Ich könnte ihr sagen, dass ich deswegen aufgeregt und vielleicht ein bisschen überschwänglich bin, aber dass es nichts damit zu tun hat, dass mir nach der Feier im Hotel kurz mal die Knie weich geworden sind, als er mich umarmt hat.

Doch all das muss unausgesprochen bleiben, weil ich Ivy sonst verraten würde, dass ich eine Lüge lebe.

»Also, welche Tipps kannst du mir für den roten Teppich mitgeben?«, wechsle ich das Thema.

KAPITEL 18

YOUR HAND IN MINE

Blake

Ich würde mich gerne für einen bodenständigen Menschen halten. Nach allem, was ich erlebt habe, sollte ich es sein, immerhin weiß ich, wie vergänglich nicht nur das Leben, sondern auch Luxus sein kann. Dads Haus in den Hamptons hat fast fünfzehn Millionen Dollar gekostet, ohne den Wert von Möbeln und Autos zu addieren, doch all dieser Besitz hat sich trotzdem in Rauch aufgelöst. Ein einziger Fehler, und dein ganzes Leben fällt in sich zusammen. Luxus sollte mich also nicht mehr beeindrucken oder beeinflussen, ich sollte wohl der demütigste Mensch auf Erden sein.

Mom war zwar nie reich, aber Dad hat sie finanziell immer unterstützt und allerhand Geschenke geschickt, angefangen bei meiner ersten Gitarre bis hin zu einem SUV für meine Mom. Trotzdem hat sie versucht, mir eine gewisse Natürlichkeit vorzuleben – fernab von Villen und Sportwagen. Mom ist trotzdem jeden Tag in die Highschool gegangen, in der sie als Krankenschwester angestellt war, während ich mir insgeheim gewünscht habe, so wohlhabend zu sein wie Dad. Ich habe mich nach Luxus, Partys, Reisen und Ruhm gesehnt.

Traurigerweise steckt es noch immer in mir. Andernfalls wüsste ich nicht, wieso ich mich gerade auf die Filmpremiere besonders freue. Ich habe das Gefühl, dass ich wieder einen Zugang zu mir selbst finden könnte, wenn ich dieses Event durchziehe. Die Hotelparty wäre mir auch vor Dads Tod schwergefallen, aber rote Teppiche und Premieren waren immer meine Stärke, und ich wünsche sie mir zurück. Auch wenn ich nicht sicher bin, wie gut ich noch in diese makellose Welt hineinpasse.

»Sie werden euch heute genau unter die Lupe nehmen«, erinnert uns Scott.

Er steht mit Lennon und mir in meinem Wohnzimmer. In zehn Minuten ist Abfahrt, wenn wir pünktlich bei der Premiere sein wollen, also sind Lennon und ich schon in Schale geworfen.

»Die Presse wird euch interviewen wollen, sicher interessiert es sie noch mal zu hören, wie ihr zusammengekommen seid, also erzählt gerne immer wieder die Story. Achtet darauf, bei der gleichen Geschichte zu bleiben, aber benutzt nicht immer dieselben Wörter. Abwechslung bringt Authentizität«, weist uns Scott an.

Auch wenn der rote Teppich und auch Interviews nicht neu für mich sind, bin ich froh um die kleine Instruktion. Schon allein weil Lennon ein wenig blasser aussieht als sonst. Sie spielt auffallend oft mit dem Verschluss ihrer Clutch und hängt an Scotts Lippen. Immer wieder nickt sie, als würde sie sich seine Anweisungen regelrecht ins Hirn hämmern.

»Die meisten Pressestimmen sind bisher sehr positiv, sie nehmen euch die Liebesgeschichte ab. Heute geht es darum, die letzten Kritiker zu besänftigen und den Glauben an eure Liebe zu bestärken.«

»Das schaffen wir.« Lennon sieht ängstlich zu mir. »Oder?«

»Auf jeden Fall. Wenn du unsicher bist, dann lass mich reden. Sie wissen ja, dass es dein erster roter Teppich ist, also wird jegliche Nervosität, die man dir vielleicht anmerkt, darauf zurückzuführen sein.«

»Okay.«

Scott mustert mich. »Wie sieht es bei dir aus? Hast du noch Fragen?«

»Meinst du, sie werden über Dad reden wollen?«

»Im besten Fall finden sie die Lovestory mit Lennon so interessant, dass ihre Fragen nur darauf abzielen. Immerhin haben sie nur begrenzt Zeit für ihre Interviews. Aber da du auf der Filmpremiere bist, weil ein Teil der Dreharbeiten im *Serpent* stattgefunden hat, musst du davon ausgehen, dass er zur Sprache kommt. Bleib ganz ruhig, sag nur so viel zu ihm, wie du möchtest. Konzentriere dich bei möglichen Antworten auf seine Rolle bei den Dreharbeiten – nicht mehr und nicht weniger.«

Ich schlucke. »Das ... das bekomme ich hin.«

Hoffentlich.

»Gut, dann solltet ihr jetzt wohl los.«

Ich kontrolliere noch mal den Sitz meines Hemdes. Die schwarze Seide schmiegt sich angenehm an meine Haut und passt perfekt zu dem dunklen Ton meiner Haare. Diese Filmpremiere ist eine große Sache, alle Augen werden auf uns gerichtet sein. Nicht nur weil es für die Presse die erste offizielle Möglichkeit sein wird, Lennon und mich vor die Kamera zu bekommen. Cameron spielt die Hauptrolle in dem neuen Film, und sie war vor Lennon nun mal die letzte Frau, mit der ich abgelichtet wurde. Das macht meine Anwesenheit für die Presse umso interessanter. Vor allem wenn sie, genau wie Lennon, davon ausgehen, dass wir eine feste Beziehung geführt haben.

Ein seltsamer Gedanke, sie gleich wieder zu treffen.

Unser Mercedes-Benz parkt direkt vor dem roten Teppich des *AMC Empire 25*, vor dem sich Dutzende Reporter und Fotografen versammelt haben. Cameron, als Star des Films, steht gerade in einem Cinderella-Kleid auf dem Teppich und stellt sich einigen Fragen, während ihr Co-Star, Quinn Nass, auf sie wartet, um gemeinsam ins Gebäude zu gehen.

»Das ist also ein roter Teppich.« Lennons Stimme zittert ein wenig.

Für sie muss sich das Ganze hier wie ein Abenteuer und gleichzeitig wie ein Albtraum anfühlen, immerhin wird gleich alles, was sie sagt und tut, aufgezeichnet und um die Welt geschickt.

Sie schluckt hörbar. »Da rauszugehen finde ich noch ein wenig gruselig.«

»Ich finde es eher gruselig, Cameron zu treffen.«

Lennon schielt sofort zum Teppich, wo Cam sich gerade in Pose wirft. »Ich dachte, das war nichts Ernstes zwischen euch.«

»Das heißt nicht, dass sie mir nichts bedeutet hat. Wir waren gute Freunde. Jetzt weiß ich irgendwie nicht mehr, wo wir stehen.«

»Dann ist es doch gut, das heute herauszufinden. Meistens sind die Antworten gar nicht so quälend wie die Dauerschleife der Fragen im Kopf.«

»Der Teppich wird auch gar nicht so schlimm, wie du denkst. Früher empfand ich es immer als Spaß.«

Lennon lacht ein wenig hysterisch. »Bis ich über diesen Teppich stolpere und auf meinen Hintern krache und morgen davon Slow-Motion-Videos im Internet zu finden sind. Oder bis ich irgendetwas Blödes sage und dich damit in Verlegenheit bringe. Oder noch schlimmer: Was ist, wenn ich kein Wort herausbekomme?«

»Das kann ich mir bei dir ehrlich gesagt nicht vorstellen.«

»Nicht. Hilfreich.« Sie funkelt mich an. »Das ist doch alles neu für mich, und ich mache komische Dinge, wenn ich unter Prominenten bin. Dann bin ich zum Beispiel so euphorisch, dass ich mich als Maria Martinez in einen VIP-Bereich schleiche und einen *der* Musiker bei einem geheimen Gespräch belausche.«

Sie bringt mich zum Schmunzeln.

»Wir kriegen das hin«, sage ich aufmunternd. »Und wenn wir den roten Teppich erst mal hinter uns gebracht haben, können wir uns entspannen und uns auf den Film freuen.«

Lennons Augen blitzen auf. »Ihn vor allen anderen zu sehen, ist schon echt cool. Und ich habe richtig Lust auf Popcorn.«

»Bekommst du«, verspreche ich.

»Also schön.«

Lennon fährt sich mit den Fingerspitzen über ihre Haare, die sie heute wieder hochgesteckt hat. In Kombination mit dem Ausschnitt des Kleides wird ihr Hals betont, um den sie einen goldenen Anhänger gelegt hat. Nur zwei Strähnen und ihr Pony fallen ihr ins Gesicht.

»Wie sehe ich aus?«

»Als würdest du auf diesen roten Teppich gehören und niemals stolpern.«

Lennon verdreht lachend die Augen.

Ich steige aus und reiche ihr meine Hand, um ihr aus dem Wagen zu helfen. Blitzlicht und Rufe begrüßen uns.

Cameron ist inzwischen ins Gebäude gegangen, wir sind also die Nächsten. Hinter unserem Auto sind bereits einige andere Wagen und warten ebenfalls auf ihren Auftritt.

Mach es einfach wie früher. Sei für heute Abend der alte Blake.

Ich wünschte, es wäre so leicht wie in meinen Gedanken, doch jeder Schritt auf dem roten Teppich fühlt sich schwerer an als früher, sodass ich Lennons Theorie über einen Sturz gar nicht mehr so abwegig finde – nur dass ich es wäre, der zu Boden geht. Meine Knie sind verflucht weich, meine Muskeln gerade unterentwickelt von den Monaten im Bett.

Lennon und ich schreiten trotzdem über den roten Teppich, der zum Glück nur einige Meter lang ist und wenig Möglichkeiten bietet, *wirklich* zu fallen.

Von allen Seiten werden wir aufgefordert, in die Kamera zu

gucken – mal hier, mal da. Bitte lächeln, bitte etwas näher zusammenrücken.

Ich ziehe Lennon in meine Arme.

»Ich hatte recht«, flüstere ich in ihr Ohr. »Du wirst diesem roten Teppich wirklich mehr als gerecht.«

Die Röte, die sich auf ihren Wangen sammelt, amüsiert mich.

»Bring mich nicht in Verlegenheit«, murmelt sie.

»Ich fürchte, das werde ich jetzt aber tun müssen«, flüstere ich zurück.

Der Plan entsteht im Bruchteil einer Sekunde in meinem Kopf und übernimmt die Führung. Einzig ausgelöst von dem Wunsch, diesen Abend, so gut es geht, zu nutzen, um allen zu beweisen, dass ich zurück bin. Vielleicht will ich auch Cameron zeigen, dass es keinen Grund gibt, mich gleich zu bemitleiden, wenn wir uns sehen. Also drehe ich mich zu Lennon und rücke noch ein wenig enger zu ihr, obwohl wir bereits dicht beieinanderstanden. Meine Hand lege ich auf ihre Wange, sie zieht die Luft ein. Für mich ist es hörbar, doch für die Welt da draußen nicht. Ihre roten Lippen öffnen sich leicht, während sie überrascht zu mir sieht. Mein Daumen streichelt sanft über ihre Wange, und meine andere liegt noch an ihrer Hüfte.

Obwohl ich weiß, dass dieser Moment gespielt ist, reagiert mein Körper instinktiv auf unsere Nähe. Auf das warme Braun ihrer Iriden, während sie mich so zärtlich ansieht, wie ich lange nicht mehr angesehen wurde. Vielleicht noch nie. Schon gar nicht in den letzten Monaten.

Das Grölen der Fotografen dringt zu mir durch. Sie sind aus dem Häuschen und geben Anweisung, dass wir uns küssen sollen.

Küssen, küssen, küssen.

Allein der Gedanke daran, noch mehr Nähe zuzulassen, lässt mein Herz wummern. Es wäre der perfekte Auftritt, das perfekte Bild, der perfekte Moment. Und doch zögere ich, weil wir nie darüber gesprochen haben, ob wir so weit gehen würden. Wir haben nie Regeln aufgestellt, dabei lehren einen doch schon die romantischen Komödien, dass man immer alles vorher besprechen muss, wenn man irgendwelche falschen Spielchen spielt. Küsse ich sie jetzt, obwohl sie es nicht möchte, würde ich eine Grenze überschreiten. Küsse ich sie nicht, obwohl es die Möglichkeit gewesen wäre, unsere Beziehung vor der Welt zu untermauern, würde ich es bereuen.

Lennon lehnt sich weiter zu mir vor, nur noch ein paar Millimeter, und ich könnte ihre Lippen auf meinen schmecken und den Menschen das geben, wonach sie verlangen.

»Ist okay«, murmelt sie so leise, dass es unmöglich sein wird, dass die Fotografen es hören oder ihre leichte Lippenbewegung sehen können. Doch ich höre sie, klar und deutlich.

Ein Kribbeln fährt durch meinen Körper, für ein paar Sekunden fühle ich mich so lebendig wie schon lange nicht mehr.

Unsere Lippen legen sich aufeinander, ganz zart und verletzlich. Nur ein paar Sekunden, nur ein Augenblick, in dem ich mich nach mehr sehne, weil es viel zu lange her ist, dass ich einem Menschen so nah war. Weil ich mich selbst darüber wundere, dass ich mich ausgerechnet nach *ihrer* Nähe besonders sehne. Die leichte Vertrautheit, die wir zusammen erreicht haben, sprudelt nun über. Das Band zwischen uns spannt sich, nimmt mich ein.

Die Kameras blitzen, aber es ist mir egal. Für diesen Augenblick ist mir alles egal, außer diese braunen Augen, die mich mit einem Funkeln darin ansehen, während wir den Kuss auflösen. Mein Daumen streicht noch mal über Lennons Wange, behutsam und dankbar.

Ein Teil von mir würde sie gerne noch mal küssen, einfach um dieses Kribbeln zu spüren. *Etwas* zu spüren. Aber die Fotografen haben ihre Bilder, und wir müssen langsam den nächsten Gästen Platz machen. Ohnehin kommt jetzt der schwerere Part, denn am Ende des Teppichs warten einige Reporter auf ihre Chance, uns Fragen zu stellen. Gerade habe ich jedoch das Gefühl, ihnen gegenübertreten zu können.

Lennon streicht sich verlegen eine ihrer Haarsträhnen aus dem Gesicht. Ihre Wangen sind von Röte durchzogen und geben ihrer sonst olivfarbenen Haut ein gewisses Strahlen.

Ich nehme wieder ihre Hand und gehe mit ihr zu der ersten Reporterin, die begeistert ihr Mikrofon in Position hält.

»Blake Meester und seine neue Freundin Lennon Chambers«, erklärt sie in die Kamera, die ein junger Typ mit Cap hält. »Blake, du warst ziemlich lange untergetaucht, deswegen hat es viele Menschen überrascht, dass du plötzlich mit einer neuen Frau an deiner Seite auftauchst. Wie kommt es, dass du ausgerechnet jetzt wieder den Schritt in die Öffentlichkeit wagst?«

»Ich brauchte einige Zeit, um mich von den Geschehnissen zu erholen und wieder gesund zu werden. Aber irgendwann kommt der Punkt, an dem man das Leben wieder aufnehmen und weitermachen muss, und Lennon kennenlernen zu dürfen, hat mir dabei geholfen.«

Sie nickt begeistert. »Womit hat Lennon dich verzaubert?«

»Sie ist ein Mensch voller Energie, und das hat mich von der ersten Sekunde an begeistert. Ich konnte gar nicht anders, als sie näher kennenlernen zu wollen.«

»Das freut uns wirklich sehr. Ihr seid ein wunderschönes Paar.«

Lennon und ich rücken noch etwas näher zusammen. »Vielen Dank.«

»Letztes Jahr hattest du noch ein Verhältnis mit Cameron, dem Star dieses Abends«, sagt die Reporterin forsch. »War das mit ihr schon vorbei, bevor du Lennon kennengelernt hast?«

»Es hat nie richtig angefangen«, stelle ich klar. »Cameron

und ich hatten eine gute Zeit, aber wir waren nie in einer festen Beziehung.« Mein Magen rumort ein wenig, weil ich das vorher nicht mit Cam absprechen konnte. Aber es ist immerhin die Wahrheit.

»Blake, eine letzte Frage an dich.«

Das Lächeln der Reporterin verschwindet, Bedauern liegt in ihrem Blick. In diesem Moment weiß ich bereits, was für eine Art von Frage das sein wird.

»Nach dem schrecklichen Tod deines Vaters hast du die Leitung des *Serpent*s übernommen. Welche Pläne hast du für den Club?«

»Es ist Dads Vermächtnis, und er hat das *Serpent* nach seinen Vorstellungen aufgebaut, deswegen möchte ich es erst mal genauso weiterführen wie bisher. Für ihn.«

Die Reporterin fasst sich ans Herz und dreht sich dann wieder zur Kamera. »Blake Meester und Lennon Chambers«, sagt sie noch mal in die Linse.

Wir gehen zum nächsten Reporter, dann zum nächsten. Alle haben drei Fragen an uns, die meisten klingen ähnlich. *Wie habt ihr euch kennengelernt? Wieso habe ich mich nicht früher wieder in die Öffentlichkeit gewagt? Bin ich traurig, weil Dad meine neue Freundin niemals treffen wird?*

Nur die letzte Reporterin ignoriert Lennons und meinen gemeinsamen Auftritt komplett. Sie hat nicht mal einen müden Blick für meine Partnerin übrig. Sie fixiert mich und umklammert ihr Mikrofon. Einen Kameramann hat sie nicht, aber ein iPhone ist auf mich gerichtet

»Hillary Adams von *Current Flash*.«

Innerlich stöhne ich auf, denn das ist eins dieser Klatschmagazine, die gerne die Wahrheit verdrehen und mit reißerischen Storys für Aufsehen sorgen.

»Stimmt es, dass das Label droht, dich fallen zu lassen, wenn du nicht bald ein zweites Album produzierst?«

Ich blinzle angestrengt, auf solche Fragen war ich nicht vorbereitet. Ich dachte, es geht nur um meinen Dad und um Lennon, nicht um meine Musikkarriere, die wie ein Steinchen in meinem Schuh steckt und mir jeden Tag Schmerzen bereitet.

»Die Musik stand in den letzten Monaten nicht auf der Prioritätenliste, immerhin hatte ich vieles zu verarbeiten, und die Geschäftsführung des *Serpents* fordert auch meine Aufmerksamkeit«, versuche ich es mit einer diplomatischen Antwort. »Auch wenn ich es bedauere, dass meine Fans dadurch länger auf mein Album warten müssen. Einen Schritt nach dem anderen lautet jedoch gerade die Devise.«

Sie stellt weitere Fragen, um sicherzugehen, dass das Label mich nicht fallen lassen will, aber ich versuche drum herumzureden, denn eigentlich habe ich keine Antwort darauf. Solche Gerüchte entstehen meist nicht ohne Grund, und das bereitet mir Bauchschmerzen, doch es bringt auch nichts, mich nun damit zu befassen. Natürlich erinnert Scott mich andauernd daran, dass der Vertrag fürs Album offen ist und die Zeit eng wird. Nächste Woche haben wir das Abendessen mit dem Musiklabel, zu dem mich Lennon begleiten wird und wo wir vermutlich Schadensbegrenzung betreiben müssen. Jetzt heißt es, das Label zu besänftigen und weiter um Geduld zu bitten, aber es wird vermutlich nicht leicht. Eine so lange Pause und die Konzertabsagen der Vergangenheit verzeihen mir die Fans und das Label nur, wenn sie den Eindruck haben, sich wieder auf mich verlassen zu können. Aber ich traue mir ja selbst nicht über den Weg. Wann immer ich denke, wieder Musik machen zu können, bin ich wie blockiert. Da sind keine Melodien mehr in meinem Kopf, keine Songtexte. Keine Kraft, um meine Gitarre hervorzuholen und zu spielen. Ich höre nicht mal mehr Musik, weil mich das alles nur an meinen Dad erinnert. Auf eine schöne und auf eine schreckliche Weise. Ich fühle dabei viel zu viel und kann die Emotionen nicht kanalisieren.

Ich bin nicht stark genug.

Noch nicht.

Lennon und ich lassen endlich die Reporterin hinter uns und treten durch die Eingangstür, weg vom roten Teppich, auf dem nun andere Stars für Fotos posieren.

Im Gebäude fällt der Trubel ein wenig von uns ab.

»Das war krass«, presst Lennon hervor. »Ist das immer so wuselig? Diese ganzen Fragen und die Fotos – und, o mein Gott, wir haben uns vor diesen Kameras geküsst.« Die letzten Worte flüstert sie.

Die Erinnerung an den Kuss steht plötzlich im Raum. Irgendwie privat und intim, trotzdem offensichtlich für die ganze Welt. Spätestens in zwei oder drei Stunden gehen die ersten Bilder davon online, dann wird dieser Moment für immer im Internet zu finden sein.

»Du bist nicht gestolpert und hast mich nicht in Verlegenheit gebracht«, sage ich, um die Stimmung aufzulockern. Mir ist es wichtig, Lennon einen Moment zu geben, um ihre Gedanken zu sortieren.

»Das war schon mal ein voller Erfolg«, beruhige ich sie.

»Aber diese Reporter sind echt forsch. So etwas wie Diskretion kennen sie nicht.«

»Sonst hätten sie wohl ihren Beruf verfehlt«, erwidere ich ein wenig mürrisch. »Zumindest die Journalisten von *Current Flash* oder *Newsflash200*. Die leben fürs Drama. Aber es gibt durchaus auch Interviews, die sehr empathisch und einfühlsam geführt werden. Nur vielleicht eher nicht auf roten Teppichen. Da geht alles zu schnell, da ist wenig Raum für Fingerspitzengefühl.«

Lennon sieht sich neugierig um. »Und jetzt?«

»Jetzt beginnt der spaßigere Teil.«

Ich nehme erneut ihre Hand, führe sie den kleinen Gang entlang in eine pompöse Lobby mit Kronleuchter. Auf einem

Tisch stehen Muffins, die mit dem Logo des Films verziert sind.

Der Organisator des Abends begrüßt uns und bietet uns Getränke und Snacks an. Wir nehmen uns also einen Eimer Popcorn und zwei Cola, dann betreten wir den Kinosaal, in dem gleich die Premiere von Camerons Film stattfinden wird. Ich kann sie auf den ersten Blick nicht finden, doch Schauspieler und Filmcrew sitzen meistens in den vorderen Reihen.

Lennon und ich nehmen hinten im Saal Platz, irgendwo zwischen Models, Influencern, Musikern und Schauspielern. Einige kenne ich flüchtig, und man grüßt sich, andere beäugen mich nur ein wenig neugierig, als wüssten sie, wer ich bin, während ich keine Namen parat habe.

Der Saal füllt sich immer mehr, die Geräuschkulisse nimmt zu. Lennon ist ungewohnt schweigsam, aber vielleicht sind es zu viele Reize, die auf sie einprasseln. Ab und zu rutscht sie auf ihrem Sitz herum, wann immer ein neuer Gast sich einen Platz sucht. Lautlos formuliert sie irgendwelche Namen, die sie im Gegensatz zu mir zu kennen scheint.

Irgendwann ist auch der letzte Platz gefüllt, und die Fahrstuhlmusik, die im Hintergrund lief, verstummt. Sandra Bryant, die Regisseurin dieses Films, kommt auf die Bühne. Sie spricht davon, was für eine Ehre es ist, diese Premiere in der Stadt zu feiern, in der sie sich für die Geschichte des Films Inspiration geholt hat. Sie spricht von einer *Hommage an New York, die Stadt der Träume,* und dankt allen Leuten, die den Dreh an realen Orten ermöglicht haben. Für einen kurzen Moment werde ich sentimental, weil *ich* hier bei dieser Premiere sitze und nicht mein Dad, der ihnen für eine Szene die Türen des *Serpents* geöffnet hat.

Es ist schon über ein Jahr her, damals haben Cameron und ich noch viel Zeit miteinander verbracht, und ich habe ihn dazu überredet. Dabei war es ihm wichtig, dass nur Ausschnitte vom *Serpent* gezeigt werden, nie der ganze Club. Dad liebte diese Geheimniskrämereien. Er hatte eine diebische Freude daran, Spekulationen im Internet zu lesen, in denen darüber debattiert wurde, wie die Gäste im *Serpent* wohl feiern, wer dort mit wem flirtet und wie es eingerichtet ist. Auf Fotos und Videos im Internet gibt es immer nur kleine Einblicke, niemals mehr. Ich kann nur hoffen, dass die Szene im Film seinen Vorstellungen entspricht.

Die Regisseurin wünscht uns allen viel Spaß bei der Premiere, ehe sie sich wieder auf ihren Platz setzt. Das Licht wird dunkler, die Spannung steigt. Dann beginnt der Film.

Zwei Stunden lang sehen wir Cameron dabei zu, wie sie eine junge Schauspielerin mimt, die von der großen Karriere in New York träumt, dabei aber immer wieder mit der Dunkelheit der Stadt konfrontiert wird – mit Betrug und Drogen, Raub und Gefahren. Gleichzeitig gibt es sehr kraftvolle Szenen inmitten der Wolkenkratzer, die eine sanfte Seite Manhattans zeigen – irgendwo zwischen Selbstfindung und Romantik.

Lennon schaut wie gebannt auf die Leinwand, ihre Lippen stets zu einem kleinen Lächeln geformt, als würde sie diesen Film ganz besonders tief in ihrem Herzen fühlen.

Ich wüsste zu gerne, wieso. Liegt es an ihren eigenen Träumen in Bezug auf ihre Selbstständigkeit? Oder hat sie ihre beste Freundin im Kopf, die die Höhen und Tiefen des Showbusiness in einer rasanten Fahrt auf der Überholspur erleben durfte und dabei sicher nicht nur Glanz, sondern auch Schattenseiten gesehen hat?

Dieser faszinierte Ausdruck bringt mich auf jeden Fall dazu, mehr als einmal zu ihr zu sehen, anstatt dem Film zu folgen. Es bringt mich verdammt noch mal zurück zu unserem Kuss und dem Kribbeln, das ich dabei gespürt habe. Gerade fühle ich es auch, aber da ist noch etwas anderes …

Nach meiner anfänglichen Skepsis überrascht es mich selbst,

auch wenn ich es bereits bei unserem Kuss gespürt habe: Ich vertraue dieser Frau, die gerade ihr ganzes Leben umkrempelt, um mir mit dem *Serpent* zu helfen. Es gibt nicht viele Menschen, denen ich noch vertraue. Es gibt auch nicht viele Menschen, die so etwas wie Wärme in mir auslösen.

Lennon sieht gebannt zur Leinwand und schaufelt Popcorn in sich hinein und bringt mich damit zum Lächeln.

Bis das *Serpent* zu sehen ist.

Cameron, besser gesagt ihre Rolle Hanna, geht in einen zwielichtigen Club, in dem Frauen schnelles Geld machen können. Die Kamera schwenkt kurz über die Separees aus Leder und die Polestange, an der sich in dieser Szene eine halb nackte Frau räkelt.

Als der Film schließlich endet, ist Lennon die Erste, die applaudiert. Die anderen Leute im Saal steigen mit ein, als die Stars des Films, allen voran Cameron, auf die Bühne treten und sich verbeugen. Es werden Fotos geschossen und noch mal Ansprachen gehalten. Im Anschluss daran lädt die Regisseurin zu einem Umtrunk ein.

Da Lennon und ich ganz hinten sitzen, verlassen wir als letzte Gruppe den Saal. An dem Tisch mit den Muffins werden nun auch Champagner und andere Kaltgetränke angeboten. Neben dem roten Teppich ist eine Fotowand aufgestellt.

Cam steht am Ende des Raums, ihr Blick sucht bereits meinen. Ein kleines, unsicheres Lächeln erscheint auf ihren Lippen. Dann mustert sie Lennon und kommt auf uns zu.

Auch wenn Lennon versucht, cool zu bleiben, sehe ich, wie ihre Augen zwischen Panik und Vorfreude wechseln.

»Blake, du bist gekommen.« Cam umarmt mich, sie riecht noch immer nach Kokos. »Ich freue mich, dich zu sehen.«

Ein etwas trotziger Teil in mir will sie daran erinnern, dass sie sich dafür ziemlich rargemacht hat, aber mein Verstand weiß sofort, dass es nicht fair ist. Nach dem Brand haben so viele Menschen versucht, Kontakt zu mir aufzunehmen, und Cam war auch darunter. Alle wollten wissen, wie es mir geht, und mich im Krankenhaus besuchen, aber nur der engste Familienkreis durfte zu mir – ärztliche Anordnung und irgendwie auch mein eigener Schutzpanzer. Mit den Brandwunden und unter Schmerzen, von Schuld und Trauer zerfressen, wollte ich niemanden sehen. Scott, Roman und meine Mom waren die Einzigen, die zu mir durften.

Ich war nicht bereit, Cameron zu treffen.

Zunächst.

Später wäre ich es vielleicht gewesen, aber sie hat es dann nicht mehr versucht. Dabei bedeutet Freundschaft, auch zu bleiben, wenn der andere es nicht annehmen kann.

»Ich freue mich auch«, sage ich trotzdem. »Cameron, das ist Lennon. Meine Freundin.«

Lennon sieht aus, als wäre sie kurz davor, einen Knicks zu machen.

»Schön, dich kennenzulernen«, sagt Cam.

»Finde ich auch. Ich bin wirklich ein großer Fan«, platzt es aus Lennon heraus. »Der Film war so unglaublich gut. Ich hatte Gänsehaut am ganzen Körper.«

»Das freut mich, vielen Dank.«

»Und diese ganze Premiere ist wundervoll organisiert«, blubbert Lennon weiter.

Cameron mustert sie. »Ist es deine erste Premiere?«

»Etwas zu offensichtlich, was?«

»Ich entführe sie in eine ganz neue Welt«, mische ich mich ein und bereue es fast, denn damit habe ich sofort wieder Cams Aufmerksamkeit.

»Meinst du, wir können uns fünf Minuten alleine unterhalten?«

»Ähm …« Unsicher sehe ich zu Lennon. »Ich weiß nicht.«

Lennon winkt ab. »Mach dir um mich keine Sorgen. Ich

sehe dahinten noch ein paar dieser Muffins, da werde ich mir definitiv noch einen schnappen, und dann habe ich eh den Mund voll. Ich werde die fünf Minuten also gut rumkriegen.«

Dabei zögere ich nicht mal, weil ich Lennon allein lassen müsste. Ich weiß auch nicht, ob ich bereit dafür bin, allein mit Cameron zu sprechen. *Ja, nein, vielleicht.* Körper und Geist senden verflucht unterschiedliche Signale.

Cam ist ein Teil meiner alten Welt, bei der ich mir nicht mehr sicher bin, wie gut ich noch hineinpasse. Und es könnte schmerzhaft werden, darauf endgültig eine Antwort zu bekommen.

Von allen Menschen, mit denen ich früher zu tun hatte, stand sie mir am nächsten. Wäre da nicht unser abrupter Freundschaftsabbruch gewesen.

»Also schön«, gebe ich ihr und mir eine Chance, die Wogen zu glätten.

Lennon berührt sanft meinen Arm und gibt mir damit Kraft, es durchzuziehen. Dann schlendert sie zu den Muffins und landet prompt in einer Unterhaltung mit einer Influencerin, die sich auch gerade daran bedient.

»Sie ist ... anders, als ich dachte«, murmelt Cameron.

Überrascht sehe ich sie an.

»Dann wusstest du schon von ihr?«

»Auch ich lese Nachrichten«, gibt sie zurück. Sie verschränkt ihre Arme vor der Brust. »Es hat mich gewundert, dass du nun eine Freundin hast. Feste Beziehungen waren doch nie dein Ding.«

»Ich schätze, ich habe mich wohl verändert.«

Sie mustert mich skeptisch. »Vielleicht.«

Unbehaglich vergrabe ich meine Hände in der Hosentasche. »Der Film war übrigens wirklich toll. Du hast nie besser gespielt.«

»Blake?« Unsere Blicke verhaken sich. »Ich will in diesen fünf Minuten nicht über den Film reden.«

Ich schlucke angespannt. »Worüber dann?«

»Ich will wissen, wie es dir geht.«

Nach allem, was war, kann ich ihr keine ehrliche Antwort darauf geben. Dafür vertraue ich ihr nicht mehr genug.

»Mir geht es wieder gut«, speise ich sie mit den gleichen Sprüchen ab wie alle anderen. »Seit ich Lennon kenne, wird es jeden Tag ein bisschen besser.«

»Wir kennen uns schon so lange, dass ich sehe, wenn du lügst.«

Fuck.

Sie tritt noch einen Schritt näher und beugt sich vor zu mir. Der Kokosduft nimmt mich ein.

»Mal im Ernst: Ist das mit Lennon und dir nur PR?«

Es kostet mich alle Kraft, nicht ertappt auszusehen.

»Wie kommst du dadrauf?«

»Erstens bist du nie der Typ für etwas Ernstes gewesen … und du hast dich nie für Frauen wie Lennon interessiert. Du mochtest Models, Schauspielerinnen, Sängerinnen. Keine Normalos.« Sie zuckt mit den Schultern. »Aber so eine Romanze ist sicher klug, um dich wieder ins Gespräch zu bringen, bevor das nächste Album kommt. Lennon verhilft dir zu einem neuen Image, mehr nicht. Richtig? Das würde auch erklären, wieso man euch bisher kaum in New York gesehen hat.«

»Das liegt daran, dass ich generell nicht mehr so gerne unter Menschen gehe und mich erst wieder dran gewöhnen muss.«

Vor Scham für diese Ehrlichkeit zieht sich mein Magen schmerzhaft zusammen, aber gleichzeitig ist da auch eine gewisse Wut. Es missfällt mir, dass sie es wagt, Lennons und meine Beziehung zu analysieren, als würde sie mich noch kennen. Dabei ist es auch egal, auf wie viel Wahrheit sie dabei stößt.

Wir haben uns fast ein Jahr nicht mehr gesehen, nicht mehr miteinander geredet. Sie hat keine Ahnung von dem neuen

Blake, weiß nichts mehr von meinem Leben. Weil sie nicht danach gefragt hat. Nie.

So eng wir auch mal miteinander waren … jetzt fühlt sich dieser Funke Vertrautheit bitter an.

»Du kennst mich nicht mehr, Cam«, gebe ich diesem Gefühl nach. »Ich weiß, dass ich auch selbst schuld daran bin, dass es so ist, weil ich inzwischen gut darin bin, Leute von mir zu stoßen, aber deine Bemühungen, mir zur Seite zu stehen, waren auch eher halb gar. Du hast nach meinem Krankenhausaufenthalt nie wieder versucht, mit mir Kontakt aufzunehmen, also maß dir jetzt nicht an, über mich oder meine Beziehung zu urteilen.«

Camerons Lippen werden schmaler.

»Es ist nicht neu, dass du Leute von dir stößt, das hast du früher auch schon getan. Sonst wäre dir damals aufgefallen, dass ich immer mehr sein wollte als nur ein Flirt und eine gute Freundin. Und ich hätte dir auch gerne aus deiner Krise geholfen. Ich wäre gerne für dich da gewesen.« Mein Herz wird ein wenig schwerer. »Aber irgendwann kommt ein Punkt, an dem man akzeptieren muss, dass Gefühle nicht erwidert werden und der Versuch, den anderen vom Gegenteil zu überzeugen, nur noch Kraft kostet. Kraft, die ich für meine Karriere brauchte.«

Ihr Geständnis trifft mich. Kurz stelle ich mir vor, wie es wohl gewesen wäre, mit Cameron wirklich eine Beziehung zu haben. Dad hat ihren Einfluss auf mich immer befürwortet, weil ich mit ihr weniger getrunken habe. Mit ihr war es so leicht, dass es nicht nötig war, mich zu betäuben. Aber mehr als das war es für mich trotzdem nie. Denke ich jedenfalls. Jetzt gerade spüre ich zwar Wehmut, aber mehr meinem früheren Ich gegenüber, das nie die Chance hatte, diese Gefühle zu ergründen. Nun ist dieser Funke, der vielleicht doch mal da war, erloschen – erstickt von den Flammen, die mir schon alles andere genommen haben.

»Es tut mir leid, dass ich das nicht gesehen habe«, sage ich sanft. »Wirklich. Ich habe damals generell keinen guten Durchblick gehabt.«

Andernfalls hätte ich die Probleme zwischen Dad und mir noch beheben können.

Vielleicht.

»Und mir tut es leid, wenn du den Eindruck hattest, ich hätte mich nach deinem Unfall nicht genügend gekümmert. Ich wollte es … ich habe es versucht. Aber es war auch für mich zu schwer.«

Ich verstehe es, aber es hat unsere Verbindung trotzdem stark erschüttert – das ließ sich nicht mehr rückgängig machen.

Cameron passte in mein altes Leben, passte zum alten Blake. Nun jedoch denke ich, dass wir besser funktionieren, wenn wir getrennte Wege gehen.

Nachdenklich sehe ich zu Lennon, die beherzt in ihren Muffin beißt. Die Influencerin ist weg, Lennon steht allein neben dem Buffet.

»Ich gratuliere dir zu deinem Erfolg und hoffe, dass der Film dir all das ermöglicht, was du dir immer erträumt hast«, sage ich versöhnlich. »Aber ich werde jetzt mal wieder zu meiner Freundin gehen.«

»Wenn es wirklich echt ist, dann freue ich mich für dich, Blake.«

»Danke, Cam.« Ich gebe ihr einen Kuss auf die Wange, es schmeckt ein wenig bittersüß. Nach Abschied. »Und jetzt lass dich noch ein bisschen feiern.«

Sie nickt verhalten, dann geht sie zurück zu ihrem Schauspielkollegen, der sie sofort in seine Arme zieht. Ich hingegen laufe auf die Frau zu, die vielleicht nur PR ist, vielleicht nur Theater. Aber eins war trotzdem die Wahrheit: Mit ihr geht es mir ein wenig besser. Sie bringt mich zum Lächeln.

»Wie lief es?«, fragt sie. »Sah nach einem ernsten Gespräch aus.«

»Es war schmerzhaft, aber gut. Und wie war der Muffin?«

»So fantastisch, dass ich überlege, wie dreist es wäre, mir auch noch den letzten zu nehmen.«

Ich lache leise. »Ich gebe dir Deckung, dann merkt es keiner.«

Hinter meinem Rücken schnappt sich Lennon den letzten Muffin, während sie mir von ihrem kurzen Gespräch mit der Influencerin erzählt.

»Wie ist jetzt der Plan?«, fragt sie kauend. »Mischen wir uns noch unters Volk, oder reicht es uns?«

Nach Camerons Zweifeln am Wahrheitsgehalt unserer Beziehung weiß ich, dass wir noch nicht gehen sollten, obwohl ich wirklich gerne meine Ruhe hätte. Aber wenn sie denkt, das zwischen Lennon und mir sei nur PR, dann werden es auch andere denken, also müssen wir noch mehr Gas geben. Vermutlich bedeutet es, uns nicht nur auf offiziellen Veranstaltungen sehen zu lassen, auch wenn ich Lennon damit noch mehr einspannen würde.

»Ich finde, wir sollten noch vor die Fotowand«, sage ich.

»O ja. Dieses Kleid muss schließlich verewigt werden.«

»Du vergisst wohl, dass wir heute schon von unzähligen Kameras eingefangen wurden? Unsere Fotos sind sicher schon überall im Netz zu finden.«

Sie verzieht die Mundwinkel. »Irgendwie noch eine unheimliche Vorstellung.«

Kaum dass Lennon ihren Muffin aufgegessen hat, gehen wir Hand in Hand zur Fotowand. Hunderte von weißen Rosen wurden dafür genutzt. Einige pinke Blumen stechen daraus hervor und bilden den Titel des Films: *Fracture*.

Lennon und ich halten uns in den Armen, während die Selfiecam mehrfach auslöst. Die Fotos können danach durch einen QR-Code sofort aufs Smartphone geladen werden.

»Was hältst du eigentlich davon auszugehen?«, frage ich Lennon leise.

»Ausgehen?«, haucht sie fast. »Wie meinst du das?«

»Ich meine damit, dass wir uns nicht nur bei solchen Events zeigen sollten. Es wäre gut, wenn wir auch mal in New York unterwegs wären. Damit es natürlicher wirkt.«

»Oh.«

Ist das eine gewisse Enttäuschung in ihrem Gesicht?

»Aber wenn es dir zu viel wird, dann musst du natürlich nicht. Du hast ja auch noch deine Kurse, ich will dir nicht zu viel Zeit rauben.«

»Doch, wir sollten das wirklich machen.«

Sie sieht zu mir und lächelt. Trotzdem habe ich das Gefühl, dass sie irgendwas an dieser Idee stört.

KAPITEL 19

SHIMMERING SPARKS

Lennon

New York ist die Stadt der Singles. Bist du auf der Suche nach Dates, wirst du an jeder Ecke fündig, aber nicht selten entpuppt sich die erwartete Magie als unendliches Grauen. In den letzten Jahren hatte ich einige Dates, die meist nicht länger als eine Stunde dauerten. Ein Getränk in einem Café oder einer Bar, herausfinden, ob man auf einer Wellenlänge ist, und feststellen, dass der Typ, der sich im Internet noch unglaublich interessant angehört hat, plötzlich zu einer wandelnden Red Flag wird. Es ist sicher zwei Jahre her, seit ich ein gut laufendes Date hatte, das sogar noch einen Spaziergang nach sich gezogen hat. Mehr ist daraus trotzdem nie geworden.

Angesichts meiner Dating-Pleiten ist es lange her, dass ich mich für ein schickes Abendessen zurechtgemacht habe. Mit Ivy bin ich es gewohnt, mir eher etwas vom Lieferdienst zu bestellen und es uns dabei mit Jogginghose und Hoodie gemütlich zu machen.

Als Blake mich gefragt hat, ob ich ausgehen möchte, habe ich wirklich für einen kurzen Augenblick gedacht, er würde richtiges Ausgehen meinen. Nicht für die Paparazzi, nicht für die Presse. Auch nicht unbedingt als richtiges Date, aber vielleicht einfach, weil er inzwischen meine Anwesenheit zu schätzen weiß. Vielleicht dachte ich, eine gewisse Vertrautheit zwischen uns zu spüren, die mich in die Irre geführt hat. Genau wie dieser Kuss …

Ich versuche, Blake aus meinen Gedanken zu verbannen, aber es ist schier unmöglich. Nicht nur weil ausgerechnet dieser Kuss es in die Presse und ins Internet geschafft hat und somit auf unendlich vielen Fotos verewigt wurde. Er wurde mir auch von diversen Bekannten und Freunden zugeschickt, die teilweise noch nichts von meiner *Beziehung* mit Blake mitbekommen hatten.

Mit einem letzten Blick in den Spiegel verlasse ich die Wohnung. Diesmal habe ich darauf bestanden, nicht mit dem Wagen abgeholt zu werden, sondern die U-Bahn zu nehmen wie eine normalere New Yorkerin. Ohnehin würden wir in der Rushhour nur wieder im Verkehr feststecken. Außerdem sollten wir uns den Sinn und Zweck dieses Abends vor Augen führen. Blake möchte, dass wir gesehen werden, und das zwischen uns soll so normal und authentisch wie möglich wirken? Dann dürfen wir uns nicht mehr hinter getönten Scheiben verstecken und darauf hoffen, von den Paparazzi zufällig entdeckt zu werden. Das, was wir brauchen, sind Fans, die im Internet darüber berichten, uns gesehen zu haben.

Blake wartet bereits vor dem Haus auf mich. Zur Begrüßung gibt er mir einen kleinen Kuss auf die Wange. Er brennt ein wenig nach. Ich widerstehe dem Impuls, mir an die Stelle zu fassen, an der seine Lippen meine Haut berührt haben. Das wäre dann doch ein wenig zu dramatisch. Schließlich ist das kein Film, sondern die Realität. Eine Realität, in der ich nicht der Illusion verfallen darf, dieser Abend hier wäre mehr. Ich bin mir ohnehin nicht sicher, ob ich darauf hoffen sollte.

Ja, möglicherweise hatte ich schon immer eine Schwäche für Blake und habe mir einen Abend wie diesen tausendmal vorgestellt, während ich mir seine Musik angehört habe. Aber dabei ging es um einen unerreichbaren Rockstar, es war nichts als ein Tagtraum. Und Blake ist schon lange nicht mehr der, der er damals war – oder der er damals zu sein vorgab. Er ist gerade erst wieder bereit, sich in die Öffentlichkeit zu wagen, befindet sich mitten im Heilungsprozess. Und meine Aufgabe ist es, ihm dabei zu helfen. Nicht mehr und nicht weniger.

Obwohl es meine Idee war, fühlt es sich seltsam an, mit jemandem wie Blake Meester in die U-Bahn zu steigen.

Nicht dass es ungewöhnlich wäre, auch mal Stars in der Subway zu sichten. Meine Mom schwört, einmal Hugh Jackman dort gesehen zu haben, auch wenn sie gerne dazu neigt, Menschen zu verwechseln, und es somit auch ein Pizzalieferant oder ein Schuhverkäufer auf dem Weg zur Arbeit sein konnte. Ich hingegen habe letztes Jahr ganz sicher Ben Stiller in einem überfüllten Zug gesehen.

Auf dem Weg Richtung SoHo werden wir nicht nach Fotos oder Autogrammen gefragt, niemand spricht Blake oder mich an, aber ich spüre jeden Blick. Es sind viele, die uns beobachten. Blake und ich versuchen, uns davon nicht aus der Ruhe bringen zu lassen, aber ich bin es nun mal gewohnt, unterm Radar zu laufen. Wenn mich sonst jemand länger anstarrt, dann vermutlich nur, weil ich aus Versehen mein Shirt auf links gedreht trage.

»Verrätst du mir nun endlich, in welches Restaurant wir fahren?«, fragt Blake.

Wir stehen so dicht beieinander, dass jedes Ruckeln des Zugs uns einen Zentimeter näher bringt.

»Dann wäre es ja keine Überraschung mehr.« Ich grinse verschwörerisch.

An der Spring Street steigen wir aus, und ich führe Blake durch die Kopfsteinpflasterstraßen von SoHo, bis wir vor einem Gebäude mit dunkelgrüner Markise stehen bleiben. *Restaurant Corposo* steht in einem weißen Schriftzug darauf. Blake mustert den unscheinbaren Laden mit einer Mischung aus Skepsis und Neugierde.

»Hier essen wir? Ist das ein Italiener?«

»Wenn du meine Familie fragst, dann ist das der beste Italiener in ganz New York City. Die Pasta hier ist ein Gedicht.«

»Dann bin ich gespannt.«

Es ist schon viel zu lange her, seit ich das letzte Mal im *Corposo* war. Früher, als ich noch ein Kind war, sind meine Eltern fast jeden Monat mit mir hergekommen, und jedes Mal haben sie mir dabei erzählt, wie sie zwischen kleinen Holztischen und Lichterketten ihr erstes Date hatten, aus dem dann ein ganzes Leben wurde. Als Blake mir die Wahl für das Restaurant überlassen hat, war mir sofort klar, dass ich hierherkommen wollte – nicht nur weil ich selten so gut gegessen habe, sondern weil ich auch die familiäre Atmosphäre mag. Nun, als wir wirklich Hand in Hand das Restaurant betreten, fühlt es sich jedoch viel intimer an als gedacht, ihn ausgerechnet an einen Ort mitzunehmen, der für meine Familie von Bedeutung ist.

»Wir haben reserviert auf den Namen Chambers«, sage ich zu der Kellnerin.

Ihr Blick huscht einmal merklich über Blakes Gesicht, ihre Hände nesteln an den Speisekarten. Wenn sie ihn erkennt, dann sagt sie nichts zu uns.

Wir bekommen einen Tisch am Fenster, das über und über mit Lichterketten behangen ist. Eine Vase mit einer einzelnen roten Rose steht auf dem Tisch.

Die Kellnerin lässt uns alleine, damit wir uns die Speisekarte in Ruhe anschauen können. Unsicher sehe ich zu den Lichterketten, die mir plötzlich viel zu viel erscheinen. Entweder ist das *Corposo* in dem Jahr, in dem ich nicht mehr hier war, weitaus romantischer geworden … oder es wirkt plötzlich anders auf mich, weil mir nicht Mom und Dad gegenübersitzen.

»Vielleicht hätten wir doch besser woandershin gehen sollen. Das Ganze hier ist romantischer, als ich es in Erinnerung habe«, sage ich daher laut.

»Das ist doch perfekt.«

Er nimmt meine Hand, und mein Herz hüpft.

»So wirkt es richtig authentisch.«

Und mein Herz stürzt ab.

Reiß dich zusammen, Lennon.

»Außerdem will ich jetzt in den Genuss dieser Pasta kommen«, erwidert Blake grinsend und schlägt die Karte auf.

Es dauert nicht lange, bis wir uns entschieden haben.

»Ich hoffe, der Abend bezweckt das, was du dir erhoffst«, sage ich, allein schon um mich selbst daran zu erinnern, dass wir hier eine Mission zu erfüllen haben.

Blake beugt sich ein wenig über den Tisch in meine Richtung. »Da ich mir sicher bin, dass die Teenagertochter von der Familie am ersten Fensterplatz eben ein Foto gemacht hat, gehe ich davon aus, dass der Abend uns in die Karten spielen wird. Also können wir uns erst mal entspannen und einfach das Essen genießen.«

»Das klingt gut.«

Die Kellnerin bringt uns die hausgemachte Limonade und frisches Ciabatta mit Olivenöl und Balsamico.

Wir stoßen mit unseren Getränken an.

»Ich nehme an, dass das Essen übermorgen weit eleganter ausfallen wird, oder?«, frage ich nach einem ersten Schluck. Dann findet das Treffen mit dem Plattenlabel statt, bei dem nicht nur Scott dabei sein wird, sondern auch ich Blake begleiten soll.

»Wir gehen ins *Palais*. Die servieren als Vorspeise gerne Oysters Rockefeller. Das sind Austern, die mit einer Kruste aus Spinat und Butter überbacken sind.«

Sofort verziehe ich das Gesicht. »Ich weiß nicht, ob das mein Geschmack ist.«

»Aber magst du Trüffel? Die bereiten auch ein herrliches Trüffelrisotto zu. Das ist tatsächlich einen Besuch wert.«

»Das sage ich dir, wenn ich Trüffel probiert habe«, gebe ich zurück. »Der stand bisher nie auf meiner Speisekarte.«

Blake lacht leise. »Dann sollten wir das in zwei Tagen ändern.«

»Dabei werde ich sowieso schon so verwöhnt. Neue Kleider, exklusive Termine bei Designermarken … die Kooperation mit dem *Manhattan Meester Hotel*.«

»Wie gefällt es dir, dort deine Kurse zu geben? Ist es so, wie du es dir erhofft hast?«

»Besser. Alleine der Kontakt zu Diana Hayes ist Gold wert. Sie hat mich direkt für ein Wochenende in den Hamptons gebucht.«

Blake lächelt, aber bei dem Wort *Hamptons* hat er merklich geschluckt. Sicher denkt er gerade an das Haus, in dem er gelebt hat.

»Warst du noch mal dort? Ich meine, seit dem Brand?«, frage ich vorsichtig. Keine Ahnung, ob es klug ist, dieses Thema anzuschneiden, aber ich will auch nicht so tun, als habe ich seine Reaktion nicht gesehen.

»Bisher nicht. Ich bin nach der Reha sofort in unsere New Yorker Wohnung gegangen, die Dad glücklicherweise für uns beide gekauft hatte – ursprünglich, um nach Besprechungen mit mit dem Label oder nach besonders ausschweifenden Abenden im *Serpent* eine Übernachtungsmöglichkeit zu haben.«

Blake blinzelt, dann nimmt er einen Schluck Limonade.

»Das Zeug ist verdammt gut.«

Mir ist klar, dass er versucht, das Thema zu wechseln.

»Was magst du lieber? Pizza oder Pasta?«, gehe ich darauf ein.

Blakes Mundwinkel zuckt. »Schon vergessen, dass ich *This-or-That*-Spielchen nicht mag?«

»Das dürfte ein sehr schweigsamer Abend werden, wenn ich dir keine Fragen stellen darf.«

»Du könntest mir auch einfach erzählen, wie du zur Kunst gekommen bist.«

»Das interessiert dich?«

»Wieso klingst du so überrascht?«

»Nun … als ich dir das erste Mal von meinen Kursen erzählt habe, hast du nicht mal richtig zugehört.«

Ein kleiner Funken Verletzlichkeit überkommt mich, schwirrt im Raum. Aber ich will mich deswegen nicht schlecht fühlen, lieber offen damit umgehen, dass mich sein Verhalten gekränkt hat.

Blake schürzt die Lippen. »Sorry, ich wollte bei unserer ersten Begegnung kein Arsch sein.«

»Bei unseren ersten Begegnung*en*. Plural«, ziehe ich ihn auf. »Aber es ist schon okay. Du machst Fortschritte in der Kommunikation mit anderen.«

»Nur wenn du dabei bist«, erwidert er, und der Klang seiner Stimme verursacht mir eine Gänsehaut. Mein Herz pocht, pocht, pocht gegen meine Brust und hindert mich am Atmen. Dabei will ich mich nicht in diesen kleinen Worten verlieren, die er eindeutig nur gesagt hat, um mich etwas aus der Reserve zu locken. Genau wie bei unserem Kuss auf dem roten Teppich.

Nicht daran denken!

»Streng genommen habe ich schon als Kleinkind dauernd gemalt«, beantworte ich endlich seine Frage, um mich selbst abzulenken. »Meine Mom erzählt immer, dass ich mich schon mit neun Monaten stundenlang mit Fingerfarben beschäftigt habe. Spätestens ab dem Moment, als ich einen Pinsel halten konnte, war ich von Wasserfarben besessen.«

»Sind deine Eltern auch kreativ?«

»Tatsächlich nicht. Dad macht gerne Musik und hatte in seiner Jugend eine Garagenband, aber mit Farben und Staffeleien hatte er nie etwas am Hut. Meine Mom auch nicht, aber von ihr habe ich immerhin den Hang zu bunten Farben. Du solltest das Wohnzimmer meiner Eltern sehen. Bunte Kissen, Hunderte von meinen Bildern an den Wänden, und neulich erst hat sie überlegt, die Wand knallrot zu streichen. Sie mag es gerne farbenfroh.«

»Klingt gemütlich.«

Ich spiele mit dem Glasstrohhalm, der in meiner Limonade steckt. Schon die ganze Zeit habe ich vor, Blake etwas zu sagen, und nun wäre die passendste Gelegenheit. Auch wenn mir nicht ganz wohl dabei ist.

»Ehrlich gesagt hat meine Mom mir aufgetragen, dich zu ihnen nach Hause einzuladen.« Sofort verziehe ich den Mund. »Natürlich habe ich versucht, es ihnen auszureden, aber wenn meine Eltern sich etwas in den Kopf gesetzt haben, können sie ziemlich hartnäckig sein.«

Ich tunke eine Scheibe Ciabatta in etwas Olivenöl, um seinem Blick auszuweichen. Ihm muss diese Einladung absolut lächerlich vorkommen.

»Wieso gehst du davon aus, dass ich keine Lust auf ein Kennenlernen hätte?«

Verwundert halte ich inne. Mein Ciabatta saugt sich mit Öl voll.

»Weil du Menschen generell nicht mehr so zugewandt bist. Und weil es keinen Grund gibt, meine Eltern kennenzulernen. Das mit uns ist doch nicht echt«, schiebe ich flüsternd hinterher.

»Das wissen aber deine Eltern nicht. Sie halten mich für deinen Freund, richtig? Also ist es verständlich, dass sie mich kennenlernen wollen.«

»Ja«, sage ich leise. »Ich schätze, das stimmt.«

»Dann machen wir ein Treffen aus.«

Auch wenn die Argumente dahinter nachvollziehbar sind und es naheliegend ist, ihn meinen Eltern vorzustellen, bin ich ein wenig überfordert von diesem Beschluss. Es fühlt sich an, als würde ich damit die Grenzen, die der Kuss aufgeweicht hat, ein bisschen weiter verschieben.

Aber es ist nur Teil des Plans.

Solange ich mir das immer wieder bewusst mache, kann mir weder die Vorstellung, ihn am Esstisch meiner Eltern zu sehen, noch sein einnehmender Blick etwas anhaben. Aber mein Kopf ist trotzdem beschäftigt damit, alles, was gerade passiert, richtig einzuordnen. Der Kuss, dieses Date, das Treffen mit meinen Eltern. Die kleinen Komplimente, die er mir ab und zu macht. Ich darf mich darin nicht verlieren. Trotzdem muss ich zugeben, dass ich beginne, ihn wirklich zu mögen. Ich mag es, mit ihm zu reden, zu lachen, Sprüche zu klopfen und auch ernst zu sein. Solche Verbindungen sind selten ... und meistens bedeuten sie etwas.

Was es ihm bedeutet, weiß ich nicht. Vielleicht will ich es auch besser nicht wissen.

Fast bin ich froh, dass uns die bestellte Pasta serviert wird und ich auf andere Gedanken komme.

Blake wickelt Spaghetti auf die Gabel, schiebt sie sich in den Mund und seufzt genießerisch.

»Ich wähle eindeutig Pasta«, kehrt er zurück zu meiner *This-or-That*-Frage. »Zumindest wenn sie so himmlisch schmeckt wie diese hier.«

Unwillkürlich muss ich grinsen. »Ich habe dir doch gesagt, dass die hier ein Traum ist.«

»Das war sogar noch untertrieben, würde ich sagen.«

Blake sieht beim Kauen so zufrieden aus, dass mir richtig das Herz aufgeht. Es ist eine erfrischende Abwechslung zu der sonst nachdenklich-melancholischen Stimmung, die immer wieder durchscheint.

»Beim nächsten Mal entführe ich dich ins *Momotaro Sushi*, damit du die Inside-out-Cheesys probierst.«

Blake sieht von seinen Nudeln auf, unsere Blicke treffen sich. Und mir wird heiß. Erst in diesem Moment wird mir bewusst, dass ich von einem zweiten Date gesprochen habe. Einem zweiten Abend wie diesem. Dabei weiß ich gar nicht, ob das unser Plan vorsieht.

»Inside-out-Cheesys?«, hakt Blake nach.

»Sushi mit frittiertem Mozzarella«, erkläre ich überschwänglich. Selbst mit der genialen Pasta vor der Nase läuft mir schon beim Gedanken daran das Wasser im Mund zusammen.

»Ich glaube, ich habe noch nie Käse-Sushi gesehen. Das klingt irgendwie ziemlich gut. Geschmolzener Käse ist sowieso immer ein Verkaufsargument.«

»Die Inside-out-Cheesys gehören bei Ivy und mir zum Grundnahrungsmittel. Wir holen uns so oft etwas bei *Momotaro*, dass sie schon die Bestellung fertig machen, wenn sie uns nur kommen sehen.«

»Dann esst ihr viel auswärts?«

»Zu viel, wenn ich mir Ivys Trainingsplan angucke, der so was eigentlich einschränkt.«

Blake gluckst. »O ja, diese Pläne kenne ich zur Genüge. Und ich kenne es auch, sich nicht immer dran zu halten.«

Schon allein wegen dieser sportlichen Vorbereitungen könnte ich wohl niemals Musikerin werden – ganz zu schweigen von meinem fehlenden Gesangstalent. Ich bevorzuge es doch, im Schneidersitz vor meinen Leinwänden zu sitzen, bis meine Beine eingeschlafen sind, und danach in einem ausgiebigen Schaumbad zu entspannen. Bewegung Fehlanzeige.

»Aber im Gegensatz zu Ivy koche ich tatsächlich auch gerne«, erzähle ich. »Mom hat mir einige Rezepte beigebracht, wobei ich an ihre Kochkünste nicht heranreiche.«

»Ich kann auch nicht so gut kochen wie meine Mutter.«

»Du kochst?«, frage ich überrascht.

»Was denn? Traust du mir das etwa nicht zu?«

Tatsächlich habe ich ihn mir nicht gerade häuslich vorgestellt. In seiner Designerküche wirkte alles so aufgeräumt und edel, dass ich dachte, die Ausstattung sei nur Deko. Mal ganz abgesehen vom Zeitfaktor.

»Bei Ivy sehe ich doch schon, wie wenig Zeit fürs Kochen

bleibt«, erkläre ich. »Sie hat so viele Interviews, Proben, Auftritte. Und ich habe es mir bei dir noch viel stressiger vorgestellt.«

»Zugegeben, während ich auf Tour war, gab's natürlich keine Gelegenheiten, um zu kochen. Aber früher war es immer mein Sonntagsritual, mir viel Zeit dafür zu nehmen. Für frische Zutaten vom Markt, neue Rezepte, ein gemütliches Ambiente. Es ist nur irgendwann ein wenig verloren gegangen.«

»Hast du noch mal versucht, dein Ritual wieder zu aktivieren?«

Er lächelt müde. »Noch nicht so richtig.«

Am liebsten würde ich ihm vorschlagen, mal zusammen zu kochen, aber ich will nicht zu forsch sein. Schon gar nicht, nachdem ich ihn schon für Käse-Sushi begeistern wollte. Es wäre zu viel.

»Das hier ist aber auch schön.« Ich bin nicht sicher, ob damit das Ambiente oder die Pasta gemeint ist, die er sich eben wieder auf die Gabel wickelt.

»Ich bin ewig nicht ausgegangen«, gibt er zu. »Und damit meine ich nicht mal Dates. Ich war auch echt lange nicht mehr in einem Restaurant oder einer Bar.«

»Willkommen zurück im Leben.«

Er lächelt. »Fühlt sich wirklich ein wenig so an. Ich muss zumindest zugeben, dass es ganz guttut, wieder mehr Kontakt zur Außenwelt zu haben.«

»Dann geht Scotts Plan in dieser Hinsicht schon mal auf.«

»Dank dir.«

Gott, da ist wieder dieser Blick.

»Dann ... bist du nicht mehr der Meinung, ich wäre die Falsche für den Job?«, wage ich zu fragen. Innerlich bereue ich es sofort.

»Vielleicht bist du doch genau die Richtige dafür«, gibt er zu.

Ich habe keine Ahnung, was genau er damit sagen möchte.

KAPITEL 20

BETWEEN PASSION AND FEAR

Blake

Wenn ich in den letzten Monaten neue Leute kennenlernen sollte, war da immer eine Mauer in mir, die genau das verhindern wollte. Da war zu viel Schuld, zu viel Trauer – einfach zu viel Ballast, der alles überschattet hat. Daher überrascht es mich selbst, dass ich einfach so zugesagt habe, Lennons Familie zu besuchen – nicht weil es unserer Abmachung dienlich wäre, sondern weil es sich richtig anfühlt. Auch wenn Lennon durch die Kooperation mit dem Hotel profitiert, gibt sie auch sehr viel für mich auf, und dessen bin ich mir vermutlich mehr bewusst als sie selbst. Noch fühlt es sich für sie vielleicht wie ein großes Abenteuer an, in der Zeitung zu stehen, ihre Fotos im Internet zu finden und ein Business zu haben, das endlich Aufmerksamkeit bekommt. Aber die Leute sind manchmal wie Aasgeier. Wollen sie ein Stück von dir, zerren sie so lange an dir herum, bis du ein klein wenig zerreißt.

Mich im Gegenzug Lennons Familie vorzustellen, ist mehr als fair. Vor allem, weil mir bewusst ist, dass die Lügen, die wir allen auftischen, um unsere Geschichte aufrechtzuerhalten, auch sie betreffen.

Trotzdem ist es ein wenig befremdlich, an einem Samstagmorgen vor ihrem Haus zu stehen und nicht zu wissen, was mich drinnen beim gemeinsamen Frühstück erwartet.

Das kleine Einfamilienhaus aus Ziegelsteinen steht inmitten

von fünfstöckigen Gebäuden mit Feuerleiter, die zwar aus den gleichen Ziegelsteinen gebaut sind und dennoch einen ganz anderen Charme ausstrahlen als das Haus, in dem Lennon aufgewachsen ist. Ein blaues Vordach, ein Buchsbaum vor der Haustür und eine bunte Garage vermitteln ein Flair, das einen willkommen heißt. Es fällt mir nicht schwer, mir Lennon in diesem Haus vorzustellen. Es wirkt so fröhlich und unkonventionell wie sie.

Fröhlichkeit, die mich direkt an der Tür wieder anspringt, als Lennon mich begrüßt. Sie nimmt meine Hand und zieht mich ins Haus, wo ihre Eltern bereits warten.

Lennon ist das Ebenbild ihrer Mutter. Nur die kleinen Falten um die Augen und die grauen Strähnen deuten den Altersunterschied an, aber beide haben denselben frischen olivfarbenen Teint, die gleichen braunen Augen und eine ähnliche Stupsnase. Ihr Vater hingegen ist ein ganz anderer Typ als Lennon. Seine langen braungrauen Haare sind, ebenso wie ein langer Ziegenbart, zu einem Zopf gebunden. Rein optisch hätte er wunderbar zu *Serpent Grave* gepasst, wo bis auf meinen Dad alle Bärte getragen haben.

»Vielen Dank für die Einladung, Mr und Mrs Chambers.«

»Lizz und Daniel für dich«, erwidert ihr Vater sofort.

Dann, ganz unvermittelt, zieht er mich in die Arme.

»Willkommen in der Familie«, sagt er mit derselben Energie, die ich sonst bei Lennon wahrnehme.

Als ihr Vater mich aus der Umarmung entlässt, sieht Lennon entschuldigend zu mir.

»Ich hoffe, du hast Hunger mitgebracht?«, fragt Lizz und führt mich in den Wohn-Ess-Bereich, der genauso aussieht, wie Lennon ihn mir beschrieben hat. An den Wänden hängen sicher fünfzig Gemälde von Lennon – von Blumenwiesen über Waldlichtungen bis hin zu abstrakten Farbspielen ist alles dabei. Zusammen mit den vielen Pflanzen, die von der Zimmerdecke hängen, sorgen sie für etwas Unruhe, und gleichzeitig verbreitet der Raum Wohlfühlatmosphäre, was die senffarbene Tapete und die bunt gestreiften Zierkissen auf dem Sofa noch unterstreichen.

Auf dem Esstisch stehen bereits vier Teller bereit, gleich neben Tonnen von Essen. Tomaten, Chilis, Bohnen, Mais-Tortillas, Avocado und Sauerrahm. Alles, was laut Lizz zu einem *Huevos-Rancheros*-Frühstück dazugehört.

Daniel bittet uns, Platz zu nehmen. Lennon und ich sitzen uns gegenüber.

Ein paar Minuten vergehen, in denen wir die Schüssel herumreichen und uns etwas von den Inhalten auf die Teller geben. Schon die ersten Bissen sind ein Gedicht, auch wenn meine Geschmacksknospen sich noch daran gewöhnen müssen, etwas wie Tortillas und Sauerrahm zum Frühstück zu essen.

»Was für eine kulinarische Woche«, sagt Lennon grinsend. »Erst die beste Pasta der Welt, dann hervorragendes Trüffelrisotto und unglaublich schreckliche Austern ... und jetzt mein Lieblingsessen auf der ganzen weiten Welt.«

»Dann frühstückt ihr immer so ausgiebig?«, hake ich nach.

Bei meinem Dad gab es meistens nur einen Bagel und ungefähr fünf Liter Kaffee. Manchmal für mich auch nur eine Kopfschmerztablette, wenn die Nacht zuvor besonders kurz war.

»Unter der Woche nicht«, antwortet Daniel. »Aber an den Wochenenden versuchen wir uns Zeit dafür zu nehmen. Egal, wie stressig es manchmal sein kann.«

Solche Traditionen oder Rituale gab es bei uns nie. Weder bei Dad und mir noch bei meiner Mom in Florida. Schade eigentlich, irgendwie ist es sehr gemütlich. Tatsächlich strahlt alles hier im Haus der Chambers Gemütlichkeit aus. Sowohl die Inneneinrichtung, die Familienfotos an den Wänden, die großen Fenster als auch der herzliche Empfang. Lizz und Daniel haben etwas sehr Einnehmendes, ohne dabei aufdringlich zu sein. Die Nervosität, die ich auf dem Weg hierher noch gespürt habe, ist jedenfalls verflogen. Diese Familie ist genauso, wie Lennon inzwischen auf mich wirkt. Warmherzig, freundlich, energiegeladen ... ansteckend.

»Ich freue mich, heute dabei zu sein«, sage ich ehrlich.

»Dann kam die Einladung nicht zu früh?«, fragt Daniel und grinst in Richtung seiner Tochter. »Lennon meinte, dass wir zu voreilig sind. Aber ich finde, wenn schon die ganze Welt von euch weiß, sollten wir uns doch auch einen Eindruck machen dürfen, oder?«

»Ihr seid doch nur neugierig«, murrt Lennon, aber ihre Mundwinkel zucken amüsiert.

»Klar. Du hast uns seit diesem schrecklichen Tyler ja auch keinen Freund mehr vorgestellt«, beschwert sich ihr Vater.

»Es gab danach auch niemanden mehr ... und über Tyler wollten wir eigentlich nicht mehr reden.«

»Tyler war auch wirklich nicht der Richtige«, sagt Lizz entschieden. »Umso schöner finden wir es, dass sie nun dich hat, Blake. Auch wenn wir uns gefreut hätten, diese Neuigkeiten nicht aus der Presse zu erfahren.«

Ich starre zu Lennon. »Was? Hast du deine Eltern nicht vorgewarnt?«

Sie verzieht das Gesicht. »Schuldig. Aber ich hatte gerade einen Rocksänger kennengelernt und war dabei, damit an die Öffentlichkeit zu gehen – da kann einem so was vor Aufregung schon mal durchrutschen, oder?«

»Durch dieses Treffen heute bist du von deiner Schuld befreit«, verkündet Daniel. Er zieht sie eindeutig auf, was Lennon ihm mit einem genervten Blick dankt.

Es ist ersichtlich, wie sehr ihnen das Wohl ihrer Tochter am Herzen liegt und wie nah sie sich stehen. Umso wichtiger ist es, dass ich heute hier bin.

»Sicher macht es euch nervös, dass Lennon nun in der Öffentlichkeit steht«, überlege ich. »Aber ich verspreche, dass ich gut auf sie achtgebe.«

»Ein bisschen angespannt sind wir tatsächlich«, gibt Lizz zu. »Immerhin haben wir in den letzten Monaten schon hautnah miterlebt, wie sehr Ivy unter Druck stand. Das Showbusiness ist hart.«

»Allerdings.«

Die meisten, die noch nie damit zu tun hatten, stellen sich alles überwältigend und glamourös vor und denken gar nicht an alles Negative, was damit einhergeht. Wenn jeder glaubt, er habe ein Recht auf dich, nur weil du in der Öffentlichkeit stehst. Wenn sie an dir zerren, dich verfolgen, du Gerüchten und falschen Freunden ausgesetzt bist und trotzdem noch gute Miene zum bösen Spiel machen musst. Wenn der Druck wächst, obwohl dir sowieso schon alles über den Kopf wächst.

»Aber zum Glück kenne ich dieses Business und seine Schattenseiten schon seit meiner Kindheit«, erwidere ich vielleicht ein wenig zu ernst.

Daniel mustert mich zumindest zwischen zwei Bissen. »War bestimmt nicht leicht, so früh im Rampenlicht zu stehen. Als Sohn einer Rocklegende geboren zu werden, ist vermutlich Fluch und Segen zugleich.«

»So würde ich es auch bezeichnen.«

Daniel nickt, seine Lippen werden schmaler. »Es tut mir sehr leid, was mit deinem Vater passiert ist. Ich war ...« Er räuspert sich. »Ich war immer ein sehr großer Fan.«

Auch wenn ich solche Beileidsbekundungen sonst nicht mag, bringt es mich diesmal zum Lächeln. »Ja, das hat Lennon schon erzählt.«

»Daniel, verhagele uns nicht die Stimmung«, ermahnt Lizz ihn.

Ich bin ihr dankbar, weil sie mir so die Möglichkeit gibt, diesem Thema zu entkommen. Doch seltsamerweise stört es mich gerade nicht. Vielleicht finde ich es, nach allem, was ich schon von Lennon gehört habe, sogar schön, mit jemandem über Dad zu reden, der ihn und sein Lebenswerk derart zu schätzen wusste und es absolut aufrichtig meint, wenn er darüber spricht.

»Hat dir Lennon auch erzählt, dass ich früher Musiker werden wollte?«, fragt Daniel. »Ich hatte eine kleine Garagenband.«

»Ja, sie hat so etwas erwähnt.«

»Aber es ist nicht ganz mit deiner Karriere zu vergleichen«, wirft Lizz ein. »Daniels Band hatte nie einen Namen.«

»Und auch keine Auftritte.« Daniel lacht heiser. »Inzwischen spiele ich nur noch für mich.«

Er zeigt hinter sich in die Ecke neben der Couch. Erst jetzt sehe ich, dass dort eine Gitarre steht.

»Ist das eine *Gibson ES-335 Dot 60s Cherry*?«, frage ich neugierig.

Daniel nickt emsig. »Ein Schmuckstück, oder?«

»Sehr.«

Schwungvoll steht er auf, um die E-Gitarre an den Tisch zu bringen. »Vielleicht nicht so edel wie das, was du sonst spielst ... aber mir bedeutet sie viel.«

»Dad hütet sie wie einen Schatz«, erklärt Lennon.

»So eine Gitarre muss man auch genauso behandeln. Ich habe auch eine *Gibson*«, erwidere ich. »Darf ich?«

Daniel reicht mir die Gitarre. Ich muss meinen Stuhl ein wenig nach hinten schieben, um genug Platz dafür zu haben. Der glänzende Kirschton verleiht der Gitarre einen ganz eigenen, edlen Look. Meine Finger streifen über den Hals aus Mahagoni. Mein Dad hat immer gesagt, dass jede Gitarre eine Seele hat und man sie spüren kann, wenn man sich nur genug darauf einlässt. Diese Gitarre hier fühlt sich genauso an wie der Besitzer: warm und verlässlich.

»Welche Gibson spielst du?«, fragt Daniel.

»Zurzeit habe ich eine *Les Paul Custom EB GH*.«

Sie hängt verstaubt in meinem Wohnzimmer.

»Ui, das ist eine ganz andere Preisliga. Auf so einer würde ich auch gerne mal spielen.«

»Das lässt sich bestimmt einrichten.«

Daniels Augen blitzen auf. Angesichts seiner Begeisterungsfähigkeit fällt es mir zum ersten Mal leicht, Lennon in ihm zu erkennen.

»Ich habe noch eine zweite Gitarre. Hast du Lust, eine Runde zu jammen?«

Seine überschwängliche Art passt so gar nicht zu der Unruhe, die dieser Satz in mir auslöst. Erst gestern war das Abendessen mit den Leuten vom Label, bei dem wir über meine Musik gesprochen haben. Darüber, dass sie spätestens Anfang nächsten Jahres neue Songs von mir erwarten, damit ich den Albumvertrag erfülle. Sollte ich es nicht schaffen, entsprechende Songs zu liefern, haben sie mir angeboten, mir welche einzukaufen. In der Musikbranche eigentlich gängig, und doch fühlt es sich nicht richtig an. Ich habe immer meine eigenen Texte geschrieben, das ist ein wichtiger Bestandteil meiner Identität als Musiker, und die möchte ich mir nicht nehmen lassen. Letztendlich habe ich ihnen zugesichert, dass ich bis Anfang des Jahres die Kurve kriege, aber es fühlte sich noch wie eine Lüge an.

»Dad«, seufzt Lennon leise. »Ich weiß nicht, ob Blake ...«

»Lass uns das machen«, unterbreche ich sie.

Keine Ahnung, woher ich die Entschlossenheit nehme, sie fühlt sich an wie eine Fahne im Wind. Jederzeit bereit, vom Sturm davongetragen zu werden. Aber jetzt die Gitarre in der Hand zu halten, ganz ohne Druck, ist aufregender als jeder Versuch zu Hause.

Daniel klatscht begeistert in die Hände und holt sich seine zweite Gitarre. Eine Marke erkenne ich nicht.

Offenbar überlässt er mir die *Gibson,* mit der ich vom Frühstückstisch aufstehe. Lennon und Lizz tauschen ein wenig zu angespannte Blicke, als wüssten sie beide noch nicht, was sie von dieser Jamsession halten sollen.

Vorfreude und Angst strömen gleichermaßen durch meinen Körper. Ich weiß nicht mal, ob ich noch spielen kann. Meine Beine fühlen sich weich und meine Finger steif an. Trotzdem gehe ich zu Daniel, der mich voller Zuversicht ansieht.

»Dass ich einmal mit dem Sohn von Corey Meester in meinem Wohnzimmer stehen und Musik machen würde«, murmelt er.

Schmerz schießt in meine Brust, aber es ist nur ein Funke, der schnell wieder verglüht. Ich nutze die Gedanken an Dad und spiele ein Lied von *Serpent Grave* an.

Daniel wartet ein paar Takte, ehe er mit einsteigt. Wir verlieren uns in der vertrauten Melodie. *Hold Me* war immer eins meiner Lieblingslieder von Dads Band. Auch wenn ich mich nicht daran erinnern kann, soll er es mir kurz nach meiner Geburt oft vorgesungen haben. Es verbindet uns, selbst über den Tod hinaus.

Daniels glückseliges Lächeln steckt mich an.

Für ein paar Minuten vergessen wir das Frühstück, ich vergesse jeden Druck, jede Sorge. Lennon und Lizz wiegen sich im Takt des Liedes, bei dem Daniel nun begonnen hat zu singen. Ich selbst konzentriere mich einzig und allein auf die Gitarre. Meine Finger sind noch ein wenig eingerostet.

Die Liebe zur Musik ruft wie ein alter Freund nach mir, aber ich kann sie noch nicht ganz greifen.

***

Es ist Nachmittag, als wir uns von Lizz und Daniel verabschieden. Mit einem Versprechen, bald wiederzukommen und dann meine eigene Gitarre mitzubringen, verlassen wir das Haus, und mir ist warm ums Herz. Warm von diesem freundlichen Empfang in der Familie, den ich eigentlich gar nicht verdient habe. Erst jetzt, als die Haustür hinter uns zufällt und wir beide in den Mercedes-Benz steigen, der vor der Tür auf uns gewartet hat, spüre ich die Last der Lügen auf mir. Lügen, von denen ich mir gerade wünschte, sie würden mehr an die Realität heranreichen.

»Alles in Ordnung?«, fragt Lennon, kaum dass wir im Wagen sitzen. »Du bist so still.«

»Bin ich das nicht immer?«

»Nicht auf diese Art. Es ... es war zu viel, oder? Das mit der Gitarre, meine Eltern, die Gespräche über deinen Dad?«

»Es war nicht zu viel«, erwidere ich wahrheitsgemäß. »Es war wirklich schön.«

So schön, dass der Gedanke, nach dieser familiären Wärme gleich wieder allein in meiner Wohnung zu sein, mir trostlos vorkommt. Einsam.

»Lennon? Hast du gleich noch etwas vor?«

»Ich werde mir vermutlich irgendeinen Film ansehen und dabei Eis essen.«

Unruhig streiche ich mir durch die Haare.

»Ich hätte auch Eis zu Hause«, sage ich leise. »Und einen Beamer, auf dem man echt gut Filme schauen kann.«

Perplex sieht sie zu mir, ich würde ihrem Blick am liebsten ausweichen.

»Soll das eine Einladung zu einem Filmabend werden?«

»Ich schätze schon, ja.«

»Um Fotos oder Videos davon zu posten ...?«

Schon klar, dass sie dabei sofort an unseren Deal denkt, obwohl der gerade in meinem Kopf überhaupt nicht existent ist. Da ist nur der Wunsch, noch länger diese Geborgenheit zu spüren. Weniger Isolation.

»Also eigentlich dachte ich ... ich dachte, wir machen das einfach so. Ohne Öffentlichkeit.«

»Oh.«

Ihr Blick scheint mich zu durchbohren. Als würde sie ergründen wollen, wo dieser Wunsch nach einem Abend mit ihr herrührt, obwohl ich es ihr nicht mal richtig beantworten kann. Zum Teil ist es, um der Einsamkeit zu entgehen, die ich heute nicht ertragen würde. Aber es ist auch mehr als das, weil es gerade unbedingt Lennon sein muss, mit der ich den Abend verbringen will.

»Was für Eis hast du denn da?«, lässt sie mich noch etwas schmoren.

»Cookie-Dough, Fudge Brownie und irgendein Pfefferminzeis, das Scott angeschleppt hat und das ich niemals anrühren würde. Aber wir könnten auch noch beim Supermarkt halten, falls du irgendetwas anderes willst.«

»Pfefferminz klingt interessant.«

Ich verziehe das Gesicht und bringe sie damit zum Lachen.

»Was denn? Ist doch mal was anderes.«

»Anders ist nicht immer gut ...«

»Wir werden sehen«, kommentiert sie nur, und mein Herz macht einen kleinen Hüpfer.

»Heißt das, du kommst mit?«

»Wer kann bei einem Pfefferminz-Experiment schon Nein sagen? Zu Hause hätte ich nur noch ein paar Löffel Salted Caramel gehabt.«

Ich grinse, während Esteban den Wagen nun Richtung Upper East Side lenkt. Lennon und ich verfallen derweil in Schweigen, aber es ist eins von der angenehmen Sorte. Eins, das mich nun kaum erwarten lässt, zu Hause zu sein, weil ich viel zu lange keinen richtigen Besuch mehr hatte.

In meiner Wohnung lässt Lennon sich sofort auf die Couch fallen. Ich lasse die Rollläden herunter, schließe die Sonne aus und lade Gemütlichkeit ein. Dann hole ich uns erst mal eine Cola aus dem Kühlschrank.

»Welchen Film hättest du dir angeguckt, wenn du jetzt zu Hause wärst?«

»Vermutlich einen Horrorfilm. Ivy mag sie nicht so gerne, also kann ich sie mir nur ansehen, wenn ich alleine bin.«

»Ich wäre definitiv für einen zu haben.«

»Wirklich? Dann fehlen uns aber eigentlich Kerzen für die richtige Atmosphäre.«

»Ich glaube, dahinten in der Schublade sind welche.«

Gemeinsam verteilen wir die Kerzen im Raum und zünden sie an. Dann hole ich das versprochene Eis. Noch während wir einen Film aussuchen, nimmt Lennon den ersten Löffel vom Pfefferminzeis.

Sie schließt genüsslich die Augen. »Wirklich lecker«, murmelt sie zufrieden.

»Verarschst du mich auch nicht?«

»Glaub mir, ich bin selbst überrascht. Eigentlich fehlen nur noch Schokostückchen.«

»Schokosoße hätte ich da.«

Sie sieht mich vorwurfsvoll an. »Und das sagst du erst jetzt?«

Lachend gehe ich zum Schrank, um sie zu holen. Lennon kippt sich einen ordentlichen Schuss davon auf ihr Eis.

»Mhm, jetzt ist es perfekt. Du musst es probieren.«

»Ich weiß ja nicht.«

»Dafür darfst du auch den Film aussuchen.«

Ich lasse mich nur auf dieses Geschäft ein, weil es mich amüsiert, Lennon derart euphorisch zu sehen. Gespannt beobachtet sie mich dabei, wie ich ein wenig vom Eis und der Soße auf den Löffel gebe und es probiere. Mein Mund weiß nicht so recht, wie er mit den zwei Geschmacksrichtungen umgehen soll – die Minze, die mich eher an Kaugummi erinnert, dazu die Süße der Schokoladensoße, die sich durch die Kälte des Eises verhärtet hat.

»Ja, irgendwie passt es schon zusammen ... aber auf eine ganz seltsame Art und Weise.«

»Und du willst mehr davon?«, fragt Lennon grinsend.

»Ehrlich gesagt weiß ich das nicht so genau.«

Ich hole noch das Fudge-Brownie-Eis, dann suche ich einen Film aus. Ein paar Minuten später sitzen wir bei Kerzenschein auf der Couch, lutschen unser Eis von den Löffeln und sehen *Smile*, einen Film über eine Psychiaterin, die plötzlich von dunklen Visionen verfolgt wird und Menschen sieht, die angsteinflößend lächeln. Schon nach der ersten halben Stunde habe ich von den Szenen eine Gänsehaut am ganzen Körper ... aber vielleicht liegt es auch an Lennon, die dicht neben mir sitzt. Dafür, dass mein Sofa so groß ist, sitzen wir nah beieinander, einfach so, ohne dass wir es geplant haben. Fast wie bei unserem Pärchenshooting, nur dass mir ihre Nähe da noch unbehaglich war.

Und nun?

Ich weiß nicht mal, wieso es mich derart einnimmt. Weil ich schon lange nicht mehr eine solche Nähe zugelassen habe?

Weil Lennon beginnt, mir wichtig zu werden? Wann und wie ist das überhaupt passiert?

Der Film, so gut er auch ist, rauscht an mir vorbei. Plötzlich läuft der Abspann, und Lennon dreht sich zu mir.

»Der war krass gut.«

»Dann bereust du es hoffentlich nicht, noch hergekommen zu sein.«

»Natürlich nicht.« Sie lässt sich tiefer ins Polster sinken. »Ich sollte wieder viel häufiger Horrorfilme gucken.«

»Wir könnten noch einen zweiten raussuchen«, schlage ich vor. Dabei habe ich nicht mal eine Ahnung, wie spät es ist.

»Dürfte ich diesmal einen Vorschlag machen?«

»Gleiches Recht für alle.«

»Das eröffnet viele Möglichkeiten. Ich könnte dich in die Welt der Indie-Horrorfilme einführen. Da sind einige Schmuckstücke versteckt, die meisten trauen sich nur nicht ran.«

»Eröffne mir eine neue Welt«, erwidere ich grinsend.

Murmelnd klickt sie sich durch die Filmvorschauen, so ernst, als wäre die Auswahl wirklich weltverändernd für mich. Schließlich präsentiert sie mir ein Filmplakat, auf dem ein Ehepaar in einem umgedrehten Kreuz steht.

»*Anything for Jackson* – ein Paar versucht, ihr totes Enkelkind durch dunkle Magie wiederzubeleben. Wie klingt das?«

»Bin dabei.«

»Sehr gut.« Lennon lehnt sich wieder an, dabei berühren sich erneut unsere Schultern. Diesmal scheine ich nicht der Einzige zu sein, der sich unserer Nähe bewusst wird, denn ich sehe sie schwer schlucken. Ihre Wangen sind ein wenig gerötet, ihre Lippen öffnen sich leicht. Und dann runzelt sie die Stirn und sieht mit einem bedeutungsschweren Blick zu mir.

»Wieso willst du eigentlich plötzlich den Abend mit mir verbringen?«

»Ist das so seltsam?«, gebe ich zurück.

Dabei bin ich ja selbst überrascht von mir.

»Ich weiß nicht. Wenn ich an unser erstes Treffen hier in der Wohnung denke, dann irgendwie schon.«

Mein Herz wird ein bisschen schwerer. »Das, was ich da gesagt habe, war gar nicht gegen dich gerichtet – sondern gegen mich selbst. Mir war es unangenehm, wie viel du von mir erfahren hast ... und dass Scott dich extra angeheuert hat, um mir zu helfen.«

»Es hat mich ein bisschen verletzt.«

»Ich weiß.« Einfach so nehme ich ihre Hand in meine. Es fühlt sich langsam schon normal an. »Und ich wünschte, ich könnte die Zeit zurückdrehen.«

Wie oft ich mir das in den letzten Monaten gewünscht habe. Würde ich über diese Fähigkeiten verfügen, könnte ich so viel ungeschehen machen.

»Ich war am Anfang vielleicht skeptisch, was Scotts Plan angeht, aber die Wahrheit ist, dass ich ihm unendlich dankbar bin, dass er das arrangiert hat. Weil ich wirklich das Gefühl habe, dass es mir hilft, wieder Fuß zu fassen. Und weil ich so die Chance bekommen habe, dich kennenzulernen.«

Lennons Blick streichelt mich. Mein Herz rast augenblicklich, während die Luft um uns herum irgendwie greifbarer wird. Ich spüre das Verlangen, noch mehr Nähe aufzubauen, ihr noch länger in die Augen zu sehen, sie zu halten, noch etwas mehr zu fühlen. Nach den einsamen Monaten allein in diesem Zimmer überfordert mich dieser Wunsch. Zu vereinnahmend ist er. Schleusen zu anderen Gefühlen könnten dabei unbemerkt geöffnet werden, und dann wäre all die Leichtigkeit, die ich bei diesem Filmabend spüre, dahin. Und ich fürchte mich davor, nicht zurückzukönnen. Nicht mehr diese Leichtigkeit zu spüren, die ich gerade so sehr genieße.

»Dann bin ich jetzt bereit für deinen Film«, krächze ich fast.

»Er wird deine Welt verändern.«

Lennon lässt meine Hand los, und ich verspüre eine Kälte, die durch meinen ganzen Körper zieht und damit die prickelnde Hitze ablöst. Sie nimmt noch zu, als sie sich wieder auf dem Sofa positioniert. Diesmal mit etwas mehr Abstand, unsere Schultern berühren sich nicht, und es fühlt sich falsch an.

»Hat Scott dir übrigens schon wegen der Spendengala in L. A. geschrieben?«, frage ich, ehe sie den Film startet.

»Meinst du diese Spendengala wegen der Waldbrände in Kalifornien? Ivy hat mir davon erzählt, weil sie und Milo hinfliegen werden. Aber von Scott weiß ich bisher nichts.«

» Unser Label arbeitet mit den Organisatoren zusammen. Es soll Geld gespendet werden, um den Wiederaufbau mitzufinanzieren. Einige Stars wurden eingeladen, um das Label dort zu repräsentieren und dabei zu helfen, dass die Leute online spenden. Nach unserem Abendessen kam noch eine Mail, sie haben uns beide dazu eingeladen.«

»Du meinst, dass ich mit dir nach L. A. fliege?«, fragt sie ein bisschen schrill.

Unser seltsamer Moment ist vergessen.

»Wenn du Zeit hast? Es ist relativ kurzfristig, bereits nächstes Wochenende, direkt am Tag nach der Feier bei *Purebelle*. Dein Wochenende wäre dann also ausgebucht. Aber das Hotel und der Flug werden vom Label übernommen … und ich würde mich darum kümmern, dass du ein passendes Kleid gestellt bekommst. Die Gala wird wohl recht groß aufgezogen, Abendgarderobe wird vorausgesetzt.«

»Ich muss dafür einen Kurs verschieben«, murmelt Lennon und greift zu ihrem iPhone. »Am besten mache ich das gleich.«

»Aber nur wenn du möchtest. Ich will nicht, dass du wegen mir irgendetwas vernachlässigst.«

»Ich war ehrlich gesagt noch nie in L. A.«, erwidert sie verträumt. »Dabei wollte ich schon immer dorthin.«

»Vielleicht bekomme ich das Label ja überredet, noch eine Übernachtung dranzuhängen«, überlege ich. »Damit du auch etwas von der Stadt siehst.«

»Das fände ich wirklich schön.«

»Dann ist das abgemacht? Wir fliegen nächste Woche nach L. A.?«

»Aber so was von.«

Lennon startet den Film und rutscht dabei wieder etwas dichter zu mir. Es überrascht mich, aber ich versuche einfach meinen Kopf auszuschalten und die Nähe zu genießen. Auch wenn es zwischen all den Kerzen und dem Wissen um das bevorstehende Wochenende in L. A. nicht leicht ist, denn der Gedanke macht mich unruhig, weil es bedeutet, so viel Zeit mit Lennon zu verbringen. Angesichts der Nähe, die ich zu genießen beginne, könnte das das beste Wochenende seit Langem werden … oder alles zum Einsturz bringen.

KAPITEL 21

THE TURNING POINT

Lennon

Als Kind war *Die Schöne und das Biest* mein Lieblings-Disneyfilm. Nicht wegen des verzauberten Prinzen, nicht wegen der sprechenden Gegenstände, sondern einzig und allein wegen Belle und ihres goldenen Ballkleids. Zu Halloween war ich fünf Jahre in Folge als Belle verkleidet, bis mein geliebtes Kleid mir zu klein wurde und wir keines mehr in meiner Größe gefunden haben. Nun, dreizehn Jahre später, stehe ich in einem Hotelzimmer in L. A. und halte meinen wahr gewordenen Kindheitstraum in den Händen. Das Kleid von *Agnieszka Susinna*, einer italienischen Designerin, die Blake für meine heutige Garderobe angeheuert hat, sieht nicht eins zu eins aus wie Belles Kleid, aber mit dem goldschimmernden Stoff aus Seide, dem Carmenausschnitt und der Rosenverzierung kommt es meinem Traumkleid schon sehr nah. Nur ist der Schnitt eine schöne A-Linie, anstatt ein ausladendes Ballkleid zu sein.

Im Badezimmer bereitet gerade eine Stylistin ihren Arbeitsplatz vor, um mir mit Frisur und Make-up zu helfen. Diese Gala heute könnte also wirklich einem Märchenfilm entsprungen sein. Dabei waren wir gestern schon auf dieser privaten Feier von *Purebelle,* einem dieser Clubs, den nur Mitglieder besuchen dürfen und in denen es furchtbar elitär zugeht. Da dachte ich schon, von Luxus umgeben zu sein.

Blake ist unten in der Hotelbar, damit ich mich in Ruhe fertig machen kann, obwohl diese Hotelsuite mit zwei Zimmern groß genug ist, um sich aus dem Weg gehen zu können. Als das Label sich um unser Zimmer gekümmert hatte, war ich gedanklich schon auf ein gemeinsames Bett ohne Ausweichmöglichkeit gefasst.

»Wollen wir loslegen?«, fragt Pearl, die Stylistin.

Sorgfältig lege ich das Kleid zurück, das ich erst anziehen werde, wenn Haare und Make-up sitzen. Dann schlüpfe ich in einen blauen Poncho, den sie mitgebracht hat, um meine Kleidung vor Make-up zu schützen.

Das Badezimmer ist aus edlem Marmor und hat sowohl eine tiefe Badewanne mit Whirlpool-Funktion als auch eine Wasserfalldusche und einen Schminktisch, an dem ich Platz nehme. Pearl beginnt, meine Haare zu kämmen und Hitzeschutz einzuarbeiten, danach wickelt sie Strähne für Strähne um einen Lockenstab. Ich nehme derweil mein iPhone, um Ivy zu schreiben. Milo und sie haben auch schon eingecheckt, allerdings sind ihre Zimmer im Westflügel dieses Luxushotels. Von hier aus werden wir von Chauffeuren zur Location gebracht. Die ganze Spendengala wird live im Internet übertragen. In New York sitzen meine Eltern bestimmt bereits vor dem Beamer und warten darauf, mich zu sehen.

»Was sagst du zu den Haaren?«, fragt Pearl.

Sie fallen mir nun in sanften Wellen über die Schulter. Einige Strähnen wurden schmal geflochten, so wirkt es lockerer und verspielter.

»Es sieht richtig toll aus.«

»Den Pony mache ich erst, wenn das Make-up sitzt«, erklärt sie. Gerade wird er noch durch zwei Klammern aus dem Gesicht gehalten, das nun mit Feuchtigkeitscreme versorgt wird.

Eine halbe Stunde später sind meine Augen durch ein wenig goldenen Schimmer und meine Wangen durch bronzefarbenen Blush betont. Mein Pony ist glatt, hat nun aber einen gewissen Schwung, und ich trage goldene Perlenohrringe und ein Armband von *Tiffany*, das nur geliehen, nicht gekauft ist. Mein Kleid passt wie angegossen. Durch die Stiefeletten mit Blockabsatz, die größtenteils unter dem Kleidersaum verschwinden, bin ich nun einige Zentimeter größer.

Verträumt drehe ich mich im Spiegel – eine Runde, zwei, drei. Ich beobachte, wie das Kleid sich bei der Bewegung wie ein Fächer ausbreitet und damit wirklich an Belles Kleid erinnert.

»Summst du da gerade *Märchen schreibt die Zeit*?«

Blakes Stimme erschreckt mich so sehr, dass ich bei meiner Drehung den Halt verliere und mit dem Ellenbogen gegen die Kommode stoße.

Er lehnt lässig am Türrahmen, die Beine überkreuzt und eine Hand in der Tasche seiner Anzughose vergraben.

»Gott, wieso schleichst du dich so an?«

»Wenn du damit meinst, dass ich sogar angeklopft und dich gerufen habe, dann bin ich wirklich geschlichen. Und entschuldige mich dafür.«

Ich reibe mir den angestoßenen Ellenbogen. »Hab dich wohl nicht kommen hören.«

»Du schienst auch wirklich weit weg zu sein. In einem verwunschenen Schloss?« Seine Augen blitzen amüsiert auf.

»Mach dich vor einem so wichtigen Abend ruhig über mich lustig.«

Grinsend kommt er auf mich zu. Der dunkle Anzug von *Armani* schmiegt sich dabei perfekt an seinen Körper. Die oberen Knöpfe seines Hemds unter dem Jackett stehen offen, sodass es nicht ganz stockstaksteif aussieht und einen Blick auf seine Brust freigibt. Er trägt heute eine Kette aus Leder, fast in der Farbe seiner Haare.

»Ich verstehe, wieso du ins Träumen gekommen bist. Dieses Kleid sieht wunderschön an dir aus. Du strahlst richtig.«

Sofort schießt Hitze in meine Wangen. So sehr, dass ich fürchte, Pearls Schmink-Werk schnell zunichtezumachen. Sie ist vor zehn Minuten gegangen, sie könnte es also nicht mal nachbessern.

»Wieso bist du hier?«, frage ich, um mich von seinen Worten abzulenken. Oder von diesem musternden Blick, der die Hitze nur noch anfacht. »Ist es schon so weit?«

»Der Wagen kommt in ungefähr zehn Minuten.«

»Dann habe ich wohl wirklich etwas die Zeit vergessen.«

Schnell hole ich meine Clutch und stopfe alles hinein, was ich für die Gala brauche: Lippenstift, ein bisschen Puder und mein iPhone, auf dem eine Nachricht von Ivy eingegangen ist. Milo und sie wurden bereits abgeholt und werden jetzt zur Gala gebracht, aber wir sitzen am selben Tisch, sehen uns also vor Ort.

Es ist ungewohnt, von einem Chauffeur abgeholt zu werden und nicht Esteban am Steuer zu sehen. Stattdessen begrüßt uns ein etwas brummiger älterer Herr mit Schnurrbart.

Bis zum *Ebell of Los Angeles* sind es nur wenige Minuten mit dem Auto. Das historische Gebäude im Stil der italienischen Renaissance wird heute durch perlmuttfarbene Lichter angestrahlt. Kein roter, sondern ein schwarzer Teppich liegt aus. Möglichst elegant steige ich aus dem Wagen und richte mein Kleid. Blake stellt sich an meine Seite und bietet mir seine Armbeuge an.

»Jetzt komme ich mir *wirklich* wie in einem Disneyfilm vor«, flüstere ich ihm zu.

»Dann lass dich nicht vom Biest beißen.« Er formt mit der Hand eine Kralle und lässt einen kleinen Brüller los, der mich zum Lachen bringt.

»Konzentriere dich lieber«, ermahne ich ihn. »Teppich und Sturzgefahr, schon vergessen?«

»Ich halte dich.« Sein Arm zuckt, damit ich ihn endlich annehme, also hake ich mich bei ihm unter.

Ein letzter Blickkontakt, ein letztes Grinsen von Blake, dann richten wir uns auf und sehen zu der großen, verzierten Tür, die von Säulen umrahmt wird und uns willkommen heißt. Es liegen nur noch etwa ein hundert Meter langer Teppich, eine Fernsehkamera und unzählige Fotografen dazwischen. Das Blitzlichtgewitter beginnt bereits.

Seltsamerweise bin ich diesmal nicht so nervös wie bei der Filmpremiere, obwohl das Wissen um die Liveübertragung mich eigentlich beunruhigen sollte. Aber Blake strahlt so viel Souveränität aus, so viel Ruhe. Selbst dann noch, als die Presseleute unsere Namen rufen und uns auffordern, für die Kameras zu posieren.

Blakes Hand liegt an meiner Taille, während wir uns fotografieren lassen. Selbst durch den Stoff des Kleides spüre ich seine Berührung. Spüre sie in einem gewissen Klopfen meines Herzens, das seine sanften Fingerspitzen aufregender zu finden scheint als Millionen von Zuschauenden übers Fernsehen.

Diesmal stellen wir uns keinen Interviews auf dem Teppich, weil das vom Musiklabel nicht gewollt ist. Erst im Gebäude, während des ersten Teils des Abends, werden ausgewählte Pressevertreter vor Ort sein und sich ein Bild von der Gala machen, vielleicht das ein oder andere Gespräch führen. Doch der Fokus liegt auf den Spenden.

Wir lassen das Blitzlicht hinter uns und treten durch den Haupteingang. Eine Lobby führt uns tiefer ins Innere des Gebäudes, bis wir den Veranstaltungssaal erreichen. Von einer prunkvollen Decke hängt ein Kronleuchter. Der Raum ist zweigeteilt: Vor den Fensterbögen befindet sich eine Bühne, davor wurden runde Tischgruppen angeordnet. Die andere Hälfte des Raums dient als Tanzfläche. Von dort aus gelangt man in einen wunderschönen Innenhof, der mit Sitzgelegenheiten und Hunderten Glühbirnen für eine stimmungsvolle Atmosphäre sorgt.

Die meisten haben sich auf den Stufen zum Innenhof versammelt, wo Champagner und Wasser gereicht wird. Ivy und Milo sind ebenfalls da und kommen auf uns zu.

»Ist das nicht alles unglaublich?«, fragt Ivy mit strahlenden Augen, dann mustert sie mein Kleid. »Du siehst richtig toll aus, Lennon.«

»Du auch«, erwidere ich mit Blick auf ihre Kombi aus schwarzem Spitzenbody und schwarzem Tüllrock mit langer Schleppe. Auf ihren Lippen trägt sie roten Lippenstift, während ihre Augen in den für sie typischen Smokey Eyes geschminkt sind.

Verstohlen sieht Ivy zu Blake, der gerade von Milo in ein Gespräch verwickelt wird. Milo erzählt ihm von seinem neuen Job bei einer New Yorker Zeitung. Als er als Barkeeper im *Silverside* angefangen hat, konnte keiner von uns ahnen, wie viel journalistisches Talent in Milo schlummert. Talent, das die *Havington Gazette* erkannt und genutzt hat, indem sie ihm einen exklusiven Auftrag gegeben hat. Nun soll er Ivy auf ihrer Tour begleiten und von ihren Erfahrungen berichten. Auch wenn mir seine Cocktails im *Silverside* fehlen werden, freut es mich sehr, dass Ivy und er so auch während Ivys Tournee zusammen sein können.

»Sieh dir unsere Männer an«, sagt Ivy lachend und versetzt mir damit einen minimalen Stich ins Herz. »Toll, dass die beiden sich gut verstehen.«

Sobald Blakes Termin vor Gericht und hoffentlich sein Erbe durch ist, endet auch meine Kooperation mit dem Hotel. Dann muss ich ihr die Wahrheit sagen. Ich muss ihr sagen, dass das mit Blake und mir nur Schauspielerei ist, nur Mittel zum Zweck. Auch wenn es sofort wieder pikst, weil ich nicht weiß, ob diese Begriffe noch zutreffen. *Mittel zum Zweck* suggeriert Kälte ... obwohl da mittlerweile so viel Wärme zwischen uns ist.

Eine Lautsprecherdurchsage bittet darum, die Plätze einzunehmen, sodass ich nicht dazu komme, meine Gedanken weiter auszuführen. Die Leute setzen sich in Bewegung und suchen ihre Tischnummer. Wir wissen bereits, dass wir die Nummer zehn zugeteilt bekommen haben, und finden uns am selben Tisch ein wie Tweezy, der ohne Begleitung gekommen ist. Am Nebentisch sitzen die drei Mitglieder dieser neuen Boyband *Slowcation*, die ganz frisch vom Plattenlabel unter Vertrag genommen wurden und die kurz vor ihrem großen Durchbruch zu stehen scheinen. Zwei Tische weiter sehe ich Cameron, aber sie sieht nur einmal kurz zu Blake und mir, ehe sie sich wieder ihrer Begleitung zuwendet. Sein Gesicht ist verdeckt, aber von den Haaren her könnte es ihr Schauspielkollege aus *Fracture* sein.

Stanley Hotchner vom Musiklabel tritt auf die Bühne, die Gespräche verstummen. Er hält eine Rede darüber, wie wichtig es ist, nach den verheerenden Feuern in Kalifornien hier und heute für Solidarität zu stehen. Dann bittet er den leitenden Fire Chief Samuel Bright auf die Bühne, der erklärt, was durch das Feuer zerstört wurde und was nun wieder aufgebaut werden muss.

Während uns kleine Häppchen serviert werden, findet auf der Bühne eine Auktion statt. Gegenstände von Anwesenden – ein unterschriebenes Fanshirt, eine Originalgitarre aus den Musikstudios, eine Goldene Schallplatte – werden vorgestellt und parallel auf eine Onlineplattform hochgeladen, wo die Höchstbietenden sich die Gewinne sichern können. Tickets für Ivys ausverkauftes Konzert in New York gehen ebenfalls ins Rennen, und die Kamera schwenkt zu unserem Tisch, wo Ivy in die Linse winkt. Danach verschwindet sie, um sich für ihren Auftritt vorzubereiten.

Etwa eine halbe Stunde später tritt sie auf die Bühne und performt *Riveting Humility*. Ihren Tüllrock hat sie abgelegt, sodass sie sich nur im Spitzenbody auf der Bühne bewegt. Ihre raue Stimme dringt durch den Saal, und ich lasse mich dazu hinreißen, aufzustehen und ihr zuzujubeln. Blake, Milo und Tweezy erheben sich ebenfalls. Ein paar Mal umkreist uns die Kamera und hält drauf, während wir meine beste Freundin feiern, aber ich versuche, nicht zu sehr darüber nachzudenken, sondern einfach im Moment zu sein.

Nach Ivy folgen zwei weitere Stars, die auf der Bühne alles geben, erst danach wird es für einen Moment wieder ruhiger. Erneut betritt Stanley Hutchner die Bühne und erinnert daran, dass die Spenden, die heute gesammelt werden, dringend benötigt werden. Noch mal betont er die Auktion und nennt Telefonnummern, unter denen ebenfalls Spenden angenommen werden. Jane Manners, eine Angestellte des Musiklabels und eine Betroffene der Brände, kommt auf die Bühne und tritt ans Mikrofon.

»Heute spreche ich im Namen meiner Eltern«, beginnt sie zu erzählen. »Sie haben alles verloren und befinden sich gerade noch im Krankenhaus, um sich von den Strapazen der letzten Wochen zu erholen. Neben den körperlichen und seelischen Verletzungen, die die beiden durch die Flucht aus dem Waldbrandgebiet erleiden mussten, ist es vor allem der Verlust ihres Hauses, wegen dem ich heute zu Ihnen spreche. Dieses Haus hat mein Vater vor über fünfzig Jahren mit seinen eigenen Händen gebaut. Darin war alles, was ihr Leben ausgemacht hat, und nun ist es – zusammen mit einer ganzen Kleinstadt – ausgelöscht worden. Meine Eltern und die restlichen Anwohner von Blue Ridge Falls brauchen dringend Hilfe zum Wiederaufbau von Häusern, Schulen, Kindergärten und Firmen. Von *Leben*.«

Ich höre Blake schwer schlucken. Sein Blick ist ein wenig starr geworden, und erst jetzt frage ich mich, ob diese Veranstaltung eine gute Idee ist, wo die Parallelen zu seiner Geschichte doch nicht von der Hand zu weisen sind.

Er bemerkt meinen Blick, erwidert ihn.

»Alles okay«, sagt er lautlos. Das Lächeln, das er mir danach zuwirft, wirkt echt.

Weitere Betroffene sprechen, dann folgt das Highlight der Auktion: zwei Backstage-Pässe für ein Konzert der Wahl.

Das Licht wird ein wenig gedimmt, die Leute verlassen ihre Plätze, und Musik beginnt zu spielen. Der offizielle, steife Teil des Abends ist geschafft.

Ivy und Blake sind noch in ein Gespräch über ihren Auftritt und die Tour vertieft, während ich mich mit Milo unterhalte. Aber innerlich bin ich bei Blake, sehe immer wieder zu ihm. Versichere mich, dass wirklich alles in Ordnung ist.

Plötzlich, als hätte er meine Gedanken erraten, dreht er sich zu mir. »Du musst dir keine Sorgen machen.«

»Erinnert dich das alles hier nicht an deinen Vater? Oder euer Haus?«

»Doch, ich denke gerade viel daran«, gibt er zu. »Aber auf eine gute Art. Weil ich den Menschen hier helfen will, und durch meine Anwesenheit tue ich das. Deswegen bin ich nicht traurig … Ich will einfach den Abend genießen und, so gut es geht, nutzen. Das Leben ist zu kurz.«

Ich suche nach einer Lüge in seinen Worten, aber ich finde keine.

»Weißt du, worauf ich jetzt richtig Lust hätte?« Grinsend nickt er in Richtung Tanzfläche, auf der sich nun schon die ersten Leute tummeln.

»Du willst tanzen?«

In meinen Fantasievorstellungen über den heutigen Abend kam diese Frage nicht vor. Ich hätte Blake nicht für jemanden gehalten, der auf solchen Veranstaltungen die Tanzfläche stürmt.

Aus den Boxen dringen sanfte Klänge. Keine Partymusik, kein durchdringender Beat, nur Balladen, zu denen die Paare auf der Tanzfläche eng umschlungen und verträumt tanzen. Allein die Vorstellung, Blake gleich genauso nah zu sein und meinen Belle-Moment auszuweiten, jagt ein elektrisierendes Kribbeln durch meinen Körper.

»Wenn du Lust dazu hättest?«, fragt Blake.

Es wäre definitiv gut, um unser Bild als Paar zu stärken, vor allem, wenn gleich noch mal die Kameras laufen. Es wäre vielleicht auch schön, mir die Beine zu vertreten.

Ivy und Milo stehen bereits vom Tisch auf und gehen Hand in Hand zur Tanzfläche. Blake sieht mich abwartend an. Geduldig, während ich einen inneren Kampf ausfechte, obwohl ich doch weiß, dass das Argument immer unsere Darstellung als Paar sein muss. Und wenn ich schon mal auf so einer schicken Spendengala bin und mein Traumkleid trage, muss ich den Abend schließlich auch auskosten, oder? Was nützt ein teures Kleid, wenn ich damit die ganze Zeit an einem Tisch sitze?

Ich nehme seine Hand und lasse mich zur Tanzfläche führen. Ivy lächelt mich über ihre Schulter hinweg an, sie sieht dabei absolut glücklich aus in Milos Armen.

»Ist eine Weile her, dass ich mit jemandem getanzt habe«, murmelt Blake und fordert damit wieder meine Aufmerksamkeit. Seine Hand legt sich auf meine Hüfte, während ich meine Arme um seinen Nacken schlinge. Er zieht mich zu sich. Kein Blatt Papier passt zwischen uns, keine Vorbehalte, ob es klug ist, ihm nun körperlich derart nah zu kommen, wenn ohnehin schon Grenzen verschwimmen und sich das alles ein wenig zu echt anfühlt. Ein wenig zu überwältigend.

Wir bewegen uns im Rhythmus der Musik, sehen uns dabei tief in die Augen. Es liegt ein kleines Funkeln in seinen Iriden, das neu ist. Das mich umhaut.

»Danke, dass du mitgekommen bist«, sagt er leise zu mir. »Ohne dich wäre dieser Abend nur halb so schön.«

Mein Herz drängt sich augenblicklich gegen meine Brust, flüstert seinen Namen. Flüstert mir zu, dass die Grenzen, die ich eigentlich wahren wollte, längst nicht mehr existieren. Nicht seit dem Kuss, vielleicht waren sie von Anfang an nicht so stabil, wie ich dachte.

Wie könnte ich mich nicht zu ihm hingezogen fühlen? Wenn er mich so ansieht … so gut riecht. Seltsam, wie vertraut der Duft eines Menschen innerhalb von ein paar Wochen werden kann, nur weil man Zeit miteinander verbringt. Es riecht nach der Geborgenheit unseres Fernsehabends.

Zum ersten Mal lasse ich den Gedanken an Blake und mich zu, nur ein paar Sekunden. Ein paar flüchtige Überlegungen.

Ob er diese Anziehung zwischen uns auch spürt? Dieses Kribbeln, wann immer wir uns berühren?

»Was geht dir durch den Kopf?«, fragt mich Blake in diesem Moment und bringt mein Herz damit einmal mehr zum Stolpern, weil ich nicht weiß, ob ich ehrlich sein oder lügen soll.

»Ich habe mich gerade gefragt, wie es wohl wäre, sich einfach in den Moment fallen zu lassen«, gebe ich zu.

»Inwiefern?«

Mein Herz rast, rast, rast bei den Worten, die mir auf der Zunge liegen. Mit unseren Blicken halten wir uns fest.

»Mit uns«, krächze ich beinahe. »Du hast gesagt, dass das Leben kurz ist. Und gerade würde ich dich einfach gerne noch mal küssen. Diesmal richtig.«

Blakes Adamsapfel hüpft, seine Lippen öffnen sich erstaunt. »Meinst du das ernst?«

»Ja.« Meine Fingerspitzen streifen über seinen Nacken, bis er unter dieser Berührung erschaudert.

Es ist gewagt, ich weiß selbst nicht, woher ich dieses Selbstbewusstsein nehme. Im selben Moment kommen mir auch Zweifel – nicht an dem, was ich hier tue, nur an dem, was ich für ihn fühle.

»Blake? Was ist eigentlich dein Typ Frau?«, frage ich.

Ein Lächeln umspielt seine Mundwinkel. »Hältst du mir jetzt wirklich vor, was ich bei unserem zweiten Treffen gesagt habe?«

»Ich will nur sichergehen, dass ich nichts missverstehe ... oder mich lächerlich mache.«

»Tust du nicht.« Ich habe es nicht für möglich gehalten, aber er zieht mich noch ein wenig enger zu sich. »Ich wusste damals doch selbst nicht, was ich da rede.«

Bei der Intensität seines Blicks wird mir schwindelig.

»Aber ich weiß auch nicht, ob ich dir irgendetwas versprechen kann. Oder ob es klug ist, was du da vorschlägst«, raunt er fast.

»Wer sagt, dass ich irgendwelche Versprechungen will? Sich in den Moment fallen zu lassen impliziert doch, dass ich nicht nachdenken will. Ich meine ...« Ich sehe an uns herab. »Ich trage dieses wunderschöne Kleid, wir sind in L. A., fühlen uns beieinander wohl.« Ich komme ein wenig näher, nur noch etwas, sodass meine Lippen direkt vor seinen verharren. »Können wir nicht einfach eine Nacht lang etwas mehr Wahrheit in unsere Lüge bringen?«

Zwei Sekunden lang sieht Blake so aus, als würde er meine Argumente durchspielen, vielleicht auch seinen Zweifeln Raum geben. Zwei Sekunden, in denen die Tanzfläche um uns herum verschwimmt und ich nur noch ihn sehe. Ihn und dieses markante Kinn, die vollen Lippen, auf denen sich noch immer ein kleines, verstecktes Lächeln abzeichnet. Ihn und seine Augen, die auf meinen Lippen verharren.

Er schluckt schwer.

»Scheiß drauf«, murmelt er, und dann küsst er mich.

Er küsst mich ganz anders als auf dem roten Teppich, als dieser Kuss nur fürs Publikum war. Er macht genau das, was ich mir gewünscht habe: Der Kuss wird wahrhaftiger, wird echt. Stürmisch und erlösend.

Die Spannung zwischen uns entlädt sich, und ich spüre die Funken, die sicher die gesamte Tanzfläche einnehmen – ich selbst bin gefangen davon. Ich weiß nicht mal, ob wir uns noch bewegen, denn ich spüre nur noch Blake. Seine Hände in meinen Haaren, auf meiner Hüfte. Grob, aber nicht schmerzhaft, hält er mich fest, zieht mich näher an sich. Es fühlt sich fast unanständig an, wie ich mich an ihn presse und jeden Zentimeter dieses Gefühls in mir aufnehme. Es jagt einen Schauer durch meinen ganzen Körper, der nach mehr ruft. Der ein Ziehen in meiner Mitte heraufbeschwört und möchte, dass dieser Kuss niemals endet.

Trotzdem löse ich mich in dem Moment von Blake. Ich ringe um Atem, so sehr drückt mein Herz gegen meine Brust, so sehr zieht sich mein ganzer Körper zusammen. Diesen Kuss zu unterbrechen kommt einem Entzug gleich.

Röte hat sich auf Blakes Wangen gesammelt.

»Wir haben unsere Pflicht für den heutigen Abend erledigt, oder?«, frage ich atemlos.

»Ja ...«

»Dann lass uns verschwinden«, schlage ich unverblümt vor. »Und das hier etwas weniger publik fortführen?«

Ich kann den Funken Unsicherheit nicht überspielen.

»Bin ganz bei dir.«

Er nimmt meine Hand und führt mich weg von der Tanzfläche. Wir halten nur kurz an unserem Tisch, damit ich meine Clutch holen kann. Ivy sitzt da und grinst zweideutig, als ich ihr sage, dass wir gehen. Ich versuche, den Moment nicht zu zerdenken, sondern einfach bei mir und meiner Entscheidung zu bleiben, während Blake und ich den Saal verlassen und in einen der wartenden Wagen steigen. Der Chauffeur fährt los, ich hoffe, dass er ordentlich Gas gibt. Auf der Rückbank herrscht Schweigen, und doch sagen wir ganz viel. Mit jedem Blickkontakt, jedem kleinen, erwartungsvollen Lächeln. Obwohl wir uns nicht berühren, nimmt die Spannung zwischen uns zu. Am liebsten würde ich ihm hier und jetzt die Klamotten vom Leib reißen. Sein Blick erzählt dasselbe Bedürfnis, denselben Wunsch.

Der Wagen hält vor unserem Hotel, und wir springen förmlich raus. Ich nehme mir nicht mal die Zeit, um dem Fahrer unseren Dank auszusprechen. Wir steigen in den Aufzug und fahren in den obersten Stock – viel zu langsam für meinen Geschmack. Die Tür springt auf, wir eilen den Gang entlang, suchen unser Zimmer. Halten die Chipkarte dran, gehen hinein, schließen die Tür … und fallen übereinander her.

Mein Kopf knallt kurz gegen die Holztür, während wir uns stürmisch küssen und dabei nach hinten drängen. Fiebrig zerre ich an seinem Jackett, um es ihm von den Schultern zu ziehen. Es landet auf dem royalblauen Teppichboden, direkt daneben sein Hemd, das er sich selbst aufgeknöpft hat. Ohne unseren Kuss zu unterbrechen, ziehe ich den seitlichen Reißverschluss meines Kleides auf.

Kaum dass der Stoff auf den Boden fällt, hebt Blake mich hoch. Fieberhaft sehen wir uns um. Die Suite kommt mir viel zu groß vor, das Bett zu weit weg.

»Die Kommode«, murmle ich zwischen zwei Küssen.

Blake nickt, dann trägt er mich dorthin. Nur ein paar Schritte, dann sitze ich auf der Kommode im Flur, auf perfekter Höhe zu Blakes Erektion, die sich prall gegen den Stoff seiner Hose drückt. Ungeduldig öffne ich den Knopf, den Reißverschluss. Blake scheint genauso in dem Sturm zwischen uns gefangen zu sein. Er zieht mir bereits den Slip herunter, dann holt er aus seinem Portemonnaie ein Kondom, streift es sich über. Nur wenige Sekunden später positioniert er sich vor meinen gespreizten Beinen. Seine Lippen wandern zu meinem Hals und küssen mich genau unterhalb des Ohrläppchens. Ich stöhne leise auf, sein Kuss löst eine Gänsehaut bei mir aus.

Meine Beine sind um ihn geschlungen, und ich lehne mich ein wenig weiter zurück, während er tief in mich eindringt. Das Gefühl ist überwältigend. Wie tausend prickelnde Nadelstiche unter meiner Haut, die mit jeder Sekunde mehr werden.

Wellen der Lust durchströmen meinen elektrisierten Körper. Unser Stöhnen erfüllt den Raum.

Dies hier hat nichts mit Romantik zu tun, nichts mit Gefühlen. Es ist Sex in seiner reinsten, animalischen Form. Es ist genau das, was ich mir ausgemalt habe: sich hineinfallen lassen, ohne Wenn und Aber.

Bis wir gemeinsam zum Höhepunkt kommen.

Wir sinken Stirn an Stirn aneinander, atmen zusammen, versuchen Luft zu bekommen, schweigen und sehen uns an.

Seine Finger streifen meine Wange und schieben mir eine Haarsträhne aus dem Gesicht. Im Gegensatz zu unserem Sex ist diese Geste so sanft, so weich, dass mein Herz sofort darauf reagiert und alles, was ich eben zu Versprechungen gesagt habe, zunichtemachen will.

»Alles ... in Ordnung?«, fragt Blake, und ich bin mir nicht sicher, ob er meinen Körper oder meine Seele meint. Beides fühlt sich ein wenig zittrig an.

»Alles bestens«, erwidere ich mit einem zaghaften Lächeln.

Es ist die Wahrheit. Es *muss* die Wahrheit sein.

Dieser Sex war genau das, was wir heute brauchten. Ich will mich gut deswegen fühlen. Ich will es genießen, weil es sowieso schon viel zu lange her war. Weil so eine Leidenschaft wie eben nichts Alltägliches, nicht selbstverständlich ist.

Aber ein kleiner Teil in meinem Herzen fühlt sich ein wenig zu verletzlich an. Ein wenig zu hoffnungsvoll.

Ich kann dir nichts versprechen.

Ich weiß auch nicht, was ich mir wünschen würde ...

KAPITEL 22

MELODIES OF THE SOUL

Blake

Monatelang hat sich mein Innerstes in einem Sumpf befunden. Da war nur Leere, und bei jedem Versuch heraus bin ich nur tiefer hineingesunken. Ich hatte mich irgendwie mit dem Zustand abgefunden, dachte, das wäre jetzt mein neues Ich. Doch jetzt liege ich in einem Kingsizebett und fühle mich anders – ich fühle plötzlich ganz viel.

Lennon liegt neben mir und schläft. Ihre dunklen Haare fächerartig auf dem Kopfkissen ausgebreitet, eine Hand unter ihr Gesicht geschoben. Ihre leicht geöffneten Lippen und ihre geknautschte Wange wirken friedlich. Ihr Atemzug geht ganz ruhig und erfüllt die Stille, die sich über das Hotelzimmer gelegt hat. Der Schein des Mondes projiziert einen Streifen Licht auf den Fußboden. Meine Nachttischlampe ist die einzig weitere Lichtquelle, die Lennon jedoch nicht zu stören scheint.

Ein Notizblock, der hier im Hotel auslag, befindet sich auf meinem Schoß. Vier Seiten habe ich bereits vollgeschrieben, trotzdem sind da noch immer Worte und Gefühle in mir. So stark wie lange nicht.

In the shadows I saw the pieces.
Scattered, broken, but still mine.
This falling is just part of the climb.
The scars are maps of battles won.
And the pain a reminder I'm alive.

Die Worte fließen einfach aus mir heraus, befreiend und leicht und doch auch beängstigend. Es fühlt sich noch zu fragil an. Vielleicht unverdient.

Ein Teil von mir wird von den Erinnerungen des Feuers übermannt, weil es das ist, was ich aus den letzten Monaten kannte. Wie ein gehässiger, falscher Freund, der mich immer wieder in seine Arme ziehen will, obwohl er mir damit Energie raubt. Aber ich schreibe weiter, falle lieber in die Erinnerung an verschwitzte Körper, lustvolles Stöhnen und das Gefühl von Freiheit.

Irgendwann regt sich Lennon. Sie öffnet die Augen, blinzelt ein wenig orientierungslos ins Licht der Lampe und sieht sich um. Ihr Blick bleibt an dem Zettelchaos um mich herum hängen.

»Blake?« Lennon setzt sich auf. Ihr Pony klebt ihr an der Stirn. »Was machst du denn da?«

Sie nimmt sich einen der Zettel und sieht darauf, ihre Augen werden groß vor Erstaunen.

»Du ... du schreibst Songtexte?«

»Irgendwie schon.« Verlegen kratze ich mich am Hinterkopf. Inzwischen ist es schon weit nach drei Uhr nachts, und ich bin immer noch nicht richtig müde.

»Das ist toll.«

»Ivy heute über die Musik und ihre Tour sprechen zu hören, war melancholisch und motivierend zugleich. Und ... der Abend mit dir hatte auch etwas sehr Inspirierendes.«

Unsicher sehe ich zu ihr, warte auf eine Reaktion. Einen Blick, ein Mundzucken. Irgendetwas, das mir verrät, wie sie über unsere gemeinsame Nacht denkt.

»Ich könnte den Abend auch auf einer Leinwand einfangen.«

»Dann bereust du es nicht? Das mit uns?«

»Niemals. Wir haben uns ja auch nichts versprochen, richtig? Es war nur *leben im Augenblick*.«

Oder überhaupt wieder leben.

»Richtig.«

Lennon grinst ein bisschen schief, dann gibt sie mir einen Kuss auf die Wange und legt sich wieder hin.

»Kleiner Tipp von jemandem, der vor Kreativität auch manchmal die ganze Nacht durchgemacht hat: Es rächt sich am nächsten Tag. Und wenn ich so auf die Uhrzeit sehe, kommt der Morgen schneller als gedacht, also hol dir lieber noch etwas Schlaf.«

»Mal schauen. Ein paar Gedanken müssen noch raus.« Ich wackle mit dem Notizblock.

»Hab dich gewarnt«, murmelt sie, ehe sie wieder die Augen schließt.

»Schlaf gut, Lennon.«

Ihren Namen auszusprechen hat eine ganz eigene Melodie, die in mir nachhallt.

Es dauert nicht lange, bis sie wieder eingeschlafen ist, und ich sitze da und kann meinen Blick nicht abwenden. Wärme flutet meine Adern, meinen ganzen Körper und mein Herz. Für diese Frau, die mich zum ersten Mal wieder mehr fühlen lässt als Versagen und Schmerz. Für das Bubblegum-Mädchen.

Wir haben uns nichts versprochen.

Der Satz stimmt … und fühlt sich trotzdem falsch an. Weil ich uns beiden gerade gerne etwas versprechen würde. Ich *kann* es nur nicht.

Nicht wenn meine Welt so ungewiss ist. Wenn ich zwischen Vergangenheit und Gegenwart umherirre, zwischen dem Kampf um mein Erbe, meine Musikkarriere und den Sumpf, der mich jederzeit wieder nach unten ziehen kann. Ich kann nur kleine, vorsichtige Schritte machen, damit ich nicht doch noch untergehe.

***

Es ist eine Weile her, seit ich das letzte Mal Scotts Büro in der 7th Avenue betreten habe, und doch hat der Geruch seiner Lederpolitur etwas Vertrautes. Seit dreiundzwanzig Jahren riecht es hier gleich, auch wenn die Ledersessel, die zum Verweilen einladen, heute andere sind als vor zwanzig Jahren. Wir sitzen in den Sesseln, auf dem Beistelltisch vor mir steht ein Cappuccino. Wenn Scott sich darüber wundert, dass ich aus Eigeninitiative um dieses Treffen gebeten habe, dann sagt er nichts dazu. Er nippt nur an seinem Kaffee, ein kleines Lächeln auf den Lippen.

»Ihr scheint euch auf der Gala gut amüsiert zu haben.«

Ich weiß sofort, dass er auf die Videos im Internet anspielt. Natürlich hat die Kamera genau in dem Moment einen Einblick von der Party gegeben, als wir auf der Tanzfläche übereinander hergefallen sind.

Allein die Erinnerung an diesen Abend lässt meinen Körper wieder seltsam warm und zittrig werden. Diese Leidenschaft auch noch mit Bildmaterial untermalt zu bekommen, macht die Sache nur noch realer. Aber es ist gut. Wir haben wohl nie authentischer gewirkt als in diesem Moment. Jetzt kann uns keiner mehr sagen, wir würden nur PR machen.

»Du hattest recht mit deiner Wahl«, gebe ich zu. »Lennon ist genau die Richtige, um mich ein bisschen aus der Reserve zu locken. Aber ich wollte über etwas anderes mit dir sprechen.«

»Du bist sicher nervös wegen des Vorstandsmeetings morgen«, vermutet er. Tatsächlich habe ich jedoch kaum noch an das Meeting gedacht, es macht mir nicht mehr so viel Angst wie noch vor ein paar Tagen. Als habe dieser Abend auf der Gala einen Schutzschild gebaut, mit dem ich mich nun stärker fühle. Weniger verwundbar. Ein bisschen mehr wie ich selbst.

»Das Meeting bedarf noch etwas Vorbereitung, aber eigentlich bin ich hier, weil ich mit dir über Musik sprechen will. Besser gesagt über einen Auftritt. Ich will zurück auf die Bühne.«

Scott wird sofort hellhörig, beugt sich etwas weiter zu mir vor. »Das kommt etwas plötzlich. Du weißt, dass das Label dir Zeit bis Januar gibt. Du musst nichts überstürzen.«

»Ich weiß. Aber ich vermisse es, auf der Bühne zu stehen. Seit der Gala kann ich an nichts anderes mehr denken. Und wenn ich auftrete, dann würden wirklich alle glauben, dass es mir besser geht, oder? Es würde also diesen ganzen Deal mit Lennon unterstützen. Und dem Label zeigen, wie ernst ich es mit dem Album meine. Ich schreibe sogar schon an neuen Songs.«

»Das sind richtig gute Neuigkeiten.«

»Für ein zweites Album reicht es noch nicht. Aber wenn ich jetzt auftrete, würde es den Fans ein Versprechen geben. Ich kann ihnen damit Hoffnung machen, dass neue Musik kommen wird.«

Ich starre auf den Milchschaum meines Cappuccinos.

»Es würde auch Hoffnung für mich bedeuten«, ergänze ich.

Scott mustert mich sanft. »Wenn es dir wirklich ernst ist und du ein Konzert geben willst, dann unterstütze ich dich natürlich. Ich denke, ich werde mal Kontakt zu Daniel Chambers aufnehmen«, überlegt er. »Ivy hatte dort sehr erfolgreiche Konzerte. Das *Silverside* wäre auch für dich eine gute Bühne: ein erstes exklusives Konzert in einem kleinen Club. Vielleicht können wir es wie bei Ivy machen und Tickets dafür verlosen, als Geschenk an diejenigen, die dir die ganze Zeit die Treue gehalten haben. Und es würde direkt einen Bogen zu Lennon und dir als Paar schlagen, wenn du im Club ihres Vaters auftrittst.«

Der Gedanke, erst mal vor zweihundert Menschen aufzutreten, wiegt vielleicht weniger schwer, als direkt die großen Hallen von früher füllen zu müssen. Ich spreche es nur nicht aus.

»Das klingt wirklich nach einem guten Plan.«

Scott nickt geschäftig. »Soll ich dann alles in die Wege leiten?«
»Ja, das wäre super«, gebe ich den Startschuss, um meine Musikkarriere wieder aufzunehmen.

Scott macht sich sofort an die Planung des Konzerts und verspricht mir, sich zu melden, wenn er Einzelheiten weiß. Er wünscht mir Glück für mein Meeting mit dem Vorstand morgen. Die letzten Stunden, besser gesagt die letzten vier Tage, konnte ich dieses Meeting erfolgreich verdrängen, weil der Wunsch nach Musik mich regelrecht überfallen und eingenommen hat. Plötzlich gab es nur noch diese Melodien in meinem Kopf, von denen ich dachte, sie im Feuer verloren zu haben. Und ich bin entschlossen, sie wiederzufinden. Mein Leben bestand immer aus Musik, immer aus dem Schreiben von Songs, und es ist der Teil von mir, den ich am meisten vermisse.

Fürs Erste lasse ich Scott seine Arbeit erledigen. Sicher wird es einige Tage dauern, bis er Details zum Konzert hat, und bis dahin muss ich mich einem anderen Thema widmen: dem Vorstand. Morgen Penelope und Tante Lucy gegenüberzutreten, erfüllt mich nicht mit Angst, aber Unruhe macht sich in mir breit. Roman hat sich vor zwei Wochen die Bücher vom *Serpent* angesehen und mir gesagt, dass der Club zwar nicht so erfolgreich läuft wie früher, aber die Zahlen auch nicht katastrophal sind. Trotzdem werde ich dem Vorstand morgen einen kurzen Einblick darüber geben müssen, wie der Club sich macht … und inwiefern ich mich dort einbringe.

Direkt von Scotts Büro aus fahre ich ins *Serpent*. Auch wenn ich vorgestern dort war, sollte ich so kurz vor dem Meeting noch einmal nach dem Rechten sehen. Noch mal letzte Zahlen überprüfen. Mir überlegen, welche Informationen ich mit dem Vorstand teilen will. Am liebsten gar keine, aber das ist wohl keine Option.

***

Das letzte Mal, dass ich einem Vorstandsmeeting der *Meester Group* beigewohnt habe, war vor drei Jahren. Damals war ich kein großer Fan der Idee – weder von meiner Teilnahme noch von meinem Beitritt in den Vorstand. Aber es war Dads Bedingung dafür, dass er mich mit dem Musiklabel zusammenbringt. Mein Name hätte mir sicher auch andere Türen geöffnet, auch ohne Dads Zutun, aber ich wollte immer von Scott vertreten werden, wollte immer zum selben Label wie Dad. Manchmal finde ich es selbst komisch, wie sehr ich ihn mir zum Vorbild genommen habe und wie verschieden wir doch gewesen sind. Dad war organisiert, verlässlich und strukturiert, wenn es um Geschäfte ging. Der Erfolg von *Serpent Grave* war sicher ein Produkt seines Ehrgeizes. Er wusste, was er wollte, und hat alles dafür getan, es zu erreichen.

Ich wusste auch immer, was ich will, habe mich aber zu oft treiben lassen. Meine Mom hat oft zu mir gesagt, dass ich mir selbst im Weg stehe, dass ich manchmal zu impulsiv bin. Vielleicht hat sie recht. Dad hat mir nicht genug Aufmerksamkeit gegeben – ich habe rebelliert. Der Druck wurde mir zu groß – ich habe mich abgeschossen und viele Menschen enttäuscht, was den Druck nur noch vergrößert hat. Ich wollte von Dad ernst genommen werden, aber wann immer er Anforderungen an mich gestellt hat, habe ich um mich geschlagen wie ein verletztes Kind. Viel zu oft habe ich mich von ihm nicht gesehen gefühlt. Vermutlich hatte er recht damit, an mir zu zweifeln und mir kindisches Verhalten vorzuwerfen. Vielleicht ist es Zeit, erwachsen zu werden.

Das 50-stöckige Gebäude in der Lexington Avenue vermittelt mir schon von Weitem, dass ich niemals richtig dazugehören werde, egal, wie sehr ich mich anstrenge. Dort drin setzt man auf Geschäftssinn und Integrität, auf strategisches Denken und Organisation. Dad hat diese Punkte immer erfüllt, selbst in seinen wildesten Jahren. Er war Musiker durch und durch, er hat über die Stränge geschlagen, aber auf ihn war trotzdem immer Verlass. Der einzige Skandal, den er sich jemals geleistet hatte, war meine Zeugung. Aber im Gegensatz zu mir hatte er auch immer den Rückhalt der gesamten Familie.

Rückhalt, den ich nie hatte.

Auch heute erwartet mich verhaltenes Schweigen, als ich die Räumlichkeiten der *Meester Group* betrete. Tante Lucy, die für die Treffen extra nach New York gereist kommt, weil ihr die Teilnahme per Videocall widerstrebt, beäugt mich misstrauisch. Kein »Schön, dass du da bist«, kein »Wir sind froh, dich zu sehen«.

Dafür klopft mir Roman wohlwollend auf die Schulter.

»Du hast es wirklich hergeschafft«, flüstert er mir ins Ohr. »Das ist schön. Ich freue mich.«

»Irgendwann musste es ja mal sein«, erwidere ich leise.

Roman nickt, sein Blick huscht kurz zu den anderen, die bereits Platz nehmen. Penelope redet mit Lucy, Philip nimmt sich einen Kaffee. Unser Vorstandsvorsitzender Herald sitzt bereits am Kopfende des Tisches und erwartet uns.

»Ich kann das Reden für dich übernehmen«, schlägt Roman mir vor. »Immerhin habe ich mir die Bücher vom Club angesehen. Wenn es dir zu viel wird, kann ich einspringen.«

Ein verlockender Gedanke. Doch um dem Vorstand wirklich den Eindruck zu vermitteln, dass ich bereit bin für meinen Job als Geschäftsführer, muss ich es allein schaffen. So schwer es mir auch fällt.

»Ich bekomme das hin«, gebe ich zurück.

»Da bin ich ganz sicher.«

Roman schenkt mir ein aufbauendes Lächeln, dann nehmen wir Platz. Herald eröffnet das Meeting und stellt die Tagespunkte vor. Wir starten direkt mit den Finanzberichten. Während Roman, Penelope und Lucy von den Umsätzen der Hotels berichten, schweifen meine Gedanken immer wieder ab. Hin zu meinem eigenen Finanzbericht, den ich aufgestellt habe und der im Gegensatz zu den Hotels nicht nur positiv ausfällt.

»Blake, wie sieht es gerade im *Serpent* aus?«, spricht mich Herald an.

Nun sind alle Blicke auf mich gerichtet. Meine Hände werden feucht. Ich setze ein Pokerface auf und referiere über die Entwicklungen im Club, dabei bin ich selbst erstaunt darüber, wie fest und souverän meine Stimme klingt. In meinem Innern tobt ein Sturm. Ich will einfach nur, dass dieses Meeting vorbei ist.

»Dir ist bewusst, dass das *Serpent* noch nie so schlechte Zahlen hatte?«, fragt Lucy, kaum dass ich meine Ausführungen beendet habe. »Bisher gab es von Monat zu Monat eine Steigerung der Umsätze. Kaum hast du die Zügel in der Hand, läuft alles aus dem Ruder.«

Ich blinzle, fühle mich getroffen. Dabei war ich darauf vorbereitet, dass sie mir Vorwürfe machen würden.

»Es ist noch viel zu früh, um zu sagen, ob es an mir und meiner Geschäftsführung liegt«, presse ich hervor. »Es ist Sommer, die Zahlen waren da immer am schlechtesten.«

»Das stimmt«, mischt sich nun Roman ein. »Juni, Juli und August waren bisher immer die schwächsten Monate. Ich habe mir die Zahlen angesehen.«

»Dann hilft Roman dir?«, fragt Penelope. Sie klingt dabei so beruhigt, so zufrieden, dass ich ihr nicht widersprechen will. Auch wenn ich nicht den Eindruck erwecken möchte, es aus eigener Kraft nicht zu schaffen.

Unsicher werfe ich einen Blick zu meinem Onkel, der mir sanft zunickt.

»Ich frage ihn zumindest in finanziellen Angelegenheiten gerne um Rat«, gebe ich zurück. »Ich kann euch versichern, dass ich alles tun werde, damit die Zahlen wieder steigen. Die VIP-Lounge ist im Herbst bereits ausgebucht. Wir können also guter Dinge sein.«

»Hoffen wir es«, murmelt Lucy. »Spätestens beim Gerichtstermin sehen wir ja, wie gut deine Führungsqualitäten wirklich sind.«

»Corey hat jedenfalls nie solche Zahlen präsentiert«, murmelt Penelope.

Meine Ohren werden heiß. Am liebsten würde ich vom Tisch aufstehen und verschwinden, den anklagenden Blicken der beiden entkommen. Aber ich suche stattdessen Romans mitfühlenden Blick.

»Nun«, meldet sich Herald zu Wort. »Ich glaube jedenfalls fest an dich, Blake.«

Er ist neben Roman der Einzige, der auch früher schon immer ein Lächeln und einen motivierenden Spruch für mich übrig hatte. Selbst dann, wenn alle anderen wieder einmal sauer auf mich waren, weil ich mit meinen Eskapaden dem Ruf unserer Familie geschadet habe. Drogen und Alkohol passen nicht so gut zum Erben einer Hoteldynastie.

Fürs Erste lassen sie von mir ab. Lucy stellt die Investitionspläne vor, die die Übernahme eines neuen Hotels beinhalten. Philip hingegen wird im kommenden Sommer den Spa-Bereich vom *Meester Hotel* ausbauen lassen. Ich höre zu, bringe mich ein, wenn ich kann.

Als das Meeting nach zwei Stunden beendet wird, bin ich erleichtert. Der Druck ist zwar nicht weniger geworden, doch ich habe eine Riesenhürde genommen. Immerhin habe ich es endlich geschafft. Das Gespenst namens Vorstandsmeeting hat seinen Schrecken verloren. Jetzt muss ich nur dafür sorgen, dass die Finanzen im Club sich wieder stabilisieren, damit das auch so bleibt.

KAPITEL 23

WHAT COMES AT THE END?

Lennon

Die Sonnenstrahlen, die durch mein geöffnetes Fenster fallen, wärmen mich. Heute Nacht hat es geregnet, und die Lower East Side ist noch in einen nebeligen Dunst eingehüllt, der von den Sonnenstrahlen nach und nach verdrängt wird. Ich sitze im Schneidersitz auf dem Boden, vor mir steht eine Leinwand. Ich versuche, dieses Bild einzufangen, dafür mische ich die Acrylfarben miteinander, lasse harte und weiche Kanten entstehen und mixe Orange, Gelb und Grautöne zu einer wunderschönen Skyline. Ich nehme noch etwas von der gelben Farbe und gebe sie auf die Leinwand, dabei summe ich mit der Musik mit, die meine Wohnung erfüllt.

Blakes Musik.

Normalerweise erinnere ich mich bei seinen Liedern immer an die Zeit, in der ich in meine erste eigene Wohnung gezogen bin. Ich habe sie stundenlang angehört und dabei die Zeit vergessen, mich zwischen Tagträumen und Kreativität verloren und mich dabei nach der großen Liebe gesehnt. Heute jedoch sind es andere Erinnerungen, die mich überfallen, während Blake von Liebe und Leidenschaft singt.

Verschwitzte Körper auf einer Kommode.

Blakes Stöhnen.

Mich überkommt sofort eine Gänsehaut.

Im selben Moment schwirren andere Bilder in meinem Kopf

herum. Szenen, in denen Blake mit einem Leuchten in den Augen im Bett sitzt und an seinen Songtexten schreibt. Da habe ich es zum ersten Mal richtig gespürt: wie sehr uns die Kreativität verbindet. Wir beide halten unsere Erinnerungen und Gedanken auf Papier fest, nur auf unterschiedliche Weise. Und ich mag seine Art. Den Glanz in seinen Augen, die Worte, die er benutzt. So tiefgreifend und wunderschön.

Meine Gänsehaut verstärkt sich, dabei will ich das gar nicht.

Lieber denke ich an den Tag danach, den wir noch zusammen in L. A. verbracht haben. Wir haben ausgiebig gefrühstückt, und anschließend hat er mir den Hollywood Walk of Fame, das Grammy Museum und die Sunset Ranch gezeigt. Viel Zeit hatten wir nicht, dafür ist Los Angeles zu groß, aber es war trotzdem toll, endlich mal die Orte zu sehen, die ich sonst nur aus Filmen kenne. Es war schön, Blake derart entspannt zu erleben, und das, obwohl die Paparazzi auch in L. A. hinter uns her waren. Es gibt sicher unzählige Fotos von uns, wie wir im Grammy Museum Arm in Arm vor den Instrumenten der *Beatles* stehen. Bilder, wie wir Hand in Hand über den Rodeo Drive gehen. Aber nichts geht über die Videos und Fotos hinaus, die Blake und mich während der Gala zeigen. Auf der Tanzfläche. Eng umschlungen. Wild knutschend.

»*In the quiet hours of the night*«, singt Blake im Hintergrund, »*your touch lingers like a soft breeze. This love, this passion, it's a journey, one we'll walk together, hand in hand.*«

Ich verwische ein wenig gelbe Farbe und versuche meine Gedanken in eine andere Richtung zu lenken, aber es gelingt mir nicht. Denn ich weiß nicht genau, wann es passiert ist, aber Blake ist mir wichtig. Ich verbringe gerne Zeit mit ihm, fühle mich wohl in seiner Nähe. Diese Momente mit ihm in L. A. waren genau richtig, ich will nichts bereuen. Im Grunde nehme ich mir viel zu selten Auszeiten und bin so gut wie nie unvernünftig ... lasse mich zu wenig treiben.

Ich will darauf zurückblicken und absolut im Reinen mit mir sein.

Ich bin es.

Nur frage ich mich, was noch kommen wird.

Wir haben Juli, der Deal mit Blake dauert nur noch zwei Monate – dann hat er seinen Gerichtstermin und erfährt, wie es um sein Erbe steht, und meine Kooperation mit dem *Manhattan Meester Hotel* endet. Blake und ich werden über kurz oder lang unsere Trennung bekannt geben müssen, damit jeder von uns sein Leben weiterführt, fernab von Abmachungen und Verträgen, ohne Fake-Beziehung. Nur kann ich mir gerade nicht vorstellen, zurück zu einem Punkt zu gelangen, an dem Blake und ich nur Fremde aus verschiedenen Welten sind.

Was passiert nach der Trennung? Bleiben wir Freunde? Geht jeder seiner Wege? Würde ich dann seine neuen Songs im Radio hören und ihm danach nicht schreiben? Oder würde ich bei einem seiner Konzerte einfach in der Menschenmenge stehen als eine von vielen Fans?

Allein die Vorstellung bringt mich dazu, Blakes Musik zu stoppen und mich einen Moment zu sammeln, weil es sich viel zu sehr nach Verlust anfühlt, darüber nachzudenken. Eigentlich der Beweis, dass die Grenzen zwischen unserem Deal und der Realität nicht mehr existieren. Ich sollte vermutlich nicht an Blake hängen. Ihn nicht so nah an mich heranlassen. Mir sollten unsere Gespräche und seine Blicke nicht so unter die Haut gehen. Dabei ist es auch egal, dass er mich dazu anspornt, noch mehr an meine Vision von einem Business zu glauben ... oder dass er mich dazu inspiriert zu malen. Dass ich mich durch ihn leicht und unbeschwert fühle, egal, wie tief wir in den dunklen Schattierungen des Lebens feststecken.

Das alles sollte mich nicht so einnehmen.

Genau in diesem kurzen Moment der Entschlossenheit ruft er an.

Mein Herz pocht sofort. Ich lege den Pinsel weg, säubere mir die Hände an meinem Kittel und stelle auf Lautsprecher.

»Hey, Blake. Ich habe gerade an dich gedacht.«

»Ehrlich? Wie komme ich denn zu der Ehre?«

»Nach einem Wochenende in L. A. ist das doch gar nicht so abwegig, immerhin zeigst du mir die große, weite Welt«, versuche ich mein Herzklopfen herunterzuspielen. »Aber ich muss auch zugeben, dass ich gerade ein bisschen deine Musik gehört habe.«

»Habe ich dich also endlich wieder so weit.« Ich höre sein Grinsen durch die Leitung.

»Aber das ist sicher nicht der Grund, weshalb du anrufst ...«

»Stimmt. Ich wollte nur fragen, ob mit deinem Dad alles geklärt ist?«

»Ja. Der Soundcheck kann am Tag vor dem Konzert stattfinden. Jetzt fehlt nur noch die Ankündigung, dass du im *Silverside* auftreten wirst, dann steht deinem Comeback in zwei Wochen nichts mehr im Weg.«

»Noch ein gruseliger Gedanke.«

Und ein mutiger. Auch wenn ich bereits wusste, dass Blake sich wieder der Musik annähert, hat mich die Konzertanfrage an meinen Dad trotzdem gewundert. Nach dem Abendessen mit dem Label habe ich gedacht, Blake würde sich in den nächsten Wochen noch auf die Erfüllung seiner Testamentsbedingungen konzentrieren und sich danach erst seiner Musik widmen. Aber wenn die Muse einen küsst, ist es schwer, sich zu zügeln. Das kenne ich nur zu gut.

»Bereust du die Entscheidung?«, frage ich.

»Nein, ich will es wirklich durchziehen und wieder Musik machen«, erwidert er sofort. »Es ist nur ein wenig befremdlich, nach so langer Zeit wieder auf der Bühne zu stehen. Ich habe

Sorge, dass gar keiner kommen will, nachdem ich alle so hängen gelassen habe.«

»Glaub mir: Du hast noch genug Fans, die sich sofort für eins der Tickets bewerben werden. Sie rennen uns sicher die Bude ein.«

»Trotzdem nicht so wie früher.«

»Das vermutlich nicht. Aber am Ende ist ja auch nichts mehr wie früher, oder? Du auch nicht.«

Ich höre Blake schlucken. »Daran muss ich mich manchmal erinnern. Weil die meisten Menschen mir irgendwie vermitteln, dass ich wie früher sein sollte – genauso energisch, genauso motiviert und erfolgreich. Dabei wird es nie wieder eins zu eins das Gleiche sein.«

»Aber es kann trotzdem großartig werden. Richtig? Ich werde in jedem Fall in der ersten Reihe stehen und dir zujubeln. Wenn du das möchtest.«

»Klar, ohne dich wäre das ja alles gar nicht möglich.«

Die Wärme seiner Worte hüllt mich ein.

Die Frage, wie es mit uns und unserem Kontakt nach dem Deal weitergeht, liegt mir auf der Zunge. Ich würde sie wirklich gerne stellen, auch wenn mir die Angst vor der Antwort ein wenig das Herz schwer macht. Aber ich komme gar nicht dazu, den Gedanken auszusprechen, denn Blake hat begonnen, über seinen neuesten Songtext zu sprechen, den er in L. A. begonnen hat und der nun immer mehr Form annimmt. Er spricht davon, dass der Text ein wenig anders ist als seine letzten Lieder, ein wenig düsterer und ernster, aber er sich vorstellen könnte, daraus seine erste Single fürs neue Album zu machen, wenn er das Label davon überzeugen kann. Dann erzähle ich ihm von meiner Skyline, die ich gerade auf die Leinwand pinsle, und er berichtet von seinem Meeting mit dem Vorstand, bei dem er immerhin das Gefühl hat, eine weitere Hürde genommen zu haben.

Irgendwann sind wir so weit vom Thema weg, dass meine Frage mir nicht mehr passend vorkommt, obwohl sie trotzdem noch ihre Kreise in meinem Kopf zieht. Auch dann noch, als wir auflegen und ich wieder allein mit meinen Gedanken bin.

Ich beginne wieder zu malen, versuche, die Kreise damit zu durchbrechen. Konzentriere mich auf Farben und Bewegungen, auf die Sonne, die meine Nase kitzelt und die Leinwand küsst. In L. A. hatte ich zu Blake gesagt, dass wir den Moment auskosten und uns hineinfallen lassen müssen, und das gilt vermutlich für den ganzen Deal. Ich darf ihn jetzt nicht zerdenken, darf nichts versauen. Es ist ein Abenteuer, das noch zwei Monate anhält.

Alles, was danach kommt, steht in den Sternen.

KAPITEL 24

CAN'T GET IT OUT OF MY HEAD

Blake

Ich kann mich nicht daran erinnern, wann sich mein Leben das letzte Mal so erfüllt angefühlt hat. Energielosigkeit und Trauer sind neuen Zielen und Aufgaben gewichen. Diesmal sind es aber keine Aufgaben, die mich erdrücken. Selbst der monatliche Drogentest und meine Therapiesitzungen bei Dr. DuGray können mir nichts anhaben. Nicht mal die Nachkontrolle meiner Brandnarben und der Gesprächstermin mit dem Anwalt haben mich aus der Bahn geworfen. Es war wohl der erste Termin mit ihm, in dem ich ihm glaubhaft versichern konnte, wie positiv sich alles entwickelt.

Morgen wird endlich mein Konzert stattfinden. In weniger als vierundzwanzig Stunden werde ich wieder auf der Bühne stehen. Heute Morgen haben wir den Soundcheck gemacht, die Tage davor habe ich geprobt. Es ist aufregend, endlich wieder auf die zwei Jungs von meiner Band zu treffen. Vor dem ersten Wiedersehen war ich noch furchtbar nervös, habe aber schnell gemerkt, dass sich zwischen uns nichts verändert hat. Unser Bassist Shemar, der Schlagzeuger Adam und ich waren so lange zusammen auf Tour, dass wir noch immer funktionieren wie ein Team. Ein Handschlag hier, ein paar lustige Sprüche, ein paar Absprachen, mehrfache Proben. Der einzige Unterschied war wohl, dass wir zum ersten Mal in der Geschichte unserer Zusammenarbeit kein Bier während der Proben getrunken haben. Nun steht dem Konzert nichts mehr im Weg, der Ansturm auf die Tickets war gigantisch.

Scott hat mir empfohlen, heute früh schlafen zu gehen, um mich morgen möglichst ausgeruht zu fühlen, und ich werde versuchen, diesen Ratschlag zu beherzigen, auch wenn ich noch nicht weiß, ob meine Aufregung mich schlafen lässt. Doch zunächst muss ich sowieso noch im *Serpent* vorbeischauen. Es ist wieder ein paar Tage her, seit ich dort war, und ich darf neben den Dates und Veranstaltungen mit Lennon und meinen Konzertvorbereitungen den Club nicht vernachlässigen. Heute geht es nur um Papierkram. Um das Unterzeichnen von Rechnungen, das Besprechen von Bestellungen, um Steuern und Umsatzzahlen.

Durch den Hintereingang betrete ich das Gebäude und finde mich in Dads früherem Büro wieder. Schalldichte Wände sorgen dafür, dass es hier ruhig ist, selbst dann, wenn im Club die lautesten Partys gefeiert werden. Die Codes an den Eingängen sichern den Bürotrakt zusätzlich ab – es sei denn, jemand wird für eine Influencerin gehalten, die mir durch die Türen folgt.

Der Gedanke an Lennon lässt mich sofort schmunzeln.

Wer hätte gedacht, dass sie zu einer meiner engsten Verbündeten werden würde?

Ich setze mich an den Schreibtisch und kümmere mich um meine To-dos. Wenn ich schon für all das hier kämpfe, muss ich meine Position als Geschäftsführer auch ernst nehmen. Meine Mitarbeitenden müssen sich auf mich verlassen können.

Ich verbringe also die nächste Stunde damit, meinen Papierkram abzuarbeiten. Es ist ein wenig ermüdend. Die Gedanken an das bevorstehende Konzert helfen auch nicht gerade, konzentriert zu bleiben. Trotzdem ziehe ich es durch. Danach nehme ich mir noch Zeit, um einen Blick in die Lounge zu werfen. Die vorherige Stille wird von Musik und Gesprächen abgelöst. In den Separees sehe ich ein paar Leute von von meinem Label, die gerade mit dieser neuen Boyband *Slowcation* Wodka trinken.

Ich begrüße jeden am Tisch und heiße sie im *Serpent* willkommen. Dann will ich weiter in den vorderen Teil der Lounge, um nach meinem Barkeeper zu sehen, doch so weit komme ich gar nicht.

»Blake? Blake, hier bin ich!«

Die raue Bassstimme erkenne ich sofort, und ich weiß nicht, ob ich glückselig oder betroffen sein soll, sie zu hören. Beide Gefühle kommen gleichermaßen in mir hoch, beide nehmen mich für einen Augenblick gefangen.

Randy Cooper, von allen nur Coop genannt, sieht noch genauso aus wie vor drei Jahren, als ich ihn das letzte Mal gesehen habe. Damals noch hinter einem Schlagzeug, zusammen mit meinem Vater auf der Bühne. Seine langen, grauen Haare hält er mit einem Bandana aus der Stirn, und er trägt über einem pflaumenfarbenen Hemd eine schwarze Lederweste. Es ist, als würde ich in die Vergangenheit reisen, weil er das Outfit damals auch schon immer getragen hat.

»Du bist es wirklich.«

Coop kommt mir entgegen. Väterlich zieht er mich in seine Arme und klopft mir auf die Schultern. Ich bin ein wenig zu perplex, um die Geste zu erwidern.

»Lass dich ansehen.« Er mustert mich von oben bis unten.

Im Gegensatz zu anderen Leuten bedenkt er mich nicht mit mitleidigen Blicken wegen meiner Narben, und ich bin ihm in diesem Moment sehr dankbar.

»Was machst du hier, Coop? Ich dachte, du genießt deinen Ruhestand in San Francisco?«

Gemeinsam setzen wir uns an seinen Tisch.

»Ich bin nur zu Besuch hier. Hab Johnny getroffen.«

Johnny La Vega, der ehemalige Bassist von *Serpent Grave*.

»Wie geht es ihm? Und wie geht es dir?«

»Ach, die üblichen Wehwehchen, wenn man älter wird. Ist hart zu akzeptieren, dass die besten Zeiten vorbei sind. Aber ich habe Johnny dran erinnert, dass wir trotzdem das Beste aus jedem Tag machen müssen. Schon allein für deinen Vater.«

»Ja«, erwidere ich leise.

»Wir haben dich auf der Trauerfeier vermisst. Aber du warst zu der Zeit noch im Krankenhaus, oder?«

»Genau. Ich durfte nicht kommen.«

Coop nickt, seine Lippen sind zu einem traurigen Lächeln verzogen. »Habe ich mir schon gedacht. Hat Scott gesagt, dass ich versucht habe, mich nach dir zu erkundigen? Johnny und ich hätten dich auch besucht, aber na ja …«

»Auch das ging nicht.«

»Richtig.« Coops Blick wird eindringlicher. »Wie geht es dir, Blake?«

»Besser. Morgen trete ich zum ersten Mal wieder auf, und ich arbeite gerade an neuen Songtexten. Es … es wird langsam wieder.«

»Da bin ich sehr erleichtert. Mir ist klar, dass dein Dad und du nicht immer nur leichte Zeiten miteinander hattet, aber du weißt, dass er dich sehr geliebt hat, oder? Er würde wollen, dass es dir gut geht. Du verdienst es, glücklich zu sein.«

Ich will seine Worte annehmen, das will ich wirklich. Sie festhalten und in mein Herz einsperren, damit die Finsternis, die mich manchmal überkommt, mir nichts mehr anhaben kann. Aber stattdessen pflanzen sie Bilder in meinen Kopf. Erinnerungen. Wahrheiten.

»Du hast mir versprochen, dass du keine Drogen mehr nimmst, Blake!« Dad steht vor mir, mit pochender Ader auf der Stirn und Tränen in den Augen.
Es ist mir viel zu viel Drama, obwohl ich einfach nur entspannen will.

»*Es war doch nur ein Abend*«, *murre ich.*
»*Mal ganz abgesehen von der Feier im Hotel, die du wieder einmal verpasst hast. Du bist jetzt im Vorstand! Du hast Verpflichtungen.*«
Ich blinzle müde.
»*Die wollen mich doch eh nicht bei den Feiern dabeihaben.*«
»*Mir war es aber wichtig. Genau wie das Versprechen, das du mir gegeben hast.*«
Ich kann das Wort langsam nicht mehr hören. Es fühlt sich aus seinem Mund fast wie Ironie an.
»*Jetzt tu nicht so, als hättest du deine Versprechen nie gebrochen*«, *schieße ich zurück.* »*Was war an meinem 16. Geburtstag, als du mir eigentlich Fahrstunden geben wolltest und dann doch Scott vorgeschickt hast?*«
Mein Dad fasst sich gestresst an die Schläfe. Eine Angewohnheit, die mich schon immer auf die Palme gebracht hat.
»*Das kannst du nicht vergleichen. Ich musste arbeiten.*«
»*Musste Scott auch, und trotzdem war er da!*«
»*Ich hatte ein Konzert*«, *wirft er ein. Seine Ausrede für alles, schon seit Jahren.*
»*Ja, ja. Es waren immer Konzerte. Oder Interviews. Oder Studioaufnahmen. Seit dem Ende deiner Musikkarriere sind es plötzlich der Club und Vorstandssitzungen. Ich kann's nicht mehr hören. Ist dir klar, dass ich Scott öfter sehe als dich? Er erkundigt sich immer, wie es mir geht, anstatt mich gleich zu verurteilen. Ich wünschte, er wäre mein Vater und nicht du. Dann wäre mein Leben nicht so beschissen.*«
»*Da sprechen nur die Drogen aus dir.*«
»*Ist das so? Du musst es ja wissen ...*«
Dad funkelt mich an. »*Was an dem Strandhaus, den teuren Gitarren, dem Plattenvertrag und den Connections in der Musikbranche ist denn so beschissen?*«
Er kapiert es ja doch nicht. Er kapiert nicht, dass außer der

Musik nichts davon etwas bedeutet. Ich bin nicht deswegen nach New York gekommen. Sondern wegen ihm.
Vergebene Mühe.
Ich will aufstehen und gehen, aber er greift meinen Arm, hält mich auf. Seine Fingernägel bohren sich in meine Haut.
»Stell mich nicht als schlechten Vater hin, nur weil ich mir Sorgen mache. Du weißt, wie wichtig es mir war, dass du das mit den Drogen sein lässt. Paul ist an dem Scheiß gestorben, verdammt! Ich werde nicht dabei zusehen, dass mein Sohn genauso vor die Hunde geht wie einer meiner ältesten Freunde!«
Ich sehe Tränen in Dads Augen, und es sollte mich dazu bringen, mich zu entschuldigen. Es sollte mich dazu bringen, ihn in meine Arme zu ziehen und ihm zu sagen, dass es mir leidtut, dass er sich solche Sorgen machen muss.
Aber ich kann es nicht.
Da ist so viel angestaute Wut in mir und so viel Anklage in seinem Blick. Er macht das hier nicht nur aus Sorge um mich, sondern für sich. Weil er Angst um seinen guten Ruf hat. Ich weiß, dass der Vorstand ihm im Nacken sitzt, weil meine Verfehlungen das Ansehen der ganzen Meester Group beeinträchtigen.
»Dein Sohn«, wiederhole ich bitter. »Der Sohn, von dem du gestern noch am Telefon gesagt hast, was für eine Enttäuschung er für dich ist?«
Dad starrt mich an, wird blasser. »Ich ... ich wollte nicht, dass du es hörst.«
»Als würde mich das überraschen. Ich weiß schon lange, was du von mir hältst. Ich bin eben nur dein verdammter Bastard von einem Sohn, was?«
Klatsch.
Das Knallen seiner Ohrfeige durchdringt die Stille. Mit tränenden Augen halte ich mir die brennende Wange und starre ihn an. Egal wie oft wir uns schon gestritten haben, egal wie

eklig es zwischen uns wurde, hat er vorher nie die Hand gegen mich erhoben. Hat nie derart die Beherrschung verloren.
»Raus hier!«, brülle ich.
»Blake, es tut mir leid. Das wollte ich nicht. Aber sag mir, wie ich noch mit dir reden soll? Sag mir, wie ich nicht enttäuscht sein soll? Bei deinem Benehmen. Langsam bereue ich es, dich überhaupt hergeholt zu haben.«
Der einzige Satz, der mich wirklich trifft wie ein Vorschlaghammer. Der eine Satz, den ich in meinem Innern immer befürchtet habe. Eigentlich will er mich gar nicht hier haben. Er will nicht, dass ich bei ihm lebe. Er wollte mich nie.
»Ich hasse dich, Dad«, stoße ich aus. »Ist es das, was du hören willst? Ich. Hasse. Dich! Und jetzt hau ab und lass mich in Ruhe!«

Eine Berührung holt mich zurück ins Hier und Jetzt. Ins *Serpent*, zu Coop, der seine Hand auf meine gelegt hat.

»Du bist ein guter Junge«, wiederholt er, weil er nicht weiß, welch innere Dämonen er damit freisetzt.

Hitze schießt durch meine Adern, mir ist es, als würde ich die Flammen noch spüren können. Die Ohrfeige brennt auf meiner Wange, das Feuer frisst sich durch unser Haus und pfercht mich ein. Dads Rufe, während er versucht, mich rauszuholen.

Ich konnte ihm nicht Danke sagen.

Ich konnte ihm nicht sagen, dass ich ihn *nie* gehasst habe.

Stattdessen ist er bei dem Brand gestorben, den ich verursacht habe. Nur weil ich nicht auf ihn gehört habe.

In meinem Kopf dröhnt es, während Coop mich umarmt und dann das *Serpent* verlässt. Er fliegt morgen früh zurück und muss ins Bett. Irgendwie bin ich froh, dass er geht.

Du verdienst es, glücklich zu sein. Du bist ein guter Junge.

Wenn er die Wahrheit kennen würde …

Die Leute vom Label sind weg, aber ihre Wodkaflasche steht noch auf dem Tisch. Ein Schluck ist noch darin. Sie ruft mir zu, diesen Satz wieder aus meinem Kopf kriegen zu müssen. Ich muss das alles verdrängen, muss funktionieren.

Morgen ist mein großer Tag.

Wie in Trance gehe ich darauf zu, aber Dora, eine unserer Kellnerinnen, ist schneller als ich. Sie sammelt die Flasche ein und bringt sie fort. Ich will erleichtert sein, aber das kleine Monster in meiner Brust ist wach und zieht alles zusammen. Lässt mich zittern.

Fast schon panisch verlasse ich die Lounge und gehe zurück ins Büro. Bin allein, fern von allen Versuchungen. Aber die Schuld ... die Erinnerungen ... sie lassen sich nicht ausschließen.

Sie sind in mir.

KAPITEL 25

THAT'S NOT YOU

Lennon

Im Sekundentakt sehe ich auf mein iPhone, das keine Nachrichten anzeigt, keine Anrufe. Absolute Funkstille von Blakes Seite aus, und das bereits seit dem Soundcheck gestern Morgen. Unruhig tingle ich durch den noch leeren Backstagebereich. Obst und Wasser stehen auf der Anrichte, die letzten zwanzig Minuten saß ich auf der Couch davor und habe auf Blake gewartet.

Die Gäste wurden längst hereingelassen, ich höre ihre aufgeregten Gespräche durch den schweren, silbernen Vorhang, der den Backstagebereich vom Club abschirmt. Auf der anderen Seite stehen Mom, Dad und unsere beiden Aushilfen Zandra und Alice und bereiten sich auf den Abend vor.

Ohne Ehrengast.

Wo zum Teufel steckt er?

Der Vorhang wird zur Seite gezogen. Auf Dads Stirn sind tiefe Furchen, während er sich umsieht.

»Immer noch keine Spur von Blake?«

»Noch nicht. Ich habe ihm geschrieben.«

»Sicher der verdammte Verkehr.« Er legt mir eine Hand auf die Schulter. »Er kommt bestimmt gleich.«

»Ich hoffe es ...«

»Ansonsten halten wir die Fans noch etwas hin. Wir sind doch inzwischen Profis.«

Nach den ganzen Konzerten von Ivy kann ich ihm nur beipflichten, allerdings ist sie noch nie zu spät gekommen.

Dad gibt mir einen Kuss auf die Wange. »Mach dir keine Sorgen. Es ist bestimmt alles okay mit Blake.«

Ich ringe mir ein Lächeln ab, aber in meinem Magen rumort es.

Dad verschwindet wieder hinter die Bar und lässt mich allein im Backstagebereich zurück. Blakes Bandmitglieder sitzen an der Bar und trinken etwas, ihre Instrumente stehen schon seit dem Soundcheck auf der Bühne bereit.

Noch mal sehe ich auf mein Smartphone, aber Blake hat noch immer nicht geantwortet.

Ich wähle seine Nummer, sofort springt die Mailbox an. Also entscheide ich mich dazu, andere Maßnahmen zu ergreifen.

»Lennon?«, meldet sich Scott zu Wort. »Geht's dir gut?«

»Keine Ahnung. Ich würde mich wohler fühlen, wenn du Blake bei seinem Konzert beistehen würdest, anstatt bei einem Meeting zu sein.«

Er seufzt leise. »Glaub mir, dass ich mir deswegen auch Vorwürfe mache. Aber das Meeting ließ sich unmöglich verschieben, immerhin reisen meine Gesprächspartner extra aus Japan an.«

»Ich weiß.«

Zwei Sekunden Pause, in denen ich wieder die Tür fixiere. Ich wünschte, Blake würde einfach kommen und dieser Gedankenspirale ein Ende setzen.

»Ist mit Blake alles in Ordnung? Kommt er klar?«

»Wann hast du das letzte Mal etwas von ihm gehört?«, gebe ich die Frage zurück. »Er ist bisher nicht aufgetaucht und meldet sich nicht.«

»Ich kann ihn anrufen«, schlägt er vor.

»Da geht nur die Mailbox dran ...«

»Ist denn irgendetwas vorgefallen?«

»Nicht dass ich wüsste. Es ist nur so ein Gefühl. Die letzten Wochen war er immer zuverlässig. Es passt nicht zu ihm, sich nun nicht zu melden.«

Ich höre Scott in irgendwelchen Unterlagen blättern. »Keine Ahnung, ob ich mein Meeting doch noch canceln kann.«

»Nein«, erwidere ich sofort. »Du hast eben gesagt, dass es wichtig ist.«

»Das ist Blake auch. Er ist Familie.«

Die Tür zum Hintereingang piepst. Jemand gibt den Code ein.

Hoffnung keimt in mir auf, denn es gibt nicht viele, die diesen Code kennen.

Als ich eine graue Cap entdecke, unter der dunkle Haare versteckt sind, atme ich vor Erleichterung aus.

»Entwarnung«, sage ich zu Scott. »Da kommt er gerade. Du kannst also unbesorgt zum Meeting.«

»Gott sei Dank. Aber meldet euch mal nach dem Konzert, okay? Viel Erfolg.«

»Mache ich. Tut mir leid, dass ich dich beunruhigt habe.«

»Schon in Ordnung.«

Scott legt auf, und ich gehe zu Blake, der gerade die Tür hinter sich zuzieht. Ich sehe noch Blitzlicht und höre die Paparazzi, die vor der Tür auf ihn gewartet haben.

»Da bist du ja. Ich habe mir schon Sorgen gemacht.«

Mit den Fingern streichle ich ihm über die Wange, damit er mich ansieht. Seine Augen sind gerötet, sein Blick leer.

Erst da bemerke ich die leichte Alkoholfahne, die von ihm auszugehen scheint.

»Hast du … hast du getrunken?«

Er weicht meinem Blick aus. »Esteban stand im Stau, deswegen bin ich etwas spät. Ich mache mich besser fertig.«

Gerne würde ich ihn aufhalten. Ich will, dass er mich ansieht und mir sagt, dass ich mich irre und er keinen Alkohol angerührt hat, obwohl es offensichtlich ist.

»Wenn du da betrunken rausgehst, dann werden es alle mitbekommen.«

»Es war nur Bier, und es kommt nicht wieder vor. Also spar dir deine Vorhaltungen.«

Autsch. Die Härte seiner Stimme schmerzt.

Habe ich irgendwas nicht mitbekommen, und sind wir zwei Monate zurück in die Vergangenheit gereist, als Blake sich noch als Arsch aufgespielt hat?

»Ich … ich habe mir den ganzen Tag Sorgen um dich gemacht!«

»Mir geht's aber gut. Und jetzt muss ich mich auf das wohl wichtigste Konzert meiner Karriere vorbereiten.«

Er lässt mich einfach stehen und verschwindet im Fitting Room. Etwas ratlos und verletzt bleibe ich zurück. Am liebsten würde ich ihm sofort hinterherlaufen und ihn zur Rede stellen, aber mit einer Sache hat er zumindest recht: Dieses Konzert ist wichtig für ihn. Es entscheidet darüber, ob sein Comeback ein Erfolg wird. Und auch wenn er nicht in der besten Verfassung zu sein scheint, ist er immerhin hier.

Ich lüfte den Vorhang, winke meinem Dad zu und strecke einen Daumen in die Höhe, um ihm zu sagen, dass Blake eingetroffen ist. Sein strahlendes Lächeln wirkt so erleichtert und kommt dennoch nicht richtig bei mir an.

Vor der Bühne nehmen Fangesänge zu – langsam nähern wir uns dem offiziellen Konzertbeginn, und die Leute warten aufgeregt auf den Startschuss. Noch vor einem Jahr wäre ich vermutlich eine von ihnen gewesen, mit Leuchten in den Augen und der leisen Hoffnung, Blake würde während seines Konzerts vielleicht Blickkontakt zu mir aufnehmen. Damals hätte ich wohl niemals gedacht, einmal hier zu stehen, mit den Erinnerungen an die gemeinsame Nacht mit Blake Meester, dem Rockstar. Mit Küssen und Sehnsucht und Gefühlen, die mich dazu verleiten, herausfinden zu wollen, was in den letzten vierundzwanzig Stunden passiert ist. Was ist vorgefallen, dass er wieder getrunken hat?

Blake tritt aus dem Fitting Room. Seine Cap ist verschwunden. Seine Haare fallen ihm nun perfekt verwuschelt ins Gesicht und bedecken seine Narbe an der Stirn. Anstatt eines weißen Shirts und der Bluejeans trägt er ein schwarzes Bühnenoutfit, das ich schon von den Konzerten zu seinem ersten Album kenne. Er sieht darin aus wie ein gefallener Engel, dunkel und wunderschön.

Und traurig.

Seine mit Kajal umrandeten Augen sehen nun weniger gerötet aus, aber das macht die Leere darin nicht besser. Er wirkt absolut verloren.

Meine Mom steckt ihren Kopf durch den Vorhang. »Sind wir so weit?«

Unsicher sehe ich zu Blake.

»Kann losgehen«, sagt er.

»Super, die Band ist schon auf Position.«

Als Mom wieder geht, sehe ich noch, wie vor der Bühne das Licht gedimmt wird. Die Hintergrundmusik verstummt.

Etwas zögerlich gehe ich auf Blake zu. »Bist du wirklich klar genug für das Konzert?«

»Bin ich. Und es tut mir leid wegen eben. Dieses Konzert setzt mich mehr unter Druck, als ich dachte ...«

»Verständlich. Aber ich glaube an dich.« Ich trete ein wenig näher zu ihm. » Ich weiß, dass du das schaffst, Blake.«

»Ich hoffe, du hast recht damit«, erwidert er tonlos.

Draußen hat ein Sprechgesang der Fans eingesetzt.

Blake. Blake. Blake.

»Sieht aus, als müsstest du jetzt da raus. Hau sie um.«

Seine Gitarre steht bereits auf der Bühne, auf die er nun einen Schritt zugeht. Nur ein Vorhang trennt ihn noch davon, die Herzen der Leute zu erobern. Er schluckt schwer, bevor er sich einen der In-Ears einstöpselt.

»Viel Glück«, sage ich.

KAPITEL 26

TOO BROKEN FOR YOU?

Blake

Blake. Blake. Blake.
Die Stimmen meiner Fans sollten mein Motor sein. Ich will, dass es so ist, während ich direkt vor dem Bühneneingang stehe und auf mein Zeichen warte rauszugehen. Ich möchte Lennons Glauben an mich nicht erschüttern, will später sehen, wie stolz sie auf mich ist. Ich will endlich wieder auf der Bühne stehen, meine Lieder singen und mich ein wenig wie früher fühlen.

Blake. Blake. Blake.

Der Motor stottert.

Vor meinem inneren Auge erscheint Dad, der dieses Konzert nicht mehr miterlebt. *Wegen mir.*

Dad, der in dem Glauben sterben musste, dass sein Sohn ihn hasst.

Alles. Wegen. Mir.

Mein Kopf klemmt in einem imaginären Schraubstock fest. Schmerz dringt in meinen Schädel, und die Fanrufe werden von einem schrillen Piepen in meinem Ohr übertönt. Ich werde alle enttäuschen, wie ich es immer tue. Lennon, die hier steht und an mich glaubt, obwohl ich mich benehme wie ein Arschloch. Ihre Eltern, die mir diesen ganzen Abend ermöglichen. Scott, der für mich kämpft wie ein Löwe und alles dafür tut, damit ich das *Serpent* behalten kann, obwohl ich es nicht verdiene.

Ich verdiene nichts von alldem! Nur die Dunkelheit, die nach mir ruft. Von Schuld gezeichnet.

»Blake?« Lennons unsichere Stimme dringt zu mir. »Das war dein Zeichen. Du musst auf die Bühne.«

Jetzt höre ich es auch. Das Schlagzeug gibt den Takt an, damit ich das Konzert meines Lebens spiele, obwohl ich mich gerade wie tot fühle. *Ich* hätte in dem Feuer sterben sollen.

»Blake?«

Lennons Hand legt sich auf meine Schulter und bringt mich dazu, mich zu ihr umzudrehen. Hörbar saugt sie Luft ein. »Wieso weinst du?«

Wie bitte?

Lennons Finger fangen tatsächlich eine der Tränen auf, die unbemerkt über meine Wangen gelaufen sind.

»Ich kann das nicht«, murmle ich.

Jedes Wort ist wie ein Messerhieb in mein Herz. Gleichzeitig ist es erlösend, diesen Satz auszusprechen, den ich eigentlich schon seit Stunden in meinem Kopf höre.

Ich kann nicht da rausgehen. Ich kann keine Musik machen und so tun, als wäre ich noch der, der ich mal war, wenn das alles doch eine Lüge ist. Blake Meester ist im Feuer gestorben, und er verdient es nicht, aufzuerstehen.

»Bitte«, flüstere ich Lennon zu. »Ich ... ich schaffe das nicht. Kannst du mich hier wegbringen?«

»Gib mir zwei Minuten, okay?«, fragt sie etwas überfordert. »Wir können nicht sofort raus, die Paparazzi stürzen sich sonst auf dich. Setz dich auf die Couch und warte, während ich mit meinem Dad rede.«

Müde nicke ich, während ich Esteban eine Nachricht schreibe, dass er mich wieder abholen muss. Mein Kopf hämmert noch, aber immerhin wird das Piepen in meinem Ohr ein wenig leichter. Besser ist es aber nicht, weil ich dadurch die Fans hören kann. Sie rufen weiter meinen Namen.

Ich will einfach nur weg. Weg von dieser Bühne, den Fans, den Erwartungen. Aber der letzte Rest meines Verstands, der nicht mit Fluchtinstinkten kämpft, weiß, dass Lennon recht hat. Da draußen warten doch alle nur darauf, dass ich die Nerven verliere. Die Klatschmagazine, die darüber spekuliert haben, dass meine Zeit als Sänger vorbei ist und ich nicht bereit bin, in meine eigenen Fußstapfen zu treten, haben recht behalten, und sie würden es nur zu gerne der ganzen Welt offenbaren.

Inzwischen höre ich keine Fangesänge mehr. Da sind nur noch Pfiffe und unruhiges Gemurmel. Vermutlich ist allen längst klar, dass etwas nicht stimmt und ich nicht auftreten werde.

Lennon kommt zurück.

»Dad lenkt draußen die Paparazzi ab. Oleg und Alexander stehen am Hintereingang, um dich zum Auto zu bringen.«

»War dein Dad sauer?«

»Er ist nur besorgt. Aber darüber machen wir uns jetzt keine Gedanken, okay? Hast du Esteban schon Bescheid gegeben?«

»Er müsste draußen stehen.«

»Dann lass uns gehen.«

»Du kommst mit?«, frage ich verwundert. Nach all dem Chaos dachte ich, sie würde bei ihrer Familie bleiben. Schadensbegrenzung betreiben.

Lennon reckt stur ihr Kinn. »Wenn du denkst, ich lasse dich jetzt alleine, dann kennst du mich wohl noch nicht so gut.«

Sie reicht mir ihre Hand, und ich nehme sie.

Gemeinsam gehen wir zur Tür.

Lennon klopft einmal dagegen. Ein Klopfen kommt zurück. Offenbar ein Zeichen, dass die Luft rein ist, denn als sie daraufhin die Tür öffnet, stehen die zwei Securitymänner Oleg und Alexander davor und sehen sich prüfend um.

»Da vorne ist Esteban.« Lennon zeigt auf die gegenüberliegende Straße, in der der Mercedes-Benz steht. Es wird eine ziemliche Herausforderung, dorthin zu gelangen, ohne von den Paparazzi belagert zu werden. Doch immerhin scheint das, was Daniel vor der Tür treibt, für Ablenkung zu sorgen – ich sehe nämlich fürs Erste keine Kameras.

»Bereit?«, fragt Oleg. »Bleiben Sie dicht hinter mir für den Fall, dass die Paparazzi uns doch entdecken.«

Lennon drückt angespannt meine Hand, dann treten wir einen Schritt nach draußen.

Gerade als wir die Straße überqueren, höre ich die Paparazzi. Einer von ihnen bemerkt uns und wendet sich von Daniel ab, der noch auf die übrigen Leute einredet, nun jedoch deren Aufmerksamkeit verliert.

»Blake!«

Die Paparazzi rennen auf mich zu und halten die Kameras drauf, aber Oleg schirmt mich, so gut es geht, ab. Gleichzeitig versuchen wir, so schnell wie möglich zum Wagen zu gelangen. Nur noch ein paar Meter, aber diese Fotojäger sind wie Geparde. Wittern sie Beute, sind sie furchtbar schnell.

»Wieso bist du nicht beim Konzert?«, ruft einer von ihnen.

Ich ignoriere ihn, gehe weiter.

»Zurück!«, ruft Alexander, als die Paparazzi nun immer dichter zu uns vordringen. Aber wir schaffen es, jetzt sind es wirklich nur noch zwei oder drei Schritte.

Lennon und ich kämpfen uns durch und rutschen auf die Rückbank des Autos. Alexander und Oleg schließen die Tür, sie versuchen, uns eine freie Fahrt zu ermöglichen.

Esteban startet den Motor, und wir setzen uns in Bewegung. Nicht in die richtige Richtung, erst mal nur weg von den Kameras, die trotz der getönten Scheiben noch versuchen, den Moment einzufangen.

Erst als die Paparazzi immer kleiner werden und wir abbiegen, wage ich es, wieder richtig Luft zu holen.

Es ist vorbei. Die Fluchtversuche ebenso wie meine Chance, wieder Musik zu machen. Erneut brennen Tränen in meinen Augen und nehmen mir die Sicht. Doch wenn ich sie jetzt zulasse, kann ich vielleicht nie wieder aufhören zu weinen.

Lennon ist extrem schweigsam, vor allem für ihre Verhältnisse, aber ich schaffe es auch nicht, die Stille zu durchbrechen. Sie hält nach wie vor meine Hand und gibt mir damit einen Ankerpunkt, gleichzeitig fürchte ich mich vor ihrer Reaktion.

Ob sie jetzt noch immer an mich glaubt?

Ich tu es nicht.

Ich fühle mich wie erschlagen, als wir mit dem Aufzug in meine Wohnung fahren. Noch immer spüre ich das verräterische Kribbeln von aufsteigenden Tränen, spüre die Schwere auf meiner Brust. Alles andere ist wie betäubt.

Es wird schlimmer, als wir den Wohnbereich betreten und die Überbleibsel meiner Krise sehen. Drei leere Bierflaschen stehen auf dem Couchtisch, das Foto von Dad und mir direkt daneben. Den ganzen Morgen habe ich es mir angesehen und gedacht, dass er es mir ermöglicht hat, Musik zu machen, und nun nicht mehr mitbekommt, wie ich mich zurück auf die Bühne kämpfe. Und jetzt habe ich doch wieder auf ganzer Linie versagt.

Er hatte am Abend des Feuers recht. Ich bin als Sohn die reinste Enttäuschung. Keine Ahnung, wieso er mich überhaupt gerettet hat. Er war so viel wertvoller als ich.

Ich verliere den Kampf gegen die Tränen.

»Blake.« Lennon haucht meinen Namen, während sie ihre Arme um mich schlingt und mich festhält, obwohl sie zwei Köpfe kleiner ist als ich. »Was ist denn nur los?«

»Ich wollte wirklich zurück in mein altes Leben«, schluchze ich. »Ich wollte wieder glücklich sein – ich *war* es langsam wieder.«

»Aber? Was ist passiert?«

Mein ganzer Körper bebt, als ich von meinen Tränen übermannt werde. Sie tropfen unaufhörlich auf mein Bühnenoutfit und benetzen es mit Kummer und Schmerz. Mit Versagen.

Lennon führt mich zur Couch. Die Gefühle übermannen mich, als ich Dads Bild direkt vor mir sehe – auf Augenhöhe.

»Ich bin schuld, Lennon.«

Nie haben mich vier Wörter so viel Kraft gekostet. Gleichzeitig mussten sie gesagt werden, so lange schon halte ich sie zurück. So lange schon waren sie nur scharfkantige Gedanken, die mich zerfetzt haben, je länger sie unausgesprochen blieben.

»Woran bist du schuld?«, fragt Lennon vorsichtig.

»Ich habe meinen Dad getötet.«

Das ist sie: die dunkle Wahrheit.

Ich rechne damit, dass Lennon von mir wegrückt, denn niemand möchte doch mit einem Mörder auf einer Couch sitzen, aber sie sieht mich nur mit ihren Rehaugen an und wirkt nicht verängstigt, eher voll Mitgefühl.

Ihr Daumen streift meine feuchte Wange. »Wie meinst du das?«

»Ich meine es genauso, wie ich es sage. Ich bin schuld an seinem Tod, schuld an dem Feuer. Schuld daran, dass er in den Flammen gestorben ist, obwohl ich derjenige hätte sein müssen, der dort verbrennt.«

Ein Schluchzen entfährt mir. Jeder dieser Sätze schmerzt, aber ich spüre auch die Erleichterung, endlich die Wahrheit zu sagen. Und da steckt noch so viel mehr Wahrheit in mir, die auf den Tisch gebracht werden will. Vielleicht, weil der Teil in mir, der heute auch dafür verantwortlich war, das Konzert abzubrechen, sich erhofft, dass Lennon mich danach nicht mehr so ansieht. Dass sie sich von mir abwendet. Weil ich sie nicht verdiene.

»Mein Dad und ich haben uns an dem Abend gestritten«,

beginne ich zu erzählen. »Das war nicht ungewöhnlich, ehrlich gesagt hatten wir nicht das beste Verhältnis. Aber je älter ich wurde, desto schwieriger war es.«

»Weißt du, woran es lag?«

»In meiner Kindheit war er oft weg, hat Versprechen gebrochen, Treffen abgesagt. Dabei wollte ich damals unbedingt Zeit mit ihm verbringen. Also habe ich irgendwann angefangen zu rebellieren.«

»Deine Schlagzeilen über Drogen und Alkohol?«, mutmaßt Lennon. »Eine Zeit lang hast du echt nichts ausgelassen ...«

»Ja. Dad hat mir dauernd vorgeworfen, verantwortungslos zu sein, und mich darum gebeten aufzuhören, aber ich fand es heuchlerisch, immerhin war Dad früher auch dauernd auf Partys. Nach einigen Konzerten hatte er richtige Blackouts, so viel hatte er getrunken. Und mir wollte er es vorhalten? Mich deswegen an den Pranger stellen? Aber im Grunde verstehe ich ja, wieso er es getan hat. Vor ein paar Jahren, ich war gerade siebzehn, ist einer seiner besten Freunde an einer Überdosis gestorben. Dad hat danach schlagartig aufgehört, Drogen zu nehmen, hat nicht mehr so exzessiv getrunken, und als er herausgefunden hat, dass ich selbst Drogen nehme, wollte er unbedingt, dass ich die Finger davon lasse. Das mit Paul konnte ich sogar noch verstehen ... aber er hat auch immer wieder unsere Familie als Argument angeführt, und damit hat er einen wunden Punkt bei mir getroffen. Immerhin steht die Familie Meester nicht nur für Rockmusik, sondern auch für Diskretion und Vertrauen – sowohl in den Hotels als auch im Club, und jede meiner Schlagzeilen hat dieses Vertrauen erschüttert. Dad dachte wohl, wenn er mir endlich meinen großen Wunsch erfüllt und mich mit dem Label zusammenbringt, würde ich ruhiger werden. Immerhin wollte ich immer schon Musik machen und habe ihn jahrelang angefleht, mir bei meiner Karriere zu helfen. Ich bin sogar bei ihm eingezogen, um diesen Traum zu verfolgen, auch wenn Dad Bedenken hatte. Zu Recht, wie sich herausgestellt hat.«

Verbittert betrachte ich das Bild von Dad und mir. Manchmal wünschte ich, er hätte seine Musikkarriere nie beendet, wäre nie in New York sesshaft geworden. Denn ein Dad, den man nur ab und zu sieht, war immer noch besser als ein Dad, den man permanent enttäuscht. Mit jedem Meeting im Vorstand, das ich versäumt habe. Mit jedem Tag, an dem ich doch Drogen genommen habe. Mit jeder Schlagzeile, jeder Eskapade habe ich ihn enttäuscht, enttäuscht, enttäuscht.

»An dem Abend des Feuers haben wir uns gestritten wie nie zuvor«, erzähle ich weiter. »Ich hätte nach einem kleinen Auftritt in einer Talkshow zu einer Feier im Hotel gehen sollen, aber ich konnte es nicht ertragen, mir wieder anhören zu müssen, wie schlecht ich die Familie Meester dastehen lasse. Dad kam früher von der Feier zurück und hat mich gefunden. Ich war total dicht … und dann ist alles eskaliert. Wir haben uns schlimme Sachen an den Kopf geworfen. Meine letzten Worte an ihn waren hasserfüllt. Und dann …«

Der restliche Satz kommt mir nicht über die Lippen.

Nun schimmern auch in Lennons Augen Tränen. »Dann kam es zum Brand?«, flüstert sie.

» Er kam nicht einfach so natürlich.« Die Schwere auf meiner Brust nimmt zu, droht mich zu zerquetschen. »Ich … ich habe ihn verursacht.«

Meine Worte schwirren wie Funken im Raum umher und scheinen mir die Haut zu versengen – genau an der Stelle, an der mich das Feuer erwischt hat. Genau an meinen Narben, die mich jeden Tag daran erinnern.

»Nach unserem Streit war ich so wütend. Ich habe in meinem Bett gesessen und getrunken, obwohl ich sowieso schon total voll war. Dann habe ich eine Zigarette angezündet – das habe ich dauernd gemacht, wenn ich vom Feiern kam. Wieder ein Versprechen, das ich gebrochen habe, weil Dad es nicht ausstehen konnte, wenn ich in meinem Zimmer geraucht habe. Ich weiß noch, dass ich müde wurde … als Nächstes hat mich unser Rauchmelder geweckt. Direkt neben meinem Bett waren Flammen, die sich rasant ausgebreitet haben. Noch ehe ich überhaupt gemerkt habe, was los war, haben Vorhänge und Möbel gebrannt. Rauch hat sich ausgebreitet. Ich habe mich auf den Boden geschmissen und wollte zur Tür robben, aber alles hat sich gedreht, und der Rauch hat mir die Sicht vernebelt. Ich war einfach zu besoffen, um es rauszuschaffen. Dann hat es einen Knall gegeben. Ein paar halb volle Spirituosen, die in meinem Zimmer waren, sind explodiert und haben die Flammen nur noch mehr entfacht. Plötzlich haben sie sich in die nächsten Stockwerke gefressen. Die Reste eines brennenden Vorhangs sind auf mich gesegelt, innerhalb von Sekunden stand mein Arm in Flammen. Ich habe geschrien, habe mich auf dem Boden gewälzt, um es zu löschen. In dem Moment hat Dad die Tür eingetreten und ist gekommen, um mich zu holen. Sein Zimmer war in einer anderen Ecke der Villa, dadurch hat er den Rauchmelder erst viel später gehört als ich. Er ist direkt ins Feuer gerannt, anstatt sich selbst in Sicherheit zu bringen, und hat mir ein Tuch vor den Mund gehalten. Ansonsten weiß ich nicht mehr viel … Ich stand unter Schock, war verwirrt und habe wegen der Schmerzen an meinem Arm immer wieder das Bewusstsein verloren. Als ich wieder zu mir gekommen bin, lag ich im Erdgeschoss, direkt vor der Haustür. Feuerwehrleute haben mich gefunden … und danach dann Dad. Er war noch im Haus, als wäre er direkt an der Tür zusammengebrochen, nachdem er mich abgelegt hat.«

Tränen laufen heiß über meine Wangen.

»Die Feuerwehr hat gesagt, dass er mich mit seinem Körper abgeschirmt und rausgetragen hat. Er selbst hatte viele Verbrennungen … aber letztlich ist er an einer Rauchvergiftung gestorben. Nur weil er in mein Zimmer gelaufen ist, um mich zu retten. Nur weil er mir sein Tuch gegeben hat und dann nichts hatte, um sich selbst zu schützen. Nur weil ich in meinem Zimmer geraucht habe und eingeschlafen sein muss.«

Ein Kloß hindert mich für einen Augenblick am Weitersprechen, obwohl ich es muss. Ich muss auch die letzte Wahrheit laut sagen, muss endlich beichten, was ich seit Monaten denke und fühle. Es geht nicht anders.

»Meinetwegen ist er tot. Ich bin schuld.«

»Hey.« Lennon wischt eine der Tränen fort und bringt mich so dazu, sie anzusehen.

Wieso sehe ich keine Bestürzung in ihren Augen? Wieso geht sie nicht, nach allem, was ich ihr gerade erzählt habe?

»Du warst sein Fleisch und Blut, und du warst ihm wichtig genug, um dich zu retten. Er hat dich geliebt, Blake.«

»Und was habe ich ihm zurückgegeben? Wieso konnte ich nicht einfach seine Wünsche respektieren und aufhören, Mist zu bauen? Er hat all diese Klauseln ins Testament gesetzt, weil er genau wusste, dass ich es nicht schaffen würde, mein Leben in den Griff zu bekommen und meine Versprechen zu halten. Er hat nicht an mich geglaubt.«

»Ich denke, da irrst du dich. Denn hätte er nicht an dich geglaubt, hätte er dich für das *Serpent* gar nicht erst berücksichtigt. Er hätte es einfach Roman oder jemand anderem aus deiner Familie vererben können. Aber das hat er nicht! Er wusste, du würdest es schaffen.«

Ich würde ihr gerne glauben, ihre Worte einfach annehmen. Aber da sind noch so viele Zweifel in mir, die sich über all die Monate und Jahre angestaut haben.

Ich springe auf, kann nicht mehr sitzen. Tigere im Raum hin und her.

Lennon hält mich auf.

»Du darfst dich von dem Rückschritt heute nicht verunsichern lassen. Die letzten Wochen lief es doch so viel besser.«

»Ja ... und ich dachte wirklich, dass jetzt alles anders würde.«

Ich sehe aus dem Panoramafenster, vor dem wir nun stehen und das New York bei Nacht zeigt. Tausend Lichter in der Dunkelheit.

»Aber ich kann nun mal nicht vergessen, was passiert ist. Ich kann nicht aufhören, daran zu denken, dass ich Dads Tod zu verantworten habe und trotzdem dabei bin, seinen geliebten Club zu erben. Manchmal weiß ich nicht, ob ich diese Chance wirklich verdiene.«

»Die Frage ist nicht, ob du es verdienst, sondern ob du es willst«, erwidert sie forsch. »Du kannst das, was passiert ist, nicht ungeschehen machen, aber du kannst dafür sorgen, deine Versprechen doch noch zu halten. Du kannst ihm noch immer beweisen, dass du auf ihn hörst, weil du ihn geliebt hast.«

»Das habe ich. Wirklich.«

Auch wenn ich es ihm vermutlich nicht genug gezeigt habe.

»Dann lass dich von der Vergangenheit nicht ausbremsen. Mach nicht wieder dieselben Fehler.« Unvermittelt nimmt sie meine Hand. »Du hast es so viele Monate ohne Drogen und Alkohol geschafft, du bist dabei, dich zu verändern. Jetzt heißt es dranzubleiben.«

»Was, wenn es zu spät ist? Was, wenn deine ganze investierte Zeit, all diese Schritte in der Öffentlichkeit, trotzdem nicht dazu führen, dass ich das *Serpent* bekomme?«

»Dann hättest du es wenigstens versucht, oder? Dann hast du dir das nicht auch noch vorzuwerfen.«

»Du hast recht ...«

»Und wir sind längst über den Punkt hinaus, an dem ich das alles nur mache, weil wir einen Deal haben«, sagt Lennon nachdrücklich. »Du bist mir wichtig, Blake. Und ich werde dir verdammt noch mal helfen, weiter zu kämpfen! Du bist nicht mehr allein!«

In meinem Kopf dreht sich alles. Schuld, Schuld, Schuld, so viel Ballast und Gedanken, die wie ein Strudel hindurchrasen und alles verwüsten wollen. Der kleine Junge in mir, der seinen Vater vergöttert und verloren hat, schreit unerbittlich und treibt mir wieder die Tränen in die Augen, aber ich kann nicht. Ich kann nicht mehr weinen, kann das gerade nicht alles noch mal durchstehen, wenn ich weiß, dass es ein Kreislauf ist, der niemals endet.

Lennon Worte sind das Einzige, was dieses Gedankenkarussell gerade durchbrechen kann – wenn auch nur für diese Nacht.

Mein Herz schlägt mir bis zum Hals, während ich daran denke, was ich mir gerade wünsche. Wonach ich mich sehne. Mich noch mal fallen lassen, einfach im Moment zu leben.

»Heute Nacht will ich nicht allein sein …«

Lennon sieht auf zu mir. »Bist du nicht. Ich bin hier.«

»Können wir uns … einfach wieder fallen lassen? Alles für einen Augenblick vergessen?«

»Wenn es das ist, was du willst«, flüstert sie.

Mit ihrem Daumen streicht sie mir über die Wangen, wischt meine Tränen fort. Mir wird wärmer bei dieser Geste.

»Ich will mich noch mal so fühlen wie in L. A.«, flüstere ich. »Mit dir.«

Lennon antwortet mir nicht mit Worten. Sie lehnt sich einfach etwas weiter zu mir und legt ihre Lippen auf meine. Abwartend, als würde sie damit rechnen, dass ich meine Meinung noch ändere, obwohl es alles ist, was ich gerade brauche. Alles, was ich gerade will.

Fast schon fiebrig küsse ich Lennon. Nicht sanft wie die ersten Male, sondern voll von Schmerz und Qualen, von denen ich befreit werden will.

Meine Hände vergraben sich in ihren weichen Haaren. Ein starker Kontrast zu meiner fast schon groben Berührung, aber Lennon schreckt nicht zurück. Stattdessen seufzt sie leise … genussvoll. Ich klammere mich wie ein Ertrinkender daran und lasse mich davon mitreißen, weil genau dieses Seufzen alle anderen Gedanken lahmlegt. Da sind nur noch Lennon und die Erinnerungen an unsere gemeinsame Nacht, an unsere Körper und heiseres Stöhnen, an Leidenschaft und Hingabe, und es ist alles, wonach ich mich sehne. Es ist so viel besser, als mich mit den Dramen meines Lebens auseinanderzusetzen.

Ich drehe Lennon herum, während ich ihren Hals und ihren Nacken mit Küssen benetze. Sie lehnt am Fenster, die Lichter Manhattans nun direkt vor ihren Augen.

Ich vergehe in der Hitze ihres Körpers.

Lennons Lippen sind lustvoll geöffnet, als ich ihr Kleid nach oben und ihren Slip herunterschiebe. Ihr nackter Po ist nun direkt vor meiner Erektion, die sich durch die Jeans drückt. Die eine Hand stütze ich an der Fensterscheibe ab, während ich die andere ihren Po hinuntergleiten lasse … tiefer, immer tiefer. Heiße Nässe empfängt mich, während ich mit den Fingern in sie gleite und Lennon sehnsüchtige Seufzer ausstößt. Noch mal und noch mal. Ich bekomme nicht genug davon. Ich dehne sie immer weiter und bereite sie vor.

Dann erst löse ich mich von ihr, um ein Kondom zu holen. Als ich wiederkomme, steht Lennon noch genauso da – mit offenem Haar, das ihren durchgedrückten Rücken hinabfällt. Mit dem Gesicht zum Fenster und überhitzter Haut.

Ich öffne den Knopf meiner Hose und den Reißverschluss, ziehe mir die Boxerpants herunter und öffne die Kondompackung. Lennon drückt ihren Po gegen mich und macht die Beine ein klein wenig breiter. Ihre Hitze lädt mich zu sich ein. Meine Finger gleiten ein letztes Mal in sie, mit der anderen

Hand stütze ich mich wieder an der Scheibe ab, und dann positioniere ich mich direkt hinter ihr.

Innerhalb von Sekunden fülle ich sie komplett aus. Bei jedem Stoß drängen wir gegen die Scheibe, die von unserer Lust beschlägt. Als Lennon kommt, stöhnt sie meinen Namen – genauso stürmisch wie diese Wendung eines eigentlich schrecklichen Abends.

Heute habe ich eine Seite von mir offenbart, die niemand kennt. Nicht meine Familie, nicht meine alten Freunde. Nicht mal Scott. Seiten, die ich nur zu gerne auch vor mir verstecken würde. Aber nun stehe ich hier, mit all meinen Geheimnissen im Raum, und vergehe nicht vor Schuld, sondern vor Verlangen.

KAPITEL 27

RESURRECTION LIKE A PHOENIX

Lennon

»Scott, du bist auf Lautsprecher.«

Blakes iPhone liegt direkt neben einem riesigen Berg Pancakes, den wir uns von *DoorDash* haben liefern lassen. Dazu gibt es frische Erdbeeren, Mangos, Ahornsirup und ein paar gegrillte Cheesy-Toasts mit einem Feta-Dip.

Blake nimmt einen Schluck von seinem Cappuccino. »Also ... wie schlimm ist die Lage?«

»Erst mal wüsste ich gerne, wie es dir geht«, sagt Scott am anderen Ende der Leitung.

»Besser.« Blake schielt zu mir und lächelt sanft, ehe er wieder ernster wird. »Auch wenn ich mich schlecht fühle, weil ich Alkohol getrunken habe. Meinst du, ich habe mich damit schon ins Aus geschossen?«

»Wird es bei dem einmaligen Ausrutscher bleiben?«, fragt Scott besorgt.

»Definitiv. Aber vorsichtshalber habe ich für morgen einen Termin bei Dr. DuGray gemacht, um mich weiter zu stabilisieren und darüber zu reden, was der Auslöser für meinen Rückfall war.«

»Das ist gut.«

Blake nickt, lächelt ... dann fährt er sich jedoch nervös durch die Haare. »Und jetzt sag du mir, ob ich meine Musikkarriere mit der Aktion gestern endgültig beendet habe.«

»Noch ist nichts verloren, aber es hat uns zurückgeworfen«, erwidert Scott. »In den letzten Wochen haben wir immerhin hart dafür gearbeitet, um dem Vorstand und dem Label zu vermitteln, dass du dich wieder im Griff hast, und deine Konzertabsage – inklusive der Bilder, in denen du aus dem *Silverside* fliehst – sät nun wieder neue Zweifel.«

»Aber wir haben immer noch eineinhalb Monate Zeit«, sage ich verbissen. Irgendwie muss es uns doch noch gelingen, das Steuer noch einmal rumzureißen. Es kann nicht alles umsonst gewesen sein.

»Richtig, es ist noch nichts verloren. Wir müssen uns nur eine neue Strategie zurechtlegen.«

Ich schnappe mir eine Erdbeere und tunke sie in Ahornsirup.

»Wie ich dich kenne, hast du bereits eine erste Idee?«, fragt Blake.

»Klar. Ich fürchte nur, dass sie dir nicht gefallen wird.«

»Weil?«

»Weil ich dir raten würde, eine Pressekonferenz zu geben. Gib den Leuten endlich das, was sie wollen: Sprich mit ihnen über Corey.«

Blake versteift sich. »Das hast du mir im Krankenhaus damals auch geraten. Und ich habe mich dagegen entschieden.«

»Was ich nachempfinden konnte, immerhin warst du zu der Zeit in sehr schlechter Verfassung. Aber es würde nicht nur dem Vorstand suggerieren, dass du dich mit dem Abend des Feuers und dessen Folgen auseinandersetzt, es würde auch die Presse milde stimmen. Damit umgehst du alle Spekulationen, die wegen deines Zustands aufkommen, und fütterst sie mit der Wahrheit. Erzähl ihnen von dem jungen Mann, der seinen Vater verloren und der noch Schwierigkeiten hat, die Musik wieder in sein Leben zu lassen.«

Ich widerstehe dem Drang, Scott beizupflichten. Aus Sicht

eines Fans würde es mir viel bedeuten, wenn Blake Klartext sprechen würde. Nach seiner langen Abwesenheit und dem jüngsten Konzertabbruch wurde das Vertrauen in ihn erschüttert, und so ein Statement würde helfen, seine Situation zu verstehen. Aber Blake muss diese Entscheidung allein treffen. Und mir steht es nicht zu, ihn zu beeinflussen. Nicht nach allem, was er durchmachen musste.

»Ich kann nicht öffentlich über ihn reden«, bringt er hervor. »Das schaffe ich nicht.«

»Schon klar, dass das ein schwerer Schritt wird, aber vielleicht wäre es gut, dich davon zu befreien – dann würden auch endlich die Gerüchte aufhören. Manchmal muss man sich den Dämonen stellen, bevor sie für immer ruhen.«

»Aus deinem Mund klingt es so leicht«, erwidert Blake verbissen.

»Was, wenn er sich dagegen entscheidet?«, frage ich. »Meinst du, wir haben beim Vorstand noch eine Chance? Immerhin haben wir uns in den letzten Wochen trotzdem viel zusammen gezeigt, sie glauben an unsere Beziehung. Das muss uns doch noch etwas nützen.«

»Es war definitiv nicht umsonst. Aber es wäre schon gut, wenn Blake sich öffentlich zu seinem Konzertabbruch äußern würde. Wenn nicht in Bezug auf seinen Dad, dann wenigstens mit einer Entschuldigung an seine Fans. Du solltest ein kleines Statement auf Social Media posten.«

Blake zögert zwei Sekunden, dann nickt er. »Das bekomme ich hin. Ich entschuldige mich bei ihnen. Das ist das Mindeste.«

»Aber lass dir das mit der Pressekonferenz trotzdem mal durch den Kopf gehen, okay?«, fragt Scott. »Ich bin jetzt gleich beschäftigt, aber heute Nachmittag komme ich mal bei dir vorbei, dann können wir alles näher besprechen und dein Statement vorbereiten.«

»Danke, Scott.«

Wir beenden das Telefonat, und augenblicklich kehrt Stille in Blakes Penthousewohnung ein.

»Ich schulde meinen Fans eigentlich auch die Wahrheit über Dad«, flüstert Blake irgendwann. Er starrt auf den unangerührten Pancake auf seinem Teller. »Aber ich kann nicht öffentlich über diese Nacht reden.«

Über den Tisch hinweg nehme ich seine Hand. »Es liegt ganz bei dir: Du musst nichts tun, wofür du nicht bereit bist.«

»Ich will mich bei den Fans melden. Vielleicht sage ich ihnen einfach, dass ich krank geworden bin? Ich kann nur hoffen, dass ich trotzdem noch mal die Möglichkeit habe aufzutreten.« Frustriert seufzt er. »Gott. Die Musik war doch immer das, was mir Kraft gegeben hat. Auf der Bühne zu stehen war das Einzige, in dem ich wirklich gut war und bei dem ich nie jemanden enttäuscht habe.«

»Geh nicht so hart mit dir ins Gericht. Es wird noch viele Konzerte geben, aber vielleicht wollten wir es zu schnell erzwingen. Vielleicht musst du erst mal noch für dich Musik machen und daraus neues Selbstvertrauen schöpfen. Und dann – spätestens, wenn du endlich weißt, was mit dem *Serpent* ist – fügt sich alles andere, und du trittst wieder auf.«

Plötzlich tritt ein kleines Funkeln in seine Augen, als hätten meine Worte etwas in ihm ausgelöst.

»Wieso hast du damals mit der Musik begonnen?«, frage ich. »Nur wegen deines Dads?«

»Nein. Es war vermutlich naheliegend, das zu glauben. Der Sohn eines Rockstars zu sein, öffnet Türen in der Musikbranche, die normalerweise verschlossen sind. Aber als ich angefangen habe, eigene Songs zu spielen, habe ich noch gar nicht an Plattendeals gedacht. Mir ging es nur um das Gefühl, auf der Bühne zu stehen. Wenn die Energie der Fans sich auf dich überträgt, fühlst du dich einfach nur lebendig.«

»Als du im Hotelzimmer die Songtexte geschrieben hast, wirkte das auch so auf mich«, überlege ich. »Du warst in dem Moment gelöst.«

»Es hat auch gutgetan, einfach mal wieder ein paar Texte zu schreiben. Erst mal nur für mich.«

»Dann solltest du genau daran festhalten. Damit weitermachen.«

Blake sieht zu einer seiner Gitarren. Seine *Gibson Les Paul Custom EB GH* befindet sich noch im *Silverside,* aber Blake hat einige Gitarren zur Auswahl. Die letzten Wochen hingen sie immer etwas verstaubt an der Wand, nun lehnen sie neben dem Sofa.

»Meinst du … ich kann dir etwas vorspielen? Ich habe seit L. A. an diesem einen Song gearbeitet.«

Automatisch stiehlt sich ein Lächeln auf meine Lippen.

»Das fände ich sehr schön.«

Ich lege mir ein paar Pancakes auf einen Teller und folge ihm zum Sofa. Blake hat bereits angefangen zu spielen – leise, melodische Töne empfangen mich. Während er spielt, sieht er zu dem Foto von seinem Dad und ihm. Ich wage es kaum zu atmen, ich sitze einfach daneben und lasse Blake in die Welt der Musik eintauchen. Er schließt die Augen, die Gitarrenschläge werden kräftiger, und er beginnt zu singen.

»*In the face of silence, you're crying inside me. A soul full of ashes, charred by flames.*«

Er verursacht mir eine Gänsehaut. Die Dunkelheit in seiner Stimme, die leisen Brüche in seinen Worten. Die Leidenschaft, mit der er singt und die noch immer zu spüren ist. Mehr, als ihm vermutlich bewusst ist.

Im Vergleich zu seinen alten Songs klingt dieser erwachsener. Da schwingt Authentizität mit, die bei seinen alten Liedern nie so greifbar war – nicht auf diese einnehmende, emotionale Art. Plötzlich verstehe ich besser, dass er zwar von der Liebe gesungen, aber sie nie durchlebt hat. Es war nur eine Fantasie. Dieser Song hingegen ist aus echten Gefühlen entstanden.

Auf Blakes Lippen formt sich ein kleines Lächeln, als würde er die Magie auch spüren. Er öffnet die Augen und sieht direkt zu mir, sieht mich so intensiv an wie nie zuvor.

»*But what if the soul full of ashes is not completely burned?*«, singt er weiter. »*I'm not broken, I'm on new paths. I am rising from the ashes like a phoenix.*«

Unsere Blicke verhaken sich.

»*Because of you.*«

Mein Herz schmilzt dahin. Schmilzt in den Gitarrenklängen, die nun weniger düster und kraftvoll klingen. Gleichzeitig zart und wunderschön. Wie ein Regenbogen, der sich am Himmel abzeichnet.

»Du hast die Musik nicht verloren«, flüstere ich ihm zu. »Sie war immer da und hat auf dich gewartet.«

Blake hört auf zu spielen.

»Vielleicht hast du recht. Vielleicht war das Konzert einfach noch zu früh.« Er legt die Gitarre ab. »Ich sollte erst mal noch ein paar Songs schreiben. Vielleicht hilft es, alles zu verarbeiten, was geschehen ist.«

»Ganz bestimmt. Ivy sagt immer, dass aus den schwersten Momenten die schönsten Werke entstehen können. Man muss sich nur Zeit nehmen, um mit der Musik zu heilen.«

»Und Heilung dauert, richtig?« Blakes Mundwinkel verziehen sich zu einem halben, noch etwas traurigen Lächeln.

Ich klettere auf seinen Schoß und bin ihm so ganz nah. Ich spüre seinen Herzschlag an meinem, sehe ihm in die Augen.

»Richtig. Sei einfach nett zu dir. Und geduldig.« Meine Fingerspitzen tanzen über seine Wange. »Und dann wirst du alles schaffen, was du dir vornimmst.«

»Meinst du …« Er schluckt. »Meinst du, dass ich mich irgendwann nicht mehr schuldig fühlen werde?«

»Das weiß ich nicht. Vielleicht wird es nur leichter, damit zu leben. Aber es ist nicht zu spät. Und irgendwann wirst du stolz darauf sein, nicht aufgegeben zu haben.«

Blake lässt seine Stirn gegen meine sinken und atmet tief ein.

»Keine Ahnung, wo ich wäre, wenn du nicht in mein Leben gestolpert wärst.«

»Ich bin auch froh darüber. Auch wenn ich die Vertragsunterzeichnung bei unserem missglückten *This-or-That*-Spiel kurz bereut habe.«

Er grinst. »Was denn, nur da? Ich habe dir doch sicher ein Dutzend Gründe gegeben, diesen Deal noch mal zu überdenken.«

»Seltsamerweise war ich mir meiner Sache trotzdem relativ sicher. Ich wusste eben, dass du es wert bist, gerettet zu werden.«

Blake spielt mit meinen Haaren. »Lennon?«, fragt er zögerlich. »Ich weiß, dass wir uns nichts versprochen haben, aber ... was ist, wenn ich dir gerne etwas versprechen möchte?«

Wärme strömt durch meine Adern.

»Was willst du mir damit sagen?«

»Ich will mit dir zusammen sein. Ich will es so sehr, dass es mir Angst macht, weil da doch so viel Schmerz in mir ist, und ich will dich nicht mit in den Abgrund ziehen. Du bist pure Energie, du bist rein und wunderschön ...«

»Du ziehst mich nicht in einen Abgrund. Du hebst mich ins Licht.« Wir sehen uns an und müssen beide lachen. »Okay, das war kitschig, aber es ist trotzdem wahr.«

»Dann ... möchtest du meine Freundin sein? Meine nicht gespielte, richtige Freundin? Denn ich will nicht mehr schauspielern. Ich will *dich*, Lennon. Jeden Tag, jede Sekunde. Echt und wirklich, an meiner Seite.«

Zum zweiten Mal an diesem Morgen habe ich eine Gänsehaut. Alles in mir ruft danach, Blakes Worte noch mal und noch mal hören und verinnerlichen zu wollen, obwohl sein kleines Geständnis längst in meinem Herzen nachschwingt.

»Ich bin gerne deine echte Freundin.«

Stürmisch küsst Blake mich und besiegelt diese Entscheidung.

Gestern noch schmeckte Blakes Kuss nach heißem Verlangen, nach Schuld und dem Wunsch zu vergessen. Jetzt, nur ein paar Stunden später, fühlt sich der Kuss nach Leben an. Nach Zuversicht und Geborgenheit.

Unwillkürlich muss ich grinsen. »Hätte man das mal dem Fangirl letztes Jahr erzählt.«

»Na, ich hoffe doch sehr, dass du inzwischen wieder mein Fan bist. Schluss mit dieser Vergangenheitsform.«

»Vielleicht«, ziehe ich ihn auf. »Aber anders als letztes Jahr stehe ich jetzt nicht mehr auf den Blake aus der Presse, der sich gekonnt in Szene setzt. Ich mag den echten Blake. Den Mann mit den Narben«, ergänze ich flüsternd.

Noch mal, diesmal nur ein paar Sekunden lang, haucht er mir einen Kuss auf die Lippen.

»Der Mann mit den Narben würde gerne den restlichen Tag mit dir verbringen. Oder hast du Pläne?«

»Heute steht nichts an, ich bin also ganz dein. Morgen früh muss ich allerdings nach Hause, ich habe am Nachmittag einen Kurs in einem Café.«

»Und wir müssen daran denken, dass Scott heute Nachmittag vorbeikommen will.«

Ich schlinge meine Arme um seinen Hals. »Dann sollten wir unsere Zweisamkeit noch mal auskosten«, sage ich, ehe ich ihn etwas näher zu mir ziehe.

»Bin ganz deiner Meinung«, haucht er.

So rührend entschuldigt sich Blake bei seinen Fans

Es sind Bilder, die unter die Haut gehen: zweihundert Fans, die sich weinend in den Armen liegen, nachdem ihre Hoffnungen auf ein Livekonzert von Blake Meester erneut zerstört wurden. Erst letzten September sagte Meester alle seine Konzerte ab und brach damit einige Herzen – der Grund traf jedoch auf eine große Welle der Solidarität, nachdem Blakes Vater durch einen Brand ums Leben gekommen war und Blake schwer verletzt wurde. Nun sollte das exklusive Konzert im *Silverside* einen Neuanfang markieren. Doch die Fans warteten im Club in der Bronx vergebens auf ihren Star. Gegen einundzwanzig Uhr, eine Stunde nachdem das Konzert beginnen sollte, teilte der Besitzer, Daniel Chambers, der wartenden Menge mit, dass das Konzert ausfallen müsse. Vorher wurde Blake dabei beobachtet, wie er das *Silverside* verlassen hat.
Heute wendet sich Blake via Social Media selbst an seine Fans. »Es tut mir von Herzen weh, dass ich wieder so viele von euch enttäuscht habe. Leider war es mir gesundheitlich nicht möglich, den Abend durchzuziehen, auch wenn ich bis zuletzt alles versucht habe, um doch noch aufzutreten. Ich verspreche, dass ich es wiedergutmache.«
Die Fans zeigten sich überwiegend verständnisvoll und wünschten ihm gute Besserung. Doch nach all den Verfehlungen der letzten Monate bleibt ein bitterer Beigeschmack und die Frage, ob Blake Meester wirklich bereit ist, seine Musikkarriere wieder aufzunehmen.

KAPITEL 28

THE ACTS OF TRUTH

Lennon

Niemals hätte ich gedacht, einmal in einem Hotel wie dem *Manhattan Meester* ein und aus zu gehen, aber langsam fühlt es sich vertraut an, im Festsaal zu stehen und den Gästen die Spachteltechnik näherzubringen. Angesichts der glühenden Hitze, die in New York herrscht, habe ich mich dazu entschieden, die Teilnehmenden heute Bilder vom Meer malen zu lassen, denn mit dem Spachtel lassen sich verschiedene Blautöne und Weiß wunderbar zu einem schäumenden Meer formen. Der Kreativität sind dabei keine Grenzen gesetzt, so haben sich einige bereits dazu entschieden, auch einen Strandabschnitt aus Gelbtönen dazuzumalen. Andere haben mich gefragt, ob sie Boote oder Möwen einzeichnen dürfen, was ich natürlich alles befürwortet habe. Es sind ihre Bilder, ihre Kunstwerke, und nur die, die sie kreieren, haben darüber zu entscheiden, wann ein Gemälde vollständig ist und wann nicht.

»Schön, wie Sie die Farben mischen«, sage ich in die Runde. »Aber vergessen Sie nicht, unsere leckeren Cruffins zu probieren, die die Küche uns extra gezaubert hat.«

Die Mischung aus Croissant und Muffin, die mit Zimt bestäubt ist, ist innen so buttrig-weich, dass ich mich hineinsetzen möchte.

Zwei Stunden lang geben meine Teilnehmenden alles, um ihrer Leinwand Leben einzuhauchen. Danach werden alle

Kunstwerke bewundert und mit Applaus gewürdigt. Die letzten Cruffins werden verspeist, dann bin ich wieder alleine im Saal. Diesmal war es der erste Kurs, in dem mich niemand direkt für eine Privatveranstaltung angesprochen hat. Ich versuche, mir gut zuzureden, dass nicht jeder Kurs ein Erfolg sein kann, aber angesichts der schwindenden Zeit will ich noch das Beste aus meinem Deal mit dem Hotel herausholen. Zwei weitere Kurse stehen noch aus, auch wenn ich mir für heute fest vorgenommen habe, mit Roman über eine Verlängerung der Kooperation zu sprechen. Ich hoffe, die Resonanzen sind positiv genug, um ihn zumindest dazu zu bringen, es sich zu überlegen. Blake hat mir bereits angeboten, an meiner Stelle mit seinem Onkel zu reden, aber wenn ich eine Verlängerung meiner Kurse bekomme, dann nicht wegen Vitamin B. Diesmal möchte ich mit meiner Arbeit überzeugen.

Ich räume den Saal auf und verstaue meine Utensilien, während eine Mitarbeiterin des Servicepersonals das benutzte Geschirr wegbringt. Ich hingegen wappne mich für mein Vorhaben und richte meine Kleidung. Auch wenn Roman inzwischen meine mit Farbe beschmierten Hände kennt, möchte ich ihm heute die bestmögliche, professionellste Version meiner selbst präsentieren.

Inzwischen finde ich mich im Hotel zurecht und gehe auf direktem Weg zu seinem Büro. Die Tür ist nur angelehnt, Roman scheint also da zu sein.

Ich nähere mich und bin plötzlich nervös. Es ist das erste Mal, dass ich sein Angebot, mich jederzeit an ihn zu wenden, annehme, und auch wenn Roman mir bisher sehr offen begegnet ist, will ich ihn nicht wegen Kleinigkeiten stören.

»Lucy, jetzt hör mir doch endlich mal zu.« Romans aufgeregte Stimme dringt zu mir durch. »Blake wird das *Serpent* nicht übernehmen, also hör endlich auf, dir deswegen den Kopf zu zerbrechen.«

Ich schrecke zusammen, als ich Blakes Namen höre.

Ich sollte das Gespräch über meine Zukunft besser verschieben, denn das Telefonat, das er offenbar führt, geht mich nichts an. Das letzte Mal, als ich ein Gespräch belauscht habe, das nicht für meine Ohren bestimmt gewesen ist, wurde danach mein Leben auf den Kopf gestellt. Im schlimmsten Fall erwischt Roman mich, und dann kann ich es vergessen, meine Kooperation mit dem Hotel zu verlängern. Aber nachdem ich in den letzten Wochen alles getan habe, um Blake wegen seines Erbes zu helfen, kann ich nicht weghören. Ich dachte, Roman würde in dem Kampf ebenfalls auf Blakes Seite stehen ... Das tut er doch. Oder?

»Blake wird die Anforderungen sicher nicht erfüllen«, höre ich Roman weitersprechen. »Natürlich hat er Fortschritte gemacht, aber er ist trotzdem nicht so weit. Du hast doch seinen Konzertabbruch mitbekommen. Und ich habe mir die Zahlen vom *Serpent* angesehen: Blake schöpft das Potenzial nicht aus. Er könnte die Separees in der Lounge viel besser vermarkten, aber er ist einfach kein Geschäftsmann.«

Roman sagt das alles in seinem gewohnt freundlichen Tonfall, mit dem er mich im Hotel herumgeführt hat, aber mir wird trotzdem übel, wenn ich ihm so zuhöre.

»Er wird das *Serpent* nicht zugrunde richten, das lasse ich nicht zu. Deswegen habe ich bei dem Gerichtstermin vor, mich als Geschäftsführer in den Ring zu werfen, und ich hoffe auf deine Unterstützung, Lucy.«

Ich kann zwar nicht hören, was Blakes Tante darauf erwidert, aber Romans zufriedenem Lachen nach zu urteilen, scheint sie ihn in seinem Vorhaben zu bekräftigen.

Wurde Blake schon die ganze Zeit von Roman hintergangen? Hat er den besorgten, liebevollen Onkel die ganze Zeit nur gespielt, um Blake später doch noch ein Messer in den Rücken zu rammen?

Ich höre, wie Roman sich von Lucy verabschiedet. Kurz darauf ist alles still. So still, dass mir plötzlich jedes Geräusch aus dem Hotel verräterisch laut vorkommt – vor allem in Anbetracht der Situation, dass ich noch immer vor Romans Büro herumlungere.

Kurz bin ich gewillt, einfach wieder zu gehen und mein Anliegen zu vergessen, aber ich höre Schritte, die mich dazu veranlassen, nun doch auf die Tür zuzugehen.

Ich klopfe an und stoße sie ein wenig auf.

»Roman? Kann ich dich kurz sprechen?«

Er schreckt zusammen. Mit Blick auf mich packt er eine Akte in die Schublade seines Schreibtisches. Ich sehe das Wort *Serpent* darauf, aber ich tue so, als hätte ich nichts bemerkt.

»Lennon, ich hatte ja ganz vergessen, dass wir dich heute wieder als Gast im Hotel haben.«

Sein Lächeln ist so warm, dass es mir schwerfällt, was ich eben gehört habe, damit in Einklang zu bringen.

Er mustert die Farbe an meinen Händen. »Wie ich sehe, ist der Kurs schon vorbei? War er erfolgreich?«

»Ja, es war wieder ganz toll. Ich will dich auch gar nicht lange stören. Ich habe mich nur gefragt, ob du gewillt wärst, mit mir über die Zukunft meiner Kurse zu sprechen. Die Kooperation läuft bald aus, und ich fände es toll, wenn wir uns zu einem Termin zusammensetzen könnten, um über eine mögliche Verlängerung zu sprechen.«

»Für die Freundin von meinem Blake habe ich doch immer Zeit.«

Angesichts des Telefonats mit Lucy kommt mir sein Lächeln plötzlich gar nicht mehr so freundlich vor. Eher verdächtig.

»Ich sehe gleich mal in meinem Kalender nach und schicke dir einen Terminvorschlag. Wie klingt das?«

»Großartig, vielen Dank.«

Ich bin bereits am Gehen, als er mich zurückhält.

»Wie geht es Blake nach dem misslungenen Konzert? In der Presse stand, dass er krank geworden ist? Das ist wirklich blödes Timing gewesen.«

So viel Bedauern liegt in seiner Stimme. Vielleicht einen Hauch zu viel?

»Leider ja, aber er hat sich vollständig erholt«, nehme ich ihm Wind aus den Segeln. »Blake geht es so gut wie schon lange nicht mehr, würde ich sagen.«

Zuckt da Romans Lächeln?

»Das freut mich zu hören.«

Ich verabschiede mich von ihm und verschwinde aus dem Büro, hauptsächlich, um diesem falschen Lächeln zu entkommen. In meinem Kopf rast es so sehr, dass mir schwindelig wird. Das Telefonat, der Druck des Vorstands, diese ominöse Akte und die Pläne des Onkels, das *Serpent* zu übernehmen ... Was haben diese Sachen zu bedeuten? Ist es reines Kalkül und von vornherein sein Plan? Oder hat er nur Sorge, dass Blake das Erbe nicht bekommt, und möchte für ihn und seinen verstorbenen Bruder vorsorgen, damit das *Serpent* in die richtigen Hände gelangt? Mein Magen jedenfalls wispert mir zu, dass mehr dahintersteckt. Ein falsches Spiel, bei dem Blake als Verlierer hervorgehen soll – egal, wie gut er auch performt.

Es ist gar nicht so leicht, mit der U-Bahn zu Blakes Wohnhaus zu finden, was eindeutig beweist, wie sehr mein Leben sich verändert hat, wenn ich plötzlich auf Fahrer angewiesen bin. Trotzdem finde ich schließlich das Gebäude und stehe vor dem Pförtner, der abschätzig meine farbigen Hände und meinen Malkoffer mustert, ehe er den Hörer in die Hand nimmt und auf eine Zahl drückt.

»Tom Porter hier«, meldet er sich. »Eine Miss Chambers

steht neben mir. Sie möchte gerne zu Ihnen. Ja, genau. Ja, dann schicke ich sie zu Ihnen.«

Er legt auf und schenkt mir ein Lächeln, dann öffnet er mit seinem Schlüssel den Aufzug.

»Vielen Dank für die Hilfe.«

Ich steige ein. Während ich Etage für Etage nach oben fahre, gehe ich alles, was ich eben gehört habe, noch einmal im Kopf durch. Sicher bin ich mir nicht, ob ich Blake sofort einweihen sollte, wenn dieses Telefonat vielleicht gar nicht das bedeutet, was ich befürchte. Ich will ihn nicht zusätzlich verunsichern, aber ich kann das Gespräch auch nicht einfach vor ihm verheimlichen. Und mein Bauchgefühl nicht ignorieren.

Blake wartet bereits auf mich, als die Aufzugtür aufgeht.

»Lennon«, sagt er überrascht. »Mit dir habe ich gar nicht gerechnet.«

Auch er mustert die Farbkleckse auf meiner Hand.

»Ich freue mich zwar, dich zu sehen … aber hattest du nicht gesagt, dass du nach deinem Kurs zu Ivys Probe gehen wolltest?«

»Verdammt, du hast recht.«

Ich stelle meinen Koffer ab und schreibe Ivy, dass mir etwas dazwischengekommen ist.

»Du bist ziemlich durch den Wind, was?«

»Kann man wohl sagen. Ich muss dir dringend etwas erzählen.«

Gemeinsam gehen wir ins Wohnzimmer. Blakes Gitarre lehnt am Couchtisch, auf dem allerhand Notizzettel liegen.

»Habe ich dich gestört? Sieht aus, als hätte nicht nur ich den Vormittag kreativ verbracht.«

»Tatsächlich hatte ich einige echt gute Ideen für Songs. Langsam habe ich das Gefühl, endlich wieder ein Gespür für die Musik zu bekommen. Ohne Druck.«

Ein echtes, ziemlich umwerfendes Lächeln erscheint auf Blakes Lippen, und ich möchte es genießen, anstarren, verinnerlichen, weil es so schön ist, dass er die Musik neu entdeckt und es ihm damit besser geht. Weil er es verdient. Aber das sanfte Kribbeln in meinem Magen wird von einem dumpfen Stein niedergeschmettert, weil ich ihm diese Leichtigkeit gleich wieder nehmen werde, wenn ich ihm alles sage. Dann wird der Druck unweigerlich wieder steigen.

Blake runzelt die Stirn, sein Lächeln verebbt. »Was ist los? Du verhältst dich echt seltsam.«

»Weil ich vielleicht schlechte Nachrichten habe.«

Gemeinsam setzen wir uns auf die Couch, während ich Blake von dem Telefonat zwischen seinem Onkel und seiner Tante erzähle. Das Funkeln in Blakes Augen verschwindet. Stattdessen werden seine Lippen schmaler und schmaler.

»Was meinst du?«, frage ich. »Will dein Onkel sich nur aus Loyalität zu deinem Dad als Geschäftsführer anbieten? Oder weil er wirklich scharf darauf ist, deinen Platz einzunehmen?«

Blake schluckt hörbar. »Ich weiß es nicht. Roman und Dad waren sehr verschieden ... Roman lebt für das Hotelgewerbe, aber am *Serpent* hatte er bislang nie Interesse. Zumindest weiß ich nichts davon.«

»Aber er hatte eine ganze Akte über den Club. Er muss deine Arbeit also mehr verfolgen, als du dachtest.«

»Er hat mir angeboten, sich die Bücher anzusehen. Roman war der Einzige in meiner Familie, der immer auf meiner Seite stand. Er ist der Einzige, der die Wahrheit über Dads Tod kennt ... Er war an meinem Krankenbett, hat mit mir getrauert. Er war wütend auf mich wegen der Zigarette – das schon, aber er hat trotzdem zu mir gehalten. Er hat mich verteidigt und mich beim Vorstand gedeckt.«

»Bist du sicher?«

Ich hasse es, diese Frage zu stellen und dabei zuzusehen, wie in Blakes Augen Zweifel wachsen.

»Was, wenn er dir eigentlich die ganze Zeit in den Rücken fällt?«, stelle ich die alles entscheidende Frage. »Für seinen eigenen Vorteil.«

»Ich kann nur hoffen, dass du dich irrst. Und irgendein Plan dahintersteckt, den ich jetzt noch nicht verstehe. Es kann nicht sein, dass mein Onkel mich hintergeht und der Vorstand meine Niederlage plant, obwohl ich eigentlich noch Zeit habe.«

Plötzlich springt Blake auf und läuft fahrig im Wohnzimmer auf und ab.

»Das ist doch Scheiße. Das ist nicht das, was Familie bedeuten sollte.«

Ich stehe ebenfalls auf und lege ihm eine Hand auf den Arm, um ihn dazu zu bringen, stehen zu bleiben. Mich anzusehen.

»Es tut mir leid. Das alles ist dir gegenüber nicht fair.«

»Aber ich werde deswegen nicht aufhören zu kämpfen«, erwidert er verbissen. »Das hätte ich vielleicht noch vor ein paar Monaten getan, aber jetzt nicht mehr. Denn zum ersten Mal stimmt das, was ich der ganzen Welt vorgaukeln will: Mir geht es besser, und das heißt, dass ich rausfinden muss, wieso Roman das *Serpent* haben will, wieso er diese Akte führt und was darin steht. Nur so weiß ich, welche Informationen mir das Genick brechen könnten.«

»Und du hättest noch immer eineinhalb Monate, um das Ruder herumzureißen.«

Blake nickt entschlossen, dann sieht er aus dem Fenster auf die Skyline von Manhattan, wo die Sonne gerade tief über den Wolkenkratzern steht.

»Dann muss ich irgendwie in Romans Büro einbrechen und diese Akte einsehen. Zu blöd, dass mein Onkel quasi im Hotel wohnt. Es wird kaum eine Gelegenheit geben, unbemerkt in seinem Büro herumzuschnüffeln. Er erfährt doch sofort, wenn ich im Hotel bin, und würde sich direkt fragen, was ich dort will.«

»Dann nutzen wir das doch aus«, schlage ich vor. »Du bist die perfekte Ablenkung, um deinen Onkel aus seinem Büro zu locken. Auf mich hingegen wird niemand achten …«

»Wenn du mir damit andeuten willst, dass *du* ins Büro einbrichst, um die Akte zu suchen, dann muss ich Einspruch erheben. Denn wenn du erwischt wirst, dann war's das mit deinen Kursen im Hotel. Das ist dir klar, oder? Es könnte nicht nur deine Kooperation gefährden, sondern dein ganzes Business. Onkel Roman müsste nur seinen Gästen und Geschäftspartnern mitteilen, dass sie dich nicht mehr buchen sollen, und schon sind dein guter Ruf und der Erfolg, den du dir so mühselig aufgebaut hast, dahin. Das werde ich nicht zulassen. Mein Erbe darf nicht wichtiger sein als dein Traum.«

»Aber die Wahrheit ist am wichtigsten«, erwidere ich.

Seine Worte über meine Kurse machen mir Angst. Jeder Satz befeuert ein Gefühl der Ohnmacht, weil ich weiß, dass Blake recht hat. Wenn Roman mich erwischt, wird er mich und mein Business vernichten. Er hat die Macht dazu. Aber ich bin es auch leid, dass Menschen mit Macht sich alles erlauben können und selbst innerhalb von Familien gelogen und betrogen wird. Ich bin es leid, dass Blake als Versager dargestellt wird, obwohl er ein Kämpfer ist. Obwohl er so viel durchmachen musste, an dem andere längst zerbrochen wären.

»Ich will das machen«, sage ich nachdrücklicher. »Lass mich dir helfen. Das ist schließlich mein Job, schon vergessen?«

Blakes Hände umfassen mein Gesicht, während er mich mustert.

»Okay«, krächzt er beinahe. »Dann sollten wir uns aber einen guten Plan zurechtlegen, denn ich will nicht auch noch daran schuld sein, dass du alles verlierst.«

»Wärst du nicht. Meine Kurse, *meine* Entscheidungen.«

»Mir wäre es trotzdem lieber, wenn nichts schiefgehen würde.«

* * *

Es ist zwei Tage her, dass ich das Telefonat belauscht habe und wir uns wieder im *Meester Hotel* einfinden, um unseren Plan umzusetzen. Blake hat uns über Gilbert ins Spa eingebucht, um uns einen Vorwand zu geben, im Hotel zu sein.

Um den Schein zu wahren, verbringen wir fast eine Stunde zusammen im Spa-Bereich, und ich muss zugeben, dass mir Missionen dieser Art gefallen. Dafür, dass ich gleich vorhabe, in ein Büro einzubrechen, bin ich tiefenentspannt. Die sanften Klavierklänge, die aus den Lautsprechern dringen, sorgen für eine gemütliche Atmosphäre. Ich habe es mir nicht nehmen lassen, ein paar Runden in dem tiefen Schwimmbecken mit kleinem Wasserfall zu drehen. Blake ist währenddessen auf der Liege geblieben und hat mir dabei zugesehen. Er hat jede Bewegung, jeden Zentimeter meines Körpers mit den Augen verfolgt. Sicher wäre er auch gerne ins Wasser gesprungen, aber angesichts seiner Brandnarben ist ihm das Schwimmen ärztlich noch untersagt. Zu groß ist das Risiko, sich eine Infektion zu holen. Ohnehin bleibt uns nicht mehr viel Zeit.

Ich trockne bereits meine Haare und schlüpfe wieder in meinen Bademantel, während Blake zum wiederholten Male auf die Uhr sieht. Jeden Moment sollte Priya Guruprasad, eine Freundin von Milo und Reporterin beim Klatschmagazin *Current Flash*, eintreffen. Wir haben ihr ein kurzes Exklusivinterview mit Blake und mir versprochen, wenn sie uns heute hilft und keine Fragen zu dem geplanten Ablenkungsmanöver stellt.

Im Spa ist nicht viel los, die meisten sind wohl beim Mittagessen oder genießen das sonnige Wetter auf der Rooftop-Terrasse des Hotels. So findet uns Roman sofort, als er mit eiligen Schritten den Spa betritt.

»Blake, Lennon.«

Er kommt auf uns zu und sieht sich um, doch gerade ist nur eine ältere Dame mit uns im Spa-Bereich, die vor wenigen Minuten in die Dampfsauna gegangen ist. Niemand kann uns hören.

»Wieso sagt ihr denn nicht Bescheid, dass ihr heute unsere Gäste seid?«

Er begrüßt uns mit Küsschen auf die Wange.

»Wir wollten dich nicht stören. Ich nehme an, du hast viel zu tun, oder? Gilbert sagte, ihr wärt ausgebucht.«

»Ja, das Haus ist voll wegen dieses Ärztekongresses. Es ist also wirklich sehr trubelig, aber ich will mich nicht beschweren.«

Blake nickt lächelnd. »Du hättest doch nicht extra hierherkommen müssen, um uns zu begrüßen.«

»Nun, ehrlich gesagt bin ich nicht nur deswegen hier. Am Empfang steht eine junge Reporterin, die behauptet, einen Interviewtermin mit dir zu haben? Bei uns in der Hotelbar? Als Auftakt eines Porträts über unsere Familie?« Er runzelt die Stirn. »Das betrifft auch Philip und mich. Wieso erfahre ich nichts davon?«

Blake blinzelt verdutzt. Er hätte Schauspieler werden sollen, so überzeugend spielt er seine Rolle.

»Ich habe keine Ahnung, was für ein Interview sie meint. Lennon und ich sind nur hier, um zu entspannen.«

»Nun, sie scheint sehr selbstbewusst aufzutreten. Und der Presseausweis ist bereits gecheckt, sie ist tatsächlich Reporterin.«

»Das ist seltsam.«

»Ich hoffe, du verzeihst mir die Frage ... aber kann es sein, dass du dieses Interview zugesagt und dann vergessen hast?«

»Wie wäre es, wenn wir zwei zu ihr gehen und das klären?«, schlägt Blake vor.

Er steht bereits auf und zieht den Bademantel aus, um sich wieder in T-Shirt und Jeans zu werfen.

»Lennon, ich bin gleich zurück, ja? Entspann dich einfach weiter.«

»Keine Sorge.« Ich greife in meine Tasche und ziehe ein Magazin heraus. »Mir wird hier sicher nicht langweilig.«

»Sollte es doch länger dauern, dann fühl dich frei, nach Susann zu fragen«, schlägt Roman vor. »Sie gibt wunderbare Massagen, die heute aufs Haus gehen.«

»Sehr großzügig, vielen Dank.«

Blake gibt mir einen Kuss und drückt meine Hand, dann verlässt er an der Seite von Roman den Spa-Bereich. Ich lehne mich zurück und blättere das Magazin auf. Erst als die beiden längst aus meinem Sichtfeld verschwunden sind, lege ich die Zeitung beiseite, schlüpfe in mein Sommerkleid und folge ihnen unauffällig.

Kaum dass ich mich dem Empfang nähere, höre ich die Stimmen von Blake und Roman, die mit einer gespielt aufgebrachten Priya diskutieren und hoffentlich noch mindestens zehn Minuten beschäftigt sein werden.

Ich verkneife mir ein Grinsen, während ich nach links abbiege. Blake hat mir versichert, dass sein Onkel Bürotüren offen lässt, wenn er es eilig hat, und ich kann nur hoffen, dass er damit recht hat. Wenn nicht, wäre unser Plan ohnehin zum Scheitern verurteilt.

Diesmal ist die Tür nicht angelehnt, sondern geschlossen. Mein Herz rast, während ich mich prüfend umsehe und mich dann nähere. Niemand ist hier, nur gedämpft dringen noch die Stimmen von Blake, Priya und Roman zu mir rüber, die mir immerhin die Gewissheit geben, dass Roman sich noch immer im Gespräch befindet. Ich kann nur hoffen, dass kein Gast und auch kein Angestellter meinen Weg kreuzt.

Mit wild schlagendem Herzen öffne ich die Tür einen Spaltbreit, gleite hindurch und schließe sie sofort wieder. Eilig ziehe ich die Vorhänge zu, damit mich niemand vom Innenhof aus sehen kann. Dann hole ich mein iPhone aus meiner Tasche und stelle es auf Vibration, denn Blake hat gesagt, dass er mir eine Nachricht schickt, sobald Roman auf dem Rückweg ist.

Der Schreibtisch hat drei Schubladen. Erst bei der dritten werde ich fündig und hole die dicke Akte heraus, die tatsächlich mit *Serpent* betitelt ist. Das Erste, was ich sehe, sind Kostenaufstellungen vom Hotel und vom Nachtclub. Zusammenfassungen aus den letzten Jahren, weit vor Coreys Tod und Blakes Übernahme. Als wäre Roman damals schon interessiert daran gewesen, sich den Club unter den Nagel zu reißen? Angesichts der verzeichneten Zahlen kann ich es ihm nicht verdenken. Der Umsatz ist in den letzten fünf Monaten tatsächlich etwas gesunken, aber all die Jahre zuvor war das *Serpent* ein Selbstläufer. Schon klar, wieso Roman ein Teil davon sein will.

Gerne würde ich mich noch mehr durch die Zahlen wühlen und die Jahre miteinander vergleichen, aber aus Zeitgründen mache ich nur Fotos von den Unterlagen und gehe zu den nächsten Papieren über. Da sind Übersichten über die Geschäftspartner des Clubs, über Investoren, sogar eine Kopie des Mietvertrags für die Räumlichkeiten.

In Windeseile versuche ich alles, was mir interessant vorkommt, zu fotografieren und werde dabei immer nervöser. Die Akte ist viel zu dick, um alles davon zu sichten. Ich muss mich dringend auf die wichtigsten Aspekte beschränken, nur habe ich Sorge, dass mir etwas entgeht.

Die nächsten Seiten bereiten mir Übelkeit. Da sind Stellungnahmen von Mitarbeitenden aus dem Club, die sich nicht sicher sind, ob Blake der Aufgabe als Geschäftsführer gewachsen ist. Da sind Geschäftspartner, die schriftlich bekunden, an Blake und seiner Rolle zu zweifeln, und ich weiß, dass diese Stellungnahmen nur *einen* Zweck haben: Blake vor Gericht schlecht dastehen zu lassen. Sicher wurden sie auch schon dem Anwalt zugespielt, der vor dem Richter eine Einschätzung zu Blakes Fähigkeiten abgeben soll.

Das hier ist Romans Versicherungspolice, um seinen Willen durchzusetzen und damit den Club zu bekommen – und diesmal weiß ich mit hundertprozentiger Sicherheit, dass er ihn nicht aus Sorge um seinen Neffen übernehmen will. Er will Blake nicht schützen, er will ihn stürzen.

Gleich neben den Stellungnahmen sind Blakes Fehltritte aufgelistet: alles aus den letzten Jahren, jede Schlagzeile, jede Eskapade. Zusammen mit Auszügen von Chats zwischen Corey und Roman aus dem letzten Jahr, in denen sie darüber gesprochen haben, dass Blake sich Vorstandssitzungen und Familienfeiern entzogen hat, um zu feiern. Mir ist kotzübel, während ich all das fotografiere und weiß, dass ich Blake damit wehtun werde. Alles an dieser Akte ist ein Messer, das Roman ihm in den Rücken rammen wird, wenn wir es nicht verhindern. Aber das müssen wir, irgendwie.

Neun Minuten sind bereits vergangen. Viel Zeit habe ich nicht mehr. Jede Sekunde kann ich zurückgepfiffen werden, obwohl noch immer einige Seiten übrig sind. Obwohl es mit jeder Seite interessanter wird.

Was verbirgt er noch?

Da ist ein Brandgutachten von Blakes und Coreys Haus.

In Windeseile überfliege ich es und suche nach Informationen, die Roman dazu veranlasst haben könnten, diesen Bericht hier abzuheften. Wieso hat er ihn überhaupt? Will er Blake damit belasten? Vor Gericht seine Schuld am Brand beweisen und damit den letzten Sargnagel in seine Rehabilitation schlagen?

Würde er wirklich so weit gehen?

Mein iPhone vibriert, eine Nachricht von Blake.

> **Blake**
> Er ist auf dem Rückweg. Hau ab!

Fuck, fuck, fuck.

Mir wird heiß und kalt zugleich bei dem Gedanken, mit der Akte in der Hand erwischt zu werden. Ich sollte alles zusammenpacken und verschwinden, solange ich noch kann. Ich darf mein Business nicht gefährden.

Aber das hier ist gerade trotzdem so viel wichtiger als meine Angst.

So schnell ich kann, mache ich Fotos von dem Bericht. Von jeder einzelnen Seite. Von einigen zweimal, weil meine Hände so sehr zittern, dass die Fotos verwackeln.

Wieder eine Nachricht.

> **Blake**
> Lennon! Was treibst du denn? Komm da raus!

Ich knipse ein letztes Bild, dann sortiere ich die Akte zusammen und räume sie zurück in die Schreibtischschublade. Keine Ahnung, wie genau sie darin lag – alles ist aus meinem Gedächtnis gefegt. Plötzlich ist da nur noch blanke Panik, gleich in Romans Gesicht zu blicken. Ich kann nur hoffen, dass er sich Zeit lässt … vielleicht nicht auf direktem Weg zum Büro ist, sondern einen Umweg geht.

Vorsichtig öffne ich die Tür des Büros und spähe auf den Flur. Romans Stimme ist zu hören – näher, als ich es mir wünschen würde, aber es klingt, als befände er sich um die Ecke. Es besteht also noch immer eine Chance, unbemerkt zu verschwinden.

Mit klopfendem Herzen verlasse ich sein Büro, schließe die Tür und laufe los. Roman scheint direkt auf mich zuzukommen, er unterhält sich offenbar mit einem Gast, denn er wünscht ihm noch einen angenehmen Aufenthalt.

Links von mir ist eine Tür. Ich habe keine Ahnung, wohin sie führt, auch wenn Roman es mir bei unserem Rundgang sicherlich erklärt hat. Gerade ist sie meine einzige Fluchtmöglichkeit.

Zum Glück ist sie nicht abgeschlossen, und ich schaffe es gerade noch rechtzeitig, hindurchzugehen und sie zuzuziehen, ehe ich Romans zügige Schritte vernehme.

Um mich herum ist alles stockdunkel, aber ich stoße an einen Tisch. Der Konferenzraum?

Wieder vibriert mein iPhone.

> **Blake**
> Lennon, ich drehe gleich durch. Bitte sag mir, dass alles gut gegangen ist. Sonst gehe ich dich suchen.

Ich scrolle mich durch die Fotos. Einige sind etwas verwackelt, aber wir sollten alles lesen können. Fast die ganze Akte.

Wir treffen uns im Spa, antworte ich Blake endlich.

Vorsichtig öffne ich die Tür und lausche. Von Roman ist nichts mehr zu hören. Vermutlich sitzt er wieder hinter seinem Schreibtisch, hoffentlich habe ich dort all meine Spuren verwischt.

Ich nutze die Gunst der Stunde und haue ab.

Um den Schein zu wahren, verbringen wir noch weitere dreißig Minuten im Spa, obwohl wir beide auf heißen Kohlen sitzen. Ich muss dringend mit Blake über die Inhalte der Akte sprechen. Trotzdem warten wir geduldig, versuchen, uns unauffällig zu verhalten.

Als wir ins Auto steigen, sehe ich auf die Wasserspeier, von denen Blake mir erzählt hat, dass er immerzu das Gefühl hat, von ihnen beobachtet zu werden. Diesmal überkommt mich dieses Gefühl auch. Vielleicht weil ich nun weiß, dass jeder Schritt überwacht und festgehalten wird ... und Roman definitiv nicht auf Blakes Seite steht.

KAPITEL 29

THE FIRE OF GUILT

Blake

Mein Onkel hat als Kind widersprüchliche Gefühle in mir ausgelöst. Einerseits war er dieser getriebene Geschäftsmann, der mich in meinen Augen zu oft mit dem vorbildlichen Philip verglichen hat. Aber immer wenn ich meinen Dad besucht habe, hat er mich herzlich aufgenommen, mich umarmt und gesagt, dass er sich Sorgen um mich macht. Wie oft hat er mir gut zugeredet, wann immer ich Streit mit meinem Dad hatte. Er wusste wohl neben Scott am meisten von unseren Reibereien und hat versucht zu intervenieren. Wann also ist der Moment gekommen, in dem er sich dazu entschieden hat, mich zu hintergehen?

Ich kann es noch immer nicht glauben. Roman war im Krankenhaus an meiner Seite und hat die Wahrheit über den Brand für sich behalten. Aber vielleicht ist genau diese Wahrheit die Krux.

»*Hast du mir eigentlich verziehen?*«
»*Ich versuche es, Blake. Und ich werde immer zu dir halten. Aber manchmal ... da bin ich auch wütend auf dich.*«

Vielleicht geht seine Wut tiefer, als ich dachte. Vielleicht ist sein Versuch, mir zu verzeihen, gescheitert, und indem er gegen mich arbeitet, bestraft er mich.

Lennon und ich haben die Fotos, die sie von der Akte gemacht hat, auf mein Tablet gezogen und lesen jedes Dokument durch. Jeder Satz, jedes Wort schürt eine gewisse Ohnmacht; ich bin drauf und dran, das Handtuch zu schmeißen und ihm das Feld zu überlassen, das er hinter meinem Rücken eh schon erobert hat. So wie die Dinge stehen, habe ich keine Chance gegen ihn und seine Intrigen. Jeder Fortschritt, den ich gemacht habe, fällt angesichts des Materials, das er gegen mich in der Hand hat, in sich zusammen. Mitarbeitende, die ausgesagt haben, dass sie nicht an mich glauben. Barkeeper und Türsteher, mit denen ich erst letzten Monat Mitarbeitergespräche geführt habe und die nun auf seiner Seite stehen. Hinzu kommen die Zahlen, die eindeutig belegen, dass das *Serpent* seit meiner Leitung weniger Umsatz macht.

Ich habe es versucht ... wirklich versucht.

»Da ist noch was«, sagt Lennon vorsichtig. Vermutlich ist sie sich genauso unsicher wie ich, ob ich noch weitere Wahrheiten verkrafte. Das alles scheint schon über mir zusammenzubrechen und mich zu begraben. »Ich hatte keine Zeit mehr, um es mir genau anzusehen, aber ich denke, damit will er dich richtig vernichten.«

Schon jetzt verklären mir Tränen die Sicht, trotzdem nicke ich, damit Lennon das Bild aufruft. Egal wie schmerzhaft das alles hier ist, so erfahre ich immerhin die Wahrheit. Es wird Zeit, mich ihr zu stellen.

»Ein Gutachten von dem Brand in eurem Haus.« Lennons Stimme ist nur ein Flüstern, aber vielleicht überdeckt auch das heftige Schlagen meines Herzens ihren Klang. »Ich denke, damit will er dem Vorstand das mit der Zigarette offenlegen.«

Mir fällt kein Gegenargument ein. Genau das wird sein Plan sein, andernfalls kann ich mir nicht erklären, wieso er dieses Brandgutachten hat. Ich wusste, dass es existiert, nur habe ich es nie für nötig befunden, es anzufordern. Es war ohnehin so unglaublich hart. Die Schuld hat mich auch so schon zu Boden gedrückt und in ein dunkles Loch gestopft. Den Brandhergang schwarz auf weiß zu lesen, hätte mich nur endgültig zerstört.

Wenn Roman wirklich allen erzählt, dass ich den Brand verursacht habe, dann stiehlt er mir damit nicht nur mein Erbe, sondern ruiniert mein gesamtes Leben. Es ist das eine, die Schuld jeden Tag aufs Neue in mir zu spüren ... Aber sollten diese Informationen publik werden, werden mich die Menschen da draußen fertigmachen. Maulwürfe gibt es überall, und gerade traue ich niemandem mehr, der in Verbindung zu Roman steht. Selbst Gilbert nicht.

»Du musst dir das nicht durchlesen. Ich wollte nur, dass du vorbereitet bist und weißt, was er plant.«

Ich schlucke gegen den Kloß in meinem Hals an. »Dann sollten wir das lesen. Damit wir wissen, was genau das Gutachten besagt.«

»Bist du sicher?«

Nein.

»Ja.« Weil es sein muss.

Wir verfallen in Schweigen, während wir beide den Bericht durchgehen. Allein die Eckdaten und dabei Dads Namen und unsere alte Adresse zu lesen, ist schmerzhafter, als ich vermutet hätte. Sofort ist es, als würde ich wieder die Hitze auf meiner Haut spüren können, obwohl mir innerlich gerade eiskalt wird.

»Blake«, wispert Lennon. Ich weiß genau, dass sie gerade denselben Satz liest wie ich. »Da ... da steht, dass ein Kabelbrand in deinem Zimmer das Feuer verursacht hat.«

Da steht es schwarz auf weiß. Aber es kann nicht sein. Es war die Zigarette! Sicher lesen wir jetzt den restlichen Bericht, und dann revidiert der Gutachter seine Aussage.

Aber so kommt es nicht.

Der Bericht endet mit der Einschätzung, dass es eindeutig

ein Kabelbrand war. Obwohl es absolut unmöglich ist. *Ich war es doch. Ich und diese beschissene Zigarette!*

»Das kann nicht sein ...«

»Aber da steht es: Als Brandursache wird ein Kabelbrand einer eingeschalteten Nachttischlampe festgestellt.«

»Roman muss mich geschützt und diesen Bericht gefälscht haben. Sicherlich, damit nie durchsickert, dass ich es war.«

Meine eigene Stimme klingt fremd in meinen Ohren.

»Nach allem, was du eben von ihm gelesen hast, wollte er dich ganz sicher nicht schützen!«

»Aber ich war es«, murmle ich. Zu mehr ist mein Hirn offenbar nicht mehr imstande.

»Wieso denkst du das eigentlich? Woher weißt du, dass es die Zigarette war?«

Vollkommen durch den Wind, sehe ich Lennon an. Mir wird schlecht.

»Von ... meinem Onkel.«

»Blake, wie geht es dir?« Selten hat sich Romans Stimme so kraftlos angehört.

Sonst ist er doch immer so ein stolzer, energischer Mann, den nie etwas aus der Bahn werfen kann. Heute schimmern Tränen in seinen Augen, während er mich mustert.

»Es geht«, sage ich mit belegter Stimme.

Die Ärzte haben mir allerhand Schmerzmittel gegeben, die mir zumindest helfen, mit den Verbrennungen klarzukommen. Nur gegen meine seelischen Schmerzen können sie nichts ausrichten.

Gestern war ein Seelsorger bei mir und hat mir angeboten, mit ihm über meinen Verlust zu sprechen, aber ich wusste gar nicht, was ich sagen sollte.

»Bekommst du genug zu essen? Hast du alles, was du brauchst?«

Meinen Dad habe ich nicht, *will ich sagen, aber der innere Schrei nach ihm kommt mir zu kindlich vor, um es auszusprechen.*

»Ich habe alles. Du musst nicht immer herkommen und nach mir sehen.«

»Dann wäre ich ein schlechter Onkel, meinst du nicht?« *Sein Anflug eines Lächelns verrutscht.* »Aber ich bin auch hier, weil ich mit dir über den Brand sprechen wollte. Die Ermittlungen sind abgeschlossen.«

Mein Magen krampft sich augenblicklich zusammen. Dieser Satz war alles, wonach ich mich gesehnt und vor dem ich mich trotzdem gefürchtet habe. Denn ich brauche die Gewissheit, gleichzeitig weiß ich nicht, ob ich sie verkraften kann.
Mir wird eiskalt.

»Ich war es, oder? Ich habe an diesem Abend noch eine Zigarette im Bett geraucht, obwohl ich total dicht war. Und ich denke, ich bin eingeschlafen.«

Ich will nicht weinen, ich will mich nicht wieder so fühlen, als würde meine Seele in Fetzen gerissen werden, aber ich kann die Tränen nicht aufhalten. Genau wie die Schuld, die sich durch mein Unterbewusstsein schlägt und Krater in mir hinterlässt. Seit vier Wochen liege ich hier im Krankenhaus und habe viel Zeit zum Nachdenken. Zu viel Zeit, um diesen Abend zu rekonstruieren und zu verstehen, wie das alles passieren konnte. Und es ist die einzig logische Erklärung dafür, dass das Feuer in meinem Zimmer ausgebrochen ist.

Romans Adamsapfel hüpft. »Ja«, *krächzt er.* »Es war die Zigarette ... Es tut mir leid, Blake.«

Ein markerschütterndes Schluchzen erfüllt den Raum.

»Hat die Polizei je mit dir darüber gesprochen?«, fragt Lennon. »Oder jemand von der Feuerwehr? Hat diese Geschichte mit der Zigarette irgendwer bestätigt?«

Ich schüttle überfordert den Kopf.

Die ganze Zeit über habe ich diese Ursache nie hinterfragt, ich habe es nie für nötig gehalten. Immerhin war ich mit der Zigarette in der Hand eingeschlafen. Oder? Ich war davon überzeugt, dass es genauso abgelaufen ist.

Und nun?

Nun weiß ich nicht mehr, was ich denken soll.

»Ich muss wissen, ob dieser Bericht stimmt ... denn das würde bedeuten, dass Roman gelogen hat.«

»Vermutlich war er von Anfang an scharf auf das *Serpent*. Er wusste von den Bedingungen im Testament und wollte verhindern, dass du sie erfüllst.«

Was für eine grausame Theorie.

Würde er wirklich so weit gehen, mich in dem Glauben zu lassen, ich hätte meinen eigenen Vater auf dem Gewissen? Natürlich trifft mich immer noch eine Mitschuld. Immerhin ist Dad bei dem Versuch, mich zu retten, gestorben, und ich war nur in dieser prekären Lage, weil ich nicht klar denken und handeln konnte. Wegen dieser Scheißdrogen, wegen der Scheißtrinkerei. Aber abgesehen davon wäre es dann trotzdem ein Schicksalsschlag – nicht die Summe meiner Verfehlungen.

Es würde alles ändern.

»Wir müssen sofort diesen Gutachter finden«, sage ich energisch. »Wenn das hier stimmt, dann muss ich es von ihm selbst hören.«

***

Drei Tage sind seit der Sichtung der Akte vergangen, und ich war mehr als einmal kurz davor, meinem Onkel die Unterlagen unter die Nase zu halten und ihn zur Rede zu stellen. Aber er würde mir vermutlich ins Gesicht lügen. Es gibt nur eine Person, die mir jetzt noch sagen kann, was wirklich in der Nacht des Brands geschehen ist.

Wir finden den Brandgutachter Mr Ross in seinem Büro in Manhattan, 260 West 39th Street. Er bittet uns, auf den beiden Stühlen vor seinem Schreibtisch Platz zu nehmen. Erschöpft wischt er sich über die Stirn und schiebt ein paar Akten aus dem Weg, damit er uns besser sehen kann.

»Danke, dass Sie sich Zeit für uns nehmen«, übernimmt Lennon den Gesprächseinstieg. »Wir hätten einige Fragen zu einem Ihrer Brandgutachten.«

»Natürlich.« Sein Blick huscht zu mir, sein Lächeln wird etwas trauriger. »Auch wenn es mein Job ist, diese Gutachten zu erstellen, bleiben einige Fälle lange im Gedächtnis. So war es auch bei Ihnen. Ich war ein Fan von Ihrem Vater, und sein Tod hat mich sehr erschüttert. Gleichzeitig wollte ich unbedingt herausfinden, wie es dazu kommen konnte.«

Ich nicke lediglich, denn mir fällt keine angemessene Erwiderung darauf ein.

»Was möchten Sie gerne wissen?«

»Was … was war die Brandursache?« Mein wummernder Herzschlag verschluckt beinahe meine Stimme.

Mr Ross runzelt die Stirn. »Ich dachte, Sie hätten das Gutachten vorliegen?«

»Wir müssen es von Ihnen hören. Um sicherzugehen, dass der Bericht, den wir vorliegen haben, nicht gefälscht wurde«, antwortet Lennon für mich, denn ich kann gerade nichts erklären. Ich kann nur dasitzen und versuchen zu atmen und darauf warten, die Wahrheit zu erfahren.

»Der Brand wurde durch ein defektes Kabel einer Nachttischlampe ausgelöst. Ein tragischer Unfall.«

Für ein paar Sekunden ist es absolut still im Raum. Mr Ross sieht uns verwirrt an, während meine Welt kopfsteht. Die Realität, in der ich die letzten elf Monate gelebt habe und in der ich meinen Dad durch meinen Fehler getötet habe, verschwimmt in schwindelerregender Geschwindigkeit, formt sich neu. Ich traue mich kaum, diesen schweren Sack an Schuld, der mir aufgeladen wurde, loszulassen, so sehr habe ich mich an das Gewicht gewöhnt.

»Sind Sie sicher?«, frage ich. »Hätte nicht auch etwas anderes den Brand auslösen können?«

»Natürlich hätte es andere Ursachen geben können, aber deswegen gab es ja dieses Gutachten. Wir sind alle Optionen durchgegangen und haben sie kategorisch ausgeschlossen.«

Mr Ross steht auf, geht zu einem Aktenschrank und zieht eine Akte hervor. Neben dem Gutachten, das wir bereits kennen, sind dort auch Fotos hinterlegt.

»Der Sicherungskasten im Keller hat gezeigt, dass der Sicherungsschalter ausgelöst hat.« Er legt ein Foto vor mir auf den Schreibtisch, auf dem der entsprechende Kasten und Schalter abgebildet sind. »Die Sicherung ist dazu da, Überstrom zu erkennen und den Stromkreis zu unterbrechen, um Schäden und Brände zu vermeiden. Wenn der Strom eine bestimmte Schwelle überschreitet, löst die Sicherung aus und trennt den Stromkreis. Damit hatten wir einen ersten Hinweis auf ein elektrisches Problem. Der Brandherd konnte schnell in Ihrem Zimmer lokalisiert werden, weswegen der Südflügel des Anwesens auch am stärksten betroffen war«, fährt Mr Ross geduldig fort. »Wir haben Proben genommen und analysiert und Überreste von Isoliermaterial und Kabeln gefunden. Hinzu kommt die Aussage Ihrer ehemaligen Haushälterin, dass Ihre Nachttischlampe einen Wackelkontakt hatte.«

»Das stimmt«, flüstere ich fast.

Ich hatte es vergessen, aber diese Lampe war schon einige Wochen vor dem Brand ein Problem. Nur habe ich nicht gedacht, dass das so verheerende Folgen haben könnte. Wenn es denn wirklich die Lampe war. Die Stimme in meinem Kopf glaubt noch an einen Fehler bei den Untersuchungen.

»Sie haben gerade gesagt, dass die Sicherung den Stromkreis unterbrechen kann. Selbst wenn die Lampe also einen Kurzschluss hatte, dann hätte die Sicherung ein Feuer verhindern sollen. Oder?«

»Das stimmt. Wenn die Sicherung den Überstrom erfolgreich beendet hat, ist das Risiko eines Feuers erheblich reduziert, aber nicht vollständig ausgeschlossen. Wenn das Kabel bereits stark erhitzt war und die Isolierung entzündet wurde, kann das Feuer bereits begonnen haben, bevor die Sicherung ausgelöst hat. Sind dann noch schnell entzündliche Materialien im Raum, kann sich das Feuer innerhalb von wenigen Minuten zu einem Großbrand ausbreiten.«

Sofort kommen mir die brennenden Vorhänge und die Spirituosen in den Sinn.

»Das Haus war sehr stark beschädigt«, sage ich mit zitternder Stimme. »Also können Sie nicht hundertprozentig bestimmen, dass es die Nachttischlampe war, oder?«

»Sie haben recht. Gerade bei schweren Bränden fällt es mitunter schwer, die Ursache zu finden, und eine hundertprozentige Sicherheit gibt es in solchen Fällen nicht.«

»Und … könnte auch eine Zigarette den Brand verursacht haben? Wenn sie aufs Bett gefallen wäre zum Beispiel?«

Sein Blick wird mitfühlender. »Die Theorie mit der Zigarette haben Sie damals schon gegenüber der Polizei geäußert.«

»Habe ich?«

Ich versuche mich daran zu erinnern, aber da ist nichts außer höllischen Schmerzen. Die Vernehmungen durch die Polizei und die ersten Gespräche mit den Ärzten sind in meinem Kopf wie Schweizer Käse.

»Ich erinnere mich nicht …«

»Kein Wunder nach diesem Schock«, sagt Mr Ross mitfühlend. »Aber Sie haben der Polizei gesagt, dass Sie denken, schuld gewesen zu sein. Wir haben diese Theorie in unsere Untersuchungen mit einfließen lassen, aber wir sind schnell zu dem Entschluss gekommen, dass eine Zigarette nicht als Ursache infrage kam. Der Sicherungsschalter allein spricht für ein elektronisches Problem. Außerdem haben wir Proben der Asche und anderer Brandreste genommen und analysiert. Dort wurden keine Filterreste oder Tabakrückstände gefunden. Wir sind uns also nicht mal sicher, ob Sie in dieser Nacht wirklich eine Zigarette geraucht haben.«

Ich habe immer eine Zigarette geraucht, wenn ich high war. Mein kleines Ritual. Oder? Fieberhaft versuche ich durch den Nebel in meinem Hirn zu waten und herauszufinden, ob ich in dieser Nacht wirklich eine geraucht habe, aber ich weiß es nicht. Ich dachte es … aber ich finde kein passendes Bild in meinem Kopf. Nur das Wissen um diese Angewohnheit.

»Ich kann Ihnen versichern, dass wir wirklich gründlich waren«, sagt Mr Ross. »Dieser Brand war ein schrecklicher Unfall, an dem niemand Schuld hatte. Es war einfach eine Tragödie.«

Ich bin nicht schuld.
Ich bin nicht schuld.
Ich bin nicht schuld.

Die Worte kreisen durch meinen Kopf, werden immer lauter und lauter, bis ich sie verstehe.

Dad ist trotzdem bei dem Versuch gestorben, mich zu retten, aber dieses Feuer ist nicht meinetwegen ausgebrochen.

Zum ersten Mal seit einem Jahr habe ich das Gefühl, wieder richtig atmen zu können.

Doch kurz nach dieser erlösenden Erkenntnis legt sich wieder ein Stein in meinen Magen, denn mein Onkel wusste es. Er wusste, dass ich nichts mit dem Feuer zu tun hatte, und wollte mich trotzdem in dem Glauben lassen, den Brand ausgelöst zu haben. Das ist der Beweis, dass er mich manipuliert hat. Wissentlich und eiskalt. Und das alles, um an den Club zu kommen? Hat er das minutiös geplant, weil er wusste, dass die vermeintliche Schuld an Dads Tod mich so sehr belastet, dass ich den Bedingungen im Testament nicht nachkommen würde und er somit leichtes Spiel hätte, das *Serpent* zu übernehmen?

Wut schäumt in mir auf. Sie will mich mitreißen, aber ich versuche trotzdem, ruhig zu bleiben. Mir bleiben nicht mal mehr sechs Wochen, um doch noch zu gewinnen. Um allen zu zeigen, dass sie mich unterschätzt haben.

KAPITEL 30

TRUE FIGHTER

Blake

In den letzten Monaten war es erschreckend, wie leer und energielos ich mich manchmal gefühlt habe. Als wäre das Gefühl der Ohnmacht, das ich während des Brands erlebt habe, in jeder Zelle meines Körpers gespeichert. Hätte man mir vor einigen Wochen gesagt, dass ich herausfinden würde, von meinem Onkel hintergangen worden zu sein, hätte mir dieser Fakt endgültig den Boden unter den Füßen weggezogen. Jetzt hingegen sprudeln eiserner Wille und Entschlossenheit durch meine Adern und lassen der Ohnmacht gar keine Möglichkeit, die Oberhand zu gewinnen. Ich werde nicht kampflos aufgeben, werde Roman mit seinen Lügen und Manipulationen nicht durchkommen lassen.

Scott ist gerade in meinem Apartment angekommen und wurde von Lennon und mir auf den neuesten Stand gebracht. Sein Gesicht ist von Minute zu Minute blasser geworden.

»Ich wusste nie, was ich von Roman halten sollte«, sagt er aufgebracht. »Dein Dad hatte oft Meinungsverschiedenheiten mit ihm, meist ging es dabei auch um dich. Er hat deinem Dad vorschreiben wollen, wie er mit dir und deinen Eskapaden umgehen soll. Roman war immer der Meinung, Corey wäre zu nachgiebig mit dir. Aber nach seinem Tod wirkte er so erschüttert ... Wie oft habe ich mich im Krankenhaus mit ihm unterhalten, und nie habe ich gemerkt, dass er etwas im Schilde führt. Dass er seinen Neffen derart hintergehen würde, hätte ich ihm nicht zugetraut.«

»Ich auch nicht. Aber ich werde zum Gegenschlag ausholen«, erwidere ich finster.

»Die Frage ist, was wir tun können.«

»Eins ist klar: Mit meiner bloßen Anwesenheit bei Feierlichkeiten ist es nicht getan. Wenn ich bei dem Gerichtstermin in sechs Wochen doch noch alle von meinen Führungsqualitäten überzeugen will, dann muss ich ihnen etwas präsentieren, das sie weder ignorieren noch kleinreden können. Ich muss es irgendwie schaffen, die Besucherzahlen und die Einnahmen des Clubs zu steigern.«

Grimmig sehe ich auf mein Tablet, auf dem die Fotos der Akte aufgerufen sind.

»Unter der Führung meines Dads war der Club *der* Ort für Business und für Partys. Aber Dad war auch gut vernetzt, die Leute haben ihm vertraut. Ich hingegen wurde lange Zeit mit Skandalen in Verbindung gebracht, richtig? Sie werden mir nie so vertrauen wie meinem Vater. Deswegen kommen weniger Geschäftsleute in den VIP-Bereich.«

»Gut möglich.« Scotts Blick nach zu urteilen, ist es eher ein Treffer ins Schwarze.

In der Geschäftswelt kann man Skandale wie meine nicht gebrauchen. Mein öffentliches Auftreten wirkte – abseits von der Bühne – in all den Jahren eher unreif und unzuverlässig.

»Ich bin abgetaucht, habe mich nicht zu Dad geäußert. Nicht mal zu meiner Übernahme des *Serpents* habe ich je Stellung bezogen. Wenn wir überhaupt Infos rausgegeben haben, dann über dich, Scott. Es ist also kein Wunder, dass sie nichts mit mir anfangen können und den Club meiden. Sie haben ja auch keine Ahnung, was sie von mir und diesem Szenario halten sollen.«

»Sie werden doch wissen, dass du getrauert hast«, wirft Lennon ein, und ich liebe sie dafür, aber ich darf mich zum jetzigen Zeitpunkt nicht mehr hinter dieser Trauer verstecken. Dafür bleibt keine Zeit mehr.

»Ich muss mich endlich richtig öffnen«, beschließe ich. »Vor meinen Geschäftspartnern, meinen Fans, der Presse. Ich muss endlich offen über alles reden und mir so ihr Vertrauen zurückerobern.«

»Mit einer Pressekonferenz?«, fragt Scott.

»Ich finde, das reicht nicht. Es muss größer sein als das. Wie wäre es, wenn ich ein kleines Musikfestival organisiere? Als Andenken an meinen Dad und um das zu ehren, was er geliebt hat. Die Einnahmen könnten Brandopfern gespendet werden, und ich könnte dort endlich über Dad sprechen.«

Lennon nimmt unvermittelt meine Hand. »Bist du dir sicher?«

»Ja. Ich will alles dafür tun, um Dads Erbe zu würdigen, und ich bin es leid davonzulaufen. Auch das Festival wäre nur ein erster Schritt. Darüber hinaus brauche ich noch einen Geschäftsplan, um die Zahlen im *Serpent* wieder zu steigern. Vielleicht muss ich irgendetwas an dem Konzept des VIP-Bereichs verändern … Ich muss das alles noch in Ruhe durchgehen. Aber fürs Erste ist es wichtig, das richtige Zeichen zu setzen. Habe ich recht?«

»Ich finde das sehr stark, Blake«, erwidert Scott ergriffen. »Und so ein Musikfestival wäre ganz im Sinne deines Vaters gewesen.«

»Dann meist du, dass wir das kurzfristig organisiert bekommen?«

»Es wäre eine Herausforderung. Aber eine, die wir sicher meistern können. Wir müssen uns nur voll reinhängen.«

»Ich weiß. Und ich möchte auf diesem Festival auftreten. Diesmal wirklich. Es wäre die perfekte Gelegenheit.«

»Traust du dir das zu?«, fragt Lennon.

»Ja, ich will es durchziehen.«

Scott klatscht in die Hände. »Dann gehen wir es an. Wir brauchen als Erstes ein Datum und eine Location.«

»Wie ambitioniert wäre der dreißigste August?«

Scotts Augen blitzen auf. »Coreys Geburtstag.«

»Der schon in drei Wochen ist ...«

»Das schaffen wir.« Scott holt sofort sein iPhone hervor. »Ich kenne die Besitzerin vom *Ground Garden* in Brooklyn. Das würde sich vielleicht eignen. Ich nehme gleich mal Kontakt auf ... und rufe auch Henry an. Das Label wird sich sicher bei der Organisation beteiligen, vor allem, wenn du auftreten möchtest.«

Scott geht sofort in den Flur, um zu telefonieren.

Ich hingegen sehe zu Lennon. »Meinst du, wir bekommen Ivy dazu, bei dem Festival aufzutreten? Sie ist im August noch in New York, oder?«

»Ja, sie bricht erst eine Woche später zu ihrer Tour auf. Ich rufe sie direkt mal an.«

Auch Lennon verschwindet und begibt sich in mein Schlafzimmer, um zu telefonieren. Ich bleibe alleine am Tisch sitzen und gehe in schwindelerregender Geschwindigkeit alles durch, was es zu beachten gibt. Ich brauche vier oder fünf Acts, um einen Tag zu füllen. Eine Organisation, der ich das eingenommene Geld zukommen lassen kann und von der ein Vertreter anwesend sein sollte. Ich muss die Presse informieren, muss mir überlegen, was genau ich über meinen Dad sagen will. Die ganze Zeit dachte ich, dass ich niemals über ihn und seinen Tod sprechen würde, denn der Gedanke daran hat sich immer bedrohlich angefühlt. Doch jetzt fühle ich mich frei – als würde ich einen Käfig öffnen, in dem meine Seele die letzten Monate gefangen war.

* * *

Das *Ground Garden* ist ein Paradies.

Die alte Lagerhalle gegenüber der Governors Island wurde zu einer Eventhalle umgebaut, die mit ausladender Botanik, Bambusoptik und einem großen Außengelände mit Blick aufs Wasser punktet. Neben uns liegen weitere Lagerhallen einer Speditionsfirma, die den Pier als Logistikpunkt nutzt.

Lauren, die Besitzerin vom *Ground Garden,* führt Scott, Lennon und mich herum. Laut ihrer Aussage passen rund zweitausend Menschen auf das Gelände, selbst dann, wenn wir eine Bühne aufbauen. Angesichts der fehlenden Nachbarn ist Ruhestörung kein Problem.

Es ist perfekt.

Durch Lennon und die Unterstützung vom Plattenlabel konnten wir nicht nur Ivy als Act gewinnen, sondern auch den Rapper Tweezy und die Boyband *Slowcation* überzeugen. Mein eigener Auftritt wird der Höhepunkt des Abends sein – diesmal hoffentlich ohne Krise.

»Ich habe euch den dreißigsten August fest geblockt«, erklärt Lauren. »Ihr könnt dann sowohl den Innen- als auch den Außenbereich nutzen.«

Ich sehe mich in der Halle um. »Draußen bauen wir die Bühne und Verkaufsstände auf. Hier stelle ich mir eine Lounge vor. Und … wie wäre es mit einer Kreativecke?« Ich sehe zu Lennon. »Könntest du dir vorstellen, an dem Tag hier zwei oder drei Walk-in-Kurse anzubieten, wo die Leute sich zwischen den Acts kreativ ausleben können? Es wäre etwas anders als deine sonstigen Kurse, aber vielleicht trotzdem cool?«

»Das ist mega!« Lennon sieht sich sofort viel aufmerksamer um. »Ich könnte Leinwände und verschiedene Materialien bereitstellen und kleine Impulse geben – und dabei Werbung für meine Creative Nights machen.«

»Dann ist das fix.«

»Lauren, sollen wir dann die Verträge fertig machen?«, schlägt Scott vor.

Die beiden gehen zu einem der Tische, um den Papierkram zu erledigen. Lennon und ich bleiben zurück.

»Danke, dass du an mich und meine Kurse gedacht hast.«

Automatisch lächle ich. »Wie könnte ich nicht? Ohne dich wäre das alles hier doch gar nicht möglich gewesen.«

»Ach, ich habe doch gar nichts gemacht. Das Festival war immerhin allein deine Idee.«

»Ich meine nicht das Festival.« Unwillkürlich rücke ich näher zu ihr. »Ich meine damit die Wochen davor, in denen du mich zurück ins Leben geholt hast. Ohne dich würde ich sicher noch in meiner Wohnung sitzen und mich immer weiter verlieren.«

»Willst du dich etwa dafür bedanken, dass ich eine kleine Stalkerin war und im *Serpent* hinter dir hergelaufen bin?«

»Ich schätze schon«, erwidere ich grinsend.

Lennon gibt mir einen Kuss, ehe sie sich wieder umsieht. »Ich hoffe, das Festival bringt mir noch mal zusätzliche Aufmerksamkeit. Wenn ich die Kooperation mit dem *Meester Hotel* jetzt beende, wäre es schön, einen Ersatz zu haben.«

»Die Kooperation geht doch vier Wochen. Du hast noch zwei Kurse.«

»Nach allem, was dein Onkel gemacht hat?« Sie schüttelt den Kopf.

»Ich will aber, dass du dort weiterhin hingehst.«

»Was? Wieso?«

»Zum einen weil Roman noch nicht wissen soll, was wir erfahren haben. Er soll sich schön in Sicherheit wiegen. Wenn ich ihn mit seinen Lügen konfrontiere, dann vor allen – und am besten dann, wenn mein Plan mit dem Festival aufgegangen ist.«

»Das Gesicht würde ich dann gerne sehen.«

»Aber ich möchte auch, dass du diese Kooperation noch so lange wie möglich nutzt. Zieh deinen Vorteil aus dieser Scheißsituation – nicht für meinen Onkel, allein für dein Business. Verzichte nicht auf diese Chance, nur weil Roman ein Arschloch ist.«

»Du hast recht. Aber es wird schwer sein, noch zu lächeln, wenn ich ihn treffe, obwohl ich ihm eigentlich gerne ins Gesicht spucken würde.«

»Eine Vorstellung, die ich mir dringend einprägen muss«, erwidere ich lachend.

Scott und Lauren kommen mit unterschriebenen Verträgen wieder. Damit sind die Formalien geklärt, und es geht um die nächsten Schritte: Werbung, Ticketverkauf, Bühnenaufbau, Sound und Licht. Die Liste ist lang, es wird ein richtiger Sprint, alles rechtzeitig zu schaffen. Aber ich spüre nichts als Motivation, während ich an die To-dos denke.

So ist es also, wenn der Kampfgeist zurückkehrt. Ich habe ihn wirklich vermisst.

KAPITEL 31

THE GHOST INSIDE ME

Blake

Die Sonne spiegelt sich auf dem Wasser vor Governors Island und haucht dem *Rock Requiem Festival* eine ganz eigene Art von Magie ein. Die 2000 Tickets sind ausverkauft. Die Presse wurde nicht müde, über das Festival zu berichten, und nun warten viele Reporter vor der Bühne darauf, dass ich das Event offiziell eröffne. Die drei Jungs von *Slowcation* stehen backstage bereit, um gleich als Erste die Bühne zu stürmen und ihr Debütalbum zu promoten, das bereits in einer Woche veröffentlicht werden soll.

Scott steht neben mir und sieht auf die Uhr.

»Laut Zeitplan können wir anfangen. Wenn du so weit bist?«

Ich warte auf Zweifel, die mich davon abhalten wollen, auf dieser Bühne gleich über meinen Dad zu sprechen, aber sie kommen nicht. Mein Puls geht ganz ruhig, meine Worte sind längst zurechtgelegt.

»Ich bin bereit«, sage ich.

Ivy und Lennon, die sich gerade ein paar Schritte entfernt unterhalten haben, hören es und kommen auf uns zu.

Lennon gibt mir einen Kuss auf die Wange. »Scott und ich stehen direkt vor der Bühne. Wenn es dir zu viel wird, dann sieh einfach zu mir, okay? Ich bin da.«

Scott legt mir eine Hand auf die Schulter. »Du schaffst das. Es ist dein Moment.«

Ich kann nur hoffen, dass er recht hat.

Lennon und Scott gehen vor die Bühne. Ivy wünscht mir viel Erfolg, dann geht sie zu ihrem Freund Milo, der backstage auf sie wartet. Sie wird direkt vor mir spielen, als vorletzter Act. Aber daran kann ich gerade noch nicht denken. Eins nach dem anderen.

Ich atme tief ein, dann trete ich auf die Bühne. Augenblicklich kehrt Ruhe ein, die Leute richten ihre volle Aufmerksamkeit auf mich.

»Vielen Dank, dass ihr alle gekommen seid«, spreche ich ins Mikro und bin überrascht, wie klar meine Stimme klingt, obwohl meine Hände ein wenig zittern.

Die Presseleute haben ihre Kameras und Mikrofone gezückt, um meine Worte festzuhalten. Smartphones werden in die Höhe gehalten, um nichts zu verpassen.

Automatisch sehe ich zu Lennon, die mich anlächelt.

»Mein Name ist Blake Meester, und ich bin der Geschäftsführer vom *Serpent* und der Veranstalter des ersten *Rock Requiem Festivals*. Ich danke jedem Einzelnen, der heute gekommen ist, um mit mir den Geburtstag meines Dads zu feiern. Corey Meester war ein Mann, der für die Musik gelebt hat, also wäre diese Feier hier sicher in seinem Sinne. Mir jedenfalls war es wichtig, so endlich sein Andenken zu ehren, nachdem ich es lange vermieden habe, über ihn zu sprechen.«

Noch mal hole ich Luft, sammle mich.

»Dads Tod und der Brand in unserem Haus haben mir den Boden unter den Füßen weggerissen, und ganz langsam musste ich lernen, wieder aufzustehen. Ich weiß, dass ich mit meinem Schweigen viele Menschen verletzt habe, und dieses Festival soll nun für einen Neuanfang stehen. Für mich … und für euch. Ich möchte, dass wir heute meines Vaters gedenken und die Musik und das Leben so feiern, wie er es immer wollte. Bitte vergesst nicht, dass alle Einnahmen des heutigen Tages an die Organisation *Burning Wings* gespendet werden. Den Informationsstand findet ihr im Innenbereich, wo Cloe Peters euch gerne alles über die Unterstützung von Brandopfern erzählt und gerne auch zusätzliche Spenden entgegennimmt. Wenn ihr schon mal da seid, dürft ihr gleich daneben auch gerne kreativ werden und meiner Freundin Lennon Chambers all ihr Wissen über Acrylmalerei entlocken. Genießt das Essen und die Getränke und das herrliche Wetter. Ich wünsche euch viel Spaß bei unseren Musikacts!«

Beifall erklingt.

»Aber zunächst möchte ich, dass wir einen Moment an Corey Meester denken. Sänger, Gitarrist, Geschäftsführer und mein Vater.« Ich nehme ein Wasser, das auf der Bühne steht, und halte es hoch. »Happy birthday, Dad. Ich vermisse dich jeden Tag.«

Die Leute aus dem Publikum erheben ebenfalls ihre Getränke, sagen *Happy birthday*, schauen in den Himmel. Es ist, als wäre Dad hier – er lächelt mich an, erhebt ebenfalls ein Glas.

Die Menschen vor der Bühne rufen meinen Namen. Es ist fast wie beim letzten Mal im *Silverside*, aber einen gravierenden Unterschied gibt es: Diesmal grinse ich, während ich die Vorfreude meiner Fans spüre. Während ich ihren Fangesang, ihre Rufe und das aufgeregte Gemurmel höre, weil es bedeutet, dass sie alle darauf warten, dass ich endlich wieder auftrete. Diesmal bin ich absolut bereit.

Keine Ahnung, ob es daran liegt, dass ich nun die Wahrheit über den Brand kennen oder weil ich endlich über Dad gesprochen habe, aber ich fühle mich leicht wie schon lange nicht mehr. Nicht wie der alte Blake, der werde ich wohl niemals wieder sein, aber ich denke, das ist auch gut so. Der alte Blake hatte sich nicht im Griff, brauchte Drogen und Alkohol.

Der neue Blake will einfach nur für den Moment leben. Ich möchte wieder Freude an der Musik haben, will zeigen, was ich kann.

»Wie fühlst du dich?«, fragt Lennon.

Ihre Hände sind voller Farbe, die sich selbst in ihren Haaren verfangen hat, und ich liebe diesen Anblick. Genau wie das breite Lächeln auf ihren Lippen, das mir verrät, wie erfolgreich ihre Kreativecke angenommen wurde.

»Es kribbelt richtig bei dem Gedanken, gleich endlich wieder zu singen.«

»Genauso soll es sein.«

Sie gibt mir einen Kuss, wünscht mir viel Erfolg, und dann verschwinden Lennon, Ivy, Milo und Scott, um sich ins Publikum zu stellen.

Meine Band betritt die Bühne. Die Menge applaudiert und brüllt meinen Namen, weil sie weiß, dass es nun losgeht.

»Ich schaffe das«, murmle ich vor mich hin, aber eigentlich ist mein eigener Zuspruch gar nicht nötig. Da ist keine Angst.

Ein letztes Mal fahre ich mir durch die Haare. Noch vor ein paar Wochen hätte ich akribisch darauf geachtet, meine Narbe dabei nicht freizulegen, aber gerade ist es mir egal. Ich will mich einfach so zeigen, wie ich bin. Ein Sänger, der sich selbst in einem Feuer verloren hat und sich nun wiederfindet.

Ich trete auf die Bühne.

Der anschwellende Applaus und die Rufe meines Namens überwältigen mich augenblicklich.

»Hey«, sage ich ins Mikrofon. »Es ist verdammt lange her, dass ich aufgetreten bin, und ich hoffe, ich habe nichts verlernt. Aber es fühlt sich absolut gut an, wieder hier oben zu stehen.«

Die Leute jubeln, während ich mir die Gitarre umlege und meine In-Ears einsetze.

»Beginnen wir gleich mit dem Song, dem ich alles zu verdanken habe: *Soft Sensation*.«

Schon der erste Riff und der Sound meiner *Gibson* verschafft mir eine Gänsehaut. Ich habe es wirklich vermisst.

»*Your touch ignites a storm, a spark within my soul. The taste of your skin, a forbidden pleasure we share. In the silcence we breathe, hearts pounding with desire.*«

Ich sehe Lennon mitsingen, und mein Herz wird ganz warm. Als ich den Song vor ein paar Jahren geschrieben habe, stand dahinter die Frage, wie sich wohl echte Leidenschaft und echte Verbundenheit anfühlen. Und jetzt sehe ich sie direkt vor mir. Die Frau, die all diese Gefühle in mir auslöst. Die Frau, die mich tief berührt, an mich glaubt, mich versteht und die ich am liebsten jetzt und hier küssen würde, während ich ein Lied über Liebe und Lust singe. Früher waren es nur Zeilen, heute spüre ich sie in jedem Winkel meines Herzens.

Ich kann nur hoffen, dass mein Onkel morgen die Zeitung aufschlägt und ein Bild von mir sieht, denn ich bin sicher, dass das Glück, das ich in diesem Moment verspüre, deutlich zu erkennen sein wird.

KAPITEL 32

THE SMELL OF SUCCESS

Lennon

Seit ich Ivy kenne, weiß ich, wie schnell sich Träume erfüllen können. Immerhin hat sie bei unserem Kennenlernen noch auf den Straßen New Yorks gesungen, um sich die Übernachtung in billigen Hotels und trockene Sandwiches leisten zu können, und nicht mal ein halbes Jahr später hatte sie plötzlich ein erstes Album, eine Nummer-eins-Single und eine geplante Tour. So oft haben wir zusammen auf der Feuerleiter gesessen und auch über *meinen* Traum geredet und uns überlegt, wie wir meinen Creative Nights die Aufmerksamkeit ermöglichen können, die sie verdienen.

Mir war klar, dass der Deal mit Blake mir und meinem Business einen Schub geben würde. Doch wie lukrativ diese Vereinbarung mit ihm wirklich ist, überwältigt mich.

Ich sitze in Ivys altem Zimmer, das nach ihrem Auszug wieder zu meinem Arbeitszimmer umfunktioniert wurde. Es schmerzt ein wenig, nicht mehr ihr Bett und die vielen Pflanzen zu sehen. Nicht mehr die Klänge ihrer Gitarre durch die Wände zu hören. Vor allem in Anbetracht der Tatsache, dass sie heute früh zu ihrer Tour aufgebrochen ist. Ich hätte meine Wohnung gerne weiter mit ihr geteilt, auch wenn ich das Arbeitszimmer derzeit gut gebrauchen kann. Mittlerweile habe ich so viele Anfragen, dass ich nicht nur vermehrt Buchhaltung führen, sondern auch immer genügend Material bereithalten muss. An der Wand, an der bislang Ivys Kleiderstange stand, lehnen nun 200 Leinwände in verschiedenen Größen, die darauf warten, bemalt zu werden.

Diana Hayes, die Inhaberin der Kosmetikfirma, die bei meinem ersten Kurs im Hotel dabei war, hat mich fürs nächste Wochenende in die Hamptons eingeladen, um dort, wie besprochen, einen Kurs zu geben. Auch das Festival hat für neue Kooperationen gesorgt. Drei Cafés in Brooklyn, eine Pizzeria in Queens und eine Bäckerei in der Bronx wollen nun eine feste Zusammenarbeit mit mir, die bereits nächsten Monat starten soll. Außerdem habe ich eine spannende Anfrage eines Seniorenzentrums bekommen, das gerne einen monatlichen Kurs für die Bewohner anbieten möchte, was noch mal ganz neue Möglichkeiten eröffnen würde.

In zehn Tagen habe ich meinen Termin mit Roman, um über die Zukunft meiner Kurse im Hotel zu sprechen, aber ich weiß schon, dass dieses Gespräch nie stattfinden wird. Zwei Tage vorher ist der Gerichtstermin, bei dem Blake die Bombe platzen lassen wird, dass er von Romans Manipulationen weiß. Danach werde ich wohl kein willkommener Gast mehr sein, und ich habe auch nicht vor, meine Kooperation mit dem *Manhattan Meester Hotel* zu verlängern. Ein bisschen wehmütig bin ich schon, aber mit jemandem wie Roman weiter zusammenzuarbeiten steht nicht zur Debatte.

Auch ohne ihn habe ich nun genug feste Einnahmequellen, um endlich ein Plus zu verzeichnen. Dabei habe ich die ganzen Anfragen für private Feiern noch gar nicht bearbeitet.

Erst mal kümmere ich mich jedoch um die Vorbereitungen für die Hamptons. Diana hat sich gewünscht, strandbezogene Bilder zu malen, also können wir *Pouring* ausprobieren. Da wir das gesamte Wochenende zur Verfügung haben, sollte diese etwas aufwendigere Technik machbar sein. Gestern erst habe ich ein Probebild angefertigt. Weiß, Orange und verschiedene

Blautöne wurden von mir auf die Leinwand gegossen und dann mit einem Föhn verteilt. So sollten Effekte und Farbverläufe entstehen, die an das schäumende Meer im Sonnenuntergang erinnern. Mit dem Ergebnis bin ich sehr zufrieden, daher mache ich ein paar Fotos und schicke sie Diana, damit sie mir ein erstes Feedback dazu geben kann. Sie antwortet bereits zehn Minuten später und segnet meinen Vorschlag ab. Bis nächste Woche muss ich also noch weitere Föhne besorgen und meinen Vorrat an Meeresfarben auffüllen, damit das Wochenende rundum perfekt wird.

Die Türklingel unterbricht meine Vorbereitungen, über die ich doch tatsächlich die Zeit vergessen habe.

Blake steht mit einem umwerfenden Lächeln und einem riesigen Blumenstrauß vor mir. Der Strauß verströmt einen wundervollen Duft.

»Wofür ist der?«, frage ich, während Blake die Wohnung betritt.

»Brauche ich einen Grund, um meiner Freundin Blumen mitzubringen?«

Sein Daumen streift liebevoll über meine Wange und verschafft mir eine Gänsehaut. Für einen Augenblick denke ich daran, mir die Blumen einfach über die Schulter zu werfen, ihm um den Hals zu fallen und unsere lästigen Klamotten loszuwerden. Aber dann besinne ich mich und gehe stattdessen zur Küchenzeile, um die Vase zu holen, die ich letztes Jahr in einem Töpferkurs am *Pratt Institute* angefertigt habe.

Ich fülle Wasser hinein und schneide die Blumen an. Blake hat sich derweil auf einen der Barhocker gesetzt und sieht mir zu.

»Wie laufen die Vorbereitungen für dein Wochenende mit Diana Hayes? Bist du aufgeregt?«

»Nicht so sehr, wie ich dachte. Diana macht es mir aber auch leicht. Sie hat gerade meine Idee für gut befunden, dem Wochenende steht also nichts mehr im Weg.«

Mit letzten Handgriffen ordne ich die Blumen, dann stelle ich die Vase auf meinen Couchtisch, wo sie dem ganzen Wohn- und-Ess-Bereich neue Fröhlichkeit verleihen.

»Der Strauß ist wirklich traumhaft schön. Vielen Dank.«

»Jederzeit.«

»Ich hoffe, du willst mir damit sagen, dass dein Meeting mit dem Label erfolgreich war?«

»Die neuen Songs sind richtig gut angekommen. Das Studio wird gemietet, die Albumproduktion startet also im Januar.«

»Wie großartig! Herzlichen Glückwunsch!«

»Ich kann's noch gar nicht richtig glauben.«

»Und du hattest noch Sorge, weil deine neuen Songs ein wenig ernster sind als die alten Lieder.«

»Das fanden sie tatsächlich sehr passend für meinen Neubeginn. Jetzt muss es nur noch bei den Fans ankommen.«

Ich nehme seine Hand und ziehe ihn mit mir zum Sofa.

»Wann hast du denn morgen dein Meeting mit Scott?«

»Direkt um acht. Wir wollen den ganzen Tag an meiner Strategie fürs *Serpent* feilen. Ich habe mir viele Gedanken dazu gemacht, wie ich die Vorteile des Clubs noch weiter ausbauen könnte. Die meisten Einnahmen erzielen wir durch den VIP-Bereich, also müssen wir den noch attraktiver machen. Ich dachte an Loyalitätsprogramme. Regelmäßige Buchungen der Separees werden belohnt und durch Extraservices abgerundet. Hinzu kommen vielleicht Themenabende für diese Gäste – Abende, in denen der VIP-Bereich exklusiv für sie geöffnet hat. Außerdem will ich mir eine Scheibe von dir abschneiden und mehr Networking betreiben. Bisher hat immer Dads Name ausgereicht, um die Leute anzulocken, aber ich werde mehr Klinken putzen müssen. Meetings mit Hotels und Firmen, in denen ich ihnen den VIP-Bereich vorstelle und so hoffentlich neue Nutzer generiere.«

Voller Stolz sehe ich zu ihm. »Das sind unglaublich gute Pläne! Und da soll noch mal jemand sagen, du wärst keine Führungskraft.«

»Scott und ich wollen diese Ideen jetzt zu einem richtigen Konzept umformulieren, das wir beim Gerichtstermin vorlegen können. Zusammen mit meinem Schritt zurück in die Öffentlichkeit reicht es hoffentlich, um alle Zweifel an meiner Person zu beseitigen. Selbst wenn mein Onkel seine Akte auspackt.«

»Hat Roman sich noch mal gemeldet?«

Blake seufzt. »Seit dem Festival schon dreimal. Er hat mir zu dem Erfolg gratuliert und hat gefragt, wieso ich ihn nicht in die Pläne dafür eingeweiht habe, weil sich das Hotel hätte beteiligen können. Ich konnte es mir gerade so verkneifen, ihm zu sagen, dass er sich da nicht auch noch reindrängen sollte. So muss er jetzt damit leben, dass ich das ganz allein geschafft habe.«

»Er wird bei dem Gerichtstermin hoffentlich richtig blöd aus der Wäsche gucken. Du bist auf Erfolgskurs, und er merkt es nicht mal.«

»Wir beide«, erinnert er mich und lässt mein Herz damit höherschlagen.

»Stimmt. Vor drei Monaten habe ich noch befürchtet, meine Selbstständigkeit Ende des Jahres aufgeben zu müssen, wenn keine Anfragen reinkommen, und jetzt bin ich endlich da, wo ich immer sein wollte. Dank dir.«

Automatisch rücke ich ein wenig näher zu ihm und streiche ihm sanft die Haare aus dem Gesicht, sehe ihn an. Tief und voller Gefühl.

»Das warst du ganz allein, Lennon.«

Mit den Fingern tänzle ich über seinen Oberkörper, dann gleite ich unter sein Shirt und schiebe es ein wenig nach oben.

»Was genau hast du vor?«

»Unseren Erfolg feiern«, hauche ich.

Ein letzter Blickkontakt, ein leises Versprechen, diesen Moment auszukosten, und schon liegen unsere Lippen aufeinander, und wir drängen nach hinten. Ich lande weich auf den Sofakissen, aber selbst der harte Boden wäre mir gerade recht, denn ein wundervolles, leidenschaftliches Ziehen fährt durch meinen Körper. Blakes Fingerspitzen streichen über meine Haut. Meine Hände liegen an seinem Po, in seinen Haaren. Seine Lippen auf meiner Halsbeuge, meinem Dekolleté, der Rundung meiner Brüste. Bald schon habe ich meine Augen geschlossen, während er mir den Rock nach oben schiebt und ich durch den dünnen Stoff meines Slips die Wärme seiner Finger spüre.

»Das fühlt sich gut an«, flüstere ich ihm ins Ohr.

Eine Welle der Lust durchströmt mich mit jeder neuen Berührung von Blake. Es fühlt sich anders an als die letzten Male. Noch intensiver. Vielleicht weil wir uns Zeit nehmen. Diesmal werden wir nicht angetrieben von ungeduldigem Verlangen, wollen durch unsere Nähe nichts vergessen. Wir wollen einfach nur genießen.

Blake küsst die Stelle unter meinem Ohrläppchen, direkt an der Halsbeuge. Mit seinen Fingern streicht er über meinen Venushügel, schiebt den Stoff meines Slips zur Seite und ist mir plötzlich noch näher. Näher als nah. Seine Finger dringen in mich ein und verteilen ein wenig meiner Nässe, ehe er beginnt, meinen Kitzler zu streicheln. Ich stöhne auf. Laut, lustvoll. Blake animiert es dazu, mehr Druck aufzubauen. Nur eine kleine Veränderung seiner Position, und schon vergesse ich alles um mich herum. Da sind nur Blake und ich und Welle für Welle für Welle, die über mich schwappt und mich schweben lässt.

Bis zum Höhepunkt.

Als ich unter einem Augenaufschlag zu ihm sehe, sind seine Wangen vor Lust gerötet. Sanft streicht er mir den Pony aus der Stirn.

»Ich bin in dich verliebt«, sagt er zu mir, sieht mich an. »Das weißt du, oder?«

»Ja ...« Vielleicht wusste ich es schon vor ihm. Vielleicht hatte ich nur Angst, mich zu irren. »Und ich bin in dich verliebt. Immer.«

Unsere Worte hallen noch nach, während wir miteinander schlafen. Während seine Lippen meine Brüste liebkosen und meine Finger über seinen Rücken gleiten. Während wir uns ansehen, bei jeder unserer Bewegungen. Der Sex ist nicht stürmisch, nicht schnell, sondern voller Gefühl. Wir wissen beide, dass dies hier keine Momentaufnahme ist ... es ist nichts Flüchtiges. Es ist *alles*. Vergangenheit, Gegenwart und Zukunft. Ein ganzes Leben, das vor uns liegt.

KAPITEL 33

CONFRONTATION WITH THE DEVIL

Blake

Das Mansardendach des *Surrogate's Court* zieren die Steinskulpturen von Persönlichkeiten wie DeWitt Clinton und David Pietersen de Vries. Zusammen mit der Fassade aus Granit wirkt das Gebäude nicht nur historisch, sondern auch autoritär, aber vielleicht denke ich das auch nur, weil sich dadrin gleich alles entscheiden wird. So lange haben wir über den Gerichtstermin gesprochen, und doch fällt es mir noch schwer zu glauben, dass das heute ein Ende nimmt. Ich hoffe, ein glückliches.

Vor dem Eingang bleiben Lennon, Scott und ich stehen. Lennon richtet mir ein letztes Mal den Schlips. In dem Anzug komme ich mir viel zu förmlich vor, der Hemdkragen sitzt mir ein wenig zu eng und drückt auf den Kloß in meinem Hals.

»Wir warten hier auf dich«, sagt sie zu mir.

Zu gerne würde ich von den beiden hineinbegleitet werden, aber es wird einen besseren Eindruck machen, wenn ich alleine auftauche.

»Egal, wie es kommt: Wir sind unglaublich stolz auf dich«, sagt nun Scott und legt väterlich eine Hand auf meine Schulter. »Und ich weiß, dass Corey es auch wäre.«

Zum ersten Mal glaube ich ihm.

Ich straffe meine Schultern und gebe Lennon einen Kuss, ehe ich das Gebäude betrete. Drinnen erwarten mich gelber

Marmor und ein kühles Klima, das mich augenblicklich frösteln lässt. Es verstärkt sich, als ich Roman und Philip zwischen den Wänden aus Marmor stehen sehe. Sie sehen zu mir, als hätten sie auf mich gewartet. Mit aller Mühe ringe ich mir ein Lächeln ab. Einzig der Gedanke an das, was ich nachher sagen will, bringt mich dazu, es aufrechtzuerhalten, während mein Onkel mich in seine Arme zieht.

»Geht es dir gut?«, fragt Roman. »Bist du bereit?«

Verdammter Heuchler.

»Mehr als bereit«, erwidere ich ein wenig verbissen.

Zu dritt finden wir uns im vierten Stock ein, wo bereits die anderen auf uns warten: meine Tante Lucy, Herald Cutton, Penelope Wright und der Anwalt, Alfred Stone.

Wir begrüßen uns alle, Handschläge hier, abschätzende Blicke da. Bei Mr Stone halte ich etwas inne, um ihn zu mustern, aber er hat ein absolutes Pokerface. Keine Ahnung, ob sein Bericht ans Gericht gut für mich ausfiel.

Wir warten etwa zehn Minuten, in denen mich Lucy über das Festival ausfragt, obwohl ich gerne schweigen würde. Während des Gesprächs mit ihr kann ich nur daran denken, dass sie gleich vorhat, sich gegen mich zu stellen. Ich versuche, mir trotzdem nichts anmerken zu lassen. Ich werde mein Wissen heute definitiv teilen und Lucy und Roman mit der Wahrheit konfrontieren. Aber erst im Beisein der Richterin.

Endlich betreten wir den Saal. Die Klimaanlage surrt, für meinen Geschmack ist sie ein wenig zu kühl eingestellt und verursacht mir eine Gänsehaut, aber vielleicht liegt es auch an der Tragweite dieses Termins.

Die Richterin, vielleicht fünfzig Jahre alt, sitzt uns gegenüber, als wir eintreten. Sie hat rotes, lockiges Haar, das von grauen Strähnen durchzogen ist. Ihr Blick ist wach und forsch, aber sie hat sympathische Lachfalten an den Augen, die mir etwas Mut machen.

»Wir sprechen heute über das Erbe von Corey Meester, verstorben am 12.09. letzten Jahres«, beginnt sie. Mit durchdringender Stimme erinnert sie alle Anwesenden daran, was mein Dad in seinem Testament verfügt hat und welche Anforderungen ich erfüllen musste. Dann erteilt sie Mr Stone das Wort, der die Ergebnisse seiner Arbeit vortragen soll. Ergebnisse aus Gesprächen mit mir, Scott, dem Vorstand, Mitarbeitenden im *Serpent*. Allen Leuten, die eine Meinung zu mir und meiner Verfassung haben könnten. Auch die Ergebnisse der Drogen- und Alkoholtests sowie eine Einschätzung von Dr. DuGray über meine Therapiefortschritte liegen ihm vor.

»Wie aus meinen Berichten hervorgeht, hat sich Blake Meester zunächst schwergetan, einige der Anforderungen zu erfüllen«, führt er aus. »Bei meinen anfänglichen Terminen wirkte er noch sehr demotiviert und hat sich wenig eingebracht. Auch meine Gespräche mit den hier anwesenden Vorstandsmitgliedern waren zunächst eher ernüchternd, denn an den erforderlichen Meetings hat Blake Meester in den ersten Monaten nicht teilgenommen. Dafür wurden die Drogen- und Alkoholtests pünktlich durchgeführt, und auch die Psychotherapie bei Dr. DuGray wurde zuverlässig wahrgenommen. Einmal wöchentlich fanden dort Termine statt, dabei wurden in akuten Krisen auch Sondertermine vereinbart. Laut der Einschätzung von Dr. DuGray fand in den letzten Monaten eine psychische Stabilisierung statt, und Blake Meester möchte die Therapie nach dem heutigen Urteil freiwillig fortsetzen, was ich in jedem Fall begrüßen würde.«

Ein erster kleiner Hoffnungsschimmer, aber noch ist Mr Stone nicht fertig. Noch sind alle Augen auf den Anwalt gerichtet.

»In Bezug auf die Therapie und die Abstinenz von Drogen und Alkohol sehe ich die Bedingungen im Testament als erfüllt an. Blake Meester hatte Schwierigkeiten, zurück in die Öffentlichkeit zu treten und an Meetings und Events teilzunehmen. Dies erfolgte erst in den vergangenen vier Monaten, zuletzt aber zuverlässig. Damit einhergehend hat er sich in den letzten Monaten auch bemüht, die Geschäftsführung des Clubs zu übernehmen. Er hat die nötigen logistischen und wirtschaftlichen Entscheidungen für das Geschäft getroffen und ist seinen Pflichten nachgekommen. Er konnte nach meinen Gesprächen mit Mitarbeitenden aber nicht immer überzeugen und wirkte oft unsicher, teilweise abgelenkt.«

»Wie sieht das der Vorstand?«, fragt die Richterin.

Mein Onkel tritt vor. »Wir alle sehen die Bemühungen von meinem Neffen, aber es herrscht eine große Unruhe bei der Vorstellung, dass er den Club alleine erben und leiten soll. Trotz der Therapie ist Blake unserer Meinung nach noch in einer labilen Verfassung, wie einige Aussagen von Mitarbeitenden und auch einige Berichte in der Presse beweisen. Er ist noch nicht so weit, die Verantwortung für ein Geschäft dieser Größenordnung zu übernehmen.«

Niemand sieht mir in die Augen. Auch wenn ich darauf vorbereitet war, diese Worte aus Romans Mund zu hören, treffen sie mich mit voller Wucht in die Magengrube. Er zieht es also wirklich durch. Gleich wird er den Vorschlag machen, dass er an meiner Stelle das *Serpent* übernimmt, aber das werde ich nicht zulassen.

»Dürfte ich etwas sagen?«, unterbreche ich seine Ausführungen.

»Natürlich, es geht schließlich um Sie.«

Das Lächeln der Richterin macht mir Mut, während mein Onkel aussieht, als habe ich ihm ins Gesicht geschlagen. Wenn er nur wüsste, was ich gleich verkünden werde, dann würde er wohl noch verbissener gucken.

»Es ist richtig, dass ich im vergangenen Jahr nicht immer imstande war, meinen Pflichten als Geschäftsführer nachzukommen. Der Verlust meines Vaters war ein harter Schlag für mich, und ich musste mich nicht nur seelisch, sondern auch körperlich erholen. Es ist wahr, dass ich mich in den ersten Monaten nicht genügend eingebracht habe, daher kann ich die Zweifel des Vorstands und auch der Mitarbeitenden nachvollziehen. Was ich nicht verstehe, ist, wie mein Onkel, Roman Meester, sich hier hinstellen und über meinen psychischen Zustand sprechen darf, obwohl er einen Großteil dazu beigetragen hat, dass es mir schlechter ging, als es notwendig gewesen wäre.«

»Euer Ehren, das …«

Die Richterin hebt die Hand und unterbricht Roman. »Ich würde das gerne hören.«

Ich nicke dankend. »Mein Onkel hat mich in den letzten zwölf Monaten in dem Glauben gelassen, dass ich schuld an dem Feuer gewesen bin, in dem mein Vater starb, obwohl ein Gutachten eindeutig bewiesen hat, dass ein Kabelbrand die Ursache war. Anstatt mir die Wahrheit zu sagen, hat er dazu beigetragen, dass ich lange Zeit in extrem schlechter psychischer Verfassung war. Das alles, um mir das Erbe zu entziehen und sich heute als Geschäftsführer des *Serpents* ins Gespräch zu bringen.«

»Ist das wahr?«, fragt Philip.

Es ist das erste Mal, dass ich zu den anderen sehe, die nun wiederum Roman anstarren.

Philip starrt seinen Vater voller Ekel an. »Stimmt das, Dad? Hast du Blake gesagt, er wäre schuld an Coreys Tod?«

»Er *war* schuld«, erwidert Roman dunkel. »Mag sein, dass er den Brand nicht verursacht hatte, aber es ändert nichts an der Tatsache, dass Blake zu high war, um sich selbst aus dem Feuer zu befreien. Mein Bruder musste ihn retten und hat dabei sein Leben verloren. Wegen Blakes Eskapaden, wegen seiner Uneinsichtigkeit.«

»Die ich bereue«, stoße ich aus.

Trotz des Schmerzes, der durch meine Adern fließt, versuche ich, selbstbewusst aufzutreten. Mein Businessplan fürs *Serpent* und die Wahrheit über den Brand sind meine Rüstung, und sie darf nicht fallen, sonst hat Roman gewonnen.

»Aber du hast mir gesagt, ich hätte den Brand verursacht, und mich damit manipuliert. Du wolltest, dass es mir schlecht geht, damit ich meinen Aufgaben nicht nachkomme, und ich gebe zu, dass es in den ersten Monaten so aussah, als würdest du recht behalten. Aber ich habe gekämpft, und ich bin bereit, das *Serpent* zu erben. Ich *will* es. Ob dir das gefällt oder nicht.«

Romans Lippen sind schmal geworden.

»Mein Bruder hat Blakes Fähigkeiten nie genug getraut«, erklärt er sich den anderen, die ihn noch immer ungläubig anstarren. Penelope und Herald sind ein wenig von meinem Onkel abgerückt – eine kleine Genugtuung. Sie sind keine geschlossene Front mehr. »Er wusste, dass er das *Serpent* nicht in die Hände seines Sohns geben kann, und er hatte recht. Mit dem Club geht es bergab, die Zahlen sind schlechter geworden ... Blake ist nicht der Richtige für den Job.«

»Wenn Dad gedacht hätte, dass ich nicht der Richtige bin, hätte er den Club direkt dir oder jemand anderem aus dem Vorstand übertragen können«, erwidere ich. »Aber stattdessen hat er sich dazu entschieden, mir eine Chance zu geben. Mit Spielregeln, die ich bereit war einzuhalten. Mit einer Entwicklung, die ich, trotz deiner Lügen, angestoßen habe. Ich mag ein wenig gebraucht haben, um mich zu erholen und dieses Erbe anzutreten, aber mein Vater hat mir nicht umsonst ein ganzes Jahr Zeit gegeben. Er kannte mich eben gut. Er wusste, dass ich diese Zeit brauchen würde, um den Anforderungen gerecht zu werden und die Geschäftsführung in die Hand zu nehmen. Und zwar auf meine Weise.«

Ich öffne meinen Aktenkoffer und ziehe die Unterlagen heraus, die ich mit Scott vorbereitet habe.

»Seit vier Monaten stelle ich mich wieder der Öffentlichkeit«, spreche ich weiter und verteile die Unterlagen. »Ich habe seitdem nicht nur jedes Event besucht, zu dem ich eingeladen wurde, sondern habe auch selbstständig ein Musikfestival auf die Beine gestellt, das für ein hohes mediales Interesse gesorgt hat. Trotzdem ist es wahr, dass die Besucherzahlen des *Serpents* zurückgegangen sind. Daher habe ich ein detailliertes Konzept ausgearbeitet, das dem Club dabei helfen soll, neue Gäste zu gewinnen und höhere Einnahmen zu generieren. Dabei fokussieren wir uns auf den Ausbau der VIP-Lounge als Geschäfts- und Begegnungsort.«

Die anderen blättern interessiert in den Unterlagen. Roman eher herablassend, er hat nur einen halb garen Blick dafür übrig.

»Und das alles neben deiner Musikkarriere?«, fragt er voller Hohn. »Was ist, wenn du auf Tour gehst? Du kannst dich nicht um alles gleichzeitig kümmern.«

»Eine Musikkarriere und die Verantwortung für einen Club findest du viel, aber du selbst willst außer dem Club noch dein Luxushotel weiterführen?«, frage ich herausfordernd. »Derzeit ist keine Tour geplant, aber ich bin gewillt, jemanden vom Vorstand als meine Vertretung zu benennen – Onkel Roman ausgeschlossen.«

Da ist das Gesicht, auf das ich mich die ganze Zeit gefreut habe: die Ader auf Romans Schläfe pocht, gleichzeitig sackt er in sich zusammen. Er sieht sich suchend um, als würde er noch Verbündete finden wollen, aber niemand erwidert seinen Blick. Auch Philip ist nun von seinem Vater weggerückt und sieht ihn an, als würde er ihn nicht mehr wiedererkennen. Nun ist er mit der gleichen Wahrheit konfrontiert wie ich vor sechs Wochen. Roman wird für uns nie wieder der sein, der er einmal war.

Mein Blick sucht den von Lucy. Sie ist die Einzige, die sich noch nicht gerührt hat. Ihre mausgrauen Augen ruhen auf den Unterlagen in ihren Händen, ihr Gesicht wirkt noch immer eine Spur zu blass. Aber ich kann nicht sagen, auf wessen Seite sie steht.

Penelopes und Heralds Körpersprache ist eindeutig, sie verurteilen Romans Verhalten.

»Nun gut, das reicht mir als Ausführung«, sagt die Richterin. »Mr Stone, wollen Sie zu Ihren Berichten noch etwas ergänzen?«

»Ich denke, es wurde schon eindrücklich gezeigt, dass sich die anfänglichen Startschwierigkeiten gelegt haben und die Auflagen des Testaments erfüllt wurden.«

»Wie sieht es beim Vorstand aus? Wer stimmt dafür, dass die Auflagen erfüllt wurden?«

Philip, Herald und Penelope heben sofort die Hände. Mein Onkel und meine Tante tauschen Blicke, dann, etwas zögerlicher, stimmt Lucy ebenfalls zu. Nur Roman enthält sich, sein Kiefer mahlt, während er auf die gehobenen Hände der anderen blickt.

Mein Herz sackt mir vor Erleichterung in die Knie.

»Dann gehört das *Serpent* nun offiziell Blake Meester«, verkündet die Richterin. »Somit ist die Nachlassverwaltung von Corey Meester geschlossen.«

Tränen der Erleichterung beißen in meinen Augen, während ich Hände schüttle und Glückwünsche höre. Lucy ist die Letzte, die mir gratuliert. Roman stürmt bereits aus dem Gerichtssaal.

»Du wusstest, dass er den Club haben wollte«, sage ich zu meiner Tante. Die Enttäuschung in meiner Stimme kann ich nicht verbergen.

Ein Schatten huscht über ihr Gesicht. »Ja. Aber dass er dich für den Brand verantwortlich gemacht hat, davon hatte ich keine Ahnung.«

Ich sehe ihr direkt in die Augen, suche eine Lüge. Ich sehe nur Traurigkeit. Meine sonst so starke, eigensinnige Tante sieht erschüttert aus.

»Ich bin mir nicht sicher, ob du das mit dem *Serpent* schaffst«, gibt sie zu. »Deine Verfehlungen in all den Jahren lassen mich daran zweifeln.«

»Das verstehe ich. Daher danke ich dir, dass du trotzdem für mich gestimmt hast. Ich will dir beweisen, dass ich es kann. Und ich habe meinen Vorschlag ernst gemeint: Ich will jemanden als Vertretung der Geschäftsführung festlegen. Jemanden, der in Manhattan angesiedelt ist. Herald, könntest du dir vorstellen, das zu übernehmen und mit mir zusammenzuarbeiten?«

Er ist der Einzige, der nie offene Vorbehalte gegen mich hatte. Als Chairman leitet er den Vorstand und hat mehr als einmal sein Organisationstalent unter Beweis gestellt. Mein Dad hat immer viel von ihm gehalten, er hat ihn damals persönlich empfohlen. Er ist die beste Wahl, um mich zu vertreten. Er ist die einzige Wahl, bei der ich sicher sein kann, dass er mich nicht hintergehen wird.

»Das mache ich gerne«, antwortet er und reicht mir die Hand. »Ich melde mich gleich morgen dazu, dann sprechen wir über die vertraglichen Details, okay?«

»Gerne. Und danke für deine Unterstützung.«

Ich nicke allen zu, dann drehe ich mich um und gehe. Jeder meiner Schritte hallt auf dem Marmor und unterstreicht damit meinen Abgang. Raus aus dem Gebäude, raus zu den beiden Menschen, die die ganze Zeit an meiner Seite waren und an mich geglaubt haben – und denen ich all das hier zu verdanken habe.

KAPITEL 34

BETWEEN SEA SALT AND MEMORIES

Lennon

»Du fährst zum zweiten Mal innerhalb von drei Wochen in die Hamptons? Du vermisst mich wohl ziemlich, was?« Obwohl ich Ivy übers Telefon lachen höre, sticht es ein wenig in meinem Herzen.

»Du hast keine Vorstellung«, sage ich ehrlich. »Dabei gucke ich mir jeden Abend die Videos von deinen Konzerten an.«

»Sie schläft deswegen zu wenig«, ruft Blake vom Fahrersitz. Er trägt eine Sonnenbrille, während wir in einem Ford Mustang Cabriolet über die 495E fahren. Ein letztes Mal nutzen wir die Sonne aus, ehe der Herbst endgültig über New York hereinbricht.

»Wenn ich wieder da bin, verpflichten wir unsere Männer zu einem Doppeldate, klar?«

»Aber so was von. Blake ist bei allem dabei.«

»Bin ich das?«, murmelt er grinsend.

»Wie gefällt Milo das Tourleben?«, frage ich stattdessen.

»Wenn es nach ihm ginge, würde er gerne noch einen Monat dranhängen.«

»Steht er auf die stickige Luft im Tourbus?«

»Eher auf die Arbeit. Er schreibt sich quasi die Finger wund, um der *Havington Gazette* einen grandiosen Artikel über die Tour vorzulegen.«

Angesichts der Tatsache, dass es immer sein Traum war, für die Zeitung schreiben zu dürfen, in der schon seine Mutter veröffentlicht hat, kann ich ihm die Motivation nicht verdenken.

»Sag ihm, dass ich schon sehr gespannt auf den Artikel bin.«

»Richte ich ihm aus. Ich muss jetzt auch leider weitermachen, der Soundcheck steht an.«

»Dann gib alles. Denk daran, dass ich jedes Konzertvideo sehe, ich würde also merken, wenn du schwächelst.«

Ivy lacht. »Ich dachte, die Menschen fahren in die Hamptons, um mal nicht am Smartphone zu hängen, sondern zu entspannen.«

»Die sind ja auch nicht auf Entzug von ihrer besten Freundin.«

»Ich habe dich auch lieb, Lennon.«

Wir legen auf, und kurz durchzuckt mich starkes Heimweh. Nicht nach New York, sondern nach Ivy. Nach unseren Sushi-Dates auf der Feuerleiter, nach gemeinsamen Fernsehsonntagen. Sobald sie wieder da ist, haben wir viel nachzuholen.

Fürs Erste richte ich meine Aufmerksamkeit jedoch auf die Woche, die vor mir liegt. Es ist die letzte Möglichkeit, noch mal zu entspannen, bevor meine neuen Kooperationen all meine Aufmerksamkeit und Energie fordern werden.

Scotts Sommerresidenz ist ganz anders als das Strandhaus von meiner Kundin Diana Hayes. Während sie ein Haus aus Holz besitzt, das zu allen Seiten von einer Veranda umrahmt wird und über einen eigenen Strandabschnitt verfügt, ist Scotts Ferienhaus viel moderner, mit weißen Steinmauern, einem Pool und einem Jacuzzi. Nicht direkt am Strand, aber wenn man ganz oben auf dem überdachten Balkon steht, kann man trotzdem das Meer sehen.

Wir nehmen uns Zeit, um uns einzurichten und unsere Koffer auszupacken. Blake hat ein paar Lebensmittel besorgt, die wir im Kühlschrank verstauen, um später zusammen zu kochen. Ich kann es kaum erwarten, nach all dem Stress der letzten Wochen einfach mal die Seele baumeln zu lassen.

»Bereit für einen Spaziergang?«, fragt Blake.

Er trägt ein schwarzes Poloshirt, wie ich es noch nie an ihm gesehen habe. Es verleiht ihm etwas Vornehmes, sodass er sich wie ein Chamäleon dieser Umgebung anpasst.

Hand in Hand schlendern wir über den Strand. Viel ist nicht mehr los, die meisten haben die Hamptons und ihre Strandhäuser verlassen und kommen erst nächstes Jahr zurück, wenn das Wetter wieder sommerlicher wird. Vielleicht ist es das letzte halbwegs warme Wochenende des Jahres.

»Ist es seltsam für dich, wieder in den Hamptons zu sein?«

Seit Blakes Vorschlag, hier eine Woche zu verbringen, frage ich mich, was es wohl mit ihm macht, dem Wohnort seines Dads so nah zu sein.

»Ein bisschen vielleicht.« Blake sieht raus aufs Meer, das heute in schaumigen Wellen Meerglas an den Strand spült. »Wäre es komisch, wenn ich dir zeige, wo ich früher gewohnt habe?«

»Es wäre überhaupt nicht komisch. Ich würde mich freuen.«

Ich lasse mich von Blake führen – weiter den Strand entlang, vorbei an Bänken aus hellem Holz. Nach rund 15 Minuten bleiben wir vor einem abgesperrten Grundstück stehen. Zäune blockieren den Zugang, aber dahinter muss einmal ein Haus gestanden haben, von dem nun nur noch die Überreste zu erkennen sind. Blumen und Kerzen stehen am Zaun, an den auch Fanbriefe geklebt wurden. Auf den Fotos, die ich im Internet gesehen habe, waren noch viel mehr davon zu sehen, aber das war kurz nach dem Brand. Dass die Menschen auch noch ein Jahr später herkommen und Blakes Vater gedenken, verursacht mir eine Gänsehaut.

»Das ist es«, sagt Blake mit einer gewissen Ehrfurcht.

Er drückt meine Hand, während er auf die Blumen und Briefe sieht und sicher von Erinnerungen übermannt wird.

»Das Grundstück wurde verkauft. Die neuen Besitzer wollen darauf eine neue Villa bauen. Die alte war kaum noch zu retten, die Bausubstanz wurde zu stark beschädigt, also ist ein Neubau am sinnvollsten. Ich selbst habe auch mit dem Gedanken gespielt, aber ich wollte nie dauerhaft in den Hamptons leben. In New York fühlt sich das Leben irgendwie nach mehr an. Seltsam, oder? Dabei fliehen die meisten doch hierher, um zur Ruhe zu kommen.«

»Ich finde die Gegend herrlich, aber ich könnte mir auch nicht vorstellen, hier zu leben. So reinigend das Meer auch sein kann, brauche ich die Lebendigkeit der Großstadt, um voll in meiner Kreativität aufzugehen.«

Was für die einen reizüberflutend sein kann, ist für andere die Quelle ihrer Inspiration.

»Hier konnte ich auch nie so gut Songs schreiben wie in Manhattan«, überlegt Blake. »Aber für meinen Dad waren die Hamptons das Paradies. Er hat es geliebt, sich hier nach seinen Touren zu entspannen. Selbst im Winter ist er ins Meer gesprungen und hat dort seine Bahnen gezogen.«

Ich lache. »Irgendwie könnte ich mir das bei meinem Dad auch vorstellen.«

»Die beiden hätten sich bestimmt gut verstanden.«

»Und das nicht nur, weil mein Dad der größte *Serpent-Grave*-Fan aller Zeiten war.«

Noch einmal sehe ich zu den Überresten des Hauses.

»Ich hoffe, die neuen Besitzer ereilt ein glücklicheres Schicksal«, sagt Blake nachdenklich.

Ich lehne mich an ihn, suche seine Nähe.

»Geht es dir gut?«

»Seltsamerweise bin ich nicht traurig. Eher nostalgisch. Zu gerne würde ich noch mal durch die Flure laufen und aus dem Fenster in meinem Zimmer aufs Meer sehen ... Man konnte vom Balkon aus den ganzen Strand überblicken. Es war wunderschön.«

Blake dreht sich zu mir und haucht mir einen Kuss auf die Stirn.

»Es tut gut, hier zu sein. So ist dieses Haus kein Gespenst, vor dem ich Angst haben muss, sondern ein Ort, den ich hoffentlich nur mit einer gewissen Wehmut verbinde.«

»Willst du trotzdem noch einen Moment allein mit deinen Gedanken sein?«, frage ich, weil es mir so gehen würde.

Um ganz bei mir und meinem Vater zu sein, vielleicht mit ihm zu reden, ohne dass jemand zuhört. Als eine Art Abschied.

»Das fände ich schön.«

»Dann warte ich dahinten am Strand auf dich. Lass dir Zeit.«

Meine schmerzenden Füße stecken im warmen Wasser des Jacuzzis, während wir uns von unserem ausufernden Strandspaziergang erholen. Als New Yorkerin sollte ich eigentlich das Gehen gewohnt sein, doch Esteban hat mich eindeutig zu viel gefahren, wenn ich schon nach einem Tag auf den Beinen k. o. bin. Zum Glück gilt das nur für meine Füße, nicht für meinen Geist, der noch immer hellwach ist und von den Eindrücken in den Hamptons nicht genug bekommen kann. Oder von Blake.

Er sitzt dicht neben mir. In den Händen hält er eine Champagnerflöte mit alkoholfreiem Champagner. Scotts Terrasse wird von Hunderten von kleinen Lampen beschienen, vor uns rauscht das Meer. Es ist wohl das romantischste Ambiente, in dem ich mich jemals mit einem Mann befunden habe, aber im Innern weiß ich, dass das alles gar nicht nötig wäre, um mich in diesem Moment absolut hingezogen zu Blake zu fühlen.

Diesem Mann, der all seine Dämonen bekämpft hat, um nun ein weniger freier zu sein. Dem Mann, der sich darauf eingelassen hat, mit mir eine Bindung einzugehen, die als Spiel begonnen hat und schnell zur Realität geworden ist. Gerade kann ich es mir nicht mehr anders vorstellen.

»Wieso siehst du mich denn so an?«, fragt er verheißungsvoll.

Unwillkürlich muss ich grinsen. »Weil ich gerade daran gedacht habe, dass ich mit Blake Meester in einem Jacuzzi sitze.«

»Und das alles nur, weil du ein Autogramm haben wolltest«, zieht er mich auf.

»Ich muss Scott dringend mal fragen, ob er eigentlich inzwischen mit Maria Martinez zusammenarbeitet. Dann kann ich mich mal bei ihr bedanken.«

»Soweit ich weiß, ist er jetzt ihr Manager. Das lässt sich also sicher einrichten.«

»Dann haben wir ja alle unser Happy End bekommen.«

Ich nehme Blake die Champagnerflöte aus der Hand und stelle sie am Rand des Jacuzzis ab, damit ich ihn küssen kann. Seine Hände legen sich auf meine Hüften und ziehen mich näher zu ihm, während unsere Küsse leidenschaftlicher werden. So viel Zuneigung und Liebe steckt darin. So viel Freiheit, weil Blake nun nichts mehr zurückhält. Weil er es sich endlich erlaubt, einfach glücklich zu sein.

»Ich hätte nichts dagegen, wenn wir die Strandspaziergänge jetzt sein lassen und die restliche Woche nur noch zwischen Jacuzzi und Bett wechseln«, murmle ich.

Mein ganzer Körper schreit danach, Blake zu spüren. Auf jede erdenkliche Weise. Ich bin ihm ohnehin schon mit Haut und Haaren verfallen. Das war ich damals, als er begonnen hat, Musik zu machen, und damit etwas in mir berührt hat. Und das bin ich jetzt umso mehr, wo ich den echten Blake kennenlernen durfte. Den hinter der Presse, hinter Songtexten und Paparazzi-Fotos. Einen Mann mit Narben und Schmerz und so viel Leidenschaft, jemand, der die Höhen und Tiefen des Lebens besser kennt als viele andere.

»Ich bin ganz dein«, erwidert Blake zwischen unseren Küssen. Seine Hände wandern tiefer und jagen ein Pulsieren durch meinen Körper. »Nicht nur an diesem Wochenende.«

Blake Meester stürmt mit neuer Single die Charts

Blake Meester hat es wieder geschafft. Seine neue Single *Soul Full of Ashes* landete direkt auf Platz eins der Streaming-Charts. Fans sprechen von einer »neuen Authentizität« und »wahren Gefühlen«.

»Das Lied war das erste, das ich nach dem Tod meines Vaters geschrieben habe«, erzählte Blake auf der Pressekonferenz mit Tränen in den Augen. »Es soll mich für immer an ihn erinnern. Aber auch an das Wissen, dass ich stark genug bin, um den Schmerz über seinen Tod auszuhalten ... und selbst in den dunkelsten Stunden Liebe auf mich wartet.« Damit ist eindeutig seine Partnerin Lennon Chambers gemeint, die laut seiner Aussage Einfluss auf die Entstehung des Songtextes hatte. Das Album *Rock Requiem* – eine Anspielung auf das Musikfestival, das er zum Gedenken an seinen Vater organisiert hat – erscheint bereits in wenigen Wochen und wurde tausendfach vorbestellt. Gerüchten zufolge sollen auch wieder Konzerte in Planung sein.

Scheint, als wäre Blake Meester endlich wieder auf Erfolgskurs.

DANKSAGUNG

Ein weiteres Buch ist beendet, und ihr glaubt gar nicht, wie froh ich war, Blakes und Lennons Geschichte erzählen zu dürfen. Die beiden sind beim Schreiben übers Papier gefegt wie Wirbelstürme. Sie hatten eine ganz eigene Art von Dynamik, die es mir leicht gemacht hat. Ich hatte aber auch schon immer ein Faible für Broken Heroes wie Blake und wusste, dass ich über seinen Kampf zurück ins Leben schreiben *muss*.

Umso dankbarer bin ich, dass Droemer Knaur auch dieser Geschichte ein Zuhause geschenkt hat. Danke an Sabine, die diesen zweiten Band möglich gemacht hat. Darüber hinaus danke ich Michelle Stöger, die wieder das Beste aus meinem Text herausgeholt hat. Einige der Sätze sind im wortwörtlichen Fieberwahn entstanden, und sie hat geholfen, diese zu entwirren (auch wenn ich manchmal selbst nicht mehr wusste, was ich eigentlich sagen wollte).

Dann danke ich wieder der Günter Berg Literary Agency, vor allem Franziska, die für die New-York-Lovesongs-Dilogie gekämpft hat. Dieses letzte gemeinsame Projekt bedeutet mir viel. Danke, dass du meine Agentin warst und mich auf dieser aufregenden Reise begleitet hast. Ich hätte mir dafür niemand anderen vorstellen können.

Ein großer Dank geht auch an meine Autorenkollegin und Freundin Mira, die mir in jeder Schaffenskrise zur Seite steht und meine Erfolge mit mir feiert.

Ein wichtiger Dank geht an meine Buchblogger*innen: für ihre Zeit, ihr Vertrauen und ihre Begeisterung. Allen voran Benita, Dorina, Hanna, Tascha, Celina und Emma, die nicht müde werden, über meine Bücher zu sprechen, und mir damit so, so sehr helfen. Von Herzen danke!

Das Gleiche gilt auch für alle, die zu diesem Buch gegriffen haben. Danke, dass ihr meinen Büchern eine Chance gebt und Videos, Fotos und Nachrichten schickt. Danke für eure Liebe, die ich so gerne zurückgeben würde. Manche Tage im Autorinnenleben sind hart, voller Zweifel und Rückschläge, und manchmal fragt man sich, ob es das alles wert ist. Aber ihr bringt diese Stimmen schnell zum Verstummen. Meine Geschichten schreibe ich nicht nur für mich selbst ... sondern auch für euch. Für jeden, der sich zwischen den Zeilen wiederfindet und sich gesehen fühlt, für jeden, der beim Lesen für einige Stunden abschalten und entspannen kann.

Schreibt mir gerne auf Social Media, ich freue mich immer, von euch zu hören!

Eure Jenny

LISTE SENSIBLER INHALTE / CONTENT NOTES

- Alkoholkonsum
- Verlust/Trauer
- Erwähnung Drogenkonsum
- Feuer/Brandnarben